붉은 눈동자

붉은 눈동자

이상문
장편소설

인북스

차
례

1

아악! 저 눈, 저 붉은 눈…. 그 남자가 두 눈을 질끈 감으면서 비명을 질렀다. 거울 속에서 사납게 번쩍이던 두 눈이, 금세 뇌리에서 되살아났다. 끝내 이를 닦으려고 입에 물고 있던 칫솔을 세면대에 내뱉어버리고 화장실에서 뛰쳐나왔다.

거실의 소파에 나가떨어져 있던 그 남자는 한숨을 내쉬면서, 싸한 느낌이 감도는 목덜미를 두 손으로 만졌다. 벌써 소름이 사납게 돋아 있었다.

그 남자는 아직 술이 덜 깬 상태였지만, 출근하려고 샤워를 하려던 참이었다. 세면대 앞에서 칫솔에 치약을 짜서 입에 물면서 무심코 앞에 붙은 거울을 보았다. 그때 40여 년의 세월 너머에서 그 붉은 두 눈이 섬뜩하게 다가온 것이다. 마치 대들기라도 하는 것처럼.

문제는 어젯밤에 있었다.

그 남자는 술집을 나선 뒤에야 그곳이 영등포시장앞 로터리라는 사실을 깨달았다. 아, 여기가 거기였군…. 비로소 안주로 몇 점 먹었던 돼지머리 고기의 끈적함이 입속에 살아나면서 노린내가 입천장을 통해 코로 달아나는 느낌이었다.

헤어어지기 서업섭하아여 망서얼이느은 나아에게 구웃바아이 하며 내미는 소온 거엄은 자앙갑 끼인 소온 할마알은 마안아도 아무우 말 모옷하고 돌아아서는 내애모양을 저어다알은 우우스으리이…. 머언 나암쪽 섬에나아라 월나암에 다알밤…. 그 남자는 콧소리로 흥얼거렸다.

어머니 산소에 다녀오는 길은 언제나 이 모양이라니까아…! 작년에도 재작년에도, 이날에는 술을 마셨다. 결국 올해도 마셨다. 일년에 한 번씩 어머니 산소를 찾은 날은 어김없이 술을 마신 것이다. 분명히 동서울터미널에서 택시를 탔는데 왜 여기서 내렸던 것인가. 곧장 집으로 가지 않고…. 터미널 앞에서 혼자 한잔을 한 게 잘못이었다. 술기운이 자꾸만 오금을 꺾으려 드는 성싶었다.

초록 신호등을 따라 길을 건넜다. 차들이 우측으로 몰려들었다. 배터리가 다 된 휴대전화기처럼 초록 신호등도 그랬던 것인가. 클랙슨을 울려대면서 차들이 덤벼든다. 5미터쯤 남았다. 마음이 급해지면서 몸이 알아서 서둘렀다. 휴우—, 다 건넜나 했는데 미끄덩, 왼발에 뭔가 밟혔다. 그래도 몸이 인도 쪽으로 기울어졌다. 잽싸게 길바닥에 오른손을 짚으면서 몸을 옆으로 굴렸다. 아직도 운동신경이 살아 있었던 덕분에 머리를 짓찧지는 않았다. 다행이었다. …깡통 뚜껑이었다. 도대체 어떤 자식이 저런 데다 저런 걸 버렸담. 몸을 일으키며 투덜거렸다.

몸의 기운이 쫙 새나가 버린 느낌이었다. 타박타박 걸었다. 그래도 집으로 가야 하니까…. 그 남자의 키가 놀란 듯 가로등 밑으로 움츠러들었다가, 곧 쑤욱 자라나곤 했다.

채 10분도 되지 않았을 것 같았다. 얼마간 한쪽으로 꺾여 있던 그 남자의 머리를 무엇인가 벌떡 일으켜 세우는가 했는데, 반대쪽으로 획 돌려놓았다. 결코 자기 의지가 전혀 들어가지 않은 동작이었다. 놀란 눈길로 아니, 멀뚱한 눈길로 그쪽을 바라보고 있었다.

'영생장례예식장'….

건물의 1층과 2층 사이를 가로로 꽉 메운 아크릴 간판. 엷은 주황색 바탕에 검은색 궁체 글씨들…. 이런 젠장…, 나보고 저기 가서 죽으라는 거야 뭐야…? 그 남자는 제 두 손으로 두 볼을 잡아 얼굴을 확 제 방향으로 돌려놓았다. 집으로 가야 했다. 그런데 은근히 부아가 끓어올랐다.

다시 아까만큼 걸었다. 잇따라서 머리를 가로저었다가 끄덕거렸다가 했다. 이런 젠장! 그는 자신의 버릇을 비난했다. 한번 든 버릇은 여든까지 간다더니 여태껏…. 알겠다는 거야, 모르겠다는 거야? 이해하겠다는 거야, 이해 못 하겠다는 거야? 그 남자는 자신을 야단치면서 걸음을 멈추었다. 그리고 영생장례식장을 돌아보았다. 멀어진 까닭인지 주황색 불빛만 보였다.

만일 지나가던 사람과 부딪치지 않았더라면 그 남자는 오래도록 그곳에 서 있었을지도 몰랐다. 술에 취한 데다 무방비 상태였던 터라, 또 넘어질 뻔했다. 그 남자의 어깨를 제 어깨로 부딪혔던 여자가 급히 돌아서서 붙들어주는 바람에 다행이었다. 순간 내가 뭘 하고 있었나 했다. 잠깐 정신이 났었나 보았다. 정수리를 아프게 치면서 솟아오르는 생각이 있었다.

그래, 저곳은 결혼예식장이었어. 맞아! 우리 부부의 결혼예식장이었다고…. 그 남자는 길을 급하게 되짚어갔다. 잠시도 그곳에서 눈을 뗄 수가 없었다. 혹시 잘못 생각한 게 아닌가 하는 의구심도 들었다.

'희망예식장'….

그 남자가 39년 전에 정미연과 결혼식을 올린 곳이었다.

돌아가서 건물의 정면일 듯싶은 자리에 섰다. 사실을 확인하려면 길을 건너야 했다. 그 남자의 기억을 뭉개버리려는 듯, 생각을 망쳐버리려는 듯 자동차들이 우로 좌로 빠르게 지나갔다. 그 남자는 그 차들 속으로 달려들었다. 차들이 급정거를 하고 경적을 울려대도 눈에는 영생장례식장밖에 들어오지 않았다. 귀에 아무 소리도 들리지 않았다.

그렇게 기어이 건너가서 확인했다. 건물의 1층 쇼윈도에는 장례식에 쓰이는 삼베 수의며 짚신, 유골 항아리 따위가 몇 가지씩 진열되어 있었다. 그 안에서 움직이는 사람 모습이 언뜻언뜻 보이고, 현관 출입문을 들락거리는 사람이 있는 것을 보면 손님이 제법 있는 곳 같았다.

이런 젠장! 희망이 영생한다…. 희망이 죽어서 영생한단 말이지? 맞는 말이군, 흐흐흥흥…. 이런 젠장! 정미연이가 감탄해서 두 손바닥으로 허벅지를 치겠군. 대단한 신통력이야….

그 남자가 쓰러져 정신을 잃은 것은, 누군지 그의 왼쪽 뺨을 후려친 뒤 아랫배를 발로 걷어찼기 때문이었다. 운전을 하다 놀라서 간이 떨어져나갈 뻔한 누군가가 차를 세워놓고 달려와서 화풀이를 했던 것으로 여겨졌다. 아니면 언젠가부터, 왜인지 그 남자에게 살의를 품고 살던 어떤 사람이, 마침 술에 취해 흐느적거리고 있는 그 남자를 발견하고 달려들어서 죽어라, 정말 죽어라 하고 팼을지도 몰랐다. 그런데 그때 그 남자가 맞고만 있었을까… 십중팔구는 아니었을 것이다. 어떻게든 대응했을 것이다. 그러다 더 맞았을지도 몰랐다.

그 남자가 정신을 차린 것은 경찰서 지구대였다. 정확히는 누군가의 신고를 받고 나왔던 경찰관 둘 가운데 하나가, 여보세요, 여보세요 하면서 두 뺨을 번갈아 후려쳤을 때였다. 만일 그때 정신이 돌아오지 않았다면 길바닥에서 곧장 병원으로 실려 가고 말았지, 순찰차를 타고 지구대로 가는 요행을 누리지는 못했을 것이다.

웬 술을 그렇게 많이 마셨어요? 집이 어디세요? 그 남자는 벽 쪽에 놓인 장의자에 왼쪽으로 비딱하게 기대앉아 있었다. 경찰관 둘이서 그 남자를 차에서 부축해와 그 자리에 앉혀 놓은 대로였다.

목동인데요.

주민등록증 내놔 봐요. 늙으나 젊으나 입에 술이 들어가면 나이를 잊어버린다니까. 집에 갈 수 있어요? 경찰관이 그 남자가 내준 주민등록증의 앞뒤를 살펴보더니, 다분히 비아냥거리는 투로 물었다.

그 남자는 주민등록증을 잡아채면서 자리에서 일어났다.

여기 사인하고 가세요. 성질 한번 되게 급하시네. 경찰관이 내민 대장에다 손에 쥐여준 볼펜으로 서명을 했다.

그 뒤가 좀 더 문제였다.

그 남자는 자신이 아마 그 영생장례식장으로 다시 갔을 것으로 추정했다. 그 건물의 모습이, 건물에 붙어 있던 가로 간판 세로 간판의 모습이 눈앞에서 어른거렸고, 또 사각 아크릴판에 '업무용'이라고 이마에 써 붙인 엘리베이터 문 얼굴과 1호, 2호, 3호, 5호, 6호… 따위의 사각 팻말에 쓴 방 번호들 하며 화살표 방향 표지판이 아직도 눈앞에서 어른거렸다. 모든 것들의 바탕이 하얗고, 그 위의 궁체 글씨들은 검었다. 그러니까 끝내 그 건물 안에까지 들어가 보았던 것 같았다.

택시를 탔겠지 했다. 걸어온 건지도 모르지 했다. 어떻게 아파트까지 왔는지 어떻게 현관문을 열고 집에 들어왔는지도 알 수 없었다. 그만큼 이런저런 가능성이 컸고 그 위에서 상상력이 날뛰었다.

2

그러고 보니 더 큰 문제가 있었다.

어젯밤에 정미연이 그 남자의 꿈에 나타났다는 것이다. 이게 얼마 만인가? 꼭 3년 만이었다. 이제서야 그 기억이 되살아났다.

어머! 당신 눈이 또 왜 그래요? 저걸 어째…. 오랜만에 나타난 아내가 대뜸 한다는 말이 이랬다. 그 남자를 비난하는 것인지, 걱정하는 것인지…. 아니면 능청을 떠는 것인지….

내 눈이 뭐가 어째서? 당신이 반가워서 눈물이 고이기라도 한 것인가…. 그 남자는 아내가 반가운 만큼 섭섭함이 컸다. 코끝이 시큰했다. 3년 만이 아닌가. 그래도 부부로 사는 동안에 그랬듯이 흔연히 대했다. 그런데 이제야 웬일이실까? 그 남자가 말을 이었다.

정말로 모르고 있었는가 보네! 하긴 답답한 그 성격이 그사이에 뭐가 달라졌겠어요, 쯧쯧쯧쯧…. 당신 두 눈에 다시 그 적신호가 나타났다고요! 그런데 어쩌면 좋냐고요?

뭐라고? 내 눈이 다시 뻘겋게….

그래요. 월남에서 돌아온 당신이 처음으로 날 찾아왔을 때처럼, 그때처럼 벌겋다고요! 눈빛도 심상치 않고요.

알았어. 관심 끊어요. 내가 알아서 할 테니까…. 그 남자가 퉁명스럽게 말했다. 짐짓 딴청을 부리는 것 같았다.

물론입니다. 당신이 알아서 해야지요. 죽어서 귀신이 된 내가 뭘 어쩌겠어요. 그래도 걱정이 되네요. 우리가 결혼할 무렵에야 그 벌겋던 눈이 겨우 맑아졌는데, 내가 당신 곁을 떠난 뒤에 다시 그렇게 됐다는 것 아닙니까. 그때 두세 달 동안 그것을 감추고 사느라고 애썼는데, 이번에는 또 무슨 일로 그러합니까? 참 답답하네요…. 아무튼 내일 날이 밝는 대로 병원에 가세요. 꼭 가시라고요.

또 그 잔소리…. 여전하구만. 뭣 때문에 이제야 멋대로 나타나서 나한테 이러는지 모르겠네. 갈 때는 멋대로 가더니…, 그동안에는 코빼기도 안 비치더니. 거 참, 다시 보니 맹랑한 사람일세…. 찾아온 이유나 빨리 말해 보시지. 그 남자는 자신도 모르게 살짝 화를 내고 있었다. 정미연의 엉뚱하다 싶은 태도 앞에서 그만 반가운 마음이 그렇게 변한 것 같았다. 어쩌면 눈에 다시 적신호가 왔다는 말에 부쩍 신경이 쓰여서 그런지도 몰랐다.

정미연은 3년 전에 죽은 사람이었다. 그 남자의 아내였다. 정확히는 아내였던 사람이다. 그런데 왜 느닷없이…. 그동안 만나고 싶다는 바람을 갖고 잠자리에 들어도 결코 나타나지 않던 사람이었다.

그럼요. 그래야지요. 당신 그 눈 때문에 놀라서 시간을 썼군요. 나도 뭐 그렇게 시간이 널널한 형편이 아닙니다. …그러니까 지난밤에 죽으려고 했습니까? 아내가 물었다. 죽으면 사람이 아니죠. 그러니까 살아생전에는 사람 되길 포기하고서 인제 그만 귀신이 되고자 했던 게 아니냐고 묻는 것입니다. 아내는 한밤중에 자동차들이 마구 달리는 길을 무작정 건넌 그 남자를 비난했다.

　우리가 결혼한 희망예식장 있잖아? 글쎄 그 결혼예식장이 장례식장으로 변해 있더란 말이야. 얼마나 이상했겠어? 얼마나 놀랐겠냐고. 희망이 영생으로…. 마치 당신처럼. 그런데 눈에 뵈는 게 있었겠냐고…. 이 말 듣고도 당신은 괜찮아?

　흐흐흐흥…. 아내는 코웃음부터 쳤다. 그깟 결혼식장이 장례식장이 됐건 물웅덩이가 됐건, 이제 와서 무슨 상관이에요. 거기서 결혼한 우리가 이 모양 이 꼴인데. 먼저 친 코웃음으로는 부족했던 것일까, 아내는 말끝에 다시 코웃음을 달았다. 참으로 빨리도 아셨네요. 나는 벌써부터 알고 있었습니다. 2000년 1월에 새천년을 맞아 주인이 손님을 좇아서 돈을 좇아서 바꾼 겁니다. 그날도 나는 신촌 세브란스 병원에 가서 당뇨 치료를 받고 돌아오는 길이었습니다. 눈의 망막 치료까지 받은 탓인지 버스를 잘못 탔습니다. 아니면 예전에 당산동 상아아파트에 살던 기억 때문에 무심코 그 방향 버스를 탔는지도 모르고요. 안내방송에 놀라서 영등포시장앞 로터리에서 내렸죠. 언제부턴가 로터리가 없어져서 그냥 시장앞이라고 하더군요. 그때 안 겁니다. 그때 본 겁니다.

　수년 동안 망막에 수도 없이 생긴 염증들…, 그것들을 한 달에 한 번씩 찾아내, 레이저 치료를 받은 흉터투성이의 두 눈으로 그 변화를 발견했을 때, 내 기분이 어떠했겠습니까? 억울하게 죄를 뒤집어쓴 탓에 파가저택형(破家瀦宅刑)을 받은 사람 같지 않았겠습니까? 죄인의 집을 헐어 없애고 그 터에 물을 대서 못을 만들어버리는 형벌을 당신도 아시지요? 그날 밤 나는, 그 사실을 술에 떡이 돼서 귀가하신 당신에게 눈물지으며 이야기했습니다. 하지만 당신은 관심이 없었습니다. 전혀 관심이 없었다고요. 겨우 양복 상의만 벗어 던진 채 쓰러져 잠들어버렸으니까요. 그런데 이제 와서 잃어버린 고명딸이 죽었다는 소식이라도 들은 것처럼 왜 이러십니까? 하긴 우리한테는 딸이든 아들이든 아예 없으니까, 그런 소식조차 못 들겠지만요. 흐흐흐흥….

내가 술에 취해 있었다면서? 내가 알아듣고도 일부러 그런 건 아니지 않은가. 그 남자가 항변했다.

흐흐흐흥…. 웃기지 마세요! 그때는 몰랐죠. 당신이 말을 안 했으니까. 당신이란 사람은 집에 돌아오면, 도대체 밖에서 있었던 일은 붕어 입만큼도 벌리지 않는 사람이 아니던가요?

허허…! 이 사람. 내가 그때 무슨 말을 안 했단 말이야? 내가 그때 뭘 감추기라도 했다는 거야 뭐야? 이번에는 그 남자가 눙치고 드는 듯했다.

잊으셨나요? 나는 지금 귀신입니다. 사람이 죽으면 귀신이 된다는 사실을 몰라서 그러는 것이 아니시겠지요? 설마 귀신같이 알고 있다는 말도 모른다고 하는 건 아니겠죠? 나는 당신의 삶에 대해 귀신같이가 아니라, 귀신이라서 뭐든 다 알고 있다고요. 당신이 지난

여름에, 그 전 여름에, 봄, 가을, 겨울에 무슨 일을 했는지 다 알고 있단 말씀입니다. 10년 전, 20년 전의 일은 물론 당신이 태어났을 때부터 지금까지 아니, 그 전전부터 지금까지도 어찌 살았는지 환하게 알고 있단 말씀입니다. 아내의 목소리가 바짝 메말라 있었다. 독하게 매운 월남고추라도 한 개 씹어 삼키고 난 다음 같았다.

지금 내가 그날 그때 이야기를 꺼내자니 마음이 참으로 비참하네요. 그날 그때, 당신이 집 부근에 도착했을 때는 술에 그토록 엉망으로 취한 것이 아니었단 말입니다. 당신은 김하나랑 제지회사 구매부 사람들 셋을 접대했습니다. 그들과 나이트클럽으로 가서 춤을 추면서 사이사이에 19년산 국산 위스키 두 병을 나눠 마셨을 뿐입니다. 물론 그 전에 일행은 고깃집에서 소주를 두 병쯤 마셨을 거고요. 문제는 김하나와 찐하게 블루스를 췄다는 것이죠. 그래서 집에 들어올 무렵에는 당신한테 김하나의 체취가 잔뜩 엉겨 붙어 있었다는 것이 문제였지요. 당신은 그것을 떼어내고 지우기 위해 일부러 혼자, 아파트 앞에 있는 포장마차에 들러 소주 한 병을 입속에 넘쳐나게 부어댔고, 목구멍을 타고 넘은 양만큼 넥타이가 느슨해진 틈을 타고, 또 가슴속으로 흘러 들어갔지요. 그렇게 당신의 가슴과 배꼽 밑의 허리춤까지 거짓으로 흥건하게 젖어들게 만들었지요. 나는 그 일도 진즉에 알고 있었습니다. 흐흐흐흥….

아니야! 나하고 그 여자하곤 절대로 이성적인 관계가 아니야. 당신도 알고 있구만! 접대하는 자리였어. 그냥 같이 나가서 고객을 접대하는 자리였다고! 그런데 집이 가까워지니까 괜히 당신한테 미안한 생각이 들어서 그런 거라고. 그가 소리쳤다.

누구보다 내가 잘 압니다. 당신은 허리 부러진 활이죠. 그래서 죄를 지어보려고 아무리 용을 써도 지을 수 없다는 것을 너무나 잘 알고 있습니다. 그런데도 죽어서 알고 보니 화가 나더라고요. 귀신도 여자는 여자인가 봐요… 흐흐흐홍….

　

출근 시간이 지났는데도 그 남자는 사무실에 나갈 수가 없었다. 눈이 이런 꼴인데…. 나이가 쉰여덟인 독신녀 김하나 전무와 전문대학 출신의 여직원 하나를 두고 운영하는 사무실. 'D.H. 컴퍼니'. 오랫동안 오퍼상이라 해오다가 근래에는 마케팅 에이전시라고 하는 업종이었다. 취급 품목은 펄프와 제지로, 판매제안서를 제지회사 구매부서에 제시한 뒤 해당 물품을 외국에서 수입하여 파는 일이 주 업무였다. 운전기사까지 단 넷이서 일하는데도 하기에 따라서는 수입이 쏠쏠했다. 그 남자가 김하나와 더불어 문을 연 지 31년째였다. 그런 사무실에 하루가 아니라 한 달쯤 못 나간들 일에 표나게 지장이 있으랴 했다.

"사장님, 오늘 점심 약속을 해놓은 광일제지 허 사장님은 걱정하지 마세요. 모르면 몰라도 제가 나가면 더 좋아할걸요. 저 모르는 다른 약속은 없으실 테고요…. 그런데 부탁 하나 드리겠습니다."

"뭐요? 김 전무."

"병원에 가시기가 그렇게도 싫으시다면, 약국에는 꼭 가보세요. 옆에 사람도 없는데 걱정되네요. 또 사람 쓰시라는 말씀은 드리지 않겠습니다."

김하나는 시원시원했다.

전화를 끊으면서 그 남자의 입에서는 피식 웃음이 새 나왔다. 저모르는 다른 약속은 없으실 테고요…. 그랬었군. 혼잣말을 하면서 머리를 주억거렸다.

상업고등학교를 다니면서도 오로지 영어 공부만 했다는 제지회사의 여직원. 그 남자가 9년째 다니던 회사에 사표를 냈을 때, 5년째 다니던 그녀가 사표를 따라 내기 전에 내건 조건은 단 한 가지였다. 제게 존칭을 써주실 수 있다면요. 회사 생활 반년도 안 됐을 때 벌써 크게 깨달은 바가 있었습니다. 사람들이 쓰고 버린 폐지도 재생하면 값진 물품이 되는구나. 사람도 어디에 쓰이느냐, 어떤 취급을 당하느냐에 따라서 그 값어치가 달라지겠구나…. 걸레는 빨아도 걸레란 말은 틀렸어요. 폐지를 물에 빨면 홀륭한 자원이 됩니다. 값나가는 종이를 만들 수 있더군요. 그때 그 남자는 대답 대신에 그녀에게 손을 내밀어 악수를 청했었다. 같은 폐지라도 미국 폐지는 다른 나라들의 폐지보다 품질도 좋고 따라서 값도 더 높지 않아요? 나도 대접받고 살아야겠습니다. 그 남자는 그녀의 말에 머리를 끄덕였다. 그녀가 손을 마주 내밀어 그 남자의 손을 잡았다. 그러나 무슨 뜻으로 그녀가 그런 말을 하는지는 헤아리려 하지는 않았다. 그 대신에 회사 이름을 두 사람의 이름에서 갖다 지었다. D.H. 컴퍼니. 그녀가 그 남자보다 아홉 살 연하였다.

그 남자는 약국에도 가지 않았다. 대신에 이 서랍 저 서랍을 뒤져 지난겨울에 먹다가 남은 감기약을 찾아내서 한 봉지를 먹었다. 그에 앞서 라면 한 봉지를 끓여 먹었다. 감기약 말고도 병원에서 처방받아 지어 온 약도 먹어야 하기 때문이었다. 가끔 몸뚱이의 여기저기가 몹시 간지러울 때도, 숨이 차올라서 힘들 때도 있어서였다. 그러니까 온종일 물과 약, 물과 라면 한 그릇만 먹었다. 거기에다 가끔 물을 더 마시곤 했다. 그러는 사이에 하루해가 졌다.

그 남자가 꿈속으로 찾아온 아내를 다그쳤던 기억이 떠올랐다. 춘천의 소양제1교에서 승용차를 몰고 강으로 돌진한 아내였다. 다리의 난간이 부서졌고 승용차는 강물로 추락했다. 당연히 혼자 차를 운전한 아내는 죽었다. 그 남자는 아내에게 변명이라도 해보라고 소리쳤었다. 당뇨병을 10여 년 앓아온 사람이었지만 도무지 이해가 가지 않는 일이었으니까.

세상에 일어난 많은 일을 어찌 다 이론적으로 설명할 수 있겠습니까? 내가 운전 실수한 것으로 치부해도 되고, 경찰 판단대로 병 때문에 비관해 자살했다 해도 됩니다. 아내의 태도는 느물느물했다.

무슨 그따위 대답이 있어! 몰염치해도 어느 정도여야지…. 3년 만에 나타났으면 한마디 변명은 있어야 하는 거 아니냐고! 그 남자가 다시 소리치자 아내는 사라져버렸다. 금세 후회했지만 아내는 그 밤이 샐 때까지 나타나지 않았다.

아파트 발코니로 나가보았다. 바깥 사정을 알아보자는 것도 바깥 풍경을 바라보자는 것도 아니었다. 답답해서였다. 3년째 기르는 미니 선인장 화분 세 개가 야단을 맞고 내몰린 듯 창 밑에 잔뜩 움츠리고 있었다. 아내의 사십구재를 춘천에 있는 절에 가서 지낸 뒤, 사무실에 들렀다 오는 길에 거리에서 산 것들이었다.

아내의 화장대 위에 서 있던 손바닥만 한 달력이 절에서 만든 것이었다. 그것을 김하나에게 주었더니, 아내가 혼자서 다니던 그 절을 찾아냈다. 절에 전화해서 재 준비를 부탁한 것도 김하나였다. 아침 9시에 집에서 나설 때, 11시에 절에서 재를 지낼 때, 그리고 오후 2시 30분쯤 사무실 문 앞에 도착했을 때 그 남자 곁에는 김하나가 있었다. 발렌타인 위스키를 내오고 구운 아몬드와 마른오징어 접시를 내온 것도, 컵이며 얼음 따위를 내온 것도 김하나였다. 사무실에서 둘이 술 한 병을 다 비웠다. 식사며 청소며, 앞으로 많이 힘드실 텐데… 사람을 써야 하실 텐데…. 몸에 이상이 느껴지면 곧 병원에 가셔야 합니다. 이제 사모님도 안 계시니까, 옆에서 잔소리하는 사람도 없을 테니…. 잊지 마십시오. 회사 일이라면 분명히 추진하고 확실히 처리하는 그녀가, 그 남자의 개인 일에는 퍽이나 조심스러워했다.

고마워요, 사람 필요하면 김 전무한테 부탁할게요…. 아직 그 남자는 집안일에 사람 쓸 생각은 하지 않고 있었다. 표를 내지는 않았어도 김하나의 말이 좀 엉뚱하게 들리기까지 했다.

아내도 그랬었다. 김하나처럼 자꾸 병원에 가라고 했다. 혼자서 싫으면 아내랑 같이 가자고 했다. 그런데 국가보훈병원이었다. 전문가를 만나서 자문을 받은 것인지, 어디서 듣거나 본 것인지는 알 수 없었다. 묻지도 않았고 말하지도 않았으니까. 그러나 무슨 낌새를 채고 있었던 것 같았다. 견디다 못한 그 남자가 아주 대놓고 불쾌감을 드러내고 면박을 줘야 했다. 누구를 고엽제 환자 취급하는 거냐고…. 만일 그렇다면 피부에든 혈액에든 어디에든 이상이 나타난다는데 나는 아무렇지 않다, 하고 버텼다. 그 남자는 사실, 아이를 갖자고 아내랑 두 번째 병원에 갔다가 충격을 받은 뒤부터 정기적으로 병원에 다니고 있었다. 고엽제 치료를 받아온 것이다. 국가보훈병원이 아닌 일반 종합병원이었다. 다행히 중증이 아닌 경증이어서 지금껏 잘 버텨온 것이다.

자신이 고엽제 후유증을 앓고 있다는 사실을 주위 사람들이 알았다면 보냈을, 그 구정물에 젖은 듯한 껄끄럽고 축축한 눈길을 생각만 해도 끔찍했다. 그나마 벌어서 쓸 데가 별로 없으니 치료비 감당이 됐고, 그와는 상관이 없이 국가보훈처와 시에서 국가유공자연금이라는 명목으로 보내오는 돈을 다달이 얼마씩 받아오고 있었다.

그런 까닭에 그 남자는 아내가 한 차례도 아이를 갖지 못했던 것을, 부부에게 아이가 생기지 않았던 것을 참으로 다행이라고 여겼다. 그런 사실을 모르고 세상을 뜬 아내한테는 뭐라 할 말이 없지만….

두 사람이 사무실에서 나왔을 때였다. 길바닥에다 나란히 나란히 늘어놓은 황토색의 아주 작은 화분들이 보였다. 언뜻 화분마다 그 크기에 딱 어울리는 빨간색, 노란색, 분홍색의 동그란 꼬마전구들을 박아놓은 것 같았다.

저게 뭐죠, 김 전무?

미니 선인장인데요, 사장님. 요즘 유행하는 기노칼리시움 미하노비치. 한국말로는 비목단. 나이 든 사람들이 보면 5와트짜리 색전구가 켜진 신혼 방들을 추억한다고 하더군요. 그러니까 저 같은 사람은 아니고요….

자세히 보았더니, 세로주름을 또렷또렷하게 잡아 세운 기둥 위에, 역시 같은 식의 주름을 잡은 꼬마전구만 한 머리가 붙어 있었다. 움츠린 고슴도치 새끼처럼 한껏 가시들을 세우고 있었지만, 앙증맞고 귀엽기가 그지없었다. 게다가 마치 머릿속에 색색의 불을 켜놓은 듯 환해서 좋았다.

꽃이 피면 너무너무 예쁩니다. 주인 여자가 설명했다.

저기서 꽃대들이 솟아 꽃봉오리들이 맺히고, 그것들을 하나하나 터뜨린다는 겁니다, 사장님. 가시들 속에서 핀 꽃들을 보고 있으면 훔치고 싶어진다니까요. 신비롭기도 하고 환상적이기도 합니다. 김하나가 술 때문인지 좀 과장된 설명을 덧붙였다.

그래요, 내 눈에도…. 그 남자는 동의했다. 신혼의 분위기를 조성한답시고 침실에서, 비싼 전기를 아껴야 한다고 화장실에서도 사용되던 5W짜리 색전구였다. 그러고 보니 그 시절에는, 집마다 침실과 화장실에 그런 공통점이 있었다. 색전구 등불 속에서 옷을 벗는다는 것. 하지만 집마다 사정은 서로 달랐을 것이다. 침실에서는 자주 벗는 경우도, 가끔 벗는 경우도, 아예 벗을 필요가 없는 경우도 있었을 것 아닌가 했다.

색전구 몇 개 사드릴까요, 사장님? 그러고 보니 선인장이 왠지 사장님을 많이 닮은 것 같네요. 잎들이 퇴화해서 수많은 가시가 되면서, 목질의 줄기를 버리고 부드러운 육질을 택한 기형의 식물. 육질을 속에 두고 가시들로 에워싸는 이율 배반…. 꼭 고슴도치 새끼들 같잖아요? 귀여워 죽겠어도 만질 수 없는….

그 남자는 확실한 생각도 없으면서 머리를 끄덕였다. 고슴도치 새끼들이라…, 그래 고슴도치였지…. 얼핏 자신을 그렇게들 부르던 시절이 머리를 스쳤다.

김하나는 그 남자의 동의도 없이 색깔별로 고슴도치 세 마리를 아니, 비목단 미니 선인장 세 분을 샀다.

비목단은요, 두 가지 선인장을 접붙인 거예요. 부부도 그렇잖아요? 일심동체. 여기 골이 진 원기둥 꼭대기에다 능선들이 있는 구형을 올려놓았잖아요? 김하나의 설명은 미리 준비해 놓고 있었던 것처럼 시원시원했다. 언제나 그랬다.

물을 자주 주면 썩는다는 것쯤은 알고 계시죠? 여름에는 보름에 한 번, 겨울에는 두 달에 한 번쯤만 주세요. 주인 여자가 두 사람을 번갈아 보면서 주의를 주었다. 두 사람이 무슨 관계인가 하는 것 같았다.

김하나는 선인장분들을 담은 검정 비닐 봉투를 자신이 받아 들더니, 회사의 승용차가 올 때까지 길가에서 같이 기다리겠다고 했다.

사장님, 혹시요…, 지금 선글라스 끼고 있다는 사실을…, 혹시 잊어버린 것 아니시죠? 그녀가 조심스럽게 물었다. …아니요. 알고 있어요. 눈이 심하게 아파서 그래요. 의사도 그러라 하고…. 그 남자가 얼른 둘러댔다. 아! 그러셨군요. 알고 계셨군요. …죄송합니다. 그녀가 사과를 했다.

그 남자는 승용차를 타고 출발하면서 괜히 안도했다. 김하나가 충분히 그럴 수 있었다. 지난 49일 동안, 그녀는 그 남자가 선글라스를 끼고 있는 모습만 보아왔을 것이었다. 실내에서도 실외에서도, 더욱이 사무실 안에서도…. 밤에도 낮에도….

경찰이 말한 병원으로 그 남자가 찾아가서 지하실의 냉동 보관소에서 아내의 얼굴을 확인한 뒤에도 믿어지지 않았다. 처음에 경찰이 전화를 걸어, 그 남자에게 강물 속에 가라앉아 있던 차량의 종류와 색깔, 운전자의 소지품에서 나온 주민등록증까지 설명했는데도 무조건 아니라고 강력하게 부인한 터였다.

그때가 전쟁터에서 돌아온 뒤에는 처음이었다. 두 눈에 모래라도 한 줌씩 들어간 것처럼 꺼끌거리고 따가웠다. 화장실로 가서 거울을 들여다보았을 때, 처음에는 그저 얼떨떨했다. 핏빛 두 눈이 낯설어서였다. 그런데 곧 머릿속에서 40여 년 전의 일들이 회오리를 일으켰다. 총소리도 들리는 것 같았다. 이제는 거의 잊었다 한 일들이 생생하게 눈앞을 스쳐갔다. 그 남자는 두 주먹을 말아 쥔 채 진저리를 치고 있었다. 그때 그 남자는 황급히 선글라스를 찾아서 끼는 수밖에 없었다.

지난 3년 동안에 두 번이나 가시들 속에서 꽃이 피었다. 머리 색깔을 따라 핀 작은 석류꽃같이 생긴 꽃들이었다. 들었던 대로 좀 신비롭기도 환상적이기도 했다. 확실히 기형의 식물이고 이율배반성을 가진 식물의 꽃 같았다. 언제 물을 줬는가 싶은데도 꽃대가 나오고 꽃봉오리가 맺혀서 터졌던 것이다.

여전히 머리가 욱신거렸다. 술을 한잔 마셔볼까. 하지만 집에는 술이 없었다. 아내는 그 남자가 밖에서 술을 마시는 것을 두고는 잔소리를 하지 않았다. 하지만 집에는 아예 술을 두지 않았다. 둘이 살 때 아내가 싫어했던 술을 혼자 살게 되었다고 해서 집에 들일 수 없었다. 1년에 한 번, 혼자 어머니 산소에 가서 제사를 지내고 오는 길에는 어쩔 수 없었다. 등골을 삭풍이 쓸고 가는 느낌 때문이었다. 어젯밤이 바로 그런 때였다.

그 남자는 남은 감기약 한 봉지를 마저 먹었다. 그리고 다른 약들도 잊지 않고 먹었다. 약을 먹기 전에 다시 라면을 끓였지만 반도 먹지 못했다. 국물을 화장실 변기에 버린 뒤 남은 건더기를 뒤쪽 발코니의 음식물 쓰레기 봉지에 담았다.

3

그 남자는 선글라스를 낀 채로 음식물 쓰레기가 든 비닐봉지를 손에 들고 집을 나섰다. 혼자 사는 동안 가장 곤혹스러운 것은 음식물 쓰레기 처리였다. 다른 쓰레기야 밤중에 들고 나가서 경비실 옆에 늘어놓은 큰 자루들에 분리해 넣으면 그만이었다. 그 길로 어디든 볼일이 있으면 가도 되었다. 설혹 일주일에 한 번 있는 분리수거 날을 놓친다 해도 집 안에 쌓인 양이 좀 늘어날 뿐이었다. 하지만 음식물 쓰레기는 달랐다. 들고 나가 내용물을 버리고 나면 남은 비닐봉지를 따로 처리해야 했고, 손을 씻지 않으면 곤란했다. 그래도 견딜 만했다. 그런데 한여름에는 하루만 지나도 비닐봉지 속에서 썩었다. 썩어서 이왕에 고약한 냄새가 더욱 고약해진들 어떠랴. 문제는 벌레가 생기는 거였다. 하루만 돼도 그런 지경인데, 일주일을 넘겨 2주일을 못 버리는 경우도 생겼다. 밖에서 몇 차례 끼니를 해결했다 싶으면 그랬다. 그럴 때는 미치고 환장할 일이 벌어졌다. 모기약을 갖다 들이붓듯이 뿌려도 별무효과였다. 그러다 보니 음식물 쓰레기를 아예 발생시키지 않는 방법이 최고였다. 될 수 있으면 세끼를 아예 밖에서 해결하는 것이 좋았다. 순전히 그 때문이었다. 사람이 먹지 않고 살 수 있다면 좋은 점이 한둘이 아닐 터였다. 치사해지지도 더러워지지도 않을 것이다.

이제 잘 피해오던 짓을 다시 하려는 참이었다. 3년 만에 왔다 간 아내 때문이었다. 등골에 이는 찬바람을 견딜 수가 없었다. 머릿속이 지끈거리기까지 했다.

아파트 상가에 있는 생맥줏집에 사람이 많았다. 30평쯤 되는 홀에 빈자리가 없었다. 저 사람들이 모두 음식물 쓰레기를 버리고 이곳에 모인 것인가. 그 남자는 화장실로 가서 꺼림칙한 두 손부터 씻고 나왔다. 마침 세 사람이 앉아 있던 자리가 비었다.

그 남자는 생맥주 500시시짜리 넉 잔을 비우면서, 소주 한 병을 나눠서 탔다. 등골의 삭풍이 좀 잦아들면서 지끈거리던 머리가 수월해진 것 같았다.

헤어어지기이 서업서업하하여어 마앙서얼이느은 나아에게에 굳바아이하며 내애미이느은손 거엄은자앙갑끼인손 할마알은마안아도 아아무우말 모옷하고 돌아아서느은내애모양으을 저어다알은 우우스으리이…. 머언 나암쪽 서엄에나이라 월나암에 다알밤 시입자아성 저벼얼비이츤 어머어님어얼굴….

그 남자는 콧방귀를 뀌듯 노래를 흥얼거렸다. 술기운이 오르면 곧잘 그런 식으로 노래를 불렀다. 그런데 오늘은 자신도 모르게 한

곡이 더 나왔다. 운다아고 옛사아랑이 오리요마아는 눈무울로 달래애보는 구스으을픈 이이마아암 고요요오히 창을 열고오 달비이슬 보오니….

특별히 노래를 좋아하는 것도 아닌데 그랬다. 「검은 장갑 낀 손」은 그 남자의 유년기에 유행한 것이었다. 텔레비전이 그 시절의 최신 발명품으로 이 나라에 나왔을 때, 그 남자가 사는 동네에는 한 집에만 있었다. 어쩌다 혼자서 살짝 텔레비전을 보러 갔을 때 남성 사중창단이 나와 노래를 불렀다. 솜사탕을 혀로 핥는 것처럼 목소리가 달콤했고 구름 위에 누운 듯이 푸근했다. 그런데 좀 슬펐다. 그때 그 남자는 문득 어머니가 생각났다. 참으로 엉뚱하다 싶었다. 그런데 전쟁터에서 「검은 장갑 낀 손」을 라디오로 우연히 들었을 때였다. 또 어머니가 머릿속에, 눈앞에 나타났다. 자신의 어머니가 그런 사람인가 해졌다. 달콤하고 푸근하고 좀 슬프고…. 어머니가 세상을 뜨기 전까지는 그랬던 것 같다. 그 무렵부터 술에 취하면 「월남의 달밤」이랑 섞어서 불렀다. 월남이 무슨 섬나라인가, 하면서. 드응신들! 하면서. 그런데 「애수의 소야곡」은…. 그 남자에게는 신곡이었다. 그랬다. 정미연 때문이었다. 아내가 갑자기 사라져버렸을 때, 그것도 혼자 남은 남편이 부르는 노래였다. 우운다고 애사아랑이 오리이요마안은….

현관문을 열고 들어서자 기다렸다는 듯이 집 전화의 벨이 울렸다. 그 남자가 거실의 불을 켜기 위해 막 스위치에 손을 내밀었을 때였다. 어둠 속에 숨어 있던 누군가가 갑자기 손등을 후려친 것처럼 놀랐다. 전등에 확 불이 들어왔다.

"왜 핸드폰 안 받으세요? 핸드폰 잊고 밖에 나가셨던 거예요? 이제야 약국에 다녀오시는 참이세요?"

김하나였다.

"그래요. 그런데 웬일이요?"

그 남자는 그녀의 몇 가지 질문에 뭉뚱그려 대답했다.

"보고는 드려야죠. 광일제지 허 사장님 만나 점심 잘 먹었고요, 클레임 건은 우리 제안대로 하겠대요."

그녀의 목소리는 밝고 경쾌했다.

"수고했어요."

문득 자신이 고엽제 환자라는 걸 안다 해도 김하나가 허물없이 대할까 해졌다.

"몸은 괜찮으신 거예요? 내일은 나오실 수 있으세요?"

그녀가 다시 질문을 퍼부었다.

"그래요. 걱정해줘서 고마워요."

그 남자는 이만 전화를 끊으려 했다. 성실하게 근무하는 것이라는 것을 알면서도 성가셨다.

"그런데, 사장님. 어떤 남자분이 전화하셨어요. 자기를 멧돼지라고 하면 잘 아실 거라고 했습니다. 본인이 암으로 병원에 입원해 있는데 죽기 전에 한번 만났으면 한다면서…. 아니, 만나서 꼭 정리할 일이 있다면서…. 저는 모르는 사람인데 사장님은 아시는 분이세요?"

그 남자는 아무 대답도 하지 못했다. 입이 굳어버린 느낌이었다. 심장이 멈춰 서는 것 같기도 했다.

"병원하고 병실 번호를 받아 적어 두라고 해서 적어 놨습니다만."

그 남자는 전화를 끊었다. 그 전에, 알았어요, 내일… 어쩌고 대꾸를 한 것 같긴 했지만 뚜렷한 기억이 없었다.

멧돼지! 구종구… 멧돼지 구종구…, 그 인간 같지 않은 자가 내게 전화를 했더란 말이지. 그 자식이 나한테 만나자고 했다 이거지, 드디어…. 또 무슨 수작을 붙이려고….

그 남자가 한국의 육군 상병 계급으로 미국 용역선 바렛트호에서 5박 6일 동안의 뱃멀미를 견뎌낸 끝에 월남국 나트랑 항에 도착한 것이 2월 15일이었다.

줄지어 기다리고 있던 1과 2분의 1톤짜리 트럭 편으로 다른 8백여 명의 병력과 함께 사단 보충대에 들어가서 2박 3일, 거기서 연대로, 대대로, 중대로 계속 팔려갔고, 마침내 수색중대 장거리 정찰대인 알파팀에 배속되기까지 3박 4일이 걸렸다.

벙커식 반지하 내무반부터가 전쟁터 분위기가 물씬 났다. 안으로 들어갔을 때, 그 남자의 눈에 들어온 광경이 하도 뜻밖이어서, 처음에는 자신이 잘못 왔나 했다. 나중에는 최후참인 자신을 놀려주려고 이러나 했을 정도였다.

두 줄로 머리를 벽에 붙여 놓은 야전침대에 편하게 걸터앉아 있거나 언저리에 서 있는 대원들이 한꺼번에 그를 바라보았는데, 대여섯 명의 두 눈이 이상했다. 장난스럽기는 한데 꼭 그렇다고 할 수가 없었다. 곧 핏물이 눈시울을 넘어 두 볼을 타고 흘러내릴 것 같았는데 그 광채가 심상치 않았다. 사나웠다. 섬뜩하기도 했다.

그 가운데 하나가 구종구 병장이었다. 어째, 내 눈이 이상허냐? 하나도 이상헐 것 없어. 기달리드라고! 니 새끼도 몇 번 정글을 기고 나면, 저절로 프랑켄슈타인 눈이 된단께…. 그가 묻지도 않았는데 나섰다. 아마 그 남자가 그 가운데서 정도가 가장 심한 그를 유심히 보고 있었던 모양이었다. 그런 그가 그 남자가 사용할 침대를 정해 주었다. 바로 자신의 옆자리였다.

그 남자는 곧장 M16 소총과 많은 양의 실탄과 빈 클립들을 비롯한 기본적인 개인 장비들을 지급받았다. 그것들을 침대 머리 한쪽에 있는 철제 캐비닛의 윗단과 아랫단에 정리해야 했다. 정리하고 보니 놀라운 것은 실탄이 네 클립이나 되는데도, 빈 클립이 들어가 있는 탄띠가 아닌 탄입대가 2개나 있었고, 빈 수통이 다섯 개나 된다는 것이었다. 연막탄이며 가스탄, 수류탄 따위의 장비들은 작전 출정 전에 부팀장이 지급하고, 종료 후 귀환해서 반납 정리한다 했다. 이런 일까지도 구종구 병장이 설명했다.

이때 누군지, 동작 그만! 전 대원 동작 그만! 하고 외치는 소리가 들렸고, 그 남자가 그쪽으로 눈을 돌리자, 중앙에 체격이 좋은 중사 하나가 서 있었다. 그가 하일성 중사, 곧 알파팀의 부팀장이었다. 그가 말했다.

우리 알파팀에 영어 통역이 가능한 황덕수 상병이 합류함으로써 팀 구성이 완료됐다. 발대식은 팀장 나광덕 중위님이 금일 석식 후인 16시에 이 자리서 열기로 했다. 그에 따라서 사전에 축하 석식을 부팀장이 제공하는 시레이션으로 열겠다. 이상! 박수 소리와 함께 함성이 솟았다. 그러니까 그 남자는 알파팀에 '영어 통역 가능한' 역할을 맡으러 불려왔다는 것이다. 정작 본인은 그런 말을, 그와 비슷한 말도 들어본 적이 없었다. 그래도 강압적인 분위기가 아니어서 적이 마음이 놓였다.

그보다 파월 3개월 선참인 구종구가 앞으로 나섰다. 그는 손에 삽날을 기역자로 세운 야전삽을 들고 있었다. 구종구는 가운데 놓여 있는 카키색 시레이션 상자 두 개 가운데 하나에 다가서더니 야전삽을 머리 위로 한껏 치켜올렸다. 상자는 지름이 5밀리미터쯤의 강선에 열십자(+)로 묶여 있었다. MEAL, COMBAT, INDIVI-DUAL….

그는 차력사처럼 기합을 넣으면서 삽날을 내리찍었다. 챙! 하고 경쾌한 소리를 내면서 여지없이 끊어져 나간 강선이 튀어 올랐다. 곧 나머지 강선 하나도 그렇게 끊어져 나갔다. 남은 상자 하나도 마찬가지였다. 정확하면서도 능숙한 솜씨였다. 박수가 쏟아졌다. 그는 마치 무대에 선 사람처럼 꾸벅꾸벅 인사를 했다. 나중에 안 사실이지만 그는 팀장이 특별히 뽑은 대원이라 했다. 중대에 있을 때 이미 전과를 올린 적이 있었던 것이다.

부팀장이 서랍식으로 된 안 상자를 빼내자 작은 상자들이 촘촘히 들어 있었다. 모두 12개였다. 다시 말해 12식이었다. 그것을 부팀장은 직접 1식씩 팀원들에게 나눠주었다.

나중에 보니 팀에 얼마든지 보급되는 것이 시레이션이었는데, 재미 삼아 그랬던 것 같았다. 그래도 그때 1식을 받는 순간 가슴이 아릿했었다. 꼭 생채기에 소금기가 닿는 느낌이었다.

이것이 육이오 전쟁이 났을 때, '공산주의자들의 손아귀에서 대한

민국을 지킬' 목적으로, 부산 수영비행장에 공수된 스미스부대 406명이 고작 이틀분씩 소지하고 왔다는 개인용 전투식량이로구나. 전쟁이 끝날 때까지도 한국군한테는 단 한 상자도 지급되지 않았다는 그것이로구나.

이제 그 남자는 그렇게 지아이(GI)가 되었다.

장거리 정찰을 나갈 때면 영어 통역이 가능한 대원으로서 시레이션 깡통들을 산처럼 쏟아놓고, 짐을 줄여야 하는 대원들에게 배낭에 넣어갈 것과 버리고 갈 것을 구분해 주던 일을 한동안 도맡아 했다. 내용물 표시가 모두 영어로 돼 있었기 때문이었다. 그로서는 꽤나 보람 있는 일이었다.

먼저 큰 깡통…, 이건 비프 앤 누들이야, 아니 소고기 국수야, 가져가. 이건 비프 우이즈 스파이스 소스 아니, 양념 소고기야, 가져가. 이건 토마토 파스타야, 가져가. 다음은 중간 크기 깡통들…, 이건 땅콩버터니까 버리고, 이건 크래커 이건 초코 비스킷이니까 다 버려야지. 이건 과일 칵테일이니까 버리고…. 바로 이것, 소고기 패티만 가져갑니다. 다음은 납작 깡통들… 무조건 버려야 한다는 것 다 알죠? 마지막으로 부속대 속에 들어 있는 것들… 껌, 딱성냥, 커피 가루, 우유 가루, 담배, 휴지 중에서 성냥하고 커피만 가져갑니다. 담배 가져가면 안 됩니다. 끝….

수색중대로 보충된 병력 대부분이 강제 차출된 경우였다. 대졸, 대재자가 1할 정도에 고등학교 졸업자가 5할 정도나 되었을까, 나머지는 중학교 졸업자거나 초등학교 졸업자였다. 심지어는 구종구처럼 초등학교 졸업자가 입대하고 싶어 속인 경우도 있었다. 알파팀은 조직을 개편하기 전에도, 수색중대 소속이었다가 선발된 병사들이 반쯤이었고 나머지는 다른 부대에서 뽑아왔거나 갓 파병된 경우였는데, 그들도 사정이 다르지 않았다.

그러니 그 남자는 별종이었다. 그것도 별종 중의 별종인 셈이었다. 첫째는, 대학교 재학 중에 자원해서 전쟁터로 왔다는 점이었고, 다음은 2대 독자라면 군 면제를 받을 수도 있는데, 기어이 군에 자원 입대했다는 점이었다. 또 운동 경력이라고는 중학교 때 1년 정도 유도를 한 것뿐이어서 다른 대원들과 비교된다는 점이었다.

사실 그 남자는 자고 새면 시위만 해대는 학교가 싫었다. 나가 있기가 불편하고 거북했다. 4·19도 알았고 5·16도 알았다. 그리고 그 뜻도 존중했다. 한일회담의 과정과 결과에 불만이 있기도 했다. 3선 개헌은 매우 잘못된 일이라는 쪽에 적극 동조하기도 했다. 그렇다고 학생들이 날이면 날마다 시위만 해서야 되겠는가 했다. 시위할 때는 시위를 하고 공부할 때는 공부를 했으면 했다. 학생들이 공부하지 못하면 본인의 장래가, 가족의 미래가 캄캄하다는 생각이었다. 나라에도 5·16만 일어나라는 법이 없었다. 그보다 험악한 일이 곧 벌어질 것만 같았다.

2학년 1학기, 그 한 학기 동안은 충심으로 시위대에 참여했다. 그 결과로 학기 말에 혹독한 대가를 치러야 했다. 장학생은 학년별로 한 과에 딱 2명씩만 있었는데, 과 수석은 등록금의 전액을, 차석은 반액을 감면받았다. 그 남자는 하마터면 차석 자리조차도 놓칠 뻔한 것이다. 그런데도 세상은 달라질 기미조차 보이지 않았다. 고향 음성의 부모님께 할 말이 없었다. 거기에 가정교사 자리까지 붙들고 있기가 어려워졌다.

시위 학생들은 도서관까지 들어와서 휘젓고 다녔다. 동조하지 않는 학생들을 비겁자들이라고 소리쳐 비난해댔다. 간신히 등록금을 내고 학교에 다녔지만, 교내 식당에서 15원 하는 시래기 국밥을 사 먹을 돈이 없어서 점심을 건너뛰는 날이 많았다. 그 남자는 그 지경까지 가지 않긴 했어도, 굶주림을 견디다 못한 학생이 선택하는 마지막 길은 병원을 찾아가서 매혈하는 것이었다. 그래도 시위가 벌어지면 같이 교문께로 나가서 경찰들과 맞서고, 밀기도 밀리기도 했다. 최루탄에 맞서 돌멩이를 던졌다. 최소한 그렇게라도 해야 마음의 불편함을 다소나마 덜 수 있었다.

그렇게 두 학기를 더 버텨낼 수 있었던 자신이 참으로 용했다. 3학년 2학기가 되자, 병충해를 입은 농작물처럼 우울증이 깊어졌다. 자신이 죽어가고 있었다. 자취방에서 새벽에 일어나 학교 갈 준비를 하다 보면 숨이 잘 쉬어지지 않았다. 4학년 선배 하나가 학교 화장실에서 자살한 것은 더없는 충격이었다. 시위대에 휩쓸려 다닌 탓에 그만 코스모스 졸업마저 못하게 됐는데, 졸업식장에 부모님이 오셨던 것이다.

아무리 생각해 봐도 갈 곳은 하나밖에 없었다. 군대였다. 군대에 나가서 실컷 두드려 맞기라도 한다면 어떨까 했다. 그러니까 3학년 2학기 중간에 군에 자원 입대한 것은 그 남자가 살기 위한 궁여지책이었다. 그때까지 겨우겨우 버틴 셈이었다. 그마저도 2대 독자인 그 남자에게는 쉬운 일이 아니었다. 그런데 입대한 지 1년을 넘기자, 그 남자는 실탄이 장전된 카빈총의 방아쇠울에 오른손 검지를 찔러 넣은 채 총구로 제 턱 밑을 받치고 있을 때가 자주 있었다. 흘러가는 세월이 허망하기 그지없었다. 총을 어깨에 메고 산다는 것이 헛되고 또 헛되다는 생각이었다. 꼭 죽고 싶은 생각은 아닌 것 같은데 어쩌자는 거지 하던 차에, 이번에는 '월남 파병'에 자원하는 길을 생각해낸 것이다. 죽음이 지천으로 깔린 전쟁터에 가면 도리어 살고 싶어지지 않겠는가 했다. 그런 생각으로 자원서에 도장을 찍었던 것이다.

대원들에게 시레이션을 골라주는 보람은 그리 오래가지 못했다. 두 달이 지나 석 달째가 되자, 깡통을 귀에 가까이 대고 흔들어만 봐도 누구나 내용물을 정확히 구분할 수 있게 된 것이다. 다 그 남자만큼 영리한 청년들이었다.

구종구가 왜 전화를 한 것인가. 느닷없이. 그 남자는 1967년 2월 21일부터 11개월쯤 그와 같은 부대에서 복무했다. 그는 병장이고 그 남자가 상등병일 때 시작되어, 하사와 병장일 때 끝이 났다. 하지만 그는 그 남자보다 3개월이나 파월부대 선참이었다.

장거리 정찰대에서는 계급 못지않게 까먹은 시레이션 깡통 수가 중요했다. 목숨을 내놓고 벌이는 싸움판에서, 목숨을 지킬 수 있는 기술은 곧 경험에서 나왔다. 그보다 더 값진 것이 있을 수 없었다. 귀국할 때 한 장만 가지고 가면 근동까지 소문이 난 효자가 된다는 골드스타 14인치 TV 면세 쿠폰보다, 귀국 휴대품 상자에 한 대만 넣어가면 남대문 도깨비시장의 상인들이 서로 사려고 싸움을 벌인다는 SONY 630이나, AKAI 1710 릴 녹음기도 선참의 값어치에는 비할 바가 아니었다. 그런데 구종구가 그 남자한테 유별난 관심을 보였던 것이다.

너 말이여 내가 한 가지 물어볼 것인디 사실대로 대답해야 써. 알 겄냐? 구종구가 귀에 대고 소리쳤다. 레콘도 교육대에 들어간 지 4주째의 첫날이었다. 처음으로 실시하는 헬기 탑승과 착지 훈련을 앞두고 있었다. 03시에 기상. 달랑 백열등 하나 켜진 연병장에서 완전군장을 한 교육생들이 땅바닥을 굴렀다. 발목이 나가면 평생 불구, 허리가 나가면 평생 고자, 목이 나가면 평생 수면! 허리를 꺾어라! 바람처럼 신속하게! 조교들이 악을 써댔다. 04시. 휴식시간도 없이 날아온 헬기에 탑승했다. 누구 하나 손목시계를 찬 교육생이 없어서 먼저 입교해서 미군 조교들로부터 특수교육을 받았다는 한국군 조교들의 입이 곧 알람 시계였다.

구종구가 그 남자의 왼쪽에 앉아 있었다. 프로펠러 돌아가는 소리가 정수리를 두드려대는 것 같아서 어지러웠다. 알았습니다아! 무슨 말입니까아? 그 남자도 그의 귀에 대고 소리쳤다.

너 말이여, 말 못 하는 귀신이라도 씌었냐? 니 입안에 구데기 실었을 것 같은디…. 그 말은 그 남자에 대한 호의였다. 선참으로서 대단한 아량을 베푸는 것이었다.

아닙니다. 지금 말하고 있지 않습니까? 그 남자가 대답했다.

인자 본께 참말로 그렇구만잉. 그 입에서도 말이 나오는구만잉. 그의 밝은 목소리였다. 앞으로도 말 잔 허고 지내라. 고슴도치만치로 지내지 말란 말이여. 살어서 고향 땅 볾아볼 것이라면 대원들허고 친허게 지내야 쓴단께. 니가 계속 지리산 고슴도치만치로 지내면, 꼭 놈덜이 못 댕긴 대학 잔 댕겼다고 사람 무시허는 것같이 보인단께. 작전 뛸 때 너를 뒤에서 봐줄 대원이 아무도 없을 것이란께. 알겄냐?

그러고 보니 그 남자는 한 달도 넘게 그렇게 지냈었다. 꼭 움츠린 고슴도치처럼. 구종구와 사적인 이야기를 나눈 것도 그때가 처음이었다.

4

아내가 한밤중에 또 그 남자를 찾아왔다. 그 남자는 어젯밤에 만났을 때처럼 놀랐다. 당신은 벌써 죽은 사람이잖아. 그런데 어떻게 또 나타난 거야?

그 남자는 좀 짜증을 냈다. 아내는 시물거렸다. 코웃음조차 나오지 않는다는 뜻을 얼굴에 담고 있었다. …물론 잘 알고 있습니다. 그런데 내가 어젯밤에 뭐라고 말씀했습니까? 나는 귀신입니다, 하고 말씀했지요. 당신의 속마음까지도 다 알 수 있는 것이 귀신이라고 말씀하지 않았느냐고요.

아내의 말씨는 표정과는 달랐다. 자분자분했다. 수틀 속의 천에 한땀 한땀 색실로 무늬를 떠 나가는 듯싶었다. 그건 그렇고 구종구 씨한테서 전화왔었죠?

당신이 그걸 어떻게 알아? 그보다 그 인간을 당신이 어떻게 안다는 거지? 그 남자가 놀라서 쏘아붙였다.

어허! 또 실수하신다. 나는 귀신이라고 몇 번이나 말씀해야 해요? 그 사람 구종구가 정말로 죽어가고 있답니다. 벌써 십수 년 전에 국가보훈병원에서 고엽제 후유증 판정을 받고 치료를 해오던 중에, 5년 전에는 방광암 판정을 받았대요. 다시 금년 4월에는 말기 판정을 받았고요. 그런데 이제는 국가보훈병원이 징글징글하다는군요. 그래서 죽을 때라도 일반 병원에서 죽겠다고 저렇게 입원했답니다.

자세히도 안다. 그럼 이번에는 그 말 하려고 다시 온 거야? 그게 아니겠지? 다른 이유가 있겠지. 그 남자가 다그쳤다. 어젯밤에는 내가 물은 말엔 제대로 대답도 안 하더니, 그런 인간 소식이나 전하려고 왔느냐고. 나도 그 인간의 이름만 들어도 징글징글해. 구역질이 날 지경이라고! 그의 말소리가 높아져 있었다.

이때 아랫배에 찢어지는 듯한 통증이 일었다. 그 남자는 누운 채로 펄쩍 뛰어올랐다가 떨어졌다. 침으로 사지를 고정해놓은 개구리의 배를 송곳으로 찌른다면 그런 반응이 올 것 같았다.

신혼여행에서 돌아온 뒤에 당신이 첫 출근 했던 날의 밤이었습니다. 만취해 돌아와서 내 아랫배에 주먹질을 했지요. 그때의 통증이 꼭 그랬습니다. 이제 아시겠습니까? 나는 신혼집에서 맞은 첫날밤을 그런 통증 속에서 시작했습니다. 그러니까 아내가 하고자 하는 말의 전조로 그 남자의 아랫배에 통증을 줬다는 것이었다. 조용히 하고 들으라는 뜻이었다.

사실 우리가 온양온천에서 보낸 2박 3일의 신혼여행이 어떠했던가요? 도착한 첫날 낮에는 그 나이 때까지 소망해온 것들을 다 얻은 것처럼 기뻐했으나, 밤에는 도무지 얻을 게 없었습니다. 이유는 당신이 영 힘을 쓰지 못하는 데 있었습니다.

그 남자는 이제라도 미안해! 하고 말하고 싶었지만, 입이 열리지 않았다.

낮 동안 내내 달궈놓은 화덕에서 빵을 굽고 요리를 하는 것이 아니고, 물을 들이붓는 격이었다고 한다면 적절한 비유가 될까요? 그래도 나는 경험이 없는 사람들이 만났으니 이럴 수도 있는 것이겠지 하고 이해를 했습니다. 전쟁터에 나갔다가 두 눈이 시뻘겋게 되어서 살아 돌아온 사람인데, 하고 믿었던 것이죠.

미안해! 정말 미안하다니까아… 하고 말하려 했지만, 역시 입이 열리지 않았다.

쯧쯧쯧쯧…. 내가 미쳤지! 미쳐도 단단히 미쳤지. 그때 왜 그런 생각을 했는지…. 그때부터 나는 당신을 더욱 사랑해야겠다고 굳은 결심을 했다는 것 아닙니까! 내가 아니면 누가 저런 사람을 이해하고 사랑하겠는가, 했다니까요. 다시 생각하면, 실로 한심한 철부지의 참으로 주제넘은 생각이었지만. 쯧쯧쯧쯧…. 그런데 당신은 그때 내게 어떻게 했습니까? 폭력으로 자신의 불능에 대한 화풀이를 하지 않았느냐고요!

정확히는 부전이야. 불능과 부전은 엄연히 다르다고. 그리고 폭력, 폭력 하는데, 딱 한 번이었어! 물론 잘했다는 말은 아니야. 그 남자가 항변했다. 비로소 입이 열렸다.

뭐라고요? 딱 한 번이었다고요? 그런 말씀이 그 입에서 잘도 나오십니다그려. 기가 콱 막힙니다!

순간 그 남자의 왼쪽 뺨에, 휘두른 채찍의 끝에 걸린 듯한 충격이 왔다. 생살이 찢어지는 것 같은 통증이었다. 정신이 아득해졌다.

당신, 아직도 정신을 못 차리셨군요. 요즘 젊은 애들처럼 무릎이라도 꿇리고 좀 밟아드려요? 그래서 두 손 모아 싹싹 빌게 만들어요? 대답해 보십시오! 나는 이제 무소불위의 귀신이라니까요.

그 남자는 아직도 정신을 못 차리고 있는 사람이 이제 와서 무슨 대답을 하겠는가 했다.

엄살떨지 말고 대답하세요. 지금 당신 졸도하지 않았잖아요. 그때 당신에게 얻어맞은 내가 졸도했었지. 지금 당신은 꿈을 꾸고 있다고요. 나는 귀신이고. 하긴! 졸도했으면 저 사람 말이 들렸을까.

알았어! 내가 그때도 지금도 잘못했소. 앞으로 정신 차리고 잘할게.

앞으로라고요? 흐흥… 우리에게 앞으로가 있나요? 아무튼 꼭 변비 환자 항문에서 뭐 나오듯이 하는 대답이군요. 당신은 월남에서도 그런 식으로 얼렁뚱땅 어물어물 지냈던 거 아닌가요?

별걸 다 묻는군, 허허허….

아휴! 이제는 웃기까지…. 제발 앞으로는 제대로 좀 사세요. 꼭 그렇게 아픈 맛을 봐야 내 속을 알겠어요. 단 한 차례였다고요? 이 턱에 푸르딩딩한 자국이 안 보여요? 당신이 미안하다 미안하다, 가자고 가자고 해서 성형외과에 가서 엉덩잇살 떼어내 붙였지만, 본 얼굴이 되던가요? 또 엉덩이에 남은 흉터는 어쩝니까? 참, 기가 막혀!

그때 그 남자는 지난밤에 밖에서 마시고 들어온 술이 아침까지도 덜 깬 상태였다. 회사 부근에 있는 대중 사우나에 가서 땀을 뺄 생각으로 아침 일찍 집을 나서던 참이었다. 그 남자에게, 아내가 이걸 마시고 나가라면서 유리컵을 내밀었다. 그리고 식탁 위에 있는 자그마한 쇼핑백을 턱으로 가리키며 말했다. 이건 회사 책상 서랍에 넣어두고 점심 식사 후에 잊지 말고 드세요. 쇼핑백 허리에 무슨 한의원의 이름이 있었다. 나, 약 먹을 일 없는데…. 그 남자는 유리컵을 피해 현관으로 나가려 했다. 아이 참! 그러지 말고 이거 드시고 나가세요. 비싸게 주고 지은 약인데…. 이거 드시고 나면 몸에서 힘이 불끈불끈 솟는데요. 우리도 아기 가질 수 있다니까요. 뭐야? 불끈불끈…, 아기! 그 말에 그토록 화를 냈어야 할 일인가. 자신을 희롱한다고 여겼겠지. 그 남자는 소리치면서 유리컵을 손으로 확 밀쳤다. 그런데 결과는 그냥 밀쳐진 게 아니었다. 순간 일부러 누군가가 그의 오른팔에 엄청난 힘을 넣었던 것 같았다. 유리컵의 시울이 아내의 왼쪽 턱을 여지없이 짓찧으면서 깨진 것이다. 윽! 아내가 외마디 비명을 지르며 주저앉았다. 그 전에 검은 약물을 얼굴에 둘러썼고, 턱이 칼을 맞은 듯 깊이 찢어졌다. 솟구친 피가 바닥으로 떨어졌다. 어이없는 일이었다. 그 남자는 코앞에 벌어진 사태가 이해되지 않았다. 다급한 마음에 아내를 팔에 끌어안으려 했다. 119! 119…. 두 팔을 휘둘러 남편을 뿌리치면서 아내가 외쳤다. 아내의 턱살이 너덜거리는 것 같았다. 어떻게 이런 일이….

그때는 몰랐지만, 죽을 때까지도 몰랐지만 이제는 다 알고 있습니다. 당신이 왜 그때 당신도 모르게 그런 반응을 보였는지. 사실 그런 일이 있은 뒤로 당신은 많이 변했습니다. 당신은 당신 자신이 무서웠던 것이죠. 당신의 나에 대한 사랑이 미안함으로, 어느새 굴욕감으로 변했고, 그것이 어느 순간 미움으로 돌변하기도 한다는 사실을 깨달은 것입니다. 그리고 그 미움이 사람을 죽게 할 수도 있다는 생각에 몸서리를 쳤습니다.

그래, 그랬던 것 같아. 아니, 그랬어요. 귀신이라서 다 아는 거군. 아내가 죽어서 귀신이 되니, 이런 좋은 점도 있네, 참! 흐흐홍…. 그 남자의 입에 쓴 물이 차올랐다.

그 남자는 아내를 따라 처음으로 병원에 갔다. 결혼한 지 5년 2개월째였다. 간호사가 시킨 대로 하는데도 혼자는 할 수 없어서, 주사를 맞은 뒤에야 몸에서 정액을 뺐고, 아이를 낳는 데 문제가 없는 품질이란 진단을 받았다. 부부가 다 몸에는 문제가 없으니 인내심을 갖고 더 노력하면 됩니다. 일주일에 한 번씩 석 달 동안만 클리닉에 나오시면 해결할 수 있습니다. 처방도 뒤따랐다. 그러나 그 석 달이 지났는데도 효과가 없었다. 굴욕감이 치밀었다. 차라리 잘라버렸으면 싶었다. 없으면 서로 포기하고 살든지, 못 살겠으면 헤어지든지 하게 될 테니까. 그다음은 시험관 아기였다.

지금 생각하면 당신한테 참 미안합니다. 아기가 뭐길래. 당신이 2대 독자지만, 꼭 그것만은 아니었습니다. 당신보다 내가 더욱 아기에 집착했던 겁니다. 나는 섹스보다는 아기였어요.

나도 그건 알지.

시험관 아기에 실패한 뒤 우리 부부 사이는 사막처럼 삭막해졌습니다. 삭정이처럼 피폐해졌습니다. 누구도 때리지 않았고 맞지도 않았고, 화내지도 소리 지르지도 않았습니다. 서로에게 깍듯이 예의라는 것을 지키려 했으니 사람들이 보면서 점잖다 했겠죠. 참! 나는 그때 속으로, 부부 사이엔 때때로 싸움도, 때로 한 번쯤은 폭력까지도 필요한 거였구나, 하는 생각을 가끔 했습니다. 흐흐흥…. 우습죠?

그래서 그런 일을 저지른 거야? 어찌 그런 끔찍한 생각을 할 수가 있었어? 자동차를 몰고 강물 속으로 달려들다니…. 신문에 나고 방송에 나고, 경찰들 달려들고…. 나 원 참!

할 말 없습니다. 어저께 말했잖아요. 세상에는 설명할 수 없는 일도 많다고. 나도 모르게 벌인 일입니다. 10여 년 병을 앓았던 여자니까 비관자살이라고 치부해버리든지요. 언젠가는 당신도 그 이유를 알게 될 테지만요. 영 이유를 못 찾으면 당신이 당장 죽어서 귀신 되면 알 수 있습니다. 그나저나 당신 왜 불능이 됐던 겁니까?

부전이라니까아! 그 남자는 이번에, 허허허 웃었다. 어처구니가 없었다. 귀신이라면서? 다 안다면서? 그럼 그 말은 거짓말이었던 건가?

거짓말한 거 아닙니다. 그 일이 일어난 곳이 월남 땅이었습니다. 이제는 베트남이지요. 아무리 귀신이라도 한국에서 비행기로 다섯 시간씩 걸리고 시차까지 두 시간인 나라에서, 사십몇 년 전에 일어난 일까지 어떻게 다 압니까? …아까 구종구 씨가 전화 걸었을 것이라고, 고엽제 후유증으로 생긴 방광암으로 죽어가고 있으니 한번 가보시라고 했습니다. 말씀 더 드리지 않겠습니다.

그는 후유…, 한숨을 내쉬었다. 다행이군, 정말 다행이야, 하고 입속말을 했다.

그 일의 결과가 그렇게 나타날 줄이야…. 출정 전의 기동 예정 지역에, 심지어는 기동 중에 돗자리를 깔고 석식으로 시레이션을 까먹고 있을 때도 그 일이 일어났다. 하늘에서 뿌옇게 내려오는 는개 같은 미세한 가루들. 그것을 구종구랑 대여섯은 벌거벗고 나서서 두 팔을 벌리며 일부러 흠씬 맞곤 했다. 그러면 악질적인 월남 모기가 피를 빨러 덤비지 못하게 된다는 것이었다. 월남 모기가 얼마나 독한가. A급 모포 석 장을 뚫고 피를 빨아낼 정도였다.

땡볕에 하루가 지나면 시퍼렇던 나뭇잎들이 저절로 타들어서 제 풀에 다 져버리는 광경을 보았다. 시야가 뚫려서 빽빽한 정글 속으로 기동하기에 좋았고, 베트콩을 찾아내기에는 더욱 좋았다.

그 남자는 그 무색무취한 는개 같은 가루들이 왠지 싫었다. 매사에 적극적이지 못한 자신의 성격 때문이었을 것이다. 그래도 그때 구종구가 같이 맞아야 한다고 강요했더라면 어쩔 뻔했을지 모를 일이었다.

그 남자는 아내를 어렵게 만났는데, 분위기가 너무 가라앉아 있다고 생각했다.

아까 당신이 내게 그랬지. 전쟁터에 나갔다가 두 눈이 시뻘겋게 돼서 살아 돌아온 사람이라고!

그랬죠, 그런데 왜요? 그의 물음에 그녀가 기다렸다는 듯이 반응했다. 그 남자는 참으로 오래된 기억을 불러내는 참이었다.

그 남자와 정미연, 처음 만났을 때였다. 그녀가 다니는 여자대학교의 교문 밖에서 기다리고 있는 그 남자한테, 작은 망설임도 없이 그녀가 곧장 다가왔다. 한 손을 들어 흔들면서, 몇 번씩 만나온 사이처럼….

풀색 일반 군복이 아닌 얼룩무늬 정글복을 입었고, 보통의 남자 키에 눈이 크다는 특징을 편지로 설명한 적이 있었다. 또 사진 몇 장을 편지 속에 넣어 보내기는 했었다. 그래도 놀라웠다. 그 남자는 그만큼 기분이 좋았다.

황덕수 아저씨! 제가 정미연 학생입니다. 그 남자의 왼쪽 가슴에 이름표가 붙어 있어서 확신했던 것일까. 그녀가 먼저 손을 내밀었다. 그도 손을 마주 내밀어 잡았다.

반가워요! 그녀의 발랄함에 그 남자가 도리어 어름거리고 말았다.

어머! 눈이 정말…. 그런데 눈앞에까지 다가온 그녀가, 순간 놀라고 있었다. 분명히 그랬다. 그때서야 그 남자는 아차! 했다. 긴장한 탓이었다. 선글라스를 잊고 있었다. 그녀가 충격을 받았으면 어쩌나 했다. 두 눈이 시뻘건 사람을 처음 보았을 텐데…. 그런 걱정에 무슨 말도 할 수가 없었다.

급하게 야전 점퍼 앞주머니에서 선글라스를 꺼내 끼려는데, 두 손이 마음처럼 움직여주지 않았다.

나, 빨간색 좋아하는 거 모르세요? 편지에 장미꽃 이야기 쓸 때 같이 썼잖아요. 구태여 가릴 것 없는데…. 감동이란 그런 것이 아닐까. 그녀의 재치, 그녀의 무던한 마음씨…. 그 남자는 그때 어찌할 바를 모르고 있었다.

여기 계속 이렇게 서 있을 거예요? 학교 애들이 오가면서 쳐다본다고요! 그녀가 그 남자의 한쪽 팔을 잡아 가만가만 흔들면서 말했다. 꼭 투정 부리는 듯했다.

그 남자가 여기까지 말했을 때 정미연이 나섰다.

사실은 그때 당신, 황덕수 아저씨 만나러 나오면서 속으로 걱정을 좀 했습니다. 월남에 파병 다녀온 군인들 중에는 눈이 그렇게 된 경우가 꽤나 된다는 말을 들었거든요. 그래서 황덕수 아저씨도 눈이 그러면 어쩌나 하고요. 황덕수 아저씨랑 펜팔할 때, 한번은 우리 아버지가 아시고 그런 말씀을 하시면서, 나를 걱정하시더라고요. 나중에는 편지가 집으로 왔으니까요. 그런데 그때 실제로 봤을 때 좀 놀라긴 했습니다. 그래도 무섭기까지 하지는 않았답니다. 그때도, 그 뒤에도 그랬습니다. 한번은 이런 생각도 했다니까요. 이 아저씨가 내가 빨간색 좋아하는 걸 알고 일부러 눈을 이렇게 만들어 왔나, 하고요. 흐흐흥….

뭐라고? 말도 안 되는….

정말이라니까요! 내가 속이 없었던 것인지, 철이 안 든 것인지…. 정미연이, 아내 귀신이 꼭 그때처럼 투정하듯이 말했다. 당신은 충분히 그러고도 남을 사람이지요. 정말, 진짜라니까요! 에이 속상해! 그럼 나는 이만 돌아가겠습니다. 안녕! 정미연이 뾰로통해져서 일어섰다.

그 남자는 정미연이 정말로 속이 상했나 했다. 괜히 그 이야기를 꺼냈나 해졌다.

5

그해의 3월 하순. 그 남자가 베트남에 파병된 지 겨우 한 달을 조금 넘겼을 때였다. 그 사이에 미군에서 운영한 레콘도 교육대에서 4주간의 위탁 특수교육을 받은 뒤, 수색중대의 장거리 정찰대인 알파팀의 정식 대원이 되었다.

부대 복귀 후 훈련성과 측정을 목적으로 2박 3일 동안 정글에 투입됐다. 하필 그날따라 뜻밖에 징글징글한 비가 내리고 있었다. 아직은 우기가 좀 멀리 있을 때였다. 두 손을 이용하는 완수신호들이 완벽하게 입을 막고 육감을 총합시켰다. 그리고 귀에 못 박힌 말들…. 기도 비닉. 바람이 지나가듯 기동한다. 소리도 흔적도 남기지 않는다. 거리를 유지하라. 기동 중이든 정지 중이든 반드시 엄폐물을 눈으로 확보한다. 사주경계를 늦추지 마라. 물은 실탄보다 중요하다.

여기서 돗자리를 깐다! 3인 1조로 각 조별로 호를 구축하고 그 위에 판초를 친다. 조와 조 사이에 신호줄을 깐다. 중앙의 본부 조에서 출발, 각 조를 돌아서 7조에서 본부 조로 들어간다. 석식 후, 21시부터 06시까지 2시간씩 조별로 1일 3시간씩 경계근무 교대한다. 기상은 05시 기동은 06시다. 반복한다, 기상은…. 말번 근무는 조식 후 판초 철거 완료 시까지다. 반복한다. 명일 기상은 05시 기동은 06시다. 이상! 그런데 그 남자가 속한 조에는 아무도 시계를 차고 있지 않았다. 모두가 형편이 그랬다. 그래도 밤을 3등분해서 착착 교대를 했다. 아침에야 21명 가운데 중위인 팀장 1명만 시계를 차고 있다는 것을 알았다. 장교만 장교의 위신을 살려서 지휘용 시계를 차고 있었던 것이다. 참으로 가난한 나라의 남루한 청년들이었다.

그리고 작전에 투입되었다. 15박 16일간의 사단급 작전이었다. 물이 가득 든 수통이 다섯 개. 하나만 탄띠에 달고 나머지는 배낭에 담았다. 20발들이에 19발만 박은 탄창을 6개씩 담은 탄입대 2개를 어깨에 서로 엇갈리게 걸었다. 골라 담은 15식분의 시레이션 깡통 30개, 클레이모어, 가스탄, 오성신호탄, 연막탄 1개씩, 거기다 판초 1장까지 꾸린 배낭을 걸머졌다. 수류탄 2발은 양쪽 가슴에 나눠 매달았다. 거기에 탄창 2개를 서로 반대 방향으로 테이프로 묶어 꽂은 M16 소총이 그 남자의 장비였다. 거기다 임무자는 무전기며, 유탄발사기며 구급낭 따위를 따로 챙겨야 했다. 부팀장은 20미터짜리 자일도 한 동을 챙기는 것 같았다. 5일 뒤에는 1차 헬기 보급지원을 받을 예정이었다.

정제인 말라리아 예방약과 바르는 모기약, 물 소독약, 소금도 개인이 따로 챙겨야 했다. 짊어지면 오금을 제대로 펴지 못할 것 같은 무게인데도, 일단 정글에 붙으면 깜박깜박 그 무게감을 잊게 만드는 신비함을 지닌 것들이었다. 너무 겁먹지 말라면서 그 남자의 등을 두드렸다. 구종구였다.

황 상병, 상병 황덕수는 알파팀의 3조에 속했다. 첨병조 3명이 앞장서고 그 뒤를 본진 대원들이 거리를 유지하면서 따르는 대형이었다. 기동 순서가 9번인 구종구가 맘대로 그 남자를 8번에 끌어넣었다. 7번은 이동수 병장이었다. 내가 뒤를 잘 봐줄 텐께 안심해, 였다. 중식으로 시레이션 깡통 2개를 까먹고 났을 때부터 비가 더욱 거세졌다. 우기가 어떤 건지를 미리 보여줄 작정인 듯했다. 나뭇잎들에 빗줄기들이 드는 소리가 유난히 소란스러웠다. 정글화만 신었을 뿐이지 나머지 옷이며 모자는 월남의 농민복이었는데, 베트콩과 다르지 않았다. 주머니도 뭣도 없는, 가랑이 길이가 발목이 나오게 짧은 바지에 앞이 막히고 깃이 없는 셔츠, 거기에 검정 벙거지였다. 모든 것이 검었다. 얼굴에는 검정 크레용을 바른 터였다.

돗자리를 깔았을 때, 그 남자는 제3조의 초번 근무자였다. 신호줄부터 왼쪽 팔목에다 묶어 놔. 신호줄은 생명줄인께. 잊어불면 우리 3조가 죽어도 몰라. 콩이 오게 되면 보통 새벽에 온단께…. 그런께 겁먹지 말고 경계 잘 서라. 너 경계 설 때는 안 올 것이란 말이여. 그렇다고 졸면 죽음이다. 알겄냐? 구종구가 그 남자의 등을 두드려주었다. 판초 속의 구종구도 이동수 병장도 곧 잠에 떨어졌다.

놀라운 것은 어디서도 코 고는 소리가 나지 않는다는 것이었다.

　팀장 천막을 중심으로 서로 등을 의지한 채 둥글게 둘러앉은 엉성한 판초 천막 7개. 그 안에서 저마다 천막의 앞을 열어놓은 채로 쭈그려 앉은 초번 근무자들. 그 남자는 수없는 빗줄기들이 칠흑 같은 허공에서 활엽수들의 잎을 두드린 뒤, 바닥으로 떨어지는 소리를 하나하나 헤고 있었다. 두 귀가 마치 당나귀 귀처럼 커진 듯싶었다. 눈알들이 저만큼 튀어나가 있는 성싶기도 했다. 저도 몰래 오른쪽 무릎 곁에 둔 클레이모어 격발기를 총목을 잡고 있던 손으로 자주 만지작거렸다. 50미터 전방쯤에서 땅속에 숨거나 나뭇잎들로 몸을 가린 채 원형 진지를 구축하고 있는 제1선의 조명지뢰들이며 제2선의 클레이모어들이 제발 제구실을 해주었으면 했다. 사실은 사람보다 믿을 수 있는 것들이었는데도 불안감에 사로잡혔다.

　시간이 지나면서 문득 작전이 시작되기 전날 밤에 있었던 일이 떠올랐다. 군장 검열이 끝난 뒤, 곧 침상에 누웠지만 모두들 잠을 못 이루는 눈치였다. 30분쯤 지났을 때도 마찬가지였다. 이때 비상이 발령됐다. 알파팀 전 대원 팬티 바람으로 샤워실로 집합! 벌써 부팀장인 하 중사가 뛰어나가는 것을 볼 수 있었다. 금세 식식거리며 러닝셔츠를 벗어 던진 대원들이, 반지하 내무반에서 탈출하듯 앞다투어 뛰어나갔다.

　모든 대원이 5개의 샤워기 밑에 4열 횡대로 정렬했다. 부팀장의 인원 보고가 있고 나서, 팀장인 나광덕 중위의 명령이 떨어졌다. 일렬횡대로 샤워장 벽을 향해 50센티 거리를 두고 정렬한다. 실시! 실시이―! 모두들 팬티를 내린다. 실시! 실시이―! 대원들과 마주하고 선 팀장도 팬티를 내렸다. 그리고 전원 부모님이 주신 소총을 거총시킨다. 거총 실시! 실시이—! 피식 웃는 소리조차 나지 않았다. 누구든 웃음을 터뜨릴 만도 했는데. 하긴 군대의 명령이었으니까. 모두 명령을 수행하기 위해 애를 썼다. 단 한 명도 열외가 없었다. 그 일에도 명령이 먹히는 불같은 젊음이 있었다.

첨병조장부터 차례로 거총 완료, 보고가 이루어졌다. 그 남자의 차례였다. 상병 황덕수 거총 완료! 좋다! 병장 구종구 거총 완료! 좋다! …전 대원 탄환 1발 장전. 실시! 실시이—! 모두들 왼손에 잡힌 그것을 소총으로 여기고 오른손으로 노리쇠를 후퇴 전진시키는 시늉을 했다. 후퇴 전진, 후퇴 전진, 후퇴 전진…. 반복하라. 모두가 한목소리로 호기 있게 명령을 복창했다. 5분도 지나지 않았다. 여기저기서 과장된 신음을 토하면서 관등성명을 대고 발사 보고가 이루어졌다. 발사! 발사! 발사아…. 팀장도 빠지지 않았다. 모두가 군인이었다. 더욱이 전쟁터에서 출동을 몇 시간 앞둔 군인들이었다. 소총의 성능을 체크하겠다. 뒤로 3미터 물러선다. 벽에 나타난 높이를 따져 1, 2, 3등이 정해졌다.

핫핫핫 하하…. 팀장이 먼저 웃음소리를 터뜨렸고 샤워기들에서 물이 쏟아졌고, 서로를 손가락질하며 옆구리를 집적거리다가 등짝을 쳐가며 웃어댔다. 팀워크를 다지고 수면을 촉진하는 데에 이보다 효과적인 작전은 일찍이 없었다. 비로소 우리는 일심동체가 된 것이다. 우리 장거리 정찰대는 적진에서 전우를 내 몸처럼 지킨다. 비상 해제와 동시에 내무반으로 돌아간다. 5분 이내에 중대장님이 하사한 상품을 나눠서 기쁘게 섭취한 뒤, 곧 취침한다. 알겠는가?

예에—! 알겠는가? 예엣—. 비상 해제! 비상 해제에!

볼 것 다 보여주고 다 봤으니 일심동체라 했다. 상품은 J&B 위스키 5병이었다. 천막 내무반으로 돌아온 대원들의 표정이 신통하게도 하나같이 밝았다. 위스키병들을 손에서 손으로 돌려가면서 꿀꺽꿀꺽 마셔댔다. 지시받은 대로 5분 내에 병을 바닥냈다.

대원들 모두가 팀장을 향해 엄지손가락을 치켜세웠다. 그리고 모두 침상에 누웠다. 곧 코 고는 소리가 요란했다. 05시에 출정 집합이었다. 04시 30분에 팀 자체의 장비 점검이 있었다.

첫 번째 헬기로 추진한 보급품을 차질 없이 받았다. 비는 벌써 2일째의 해거름에 그쳐 있었다. 마치 실수로 비가 좀 내렸다는 듯이 시치미를 떼는 하늘이었다. 그 끝은 불볕이었다.

이때까지는 715고지 속을 내내 기동했다. 남쪽으로 진입해서 계곡을 타고 상부로 기동하다가, 7부 능선에서 좌측방으로 틀어서 고지 후방으로 돌았다. 거기서 다시 와지선을 타고 하부로 오르내렸다.

그 남자, 황덕수 상병은 온몸이 생채기투성이었다. 입고 있는 옷도 여기저기가 찢긴 상태였다. 나무마다 왜 그렇게 가시들이 많은지…. 심지어는 대나무들까지 가시투성이였다. 베트콩 복장은 아무런 도움이 되지 못했다. 보다 못한 구종구 병장이 기동 순서를 뒤에서 앞으로 바꿔주어서 그나마 도움이 되긴 했었다.

지금 대원들은, 바나나 나무들이 숲처럼 덮여 있는 경사가 심한 언덕을 오르고 있었다. 5부 능선쯤에서 중식으로 시레이션을 까먹고 잠시 휴식을 취한 뒤에 계속된 기동이었다. 대원들의 발걸음이 한결 가벼워지면서, 기동 속도가 나는 듯싶었다. 이미 통과한 일부 구간에서는, 앞서가는 첨병조가 정글도로 길을 내면서 기동했을 정도였다.

20여 분쯤 지났을까… 대원들이 제법 여유를 보였다. 더러는 생전 처음 보는 대규모 바나나밭에 슬쩍슬쩍 한눈을 팔고 있었다. 그 남자도 한참 키를 키우고 잎을 넓게 펼치는 바나나 나무들을 보면서, 꽃들이 피어 열매들이 맺히고 송이들이 자라서 익는다면 대단하겠다고 생각하면서, 문득 그 정경을 그리고 있었다.

불안하다. 바나나 나무들이 다 자라지 않아서 엄폐가 어렵다. 허리를 굽히고 기동해! 허리를 펴지 말라고…. 구종구 병장이 뒤에서 다가들어 귀에 풀칠하듯이 말했다. 그 남자는 무슨 뜻인지 잘 모르면서도, 대답에 앞서 허리를 바짝 굽혔다.

이때, 탁…콩! 탁…콩! 탁…콩! 하고 총성이 딱 세 번 울렸다. 모두들 반사적으로 허리를 바짝 접었다. 두리번거렸다. 무슨 일이 일어났나 하는 눈빛들…. 가까이 있는 팀장 나광덕 중위도 그랬다.

박 하사님…! 박 하사니임…! 하고 놀라서 부르는 소리… 박 하사는 후미조 그러니까 7조의 조장이었다. 뒤쪽에서 무슨 사고가 난 것 같았다. …저격이다아! 하고 이때 외친 이는 구종구 병장이었다. 보지도 않고 어떻게 알았는지. 팀장니임…! 팀장니임…! 저격입니다아. 박 하사님이 맞은 것 같습니다아…! 당황해서 외치는 소리가 뒤에서 이어졌다. 뭐라고? 저격이라고? 팀장이 물으면서 뒤쪽으로 뛰었다. 그때 다시 총소리가 울렸다. 이번에는 계속됐다. 산개

해서 엄폐해! 다들 죽고 싶어? 빨리 엄폐하라고! 팀원들이 뒤쪽으로 움직이려 하자 부팀장이 막고 서면서 소리쳤다.

연발과 단발로 총소리가 쏟아졌다. 조준사격이 아닌 지향 사격이었다. 탄알들이 바나나 잎들이며 줄기들에 휙휙 턱턱 맞았다. 바나나밭이 끝나는 곳쯤에, 작고 오뚝한 바위언덕이 솟아 있었다는 기억이, 그 남자의 머리에 떠올랐다. 총탄은 거기서 날아오는 성싶었다.

바나나밭 밖이다! 아홉 시 방향이다! 첨병조, 제2조, 제3조는 9시 방향으로 신속 기동한다! …나머지 조들은 팀장님과 함께 현 위치 고수다. 절대로 응사하지 마라. 이상! 바닥에 한쪽 무릎을 꿇고 엎드린 채로 부팀장이 큰소리로 외친 뒤에 앞장섰다. 배낭을 벗어버린 대원들이 민첩하게 앞으로 움직였다.

부팀장은 바나나밭에서 나가기 전에, 밖에 보이는 바위언덕을 뒤로 우회한다는 신호를 보냈다. 왼팔을 들어서 앞으로 휘감았다. 예상했던 대로 베트콩들의 위치는 높이가 10미터쯤 되는 바위언덕의 꼭대기였다. 거기서 바나나밭을 내려다보면서 사격을 하고 있었던 것이다.

대원들은 바위언덕 뒤쪽에 바짝 붙어 있었다. 베트콩들이 사격을 중지했다. 바나나밭에서 응사하는 기색이 없자 상황을 알아서 종결한 것 같았다. 아마 다 죽었거나 후퇴했거나 한 것으로 판단했을 터였다.

이제는 베트콩들이 위치를 변경할 차례였다. 낮귀신같이 행방을 감춰버릴 것이었다. 부팀장은 그때를 기다리고 있음이었다. 나중에 생각해보니 구종구 병장이 그 남자 뒤에 바짝 붙어서 숨죽인 채 눈빛으로 그렇게 이야기하고 있었다. 그리고 곧 그 말이 사실이 되고 있었다. 하지만 그 남자는 반쯤만 이해했던 상황이었다.

먼저 바위언덕에서 흙먼지가 떨어지고, 작은 흙덩어리와 자갈들이 한두 개씩 굴러떨어지고, 그것들이 대원들의 벙거지며 어깨며 등에 맞았다. 그리고 위에서 부스럭거리는 소리를 앞세워서 발 두 개가 내려오고 있었다. 그들은 이제 총을 들고 사격을 할 수도, 그렇다고 위로 기어오를 수도 없을 터였다.

사격! 부팀장이 소리치면서, 바위언덕을 향해 반쯤 드러누운 채로 사격을 개시했다. 대원들도 일제사격을 가했다. 모두 3명이었다. 벌집이 된 몸뚱이들이 바위언덕에 피칠을 하면서 흙과 자갈을 끌고 함께 미끄러져 내려왔다. 대원들은 거기다 계속 사격했다.

부팀장이 노획물인 구식 소총 2점과 소련제 자동소총 1점만 들고 바나나밭으로 돌아갔을 때야, 그들은 비로소 박 하사의 사체를 볼 수 있었다. 머리와 가슴에 정통으로 총을 맞은 사체였다. 기동 중에는 바나나밭을 피해야 한다고 했는데…. 구종구 병장이 오만상을 쓰면서 투덜거렸다.

아군 1명 사망, 적 사살 3명, 노획 장비 구식 소총 1정, 소제 자동소총 1정…. 이상! 팀장이 아군 손실 내용과 전과를 무전으로 날렸다.

첫 번째 장거리 기동정찰에서 첫 번째로 인명 손실을 본 것이다. 함께 현 위치를 고수했던 대원들의 얼굴에는 모두 마른 눈물 자국이 남아 있었다. 그리고 보니 그 남자는 물론 다른 대원들은 울 시간조차 없었다.

지정된 좌표로 박 하사의 사체를 옮긴 뒤에, 헬기를 기다렸다가 후송시켰다. 그리고 예정된 기동이 계속되었다. 하지만 작전 기간이 종료될 때까지 더는 손실도 전과도 없었다.

한 차례 땅바닥에 독침들을 박아놓은 함정을 만나기는 했지만, 눈이 밝은 첨병조장한테 들켜서, 도리어 대원들의 교육 자료가 되기는 했었다.

그 남자, 황덕수 상병은 꿈속에서 뺨을 연거푸 호되게 맞고 난 것처럼 낮에도 머리가 멍했다. 구종구 병장은 말없이 그 남자의 기색을 살폈다.

황덕수, 너도 인자 제법 정찰대원 같다야. 시체를 몇 구 보고 나더니 눈빛이 많이 근사해졌단께. 멋지다 멋져…!

느닷없이 구종구가 그의 등짝을 후려치면서 하는 말이었다. 그 남자는 무슨 말인가 했다가, 시레이션 깡통 하나를 따서 뚜껑 뒤쪽에 얼굴을 비추어 보았다. 두 눈에 감돌고 있는 붉은 기운에 그 자신도 당황했다.

그 남자는 자신도 모르게 한숨을 푹 내쉬었다. 그래도 아직은 짙지 않아서 다행인 성싶었다.

기다리더라고. 니 새끼도 몇 번 정글을 기고 나면 저절로 프랑켄슈타인 눈이 된단께. 그 남자가 전입 온 첫날 구종구가 했던 말이 떠올랐다.

6

아내가 돌아갔다. 얼굴에는 예의 뾰로통한 표정이 지워지고 살풋한 웃음이 담겨 있었다. 눈을 떠보니 6시였다. 머리는 여전히 지끈거렸다. 오늘은 사무실에 약속이 없다는 생각부터 들었다. 그렇지 않아도 사무실에는 나가고 싶지 않았다. 그러고 보니 이렇게 쉬어본 기억이 없었다. 대학을 졸업하기도 전인 12월 중순부터 직장 생활을 시작했고, D.H. 컴퍼니를 낼 때도 다니던 회사에 사직서를 제출하기 전이었다. 김하나만 두 달 전에 먼저 사표를 내고 나가서 문열 준비를 하도록 했었다. 아내의 삼우제가 있던 날도, 절에서 사십구재를 올린 뒤에도 곧장 사무실로 나갔으니까.

그 남자는 자신이 부지런해서 그랬던가 했다. 아니었다. 이제야 생각해보니 갈 곳이 없어서였다. 쉰다면 아내와 지내야 하는데, 두 사람이 같이 할 일이 없었다. 아내가 부담스러웠다. 아내는 끝까지지고 가야 할 도덕적인 짐이었다. 그래서 해외 출장길이 즐거웠던가 보았다. 도덕적인 데서, 아내한테서 자유로울 수 있는 한 가지 길이었다. 캐나다나 미국으로 공급원을 찾아가서 일을 보고 난 뒤에, 하루나 이틀쯤을 혼자 돌아다녔다. 그런데 그 기간이 넘어가면, 아내가 붙들고 있는 줄 끝에 묶여 있는 것처럼 불편해졌다.

오래도록 줄 끝에 묶여 있는 사람은 막상 그 줄이 끊어졌을 때, 해방감보다는 막막함을 훨씬 크게 느끼는 것 같았다. 아내의 사십구재를 지낸 뒤 일주일쯤 됐을 때였다. 아내가 세상을 뜬 뒤의 첫 해외 출장이었다. 캐나다 밴쿠버시에 있는 펄프 회사로 찾아가 하반기에 공급받을 물량을 논의할 목적이었다. 예전처럼 5박 6일 계획으로 떠난 출장을 3박 4일로 단축했다. 딱 볼일만 보고 돌아온 것이다. 왠지 혼자서 어디를 돌아다니는 일이 영 내키지 않았다. 아직두 눈에 핏기가 얼마간 남아 있을 때였는데, 그 때문인지도 몰랐다.

출장 가방을 직접 챙기는 것이 처음이었지만, 그때는 별다른 느낌이 들지 않았다. 가방을 들고 현관을 나서기 전에 거실 쪽을 돌아보면서 무심코 인사를 했다. 잘 다녀올게, 나 없는 동안 잘 지내고. 자동 로밍돼 있을 테니까, 일 있으면 전화 걸고…. 해외 출장 때면 늘 그래왔었다. 그때도 그랬다. 그렇게 없는 아내에게 인사를 한 뒤에야, 아 이 사람이 집에 없지, 했다. 뒤통수를 긁으며 집을 나섰다. 그리고 가방을 들고 내려가 기다리고 있는 차를 탔다.

자신에게 문제가 있다는 사실을 깨달은 것은 인천공항에서 항공기 탑승수속을 끝낸 뒤에 보안검색대와 출국심사대를 차례로 통과했을 때였다. 항공사의 라운지에 올라가기 전이었다. 습관대로 집에 전화를 걸기 위해 양복저고리의 안주머니에서 휴대전화기를 꺼내 들었다. 수속 다 끝냈어, 잘 다녀올게. 집에 전화를 걸어서 아내에게 한 말이었다. 늘 그래왔으니까…. 그러니까 어디까지나 의례적인, 습관적인 일에 불과했다는 뜻이다. 단축다이얼 번호 2는 아내의 휴대전화였다. 누르자 신호가 갔다. 한 번, 두 번, 세 번…. 그 남자는 끝이 무딘 송곳으로 귀를 찔린 듯 휴대전화기를 떼어냈다. 오른쪽 귓속이 아렸다. 수류탄의 안전핀을 잘못 뽑아 들기라도 한 것처럼 팔에 경련이 지나가고 있었다.

집에 없는 아내. 그 집에 없는 아내의 휴대전화. 어디에 버릴 수도 없고, 어디에 묻어버리기에도 뭣해, 그대로 그냥 충전거치대에 놔뒀는데.

아내는 그날 휴대전화도 지니지 않은 채 차를 몰고 집을 나섰다. 혹시 누구의 전화라도 받으면 다져 먹었던 마음이 무너질 것 같아서였던가…. 이런 젠장! 어찌 이런 일이 벌어질 수 있는가.

그러고 보니 아까 집에서도 없는 사람에게 혼자서 인사를 하고 나섰다는 생각이, 그제야 퍼뜩 솟구쳐 정수리를 쳤다. 얼마 전까지도 강을 가로지르고 있던 다리, 그 다리를 믿고 천 리쯤 달려왔는데, 눈앞에서 갑자기 사라져버렸을 때의 막막함이었다. 이어서 깊고 깊은 절망감이 밀려들었다. 아내가 그 남자에게 그런 존재였던가 했다.

그 남자는 자신의 뜻과 상관없이 그런 혼란스러움 속에 빠지고 또 빠질 수밖에 없었다. 밴쿠버시의 팬퍼시픽 호텔에 도착한 뒤, 방에 들어가 짐을 풀었을 때도 그랬다. 여기 호텔이야. 잘 도착했어.

짐 풀고 나가야지. 저녁 식사 약속 있으니까. 염려 말어. 당신이나 식사 잘 챙겨 먹고 잘 지내…. 또 있었다. 2박 3일만으로 일정을 다 끝내고 공항으로 나가서 출국 수속을 마쳤을 때였다. 그동안 별일 없었지? 수속 끝냈어. 예정된 비행기로 돌아가는 거야. 내일 아침이면 만날 건데 뭘…. 그때마다 그 남자는 휴대전화기를 꺼내려다가, 주머니에 몰래 들어가 있던 뱀한테 손가락이라도 물린 것처럼 화들짝 놀라서 빼내곤 했다. 막상 그런 일을 몇 번 겪고 나자 속이 뒤집힌 듯 거북해져서, 일정 뒤에 혼자 하던 여행도 할 수가 없었던 것이다.

아직 그 정도는 약과였다. 그 남자가 발을 잘못 디뎌 허방으로 빠지는 느낌에 사로잡힌 것은 인천공항에 도착한 뒤부터였다.

공항을 빠져나오는 동안 무사한 귀국을 알릴 곳이 사무실의 김하나밖에 없다는 사실은 그래도 지나칠 수 있었다. 이제 무의식중에라도 휴대전화가 있는 주머니에 손을 가져가지도 않았다. 어금니를 사리물기는 했다. 그런데 집 앞에 도착한 뒤였다. 안에 사람이 없으니 초인종 단추를 누르지 않았다. 현관문 전자자물쇠의 열림번호를 눌러서 문을 열고 집 안으로 들어갔을 때는 자연스럽기까지 했다. 순간 그 남자에게 덤벼드는 그 냉기. 5월 하순인데도 현관에 버티고 있던 냉기가 가시철조망처럼 막아섰다. 그 남자를 맞아들이곤 하던 고등어 김치찌개 냄새가 아닌, 곰팡냄새가 푹 스민 냉기였다. 꼭 그사이에 집을 차지해버린 누군가가 그 남자를 몰아내려는 것 같았다. 그 남자는 기가 질렸다. 가방을 팽개친 채 구두를 운동화로 갈아신고 와이셔츠 바람으로 황급히 집에서 달아났다.

가까이에 있는 초등학교 운동장이었다. 아이가 그리워서, 아이들이 보고 싶어서 퇴근길에 아이들이 뛰노는 운동장 귀퉁이에 서 있었던 적이 몇십 번은 됐을 것이다. 그러다 정이 들었다고 하기까지는 뭐해도 매우 익숙해진 곳이었다.

5월의 토요일. 오후 다섯 시가 좀 넘은 시각인데도 아이들이 보이지 않았다. 5월은 푸르구나. 우리들은 자란다. 오늘은 어린이날 우리들 세상. 어린이날은 진작에 지났다. 아이들은 다른 데서 자라고 있겠지. 그는 운동장 가장자리를 따라 달렸다. 교사 앞의 화단 가운데서 모란이 지고 있었다. 붉은 꽃잎들이 운동장을 한 바퀴 돌아올 때마다 하나씩 하나씩 지는 성싶었다. 아내가 그런 눈으로 그곳에 와서 자주 서 있곤 했다. 건물과 건물 사이에 숨은 듯 서 있었다. 그 남자는 서 있는 아내의 뒷모습을 몇 차례나 보았다. 아내도 그를 보았으리라. 그러나 그 남자도 아내도 보았다는 말을 한 번도 하지 않았다.

그 남자는 텅 빈 초등학교 운동장을 혼자서 달렸다. 예전에는 그래도 아이들이 몇이라도 나와서 어울려 놀고 있었다. 그래서 그 남자에게 위안이 되었던 모양이었다. 아이가 하나도 없는 운동장…. 집에 돌아왔지만 아내가 없는 집. 그 남자의 가슴이 무너져 내렸다. 그렇게 가슴이 텅 비어졌다.

아내가 영영 가버렸다는 사실이 거짓 같았다. 그리고 그 남자 혼자서 남아 있다는 것이 정말로 거짓 같았다.

그즈음에 문득문득 밀려드는 기억…. 그곳 전쟁터에서도 그랬다. 어느 날 새벽의 일조 점호 시간에, 바로 며칠 전 정찰에서 전사한 대원의 야전침대, 거기서 아무도 기상하지 않을 때…. 벌건 두 눈을 껌벅이며 일어나 앉았다가, 금세 정신을 차리고 복장을 갖추던 그 모습을 볼 수 없었을 때. 그 사실이 꼭 거짓 같았다. 뒤이어 덮치듯이 와락 밀려들던 슬픔의 기억. 정작으로 정찰 중에는 한갓 충격으로만 왔던 그의 죽음이었다.

그리고 며칠 뒤의 같은 시각에, 그 자리서 생경한 얼굴이 맑은 눈을 껌벅이며 기상했을 때, 그 당혹감이라니….

그래도 지금은 많이 안정됐다지만, 기실은 혼자 버티기가 퍽이나 어려웠다. 그래서 밤이든 새벽이든 운동장으로 뛰쳐나와서 달리곤 했다. 술에 취한 대로, 술이 덜 깬 대로, 멀쩡한 대로 달리곤 했다.

그렇게 1년쯤이 지나면서 두 발바닥에는 족저근막염이 생기고 두 다리의 관절에는 염증이 심해지면서, 걸을 때면 맨발로 불 위를 걷는 것과 같았다. 무릎이 끊어져 나가는 것과 별로 다르지 않았다. 그래서 멈출 수밖에 없었다. 하지만 이렇게 해외 출장에서 돌아온 때는 마음을 가누기가 힘들었다.

7

어느 날 밤에 아내가 그 남자에게 말했다. 전자계산기가 처음 나왔을 때, 비싸게 사가지고 좋다좋다 했지만, 그 수십 가지 기능을 다 써본 사람이 세상에 몇이나 되겠습니까? 컴퓨터도 마찬가집니다. 큰맘 먹고 집안에 컴퓨터 들여놓고 오만 기능 다 있는데 고작 하는 짓들이 뭡니까? 영화나 보고 야동이나 보고, 또 뭐 있나? 인터넷 뒤에 숨어서 비겁한 논객 노릇이나 하고, 민주주의 팔아서 가짜 뉴스나 생산하고…. 사람도 마찬가집니다. 죽을 때까지 능력의 반도 못 써 본다잖습니까. 아내의 입에서 유효기간이 지난 우유처럼 질척하게 쏟아져나오는 말에서 살 썩는 냄새가 났다. 그 남자는 더욱 성질이 났다. 환장할 것 같았다. 그대로 아파트 발코니로 달려가 뛰어내리고 싶었다. 돈을 많이 주고 산 전자계산기가 가장 기본적인 기능인 덧셈, 뺄셈, 곱셈, 나눗셈도 안 된다면 어디에 쓰겠는가.

큰맘 먹고 들여놓은 컴퓨터가 인터넷이 안 되고 워드프로세서도 안 된다면 어디에 쓰겠는가. 내가 바보 멍충이야! 너, 지금 나를 능멸하고 있는 거야. 그러나 그 남자의 입은 열리지 않았다. 저 밑바닥으로 떨어진 자존심으로는 입술을 달싹일 수도 없었던 것이다.

스무 바퀴쯤 돌았을까, 서른 바퀴쯤 돌았을까. 운동장에 땅거미가 깔렸다. 왼쪽 바지 주머니에서 휴대전화 벨이 울렸다. 김하나였다.

"귀국하시긴 한 겁니까? 잘 다녀오셨죠? 잠깐요….."

그 남자가 대답할 틈도 없이 전화의 목소리가 바뀌었다.

"선배님, 접니다. 출장 잘 다녀오셨습니까?"

귀에 익숙한 목소리. 조선제지 박 사장이었다. D.H. 컴퍼니의 오랜 거래처였다.

"지금 어디 계십니까?"

그의 물음에 그 남자가 헐떡거리며 대답했다.

"물론 서울에 있습니다."

"선배님 왜 그러십니까? 어디 안 좋으세요?"

"아니, 괜찮아요. 말씀하세요." 그 남자는 여전히 헐떡거렸다.

"정말 괜찮으신 거죠? 제가 지금 선배님 집 부근에 와 있습니다. 다른 약속 없으시면 좀 뵙고 싶어서요. 저녁이나 같이 하십시다. 부탁드릴 일도 있고요."

박 사장은 그 남자의 대학 후배라는 안면으로, 그동안 제법 가깝게 지내온 사이였다.

"나이아가라 호텔 커피숍에 와 있습니다. 천천히 나오십시오. 김 전무랑 데이트하는 기분도 나쁘지 않으니까요."

그 남자는 박 사장이 집 부근까지 와서 만나자고 하는 이유를 모르지 않았다. 칠레에 지진이 난 지 두 달이 넘었다. 그 때문에 갑자기 종이의 주원료인 펄프 공급에 차질이 생긴 것이다. 펄프 제조 시설은 하나로 길게 이어진 커다란 기계였다. 예민하기까지 했다. 지진이 나면 겉은 멀쩡해도 피해가 클 수밖에 없었다. 6월과 7월에는 한동안씩 공장들을 가동하지 못할 판이었다. 회사의 임원들이 인도네시아로, 캐나다로 미국으로 브라질로, 핀란드와 노르웨이, 스웨덴으로 날아갔다. 샅샅이 뒤졌지만 없는 집의 뒤주 바닥 긁는 소리나 듣고 돌아왔을 터였다. 그 남자가 캐나다 공급사로 출장 갔다는 소식을 박 사장이 들었다면 가만히 앉아 있을 수가 없었을 것이다. 토요일이라서 골프장에 갔던들 휘두르는 골프채에 공이 제대로 맞았을까.

"캐나다에도 펄프 없지요?"

커피숍에서 스카이라운지로 자리를 옮겨앉자마자 박 사장이 물었다.

그 남자는 말 대신에 머리를 가만가만 저었다. 펄프가 없다는 뜻인지, 상대의 말이 틀렸다는 뜻인지. 머리를 젓고 난 그 남자 자신도 애매모호했다.

"우리나라에서 칠레산 비케이피를 그렇게 많이 들여오는 줄 몰랐습니다. 알고 계시겠지만 우리 회사도 30퍼센트나 칠레 물량을 사용하고 있었더라고요. 오는 육, 칠월에는 며칠씩이나 기계를 잡아야 할지 모르겠습니다. 어쩌면 좋죠? 있는 재고에다 배에 실려오는 물량을 아무리 따져봐도 길이 안 보이네요. 종이가 없어서 못 파는 시장에서 원료가 없어서 종이를 못 만들다니요. 아무리 천재지변이라지만…, 제가 우리 회장님 볼 면목이 없어요. 어쩌면 좋을지…?"

그 남자는 또 그렇게 머리를 저었다. 이번에는 누가 봐도 해결 방법을 모르겠다는 것으로 여겨졌다. 그러나 실제로는 너무 걱정하지 말라는 뜻이었다.

"나도 우리가 공급받은 물량만 팔았으니까 한국 시장에서 칠레 펄프 비중이 그렇게 큰지 몰랐어요. 솔직히 재작년 가을에 P제지회사가 내부 싸움으로 그대로 있는 데다, 이번에는 칠레가 저렇게 되고 보니, 출판인쇄업계는 종이 품귀로 고통이 심하겠죠? 제지업계는 제지업계대로 고통이 심한데…. 글쎄, 왜 이런 일이 일어났는지 정말 난감하군요. 알다시피 어느 한쪽만 좋자고 장사를 하면 안 되는 거니까요. 아무튼 알았어요."

그때까지 김하나는 한마디도 하지 않고 있었다.

"지금 알았다고 하셨습니까, 선배님? 무슨 수가 있습니까?"

박 사장이 잽싸게 말꼬리를 잡았다. 그 남자는 머리를 저었다. 아니에요, 있어요, 였다. 고등어 김치찌개는 안주로도 내놓을 수 없다고 해서, 1층에 있는 한식당으로 내려가서 저녁을 먹었다. 혼자 사는 그를 배려하는 눈치였다. 저녁을 먹는 동안에 박 사장과 김하나가 죽이 맞아 소주 세 병을 마셨다.

"펄프 구할 방법 좀 가르쳐주세요, 선배님."

박 사장이 술을 더 시켜놓고 말했다. 그 남자는 술자리를 시작할 때부터 받아놓고만 있는 눈앞의 소주잔을 바라보았다.

순간 자신이 또 실수했구나, 했다. 상대를 혼란스럽게 한 것이었다. 그 남자는 4월에 벌써 추가로 선적한 물량을 염두에 두고 있었다. 칠레에 지진이 나기 전에는 CIF 부산 조건의, 즉 보험료가 포함된 부산 도착 가격이 톤당 미화 750달러 선이었다. 그리고 5월에 20달러가 더 오른 뒤부터 약보합세가 유지될 거라는 전망이었다. 약보합세란 곧 가격 하락의 전조를 뜻하는 것이었다. 그러던 것이 칠레의 지진으로 4월에 벌써 880달러로 올랐고 5월에 40~50달러가 더 오른다고 예고돼 있었다. 펄프는 부피와 무게가 있어서 배를 이용해 운송하는 물건이고, 동남아 지역이 아닌 바에야 발주에서 도착까지 걸리는 기간이 빨라도 한 달반쯤이었다.

"가격은 5월 선적 가격으로 할게요. 930달러 드리겠습니다."

박 사장이 할 수 있는 일은 가격을 최대한 높이 지불하는 방법밖에 없을 터였다. 4월에 선적된 물건이라면 880달러짜리였다. 하지만 5월 선적 가격을 주고 받았다고 해서 누구도 비난할 수 없는 상황이었다.

그 남자가 애매한 태도를 보인 덕이었다. 그 때문에 언제나 덕을 봐왔던 것이 아니었지만, 결과적으로는 그런 식으로 돈을 번 셈이었다. 그 일 때문에 생긴 그 버릇….

"아무리 조선제지가 이익을 많이 내고 있다고 원자재 구매를 그런 식으로 하면 되겠어요? 4월 선적 가격으로 해드리겠습니다. 내일 김하나 전무를 회사로 보낼 테니 사인해주세요."

그 남자는 태도를 분명히 했다. 모처럼이었다. 박 사장의 두 눈이 휘둥그레졌다.

8

당신 또 왔어? 저승에는 할 일이 그렇게도 없나? 저승에서는 집 안 청소도 안 하고 세탁도 안 하느냐고…. 아내가 전혀 무섭지 않았다면 거짓말이었다. 태연한 척하는 것이었다. 그래서 윽박지르는 말투가 된 것이다.

왜 할 일이 없겠어요? 귀신들이 사는 동네라지만 동네는 동네입니다. 아무리 바빠도 당신한테 볼일이 우선이지요. 이제 내 3년 해상도 하셨으니, 우리 부부가 정말로 헤어진 거 아닙니까? 당신은 이승에 나는 저승에…. 사실은 그 전에 다 해결했어야 할 일들인데, 내 옹졸한 소갈머리 때문입니다. 당신한테 갖고 있던 섭섭한 감정을 쉽게 털어버릴 수가 없었습니다. 지난 3년 동안 그렇게 좋아하던 술도 거의 안 마시고, 다른 여자한테 관심도 못 주고 사시는 걸 보니 안됐다는 생각이 들었습니다.

헛허허…, 내가 측은해 보이더란 말이지? 그 갸륵한 마음씨라
니…. 하지만 나를 대단하게 평가하지는 마요. 살다 보니 그렇게 된
거에요. 그런데 당신이 저승의 다른 일들보다 우선해서 나한테 볼
일이 뭔데?

어젯밤 내가 당신한테 물은 말에 대답을 아직 주지 않았잖아요.
월남 이야기….

왜 하필이면 그 이야기가 듣고 싶은데, 망신스럽게…?

이 판에 망신스러울 게 뭐가 있습니까? 나는 이 세상 사람이 아닌
데. 산 사람 소원도 들어준다는데 죽은 사람 소원을 못 들어줘요?
후후후.

주어가 뒤바뀌었네. 죽은 사람과 산 사람이….

아니에요. 저승에서는 죽은 사람이 우선이라는 것을 몰라서 하는
말씀이에요.

헛헛헛…, 그 말 그럴듯하구먼. 헛헛헛헛… 허허 핫핫핫…. 그
남자는 이번에도 웃음으로 얼버무렸다. 그러면서 또 머리를 끄덕였
다가 저었다가 했다. 자신에게 이런 버릇이 붙은 것도, 생각해보면
그때 일어난 그 사고 때문이었다.

정미연이 아무리 조른다 해도, 제 입으로는 도무지 말할 수 없는
그 일. 그녀의 생전에는 물론이었지만, 이제 와서도 달라질 수가 없
었다.

티엉마이와 구종구, 그리고 그 남자가 기어이 서로 얽힌 데서 생
긴 사고였다.

니가 쑤셨어? 니가 잘랐어? 설마…. 니가 이런 것이 아니지? 어떻게 알고서 사고 현장으로 달려온 팀장이 그 남자를 다그쳤다. 그 남자, 황 병장은 머리를 가만가만 저었다. 티엉마이는 눈에 보이지 않았다. 겁을 잔뜩 집어먹고 어딘가로 달아난 것 같았다. 그래, 그랬을 거야. 나도 믿어! 평소 둘의 관계로 보아 니가 구종구를 저 지경으로 만들 수는 없어. 우리는 같은 팀이야. 그래그래! 절대 그런 일이 일어날 수 없어. …이렇게 처리하자. 저 티엉마인가 하는 년 있잖아? 그 쌍년이 한 거로 하자. 꽁까이가 저지른 일이야…. 아니 아니, 베트콩 세파가 침투한 것으로 하자. 내가 월남군 정보부대에 그렇게 신고하고 뒤처리를 하겠어. 그래! 그게 좋겠어. 중대장님과 협의해서 그렇게 정리할 거다. 알겠지? 황덕수, 너 알겠지? 그래야 대대장님도 이해하실 거야.

황 병장은 다시 가만히 머리를 저었다. 아닙니다. 아닙니다. 내가 구종구 하사를 죽이려고 했습니다. 죽일 생각까지는 없었는지 몰라도, 내가 그 새끼 자지를 잘라버렸습니다. 그리고 한 차례 허벅지를 푸욱 찔렀습니다. 아닙니다. 먼저 찌르고 그다음에 잘랐습니다. 사실입니다. 그러나 황 병장은 입을 열 수가 없었다. 당당히 말할 수 있는 용기가 없었다. 이미 굳어버린 입으로는 의지를 보일 수가 없었다.

병장 황덕수! 이 사고는 너와 전무하다. 너는 이 사고와 상관이 없다는 뜻이다. 베트콩 세파의 침투다. 알겠나? 부대 주변에서는 얼마든지 있을 수 있는 일이야. 알겠어? 팀장이 다시 다짐을 놓았다.

그 남자는 머리를 끄덕이다가는 곧 가로젓고 있었다. 아닙니다! 알파팀 출정을 앞두고 내가 티엉마이를 찾아와서 기밀을 흘렸습니다. 그래서 티엔투 마을 진출입로에서 알파팀이 역매복에 걸려 박살이 났습니다. 그래서 허리에 대검을 꽂고 찾아온 것입니다. 그런데 구종구 개새끼가 티엉마이를 겁탈하는 것을 보고···. 그 남자는 이제 자신이 없어졌다. 그녀가 기밀을 누설했다는 증거가 없지 않은가. 그 남자는 입을 열지 못하고 있었다.

이 새끼 이거, 사람 미치고 환장하게 만드네, 이거. 대학물까지 먹은 새끼가 왜 이렇게 대가리가 안 돌아가냐? 너만 신세 조지는 게 아니라니까. 이 새끼야! 너만 신세 조진다면 나는 상관 않지. 그런데, 그런데 이 새끼야, 나도 중대장도 대대장도 연대장까지도 군대 생활 좆되는 거야. 군대 생활 좆치는 거라구, 인생 좆치는 거라구. 헌병대 뜨기 전에 빨리, 그렇다고 그래!

그 남자는 머리를 저었다. 애매모호했다. 팀장의 말에 동의하고 있는 것인지 아닌지. 이번에는 머리를 끄덕였다. 정신을 좀 차리고 보니, 그 남자는 감방에 가기 싫었다. 신세 조지기 싫었다. 인생 좆치기 싫었다. 그 뒤로도 그 남자는 어느 쪽이라고, 어떻게 하겠다고 말한 적이 없었다.

구종구는 저만큼 널브러진 채, 지프로 달려온 중대 위생병의 응급처치를 받고 있었다. 피가 흥건한 바짓가랑이를 가위로 잘라낸 뒤 붕대를 감고 있는 참이었다. 티엉마이는 어디로 간 것인가. 닌호하 여자고등학교 3학년을 자퇴한 꽁까이. 병장 황덕수는 두 팔과 두 다리를 개인 자일로 결박당한 상태에 있다가 풀려났다.

그때 팀장은 신임 박상대 중위였다. 팀장이 된 지 한 달이 좀 넘었나, 워낙 후참이었다. 전쟁터에 왔으니, 이제부터 공을 세워 훈장도 받고 진급도 해서 장래가 촉망받는 장교가 되기 위한 꿈에 한껏 부풀어 있을 때였다. 그런데 그는 20명의 알파팀을 이끌고 티엔투 마을 앞을 경유하는 총 9박 10일의 출정 기간 중, 제1차로 2박 3일간의 티엔투 마을 진출입로 출정에서, 팀 사상 최초로 베트콩의 역매복에 걸려서 호되게 당하고 귀환한 상태였다.

그의 심정이 어땠을까? 군에서 말하는 총 맞은 자리에 또 총 맞은 느낌…. 그래서 눈앞이 노래졌을 것이다. 그런데 그 남자는 그런 입장을 이해하려 들지 못했다. 그럴 수 있는 상태가 아니었으니까.

여보! 미안하지만 내가 한 가지 물어볼게. 지금 나한테 정말로 중요한 일이거든. 그 남자가 그녀에게 바짝 다가가면서 말했다.

좋아요. 말해 보세요. 아내는 흔쾌히 승낙했다.

그 남자는 망설였다. 막상 뜻밖에 쉽게 문이 열리고 보니, 선뜻 안으로 들어서기가 뭣했다. 아내의 물음을 피할 양으로 생각 없이 한 말이었다.

어서요! 아내가 재촉했다. 아내는 그 남자가 또 그렇게 넘기려나 보다 하는 것 같았다.

그래, 물을게. 저승에 사는 귀신들도 결혼을 하나…?

후후후…. 아내가 웃음을 앞세웠다. 아이 참! 하하 후후후…. 당신, 귀신 앞에서 말을 빙빙 돌리면 어떡해요? 당신은 지금 저승에 사는 귀신들도 섹스를 하는지 어떤지를, 다시 말해 내가 거기 가서 그동안 혹시 튼실한 사내를 골라서 벌써 결혼이라도 한 것인지를 알고 싶으신 거죠? 안 그래요?

속마음을 들킨 그 남자는 좀 무안했지만, 머리를 끄덕이다 말았다.

귀신들은 섹스 안 합니다. 결혼도 안 하고요. 구태여 그럴 필요가 없기 때문입니다. 귀신들은 느낌으로 사니까요.

애매모호하군.

애매모호한 건 당신의 특기죠. 가능과 불능 사이의 불능 혹은 부전…. 아마 당신이 죽기 전에는 알 수 없는 일일 겁니다. 너무 알려고 덤비면 일찍 귀신 되고 싶다는 뜻이니까요. 아, 그럼 이제는 내가 물은 말에 대답해주세요.

그 물음에 대한 답이라면 멧돼지한테 들을 수도 있겠네, 뭐. …아, 그래요. 그 자식한테 듣는 게 좋겠어.

내 나이 스물한 살 때부터 38년 몇 달 동안 당신과 살면서도 못 들었던 말인데. 멧돼지…? 누구? 아, 구종구 씨….

아내는 하는 수 없다는 듯 머리를 저으며 그만 돌아갔다. 그 시물거리는 표정을 얼굴에 담은 채, 문쪽으로 돌아선 뒤에는 포옥 한숨까지 한 차례 내쉬었다. 그 남자는 아내가 원하는 바를 이번에는 포기했어도, 아주 포기하지는 않으리라고 생각했다.

그 남자는 암병동 B 1551호실 앞에서 문에 노크를 하려다 말고 서 있었다.

조심해! 대인지뢰다…. 구종구가 등 뒤에서 윽박지르듯 나직이 내뱉은 말이 그 남자의 가슴을 뒤로 밀쳤다. 순간 구종구의 얼굴이 순전히 느낌만으로 눈앞에 떴다가 사라졌다. 그런데 코끝에 엉겨 끈적거리는 구린내는 무엇 때문인가. 산자락으로 스며든 지 5분도 안 됐을 때였으며, 아직 사방이 캄캄했다. 알파팀이 레콘도 교육대에서 부대 복귀 후 훈련성과 측정을 받던 첫날이었다. 그 기억이 그 남자를 그 자리에 세워 둔 것이다.

노크를 해야 하나 어째야 하나 머뭇거리고 있을 때, 마침 문이 열리며 안에서 사람이 나왔다. 한 손에 작은 짐가방을 든 30대 후반의 여자였다. 뜨뜻미지근한 아카시아 향을 긴 비닐끈처럼 길게 끌고 나갔다. 구종구는 안쪽 창가에 누워 있었다. 허리를 좀 꺾어 올린 병상에 누워서 맞은편 벽 가운데 붙은 텔레비전을 보고 있던 참이었다. 그 남자는 그를 금세 알아보았다. 그한테 무슨 느낌이 왔던 것인가. 문안에 서 있는 그 남자를 돌아보았다.

본 지가 40년이 넘었는데도, 그동안 나이 들어 가는 얼굴을 가끔은 서로 보아왔던 사이처럼 낯설지 않았다. 그가 군에 있을 때처럼 머리를 짧게 깎고 있어서인지도 몰랐다. 그는 병상에서 내려설 생각이었는지, 벌떡 윗몸을 일으켰다. 아직 수술은 받지 않은 모양이었다. 어떻든 말기암을 앓는 중환자라는데… 하고, 그 남자가 다가갔다.

"안 죽고 잘 살아 있구먼! 그런데 곧 죽을 건가?"

그 남자는 구종구의 윽박지르는 듯한 말투를 흉내 냈다.

화장실 있는 집이 전혀 없는 마을이었으니, 사람들은 모두 산자락으로 들어가서 일을 보고 살았다. 그것이 바로 대인지뢰였다. 부대 언저리로 매복 나가는 길에 구종구가 신참인 그 남자를 골려주려 한 것이었다. 몸뚱이가 걸레 되기 싫으면 발밑을 조심해! 대인지뢰가 쫙 깔렸단께.

펀이나 오랫만에 만났는데도 두 사람은 악수를 하지 않았다. 둘 다 먼저 손을 내밀지 않은 것이다.

"글씨 그렇게 되아부렀단께. 차라리 그때 죽어부렀으면 요로코롬 고생허다가 죽을 일은 없었을 텐디 말이여."

그 남자는 제 손을 내밀지 않은 대신에 아랫배 부근에 나와 있는 그의 손들을 보았다. 잡지도 않았는데 그 남자의 오른 손바닥에 굳고 꺼칠한 감촉이 전해지는 듯했다. 오랫동안 작업대 앞에 엎드려서 사람들의 구두를 수선하고 닦으면서 살아온 손일 터였다.

병실들이 있는 15층 한가운데에 휴게실이 있었다. 커피며 이런저런 음료와 과자 따위의 자판기들로 복도와 칸막이를 해놓은 곳이었다. 링거 거치대를 끌고 앞장선 그가 구석 자리로 가서 앉았다. 뒤따르던 그 남자도 오렌지 주스 깡통 둘을 뽑아들고 가서 그와 마주 앉았다. 둘 사이에는 지름이 1미터쯤 되어 보이는 둥근 탁자가 있었다.

"멀쩡한데? 아직 멧돼지처럼 기운 좀 쓰겠다. 아까는 내가 잘못 봤던 것 같은데…."

"여전허구만잉. 일단 가시부터 바짝 세우고 엎드려 주위를 살피는 꼴이…. 나는 수술을 안 받았단께. 내가 애시당초 안 헌다고 했어. 수술받았으면 니가 왔어도 오렌지 주스도 못 마셨을 것이여."

저 꿀꿀거리는 꼴이라니. 구종구야말로 그때나 지금이나 하나도 변하지 않은 것 같았다.

"그렇군. 오렌지 주스…."

그 남자는 중얼거리고 나서 머리를 저었다.

그 남자나 그나 진짜 오렌지 주스를 그곳에서 생전 처음으로 마셔보았다. 그러니까 이 나라의 연인원 31만 3천 명이나 되는 청년들이, 그 나라의 전쟁 덕분에 난생처음으로 오렌지 주스를 마셔봤다는 사실을 안 것은 그 남자가 직장 생활을 시작한 뒤였다. 1964년의 병원부대를 시작으로, 다음 해는 청룡부대와 맹호부대를, 그다음 해에는 그 남자가 한때 속했던 부대와 또 무슨 부대를…, 그때까지 아무런 상관이 없었던 남남쪽 그 나라에 보낸 대가로, 모두가 난생처음 마실 수 있었던 진짜 오렌지 주스였다. 4만 1천여 명의 목숨을 빼앗고 5천여 명의 목숨을 빼앗긴 아열대 땅에서는, 오렌지 농사는 물론 파인애플과 바나나 농사가 정말 잘됐다. 그런데 그 남자가 그때 오렌지 주스와 함께 마실 수 있었던 바나나, 파인애플 같은 진짜 주스들은 모두가 그 전쟁을 주관하고 전비를 100퍼센트 대고 있는 미국에서 냉장시설이 잘된 배로 실어온 것이었다.

그 남자가 전쟁터에 오기 전에는 노란 색소를 물에 풀어 오렌지 향만을 낸 짝퉁 주스를 진짜 오렌지 주스로 알았었다. 그것밖에 없는 줄 알았으니까. 그것도 도시의 가게에서나 사 마실 수 있었는데, 어느 가게에도 냉장고가 없었다. 대야에다 찬물을 받아 채워둔 정도였다.

"우리가 거반 반세기 만에 만난 것이여. 그런디 요렇게 덤덤해도 되는 것인지 잘 모르것구만. 서로 껴안고 뽀뽀는 못해도 요것이 뭣이냐?"

"니가 만나자고 해서 왔어. 날 만나자고 한 이유가 뭐야?"

그 남자는 그에게 말려들고 싶지 않았다. 한번 말려들면 끝이 없을지 모르니까. 그만 일어나고 싶었다. 아무래도 구종구는 엄살을 부리고 있는 것 같았다. 빈말로라도 얼마나 아픈지, 의사가 뭐랬는지 묻고 싶지 않았다.

"니 새끼 마누라가 나를 찾아왔드란께. 어젯밤 한밤중에 꿈속으로 왔더란께. …참 이쁘더라. 거기 있을 때 펜팔한 그 여고생 맞지? 정미연."

"뭐야?"

저런 인간의 입에서 내 아내 이름이 나오다니. 그가 행여나 아내의 엉덩이를 두드리기라도 한 것처럼 불쾌했다.

"니가 나를 찾아가라고 했다든디, 맞어? 그 말 듣고 허벌나게 놀랬다야. 시상에! 니가 니 마누라를 나한테 보내는 일이 생기다니…."

순전히 그 자리를 피하려고 아내에게 했던 말이었다. 그런데 지난밤에 그 말을 듣고 득달같이 구종구를 찾아왔다니. 귀신이라면 그 정도는 다 알아서 했어야지, 무슨 그따위 귀신이 있담.

"니가 만나자고 전화한 것은 그 전이었잖아? 돈 때문이야? 빨리 말해. 말 안 하면 그만 갈 거야."

그 남자는 버텼다. 그러기 위해서 시치미를 떼고 그를 압박했다. 그런다고 통할지 모르긴 했다. 꼭 멧돼지같이 막무가내가 아니었던가.

"별것 아니여. 니 얼굴을 직접 한번 보고 싶었단께, 죽기 전에. 앞으로 6개월에서 3개월쯤 남았다고 허던디, 금방 한 달이 지나부렀구만."

그 남자는 이미, 그의 남은 삶이 몇 달쯤인지 정미연한테 듣고 온 것이다. 그런데도 막상 본인의 입에서 같은 말이 나오자 도리어 믿음이 덜해졌다. 괜히 또 무슨 수작을 붙이고 있는 것이 아닌가 해서였다. 실제로는 그럴 일이 무엇이 있을까 하면서도.

이제 보니 짧게 깎은 머리에 반쯤 흰 머리칼이 섞여 있었다. 숱진 눈썹 밑의 큰 눈과 날카로운 콧날에 어울리지 않게 얇은 입술…, 둥근 얼굴. 지금은 중환자인데도 그때에 비하면 매우 안정된 느낌이었다.

그는 빈 오렌지 주스 깡통을 이 손으로 들었다가 저 손으로 탁자에 놨다가를 되풀이하고 있었다. 되풀이되는 울림이 그 남자의 신경에 거슬렸다. 소리에 옅게 묻어나는 쇳소리 때문이었다. 그 남자가 손목시계를 표나게 보았다.

"가려면 가. 얼굴 봤은께 되았어. 할 말이 생각나면 또 오든지 허고…. 돈은 인자 그만 보내도 되아. 이제까지 니가 보내 준 돈을 매번 받았음시로도, 감사허다는 말은 허기 싫구만. 그런디 니 마누라 진짜로 이쁘더라. 여고생 때 사진으로 봤을 때도 이뻤지만."

그의 얼굴에서 느물거림이 개기름처럼 번들거렸다.

뭐야, 이 새끼! 그의 얼굴을 깡통을 들어 내리치고 싶었다. 아니, 그럴 뻔했다. 그가 그 남자의 아내를 두고 참 이쁘더라, 하고 말한 것 때문이었다. 자꾸만 화가 났다. 그 남자는 손안에서 찌그러진 깡통을 들고 일어섰다. 얼굴에 타는 듯한 열기가 일었다.

"걱정 붙들어 매. 니 마누라는 귀신인께. 거그다 나는 고잔디. 훗훗훗 흐흐…. 그래도 의사한테 사형선고를 받고 난께, 니가 제일 보고 싶드란께. 너나 나나 헐 말도 좀 있는 것 같고. 잘 가그라잉."

이제 돈을 그만 보내라고? 불쌍해서 30년도 넘게 돈을 보내준 나를 우롱해…, 개새끼! 달마다 5천 원으로 시작해서 1만 원으로 3만 원으로…. 3년 전부터는 1백만 원이었다.

개자식! 어떻게 저런 인간이 지금까지 살아 있었어…. 할 말이 있는 것 같다고? 미친 놈. 그 남자는 뒤도 돌아보지 않고 엘리베이터 쪽으로 갔다.

9

 교육성과 측정을 위한 기동정찰에 나선 지 이틀째였다. 다행히 그날은 하늘이 덮칠 듯 낮게 내려와 있기는 해도 아직 빗줄기들은 주춤했다. 조식으로 시레이션을 까 먹고 06시부터 다시 기동에 들어갔다.

 그 남자는 두 시간쯤 기동을 하는 동안, 자신이 전쟁터에 지원한 것을 크게 후회하고 있었다. 지나친 감상이었던 것 같았다. 아니면 자학이었든지…. 전쟁터는 결코 그런 이유로 오는 데가 아니었다. 강제 차출되어 어쩔 수 없이 왔다거나 가난을 면해보겠다고 자원해서 제 발로 왔거나 해야 했다.

 7번 이동수 병장만 보였을 뿐, 6번 대원조차 보이지 않았다. 구종구를 돌아볼 겨를이 없었다. 세 통째의 물이 허리에서 가볍게 찰랑거렸다. 총을 꼬나 잡고 바짝 긴장하고 있었지만, 한바탕 교전을 치른 뒤처럼 자꾸 머릿속이 비어가면서 두 다리가 후들거렸다. 게다가 분명히 시간 계산을 한다고 해서 한 차례에 수통 컵으로 꼭 두 개씩만 마셨는데도 수통에 구멍이 난 듯 물이 줄고 있었다. 실탄보다 중요하다는 물. 횟수가 잦았던 것이다. 이제 알파팀에는 팀장 말고도 부팀장이 시계를 차고 있었다. 미군에서 한국군에 일상용품을 보급하는 선더리팩에서 나온 것이었다. 7번이 앉아쏴 자세로 조용히 가라앉더니 오른팔을 올려 주먹을 쥐었다. 집중하라는 완수신호였다. 그 남자도 그대로 뒤의 구종구에게 전달했다. 이상 징후 발견이었다. 뒤에 오고 있던 팀장이 무전병을 뒤에 단 채 급하게 앞으로 나갔다. 9번인 구종구와 그 남자 사이가 좁혀졌다.

임마! 소총 자동으로…. 떨지 마, 새끼야! 그새 가까이 온 구종구가 벙거지에 가려진 이마를 그 남자의 이마에 들이밀면서 말했다.

잊고 있던 그 남자는 급하게 소총을 단발에서 자동으로 변경했다.

새끼야! 처음부터 단발에는 놓지 말란께! 구종구가 신경질을 냈다. 그 남자가 교육대에서 배운 대로 하고 있어서였다.

독립가옥을 발견했다는 전갈이 앞에서 왔다. 앞으로 간격을 바짝 좁혔다가 대형을 옆으로 펼쳤다. 목표물은 100미터 전방에 상거한 집 한 채였다. 규모는 좀 커 보였지만 꼭 한국의 원두막 같은 형태였다. 첨병조 3명이 허리를 잔뜩 접은 채 잽싸게 다가가더니, 2미터쯤을 앞두고 바짝 엎드렸다. 다른 대원들도 그 뒤로 가서 엎드렸다. 동태를 살피고 있었다. 닭들이 꼭꼭거리는 소리가 들리는 것 같았다. 그 틈에 돼지 한 마리가 꿀꿀대며 돌아다니는 소리가 섞여들었다. 소총을 꼬나든 두 명이 몸을 일으키더니 집 안으로 사라졌다. 곧 첨병조장 이 하사도 뒤따라 사라졌다.

3분쯤…, 5분쯤…, 그보다 더 걸린 것 같았다. 총소리는 나지 않았다. 먼저 밖으로 나온 첨병조장이 오른팔을 들어 올리더니, 손을 활짝 펴서 좌우로 흔들었다. '이상 무'라는 뜻이었다. 2조는 현 위치, 3조와 5조는 후방, 6조는 좌측방, 7조는 우측방으로…. 그리고 2조와 본부조는 나와 함께 가옥으로 들어간다. 실시! 명령에 복창 없이 행동이 개시됐다. 그 남자는 3조였다. 구종구와 함께 가옥의 후면에 흩어져 숲을 향해 경계 자세를 취했다. 물론 뒤쪽도 살폈다.

몬타나족 집인디 어째서 저런단가? 진작 도망쳐분 것 같은디…. 몬타나족을 발견했을 때엔, 정글에서 데리고 나가 월남 정부에 인계해야 한다는 것은 배웠제? 구종구가 왼쪽으로 와서 붙더니 뒤쪽의 가옥을 힐끔거리면서 아는 체를 했다.

선참인 구종구는 레콘도 교육대 동기라지만 그 남자와는 달랐다. 별로 긴장하고 있는 것 같지 않았다. 부대 개편 때 옛 수색중대원들 가운데서 선발된 병사다웠다. 마당의 가장자리까지 경계망이 좁혀졌다. 이번에는 팀장이 나타나서 두 팔을 들어 올려서 엑스 자를 만들었다. 상황 종료였다. 몬타나족의 집인데, 정찰대가 떴다는 것을 어떻게 알았는지, 몇 시간 전에 모두 피한 것으로 보인다는 것이었다.

그 남자는 좀 맥이 빠져서 안으로 들어가 보았다. 명령을 받은 것이 아니었다. 호기심이었다. 흙바닥에 대나무로 만든 평상이 하나 있었다. 마른 풀을 엮어서 만든 이불이 깔려 있었다. 한구석에는 시커멓게 그을린 파인애플만 한 돌들이 모여 있었다. 그 옆에 마른 옥수숫대 묶음이 서 있지 않았더라도, 한눈에 화덕이란 것을 알아볼 수 있었다.

그 남자는 그곳으로 다가가서, 손으로 재를 휘저어보려 했다. 어느 영화에서 본 기억이 났던 것이다. 그렇게 해서 재 속에 남아 있는 온기로 사람이 언제까지 그곳에 머물렀는지를 판단했었다. 그 남자가 팔을 뻗을 때였다. 누군지 거칠게 팔뚝을 걷어찼다. 벌러덩 뒤로 나자빠진 그 남자는 오른손으로 왼쪽 팔뚝을 부여잡은 채 아파서 어쩔 줄 몰랐다. 총은 저만치 내버린 채였다.

야, 이 병신 새끼야! 죽고 싶어? 거기 폭발물이라도 파묻어 놨으면 어쩔 것이여…. 빨랑 총 잡어! 구종구였다. 언제 그가 와 있었는지 몰랐다. 그 남자는 총부터 찾아서 잡고 일어나, 엉덩이에 들러붙은 감자껍질을 털어냈다.

언능 밖으로 이동해! 구종구가 그 남자의 등을 떠밀었다. 대원들 속으로 들어가란께! 그가 명령하듯 말했다. 그 남자는 민첩하게 가옥을 벗어나서 대원들 틈에 끼어서서 총을 꼬나 잡았다.

어디 갔는지 구종구는 보이지 않았다. 그 남자는 머리를 갸웃거렸다. 그의 말대로이긴 했다. 그런데 이렇게 깊고 험한 산속에서 정찰대가 떴다는 소식을 알았다면 어찌 알았으며, 몬타냐족이라면 양민들인데, 왜 겁을 먹고 도망쳤을까. 열 명의 적을 놓치더라도 한 명의 양민을 구한다, 인데. 돼지가 비명을 질러대면서 갑자기 주위가 소란스러워지는 통에 그 남자는 다시 바짝 긴장했다. 그 바람에 닭들도 덩달아 꽥꽥거리면서 이리저리 푸드덕푸드덕 날았다. 그런데 긴장한 대원은 그 남자뿐인 것 같았다. 돼지는 달아나는 정도가 아니었다. 이리저리 미친 듯이 뛰어다녔다. 킬킬킬킬, 허허 하하 웃는 대원들도 있었다. 그때야 돼지의 왼쪽 앞다리 허벅지에 깊숙이 박힌 대검이 보였다.

구종구 저 새끼 저…! 팀장이 욕지거리을 내뱉으면서 구종구를 노려보고 있었다. 파월을 기준으로 하면 구종구가 팀장보다 2개월이나 선참이었다. 12개월 근무 기간 가운데 초반 2개월은, 그 중요성이 후반 4개월과 비교된다고 했다.

총을 쏘면 콩들에게 우리의 위치가 노출된다 이 말씀입니다…. 야, 황덕수! 이리 와봐! 그 남자가 어리벙벙해하는 사이에 구종구가 옆에 와 있었다. 그 남자가 차고 있던 대검집의 단추를 그가 멋대로 풀었다. 그리고 대검을 뽑아들었다. 20미터쯤 떨어져 있는 돼지를 조준했다. 대검은 면도를 할 수 있을 정도로 늘 날이 서 있었다. 휘익! 대검이 날았다. 퍽! 돼지머리의 정수리께에 정확히 꽂혔다. 두 다리를 들고 불쑥 솟구치는가 했던 돼지가 비명도 지르지 못한 채 앞으로 고꾸라졌다. 서넛이 박수를 쳤다.

구종구, 이 새끼! 너 전사자로 귀국하고 싶어? 전쟁터에서 왜 그런 짓을 해? 재수 없게…. 이 하사였다. 그는 귀국을 3개월쯤 남겨놓고 있었다.

너무 그러지 마시란께요, 거! 담력을 키울라고 연습헌 건디. 황덕수 같은 후참들 교육도 시키고라우. 앞으로 대원들이 베트콩 많이 잡어서 하사님 훈장 받고 특진허게 해드릴 텐디 그러시네, 거…. 구종구는 느물느물 웃으면서 눙치고 들었다. 구종구가 자리를 피해

돼지 쪽으로 가고 있었다. 대검을 회수하러 가는 것으로 보였다.

그런데 그다음은 닭들이었다. 그 남자의 눈에 들어온 것이 세 마리였다. 과녁이 작은 데다 민첩하게 움직여서 돼지하고는 비교가 되지 않을 성싶었다. 닭 한 마리가 푸드덕 고꾸라졌다. 돼지의 다리에 박혔던 대검이 날아간 것이다. 이번에는 정수리에 박혔던 그 남자의 대검이었다. 구종구가 남은 두 마리를 향해 대검을 날렸다. 이번에는 기운차 보이던 장닭이 고꾸라졌다. 앞서 고꾸라진 닭한테 다가간 구종구가 발로 밟고 대검을 뽑았다. 그대로 남은 한 마리를 찾아서 날렸다. 대원들은 언제부턴가 웃지 않았다. 함성도 지르지 않았다. 암탉마저 여지없이 고꾸라졌다. 다른 닭들이 죽는 동안 저만치 달아나긴 했어도 소용이 없었다.

구종구의 얼굴에 흡족한 미소가 가득 담겼다. 그리고 새빨간 두 눈에는 살기가 등등했다. 그는 차례로 대검을 뽑아서 허벅지에 쓱쓱 닦아 들고 대원들한테 돌아왔다. 그 남자는 자신도 모르게 손등으로 두 눈을 닦았다.

그 남자는 마지막 날인 3일째의 한나절을 물 한 모금 못 마시고 견뎌야 했다. 점심을 먹고 난 뒤에도 두어 시간을 더 견뎌야 했다. 이때 뜻밖에 구종구가 수통을 건네면서 몇 모금 마시라 했다. 그 남자가 뚜껑에 따라 마시려 하자 수통째 꿀떡꿀떡 마시라고 했다. 만일 살아서 귀국한다면 그를 평생 은인으로 모시고 싶었다. 그때의 심정이 그랬다. 그로부터 한 시간 조금 넘게 기동을 하자 대원들이 숲을 벗어나기 시작했다. 그 남자는 그가 설마 이럴 줄 알고 선심 쓴 건 아니겠지 했다. 베트콩을 구경도 못한 3박 4일의 기동정찰이었다. 교육성과 측정의 끝이었다.

대원들은 내무반에서 서둘러 장비들을 정리하고 나서 샤워장으로 몰려갔다. 그러나 구종구 병장은 남아 있었다. 그 남자도 그의 눈치를 보면서 남아 있었다. 어떻든 도움이 고마웠기 때문이었다. 그는 그 남자를 한 번 쳐다본 뒤에 비로소 탄띠를 풀어내고 배낭을 벗어 침상에 놓았다. 그리고 배낭 안에서 내용물을 꺼내서 반납할 것들은 빼고 남은 것들을 캐비닛에 정리했다. 이것, 한국에 갖고 가면 돈 좀 될 것이여. 그가 두 손에 하나씩 들고 있는 것은 녹각이었다. 몬타나족 집에서 갖고 온 것이었다. 주인도 없는 집에 두면 뭣 허냐? 한국 갖고 가면 쩐이 될 것인디…. 그는 그것을 완상하듯 붉게 번득이는 제 눈앞에 두 손을 높이 들어 이리저리 돌려보았다. 그동안 그을리고 때가 탄 얼굴이 뿌듯함으로 달아오르고 있었다.

그 남자는 12시가 다 돼가는 데도 사무실에 나갈 생각을 못하고 있었다. 전화를 할까 하다가 그만두었다. 김하나한테 설명할 말이 마땅치 않아서였다. 초등학교 운동장으로 가서 아침나절을 어슬렁거렸다.

배가 고파져서 집으로 돌아가기로 했다. 현관문을 열고 집 안으로 들어선 그 남자는 우뚝 멈춰섰다. 고등어 김치찌개 냄새…. 고소하면서도 매큼한, 비릿하면서도 짭짜름한 맛이 금세 입천장까지 차오르는 느낌이었다. 두어 차례 군침을 삼켰다. 틀림없이 아내가 끓인 것이었다. 고소함을 더하기 위해서 생강이며 마늘을 쓰는 것도 중요하지만 가루 소고기를 그것들에 섞어서 양념장을 만드는 것이 중요했다. 그렇게 고등어 김치찌개를 끓여내는 아내였다. 우선 눈길이 닿는 대로 살피면서 급히 구두를 벗고 거실로 들어갔다. 주방까지 들어가 보았다.

스테인리스 냄비. 둘이서 한 끼를 먹으면 딱 좋을 양을 끓여내기에 적당한 크기의 냄비가 가스레인지 위에 올라가 있었다. 그리고 그것만 한 크기의 냄비 하나가 더 옆자리에 나란히 앉아 있었다. 하나는 국물이 시울을 넘어 기웃거리면서 남겨놓은 불그스름한 흔적을 보지 않더라도 벌써 내용물을 알았는데, 또 하나의 냄비는 열어보아야 했다. 배춧국이었다. 먼저 두 공기쯤의 물에 된장을 맑게 푼다. 거기에 민물 건새우를 두 자밤쯤 집어넣는다. 냄비를 중불에 올려놓고 끓기 시작하면, 손으로 찢어놓은 노란 배춧속과 썰어놓은 대파를 집어넣고 센불에 한소끔 끓인다. 배추된장국이었다. 특히 센불에 한소끔 끓이는 시간을 잘 맞춰야 했다. 사람이 포르르 성을 내는 얼굴을 생각하면 됐다. 그렇게 5초쯤 끓여야 했다. 그래야 생배추가 흐물흐물해지지 않았다. 생배추의 향이 다 사라져버리면 안 된다는 것이다. 향이 다 사라져버린 배춧국은 배춧국이 아니니까.

손에 든 뚜껑을 닫은 뒤에 급하게 안방 쪽으로 가서 문을 열어보았다. 그리고 뛰어다니면서 나머지 방들도 세 개 다 차례로 문을 열어보았다. 화장실까지, 앞뒤 발코니까지 살펴보았다.

아내는 없었다. 아내가 다녀간 것인가. 우렁각시가 다녀간 것인가. 어디에 남겨놨을 법한 메모 같은 것도 없었다. 누구라서 전자자물쇠의 열림번호를 알고 있었단 말인가. 아내밖에는, 아내의 귀신밖에는 알 수 없을 텐데….

그 남자는 새로 지어놓고 간 밥을 공기에 퍼담아 식탁에 갖다놓기부터 했다. 원래의 순서는 반찬들이 먼저였다. 밥을 다음에, 그다음으로 찌개와 국, 만일 생선구이가 있다면 마지막 순서였다. 그래야 맛과 향을 제대로 느낄 수 있는 법이었다. 아내가 그랬다. 밥은 봄처럼, 국은 여름처럼, 장은 가을처럼, 술은 겨울처럼 내야 한다고.

숟가락과 젓가락을 찾아 손에 든 채 냄비들을 식탁으로 옮겨놓았다. 의자에 앉은 그 남자는 에헴, 하고 큰기침을 한 차례 한 뒤에 식사를 하기 시작했다. 맛도 영락없는 아내의 손맛이 뱄다.

일찍 잠자리에 들었다. 달이 뜨면 임이 오시고 잠을 자면 임을 만날 수 있다고 했지. 모처럼 위를 세간 내줘야 할 정도로 잔뜩 먹은 데다, 그사이에 제대로 잠을 자지 못했으니 이내 곯아떨어지리라 했다.

20분이 지나도 정신이 말똥했다. 결혼한 지 반년쯤 됐을 때였던가, 풀벌레들이 울어댔으니까 가을이었던가. 달이 중천에 떠서 집마다 대문 밖의 시멘트 블록담에 기대앉아 있는 콘크리트 쓰레기통에 철판 뚜껑이 붙어 있는지 떨어져 나갔는지까지 알 수 있었다. 퇴계로 5가께에서 술을 마신 뒤에 시내버스를 타고 아슬아슬했지만 무사히 거기까지 올 수 있어서 다행이었다. 집에서 가까운 버스 정류장이었다. 만일 야간 통행금지 시간에 걸렸더라면 눈에 보이는 대로 여관으로 찾아들었거나, 제 발로 파출소로 찾아 들어갔어야 했다. 그랬다면 집에 연락할 방법이 없어서 아내는 하룻밤을 선잠을 자야 했을 것이었다. 용산께에 왔을 때 야간 통행금지 예비 사이렌이 울더니, 이제 본 사이렌이 울기 시작했다. 그사이에 30분이 훌쩍 지나서 자정을 알리고 있었다. 달빛이 차오른 골목길에 시냇물처럼 사이렌 소리가 흘렀다. 대문 앞이었다.

그새 아내는 깜박 잠이 들었던 모양이었다. 나이 차가 여섯 살 나는 아내인데도 그때껏 제대로 불평 같은 불평을 한 번도 한 적이 없었다. 단칸 셋방에서 오로지 온종일 그 남자를 위해 일하고 그 남자를 기다리는 일이 전부인 아내. 그 남자도 그렇게 사는 줄로만 알고 지내던 아내….

아내가 또 찾아왔다. 그사이에 그 남자가 잠깐 잠이 들었던 모양이다. 이번에는 그 남자가 꽤나 반가워했다. 간절하게 아내를 기다린 것이다. 그러나 정작으로 아내를 보자, 먼저 하고 싶었던 저녁상 이야기는 깜박했다. 잠들기 전까지 했던 생각이 그대로 이어진 것이다.

…그때 우리 집 아니, 우리 방에는 전화기는 언감생심이었고 티브이도 없었습니다. 조간신문 한 부와 월간 여성지 한 권을 정기구독하고 있었지요. 여성지는 당신이 나를 위해 특별히 정기구독 신청한 것이었습니다. 신문은 날마다 당신이 출근하고 나면 제호부터 광고까지 두 번씩 읽었습니다. 여성지는 한 달 동안 뒤적이다 보면 기사들의 내용과 큰 제목은 물론 작은 제목들까지 기억하게 됐습니다. 지금 외워보래도 어느 달 것은 틀리지 않고 외울 수 있습니다.

미안해! 아까 나는 잠들기 전까지, 당신이 처음으로 무섭게 보이던 때를 찾고 있었어.

그랬어요? 그때는 당신이 터무니없는 요구를 했습니다. 억지도 그런 억지가 없었습니다. 물론 끝까지 당신을 기다리지 못하고 잠들어버린, 그것도 하필 그 순간에 깊이 잠들어버린 내 잘못이 먼저였지만….

단층집의 길가 쪽 방에 부엌을 지어 붙여, 세를 놓은 곳에서 부부는 신혼살림을 시작했었다. 시멘트 블록 담장 너머에서 그 남자가 부르면, 귀를 세우고 있던 아내가 대문께로 나와야 했다. 마루가 딸린 안방에는 집주인 부부가 살고 있었다. 아내의 머릿속에는 그곳에서 옹색하게 살았던 때가 환히 그려진 모양이었다. 그 일이 일어난 그날 밤이었다.

아내는 감회에 젖은 얼굴이었다. 쌍꺼풀이 없는 두 눈이 반쯤 감겼고, 두 볼에 웃음기가 잘 먹은 분처럼 스몄다. 그리고 약간 위로 밀린 윗입술…. 비로소 귀신이 된 아내의 모습이 예쁘다는 느낌이 들었다. 결혼 전의 그 풋풋하고 싱그러운 모습이 되살아나는 듯했다.

화장실을 가려면….

맞아요, 어휴! 한옥 안에 있던 이른바 그 실내 화장실이란 데를 생각하면…. 이거 보세요. 지금도 온몸에 소름이 돋고 움츠러드는 거…. 아내는 움츠린 윗몸을 바르르 떨었다. 안방 앞의 마루를 지나야 갈 수 있는 화장실을 그것도 그 집주인 식구들과 함께 써야 했으니까….

어휴! 당신은 아침에 집주인네 식구들과 서로 먼저 사용하려고 전쟁 치른 생각만 하는 거죠? 이렇다니까요! 남자는 항상 자기 생각만 한다니까아.

그래, 미안해. 내가 모르는 무슨 일이 또 있었는데?

아내는 다시 윗몸을 진저리쳤다. 그 집 구조가, 우리 방에서 화장실에 가려면….

맞아! 이제 생각나는군. 그러니까 우리가 화장실 가는 것을 안방에서 자동으로 알 수밖에 없었지?

맞아요, 맞아요!

더욱이나 아무리 발끝을 세워도 삐걱거리는 마루를 지나는 동안 오금이 저리고… 그리고 화장실 문을 연다? 그리고 얇은 벽 하나를 사이에 두고 쪼그려 앉아서 일을 본다?

맞아요, 맞아요! 어휴…. 안집 남자가 집에 있는 토요일 오후부터 일요일 저녁, 월요일 아침까지도 정말 힘들었습니다. 도무지 일을 볼 수가 없었다니까요. 꼭 마당 한가운데서 일을 보고 있는 느낌이었으니까요. 어휴우!

그래서 당신, 변비로 고생했잖아….

시멘트 블록으로 지은 슬래브집이었다. 방음이 잘 되지 않은 까닭에 눈 가리고 아웅 하듯 살아야 했던 곳이었다.

부부가 따로 초인종을 설치하지 않은 것은 그렇게 생긴 집의 구조 때문만이 아니었다. 집주인이 대문 기둥에 초인종 단추 하나가 더 붙어 있는 것을 싫어했기 때문이었다. 세를 들이고 산다는 표시를 하기 싫어했던 것이다. 대단한 위세였고 어쭙잖은 자존심이라면 자존심이었다. 그러니까 그날도 누구들과 한잔 걸치다 보니, 버스에서 내리자마자 야간통행금지 시간에 쫓겨 골목길로 잰걸음을 놔야 했고, 다행히 대문 앞에 닿았을 때 본 사이렌이 울기 시작했던 것이다.

이제 그 남자를 기다리고 있을 아내를 불러내면 되었다. 왼쪽 문 기둥에 볼록하게 붙어 있는 초인종 단추로 눈이 자주 갔지만 당연히 그 남자네 것이 아니었다.

미연아ー. 정미여언ー. 저절로 목소리가 숨죽었다. 그런데 기다려도 반응이 없었다. 미연아ー. 정미여어언ー! 목소리를 좀 돋우었다. 그래도 부엌문 여는 소리가 나지 않았다. 전에 없던 일이었다. 잠이 들었나? 그럼 담을 넘어야 하나? 미여언아ー! 저엉미이여언ー! 자신도 모르게 목청껏 불렀다. 그렇게 한 3분쯤이… 5분쯤이 지난 것 같았다. 아니 10분은 지난 것 같았다. 낭패였다.

담을 넘다가 방범대원한테 걸리기라도 한다면 망신을 살 일이었다. 사정을 이해시키기까지는 복잡한 과정을 거쳐야 했다. 그보다 담 위에다 쳐놓은 철조망을 넘을 수 있는 방법이 당장에 떠오르지 않기도 했다. 이를 어째야 하나? 도대체 뭘 하고 있는 거야. 종일 집에 있는 사람이 잠에 빠질 턱이 없을 거고. 참다참다 못해서 친정으로 가버린 건가? 설마….

12시 30분부터는 방범대원들이 딱딱이를 치면서 야간 순찰을 돌기 시작할 것이다. 벌써 12시 21분이었다. 하는 수 없었다. 주인집 마루로 연결된 초인종의 단추를 누르는 수밖에. 첫 번째에는 반응이 없었다. 내친김이었다. 두 번째는 좀 길게 눌렀다.

누구세요? 잠기운이 거칠거칠하게 묻어 있는 목소리. 집주인 여자였다.

죄송합니다. 셋방입니다아! 셋방 남잔데요, 죄송합니다아. 그 남자가 소리쳤다.

그러나 고작 방문을 열고 마루까지 나오는 소리였다. 새댁! 새대댁! 밖에 신랑 왔다. 집주인 여자의 짜증 섞인 말소리에 이어서 그 남자네 방문을 두드리는 소리가 대문 밖에까지 났다.

어머! 죄송해요. 아내의 말소리에 뒤따라서 급한 발걸음 소리가 다가왔다. 샛문의 자물쇠를 따는 소리. 그 남자는 벌컥 화가 치솟았다. 말도 안 되는 상황이었다.

어머, 미안해요! 문을 열어준 아내를 몸으로 밀쳤다. 부엌을 통해야만 방으로 들어갈 수 있는 집 구조. 내팽개치듯 구두를 벗고 방으로 들어와 두 주먹을 쥔 채 씩씩거렸다. 야, 정미연! 너 뭐 하는 사람이야! 뒤따라 들어온 아내가 한쪽 신발이나 벗었을까. 그 남자가 소리치기 시작했다. 온종일 자고도 모자라서 또 자! 남편이 온 것도 모르고 잠을 자? 일부러 안 열어준 거지? 너, 나 골탕 먹이려고 알고도 일부러 안 열어준 거지? 연발 사격이었다. 제압해야 한다. 숨 쉴 틈을 주지 말아야 한다.

아내는 그 남자의 공격에 반응하지 않았다. 그저 손으로 그 남자의 입을 막으려고만 하고 있었다. 그 남자는 그 손을 이리저리 피하면서 소리쳐댔다. 당장 보따리 싸서 친정으로 가! 당장 가라고! 이제는 수류탄 투척이었다. 쫘왕…!

주인집에서 내일 당장 우리한테 이사 나가라고 하면 어쩔 겁니까? 비로소 아내가 반응하기 시작했다. 이 밤중에 뭘 믿고 그렇게 소리를 칩니까? 이 집에서 나가라고 하면 이사 나갈 거냐고요? 조용히 하세요! 제발 입 좀 닫고 계시라고요! 아내가 고무망치로 그의 정수리를 두드려대는 듯했다. 그때까지 방 가운데 서 있던 그 남자는 털썩 주저앉았다.

좋아요! 맨날 그렇게 술에 취해 들어오는 남편은 나도 싫습니다. 둘 중에 누군가가 나가야 한다면 당신이 나가서야겠습니다. 여긴 내 집이기도 합니다. 나가서 내일부터는 아예 들어오지 마세요. 기다리지 않겠습니다. 아시겠어요? 아내는 곧장 윗목에서 상보를 덮어쓴 채로 기다리고 있던 밥상을 번쩍 들고 부엌으로 나가버렸다. 그리고는 방으로 들어오지 않았다.

그때 나는 당신이 무섭기도 했고 예쁘기도 했어. 부엌으로 나갈 수 없어서 손발을 씻지 못하고, 면구스러워서 당신도 기다리지 못하고 이불 속으로 들어가 누웠어. 아니, 숨었어. 여긴 내 집이기도 하니 나는 못 나간다고, 당신이 나가라고, 아예 들어오지 말라는 그 말이, 나는 그렇게 좋을 수가 없더라고. 흐흐흥….

그때 당신은 그대로 곯아떨어져 버렸습니다. 나는 부엌에서 발바닥을 다쳐 피를 흘리면서 쩔쩔매고 있었고요. 급해서 맨발로 뛰쳐나가는 통에 왼쪽 발바닥을 다친 겁니다. 깨진 병 조각 같은 것이 박혀 있더라고요. 당신은 여태까지 그걸 몰랐죠?

그 남자의 코끝이 찡해졌다. 아, 참! 아까 저녁 준비…, 참 고마웠어. 눈물 나게 맛있더구먼. 우렁각시가 설화 속에만 있는 줄 알았는데…. 정말 귀신은 만능이구먼. 지난 일들을 생각하면 당신이 지금 나를 엄청 고통스럽게 해야 맞는 거 아닌가?

글쎄요. 지레 김칫국부터 마시지 마시고요. 고통스럽게 할지 어떨지는 차차 두고 보면 알게 되겠지요. 그건 그렇고… 저녁 준비라니요? 누가 누구 먹을 저녁을 준비했단 말입니까? 무슨 뚱딴지같은 말을 하는 겁니까? 아, 참! 당신한테 여자 생겼다는 말을 그런 식으로 하는 것 같네요. 안 그래요? 그렇지요? 그러니까 아내는 그 남자가 자신의 반응을 보려고 수작을 붙이는 것으로 여기는 것 같았다. 생전에도 그 남자를 진실 되게 보지 않았음이었다.

지금 보니까 귀신도 별수 없네. 그런 엉터리 없는 생각이나 하고…. 당신 기대에 어긋나서 미안하구먼! 그런데, 당신 나한테 정말 너무 잔인한 거 아닌가? 당신 생전에 내가 당한 망신만으로도 뼈까지 멍투성인데…. 사람이 아니, 귀신이 인정머리라고는 약에 쓰려고 해도 없다니까….

내가 인정머리가 없다고요? 그럼 대답해 보세요…! 이런 말 안 하려고 했는데…. 당신 빨간 눈 때문에, 남몰래 눈탱이가 밤탱이가 되도록 울어댄 사람이 누구게요? 당신 어머니, 음성의 시어머님하고 나뿐이었습니다. 얼마나 가슴 아팠는데요…. 당신이 그때 그랬지요. 나 안 죽고 남 죽이다 보면 눈이 이렇게 벌겋게 달아오르면서 사나운 빛을 낸다고. 그래도 나는 다치지도 않고 살아 돌아와서 그나마 다행인데, 그런 눈이 됐는데 거기서 죽고 다친 사람들은 어쩌면 좋냐고…. 얼마나 불쌍하냐고.

미안해요! 생전에는 내 앞에서 그렇게 똑똑하지 않더니…. 귀신 되더니 확실히 달라졌구먼…. 고마워요.

이왕 나더러 똑똑해졌다니, 하던 말을 마저 합시다. 당신이 자꾸 우렁각시, 우렁각시 하고, 전자자물쇠 열림번호가 어쩌고 하는데,

그거 무슨 뜻입니까? 당신 진짜로 여자 생긴 것 아니냐고요? 정말 귀신도 모르게 무슨 일을 저지른 것 아닙니까? 이젠 나도 압니다. 그 일이 집에서 안 된다고 밖에서도 안 되는 게 아니랍디다. 남자들이 모여서 낄낄거리는데, 가만히 들어보니까, 거 참… 웃음도 안 나오데요. 1호 터널에 들어가기만 하면 시동이 꺼지는 지프차도, 2호 터널, 3호 터널에 들어가면 엔진 소리도 요란하게 씽씽 달린다고들 합디다. 아니에요?

나는 아니야! 나는 아니라고! 부전이 무슨 자랑인가 했다. 그러나 실제로 화가 나지는 않았다. 화낼 일이 아니라는 생각이 들었기 때문이었다. 당신, 장난 그만 치고 내가 묻는 말에 빨랑 대답해 봐요! 전자자물쇠 열림번호를 당신 말고 누가 또 알아?

아내는 머리를 저으면서 소리 없이 웃기만 했다. 아내가 머리를 젓는 것은 분명한 부정이었다. 그 남자와 달랐다.

틀림없는 당신 솜씨였다고. 냄새와 맛이 똑같았다니까아! 그 남자가 소리쳤다.

아내는 다시 머리를 저었다. 당신이 누군가에게 누설했겠죠. 술에 취해서 한 말을 다 기억해요? 놀리듯이 이런 말을 남긴 아내는 장난기 가득한 얼굴로 돌아갔다.

어느새 창문을 덮고 있던 어둠이 뿌옇게 벗겨져 있었다.

혹시 김하나가 전자자물쇠 열림번호를 알고 있을지도 모르겠다는 생각이 퍼뜩 머리를 스쳤다. 술에 취해서 아내 음식 솜씨를 자랑했던 적은 몇 차례 있었는데… 실수를? 설마… 아내의 표정이 영 마음에 걸렸다.

10

아침도 거르고 잠을 잤다. 깊은 잠이었다. 일어났을 때는 머리가 산뜻했다. 그 지끈거리는 기운이 가라앉은 것이다. 사무실에서 전화가 왔다.

"쉬시고 싶을 때까지 푹 쉬세요. 싫증 난다는, 따분하다는 느낌이 들더라도 쉬십시오. 사무실에 나가면 좋겠다는 마음이 생겼을 때, 안 나가면 병이 날 것 같다는 판단이 섰을 때 나오시면 됩니다."

전화를 끊고 나서 생각해 보았더니 김하나의 말투가 어딘지 아내의 말투와 닮아 있는 것 같았다. 마치 대바늘로 두꺼운 천을 박음질하듯이 낱말 하나하나를 간격을 두고 분명히 발음하는 식이었다. 상대를 눙치는 것 같아 기분이 상할 수도 있을 터인데 그렇지가 않았다.

그 남자는 알았다는 대답만 했다. 혹시 어제의 저녁상에 대해 아는 것이 있는지 물으려 했지만 그만두었다. 그녀와 상관이 없는 일일 텐데 괜한 오해라도 살까 싶어서였다.

그렇지 않아도 오래전부터 그 남자와 김하나 사이를 놓고 수군거리는 사람이 많았다. 같은 회사에 다니다 나와서 같이 회사를 내서 오랫동안 탈 없이 꾸려왔다는 것이 이유였다. 무엇보다 그녀가 나이 들어 늙어가는 데도 미혼이라는 사실이 그 근거가 되는 모양이었다. 그러나 그 남자는 개의치 않았다. 아무리 세상이 정글과 다를 바 없다고 하지만, 장거리 기동정찰하듯 살아서는 안 된다는 생각이었다. 죽지 않으려면 죽여야 하는 적들이 그 남자를 기다리고 있지도 않았다. 그 남자가 다니는 길목 어디에 매복해 있는 것도 아니었다. 또 그 남자의 집이며 사무실에 조명지뢰와 클레이모어로 이중 방어벽을 치고 있는 것도 아니고 더욱이 누가 노리고 있는 것도 아니었다. 세상살이는 「정오의 결투」나 「OK 목장의 결투」처럼 거의 드러내놓고 붙는 식이었다. 가끔은 잔꾀를 부리기도 했고 배신을 하기도 했지만, 거기다 대고 마구 총질을 할 수는 없었다. 적들의 기동 기밀을 빼내서 길목에 역매복을 서고 있다가, 기미만 보여도 집중사격을 해대고, 사람 하나만 눈에 들어와도 조준사격을 해야 살 수 있는 세상이 아니었다.

알파팀이 3차 매복을 나간 것은 교육성과 측정으로 첫 경험을 한 뒤 두 달쯤이 지난 때였다. 당연히 야간 매복이었다. 그때 구종구가 베트콩 한 명을 사살하고 작대기 하나(단발식 소총 1정)를 노획하는 전과를 올렸다.

전쟁이 계속된 탓에 그 동네의 세 집이 같은 날 밤에 제사가 들었다고 했다. 그리고 그 세 집의 아들이 다섯인데, 모두가 베트콩이라고 했다. 그 가운데 누군가는 반드시 제사를 지내러 올 테니 목을 지키면 쉽게 전과를 올릴 수 있다는 판단이었다. 정보를 갖고 나간 정밀매복이었다.

알파팀이 매복을 간 자리에서 50미터쯤 떨어진 곳에 폭 20미터쯤의 시냇물이 흐르고 있었다. 베트콩들이 시냇물을 건너온 뒤 둑을 넘을 때 몸을 노출시켰다가, 그 가운데 하나가 구종구의 눈에 걸린 모양이었다. 3명이었는데 2명을 놓쳤다고 했다. 이 때문에 구종구가 몹시 안타까워하는 것을 볼 수 있었다. 그 남자는 그가 안타까워한 것이 죽은 베트콩이 빈털터리였기 때문이라고 생각했다. 그는 날이 밝기 전에 겁도 없이 몰래 베트콩 시체에 접근해서 몸을 뒤지고 배낭까지 까뒤집었다. 같은 조의 그 남자가 빤히 보고 있는데도 그는 전혀 개의치 않는 것 같았다. 그러니까 그의 안타까움은, 베트콩을 한 명이라도 더 사살했으면 그만큼 더 뒤져볼 수 있었을 텐데 하는 기대 때문에 생긴 것이다.

사실이 그랬다. 같이 전과를 올려봤자 의무근무자인 병사한테는 콩고물만 한 자밤 돌아올 뿐, 떡을 상자째 차지하는 쪽은 직업군인이었다. 훈장을 받고 특진까지 하는 쪽은 결국 그들이었다. 쉽게 말해서, 소대원들의 전과가 모여서 소대장의 전공이 되고, 소대장들의 전공이 모여서 중대장의 전공이 되는 식이었다. 그 때문에 하급자일수록 금값인 참전수당이, 상급자로 올라갈수록 껌값에 불과해진다는 것이었다.

그것이 곧 직업군인들이 '전과'라는 말을 입에 달고 사는 진실된 이유였다. 또한 구종구가 그때그때 자기 속셈을 확실히 챙기는 구실이기도 했다. 그 남자가 더러 말리려 들면 하는 항변이었다. 그래야 공평하지 않으냐는 것이었다.

미국이 모든 비용을 대는 남의 나라 민족 전쟁에서, 그는 그런 이유로 전투를 했다. 미국이 주는 1일 참전수당은 의무근무자의 최고 계급인 병장이 미화 1달러 80센트, 직업군인인 하사관의 최고 계급인 상사가 2달러 50센트, 위관급 장교의 최고 계급인 대위가 5달러, 영관급 장교의 최고 계급인 대령이 8달러 50센트였다. 이 모두가 1일 생존 조건이었다. 그런데 별 세 개짜리 장성의 1일 수당이 10달러밖에 되지 않는 이유는 무엇일까? 그것은 전과로 얻는 보상이 워낙 크기 때문이 아니었겠는가…. 구종구의 머릿속에는 그때 벌써 그런 자료까지 들어 있었다. 초등학교 중퇴 학력을 졸업으로 속여서 입대한 경우라고는 도무지 믿을 수가 없었다.

그때 그는 또, 자신이 파월 연장 근무를 신청하는 이유를 그런 식으로 갖다 대고 있기도 했다. 사실 이번에는 그 남자도 그의 말을 상당히 공감할 수밖에 없었다.

자신이 지난 2월에 파월선 바렛트호를 타고 전쟁터로 올 때 들은 말이 있어서였다. 그 배에 1,300여 명이 타고 있는데, 어쩌면 1할 정도가 재파월 병력일 거라고 말하는 박 병장이 있었다. 그 역시 재파월 자원병이었던 것이다. 복무 기간을 마치고 귀국하면 의무 복무 기간을 몇 달 넘기는 입장이라 했었다.

그때는 그저 그런가 했는데, 이곳에 와서 지내는 동안 사실인 것 같다는 생각이 들었다. 알파팀이 소속된 수색중대에는 충원 병력으로 재파월 자원병은 받지 않는다 했다. 그런 내부 방침이 있을 정도라면 그만한 이유가 있지 않겠는가. 그 이유 가운데 하나는, 그 숫자가 적지 않다는 것일 터였다.

　이번에는 다시 사단급 작전이었다. 앞에 있었던 사단급 작전보다도 기간이 길어졌다. 이임을 앞둔 사단장의 재임 기간에 전과가 빈약한 탓에, 주월 한국군 사령관과 대한민국 육군참모총장한테 얼굴이 서지 않아서 계획된 것이라는 소문이 돌았다. 일단은 19박 20일이었다. 만일에 전과가 기대에 크게 미치지 못하면 얼마든지 더 연장될 수 있을 것이라는 말도 들렸다. 장거리 정찰대의 군장은 일단 5박 6일분을 꾸렸다. 5일마다 헬기가 보급품들을 떨어뜨려 주고 가면 나눠서 다시 꾸릴 계획이었다. 구종구는 신이 나 있었다. 후참병들의 군장을 챙겨주러 돌아다니면서 충고랍시고 제 경험을 떠들어 댔다. 아주 전쟁귀신이 붙은 사람 같았다. 그는 귀국 명령이 떨어질 11월을 4개월이나 앞두고, 벌써 1년간의 복무연장 신청을 해두었다는 소문이 돌았다. 그 남자는 그냥 웃기만 했다.
　05시에 부대를 출발했다. 수색중대도 자대를 경비할 1개 소대를 남기고 나머지 소대들이 총출동했다. 이런 대규모 작전 시에는 연대, 대대들 사이의 전과 경쟁이 불가피했다. 그 때문에 사망자나 부상자가 속출하기도 했다. 알파팀은 2와 2분의 1톤짜리 트럭 한 대로 출발했다. 캄캄한 밤인 데다 트럭의 적재함에 천막을 친 탓에 어디쯤 가고 있는지 알 수가 없었다.

구종구도 얼마 전부터 손목시계를 찼다. 알파팀에서 세 번째였다. 그 남자는 비로소 선더리팩(SP) 시계라는 것을 자세히 볼 수가 있었다. 본체가 동그랗고 자그마했다. 무광이었다. 단순한 본체는 물론 섬세하게 실로 짜서 만든 줄까지가 국방색 플라스틱으로 보였다. 시계를 찬 날 그는 요란을 떨었다. 군인은 전쟁터에서 시계를 요령 있게 차야 쓰는 것이여. 문자판이 안쪽으로 가야 야간 기동을 헐 때 콩들 눈에 안 띈다는 것이제. 어째서? 시계가 야광인께. 거그다 우기에도 맘대로 찰 수 있는 방수까지 되아야. 오메! 놀랬구만 잉…. 그때 그 남자도 그가 찬 시계를 다시 보았다. 야광에 방수가 사실이라면, 국내에서는 귀한 물건이었다. 요것 봐라, 요것…. 진짜란 말이여. 그는 한 손으로 팔목의 시계를 가려서 어둡게 만든 뒤에, 주위에 있는 대원들에게 들이밀어 가면서 확인시켰다.

그러는 그를 5조 조장인 이 하사가 뚫어지게 보고 있었다. 마뜩잖은 얼굴이었다. 다음 달쯤에 내려올 귀국 명령을 기다리고 있는 그였다. 60퍼센트만 송금해도 되는 참전수당을 달마다 전액 고향으로 부쳐온 것 같았다. 귀국 준비를 할 돈이 없다면 불편하기도 하고 부럽기도 할 것이었다.

시방 우리가 들어가고 있다는 혼혜오 계곡은 말이여, 월남전 앞에 있었던 전쟁에서 프랑스군 1개 연대 병력이 왕창 깨진 디라고 허드만. 내가 알파팀에 오기 전에 한 차례 6박 7일짜리를 뛴 적이 있단게. 알파팀이 쌈프헐 870고지는 그 계곡에 있는 여러 고지 중에 한 개여. 그때는 대대 단위 작전이었는디…. 단기간에 사망 5명에 부상 2명의 손실을 입었단께. 전과도 있기는 있었제. 콩 생포도 1명 했은께. 흔들리는 트럭 안에서 구종구가 주위에 아는 체를 했다.

트럭은 1시간이 지난 뒤에야 목적지인 산자락에 도착했고, 거기서부터는 헬기 기동이었다. 아직도 어두웠다. 눈앞의 사물들이 보일락 말락 했다. 완전 군장한 1개 소대 병력이 탈 수 있다는 치누크 헬기였다. 헬기에서 착지한 뒤 대열을 지어 출발했을 때, 뒤에 오던 구종구가 따라붙더니 아는 체했다. 어느새 두 사람은 첨병조 3명 뒤에 바짝 붙어 가는 선참이 되어 있었다. 황덕수, 구종구, 엄종철 순으로 4번, 5번, 6번이었다. 이동수 병장 자리에 새로 엄종철이 와서 4번이 아닌 6번을 맡고 있었다.

늘 그랬듯이 베트콩 복장이었다. 두 발에 신은 정글화만 한국군 것이었다. 혈안이 되어 온 산을 헤집고 다닐 아군들이 잘못 보고 사격을 가해오기에 딱 좋았다. 팀장의 눈이 밝아야 했다. 지도를 잘 읽어 길을 계획대로 잡아야 했다. 머리가 잘 돌아가야 했다. 그리고 그동안에 전과를 올려야 했다. 중대장에서 대대장, 연대장까지도 장거리 정찰대에 거는 기대가 얼마나 큰지를 모두가 잘 알고 있었다. 그래서 '특별 취급'하고 있지 않은가. 부대 안에서도 불침번만 서지, 외곽 경비 근무는 열외였다. 영문 출입도 비교적 자유로웠고, PX 같은 곳에서 소란을 피워도 다 그냥 넘어갔다. 팀장인 나광덕 중위의 짐이 그만큼 무거웠다.

그래도 날씨가 큰 부조를 해주고 있었다. 우기인데도 이상하게 비가 내리지 않았다.

저마다 30킬로그램이 넘는 군장을 한 채 섭씨 40도까지 올라가는 기온에 상관없이 정글을 기어야 했다. 이제 목숨은 베트콩에게, 그밖의 전갈이며 독사에게 맡겨놓은 셈이나 다름없었다. 물론 베트콩들이 심어놓은 부비트랩도, 독침도 기다리고 있었다. 작전 종료 때 팀에 맡긴 목숨을 돌려받게 될지 어떨지는 아무도 몰랐다.

헬기 보급을 받았다. 이전까지 전과가 없었지만 팀장은 서두르는 빛이 없었다. 한나절을 더 기동한 뒤 점심을 때우고 났을 때였다. 막 대열을 지어 다시 기동을 시작하려는 참인데, 잠깐! 잠깐! 하고 누군지 짓누르는 소리를 냈다. 척후조장이 왼손 주먹을 쥐어 보였다. 대원들의 행동이 정지됐다. 아까부터 물소리가 들리는 듯했다는 것이었다. 대원들이 그 자리에 앉은 자세로 경계를 하면서 다음 신호를 기다려야 했다. 이동 지시가 떨어졌다. 100미터쯤 관목 숲을 뚫고 나갔을까, 또 정지신호가 왔다.

이제는 그 남자의 귀에도 물소리가 걸리는 듯했다. 그 남자의 등으로 바짝 다가온 구종구가 입을 귀에다 대고 말했다. 쩌어그 길바닥이 보인다… 베트콩 아지트가 있어. 귀에 말이 들리는 것이 아니고 처발라지는 것 같았다. 그 남자는 그의 손아귀에서 귀를 휙 빼냈다.

순간 그의 눈에 물이 세차게 흐르는 계곡이 들어왔고, 계곡의 가장자리를 따라 풀숲 속으로 뻗은 길이 언뜻언뜻 눈에 들어왔다. 검은 길이었다. 긴 속눈썹 속에서 가물거리는 눈빛처럼 반짝였다. 콩새끼들이 많이 지내댕긴 길이랬게. 앞으로 좁히라는, 계속 좁히라는 신호가 오기 전에 구종구가 한마디 더 아는 체하고 앉은걸음으로 그 남자를 앞질러 나갔다. 그 정도는 그 남자도 알고 있었다. 거기다 그 남자는 속으로, 우기라서 길이 물을 먹어 저런 색깔일 수도 있는데, 하면서 아주 믿으려 하지 않았다. 요 며칠 동안은 비가 내리지 않았지만…. 물론 그사이에 그에게 살아남는 요령을 많이 배운 것은 사실이었다. 대형이 옆으로 벌어졌다. 길과 계곡을 내려다보는 위치에 와 있었다. 계곡 왼쪽의 바위언덕이 내려다보이기도 했다.

11시 방향… 100미터 전방…. 구종구가 옆에 붙더니 바짝 긴장된 목소리로 말했다. 그 남자의 눈길이 그곳으로 이동했다.

여자 둘에 남자 하나. 남자는 소총을 걸머진 채 경계를 서고 있었고, 여자들은 빨래를 하고 있었다. 아마 비가 갠 틈을 타서 빨랫감들을 모아 들고 나온 모양이었다. 아들 부부와 시어머니인가? 그럴 리가. 베트콩들은 좀처럼 가족을 이루는 법이 없었다. 몬타나족은 아닌 듯했다. 남자가 총을 들고 있다면 더욱 그랬다. 당연히 양민이 아니었다. 그사이 그가 얻어 배운 것이었다.

아마 바위언덕 하단에 동굴이 있을 테고, 그곳이 은거지일 테고…. 포위해서 생포한다. 그런 뒤에 동굴을 수색하면 그물 안에 든 고기다. 10명도 넘겠다. 순간 팀장의 얼굴은 긴장감 위에 웃음기가 덧칠해졌다. 기대감이었다. 눈앞에 전과가 그려지는 모양이었다.

생포하는 과정에서 총격전이 벌어지면 대원들이 위험에 노출될 가능성이 큽니다. 동굴 쪽의 공격을 받게 됩니다. 사살한 뒤에 동굴을 수색하는 편이 안전합니다. 부팀장 하일성 중사의 의견이었다.

제1조는 먼저 깊이 들어가서 동굴을 찾는다. 실시! 명령이다. 이

동해서 적을 넓게 포위하고 수색한다. 그리고 제2조는 목표 지점 좌측방, 3조는 우측방으로. 그리고 제5조는 후방, 제7는 팀장과 제1조에 합세한다. 이상! 부팀장의 의견은 무시됐다. 팀장이 욕심을 부리고 있었다. 구종구가 그의 어깨를 붙들었다. 우리는 저 위로 이동해서 만일에 대비헌다. 죽으면 다 소용없어. 살아야 헌단께. 그가 그 남자의 어깨를 잡아끌었다. 제2조는 좌측방으로 이동해서 포위하라는 명령을 받았다. 그런데 그는 멋대로 움직였다. 그 남자는 의아해하면서도 그에게 그냥 끌려가는 것 같았는데 어느새 같이 움직이고 있었다.

바위언덕 위에서는 모두의 움직임이 환히 눈에 들어왔다. 그런데 정작으로 보여야 할 동굴 입구는 보이지 않았다. 그냥 엎드려 있으란께! 안쪽으로 들어간 제1조가 전방에 얼핏얼핏 보였다. 보면서 따라 움직이려 하는 그 남자의 등을 구종구가 찍어 누르고 있었다. 대원들이 망을 좁혀 가고 있었다. 욕심을 부리면 죽는 법이여! 여럿이 죽는단께. 그가 중얼거렸다.

쩌것들 봐, 쩌것들 보란께…. 아이고! 저년들이…, 사람 환장허게 만들구만. 저 연놈들을 그냥 확 쏘아부러? 엉뚱하게도 그의 숨죽인 목소리가 활기를 띠었다. 그 남자도 엄종철도 그가 손가락으로 가리키는 쪽으로 눈길을 보냈다.

여자들이 빨래를 끝냈는지 옷을 입은 그대로 물속으로 들어가더니 씻는 것 같았다. 첨벙첨벙 물소리가 거기서도 들리는 성싶었다. 남자가 물가에 쭈그리고 앉아 한 손으로 연방 여자들한테 물을 끼얹었다. 까르르르 까르르르…. 남자는 경계 임무를 잊고 있었다. 말간 햇살이 부서져 여자들의 머리 위에서 빛났다.

그때 그 남자는 어? 했다. 남자가 총과 함께 다른 것을 하나 더 손에 들고 있었다. 놀랍게도 그것은 목발로 보였다. 남자의 왼쪽 다리가 없는 것 같았다. 늘어진 바짓가랑이 때문에 미처 알아보지 못했던 것이다.

저절로 총을 잡은 손이 느슨해졌다. 따따따따땅 따따따따땅… 아군의 총소리였다. 우측방 3조 쪽이었다. 물 쪽은 잠시 정지화면이 된 듯했다. 그렇다면 3조가 동굴을 먼저 발견했고 총소리는 베트콩들과 조우했다는 뜻이었다. 그런데 적군은 듣지 못한 것 같았다. 그 남자도 그도 동굴 입구로 짐작되는 방향을 가늠하고 방아쇠를 당겼다. 베트콩을 쏘자는 것이 아니고, 위협하여 달아날 방향을 잡지 못하게 하려는 것이었다. 탄창 하나를 소모하고 또 하나를 꽂아 방아쇠를 끊어서 두어 번 당겼을 때야 사격 중지 명령이 떨어졌다. 당연히 계곡의 3명은 사살되었다. 바위언덕 하단으로 이동했다. 동굴은…?

여자 시체 둘이 물에 떠내려가면서 벌겋게 피를 풀어냈다. 남자도 목발도 형체를 알아보기 어려울 정도였다. 그저 크고 작은 핏덩어리들이 길 위에, 풀숲에 흩어져 있었다. 집중사격의 표적이 된 결과였다. 목질부가 깨져 날아가버린 소총은 벌거벗은 총열과 방아쇠 부분만 남아 있었다. 아군의 피해는 전무였다. 그럼 남자 하나와 싸웠다는 것인가. 다른 베트콩이 더 있기는 있었던 것인가…. 모두들 의아한 표정으로 팀장과 부팀장을 번갈아 보았다. 그토록 실탄을 퍼부었는데도 동굴 입구는 바위들에 탄흔들만 어지러웠다. 분명히 서너 명이 저항했는데 동굴 안으로 사라졌다고 했다. 분위기가 이상했던지 부팀장 하 중사가 설명했다.

남은 건 동굴 수색이었다. 누구나 뒤로 빼는 일이었다. 지원자가 없으면 팀장의 명령에 따라야 했다. 구종구가 먼저 나섰다. 우리 2조가 가겠습니다. 그가 팀장에게 보고했다. 내가 언제? 하지만 멈칫거릴 수가 없었다. 끌리듯이 앞으로 나가서 그와 나란히 섰다. 좋아! 2조가 간다. 잘하면 붕붕도 할 수 있을 것 같다. 동굴 입구로 들어서기 전에 그 남자를 돌아보면서 그가 말했다. 아마 죽어서 떠내려가는 여자 베트콩들을 생각하는 모양이었다. 개새끼! 안에서 대검으로 확 쑤셔버리겠어! 그 남자는 그의 엉뚱한 결정에 이를 갈았다. 제 멋대로였다.

구종구는 앞에서 총을 꼬나들었고, 그 남자는 뒤에서 왼손에 든 손전등으로 앞을 비췄다. 당연히 오른손에 총을 들었다. 엄종철은 그 뒤에 따라왔다. 허리를 바짝 접은 채 앉은걸음이었다. 앞으로 나아갈수록 구린내, 노린내, 담배 냄새가 뒤섞여서 덤벼들었다. 10명? 아까 팀장이 한 말이 떠올랐다. 그 숫자가 있다면 셋은 벌써 죽은 목숨이었다. 5분쯤 지났지 싶은데 앞에서 더 나아가질 않았다. 그만 손전등을 꺼서 어깨에 걸었다. 대신에 수류탄을 가슴에서 떼내어 손에 들었다. 안에서 조준사격하는 것을 피하자는 것이었다. 다시 그 남자가 앞으로 나아갔다. 구종구가 얼굴을 돌렸다. 어째서? 하고 묻는 것 같았다. 그 남자는 대답 대신에 제 몸을 바위벽에 바짝 붙였다. 시간이 지나면서 바위벽의 윤곽이 보이기 시작했다. 벽에 등을 깔고 가듯 앞으로 움직였다. 뒤에서도 따라 하고 있었다.

모두가 숨소리조차 내지 않았다. 구종구의 왼팔에서 시계의 야광판이 얼핏 환영처럼 떴다가 사라졌다. 10분 아니, 20분쯤은 지난 느낌이었다. 아무런 움직임을 감지할 수가 없었다. 구종구의 등에 대검을 꽂겠다는 생각은 진작에 날아가버렸다. 빈 동굴인가? 다 도망쳤는가?

수류탄…! 구종구의 외침이 곧 폭음에 찢겼다. 사방에서 섬광이 튀었다. 돌조각들도 튀었다. 동굴이 무너져내리는 것 같았다. 그 남자도 벌써 수류탄 안전핀을 뽑아서 앞으로 힘껏 굴린 터였다. 다시 폭발음이 솟구치면서 위에서 옆에서 쏟아져 내렸다. 흙먼지가 숨길을 막으려고 덤볐다. 구종구한테서 강한 신음이 나는 것 같더니 짧게 끝났다. 어디에 부상을 입은 것 같은데 참고 있는 성싶었다. 이때 총소리가 불빛과 함께 쏟아져 나갔다. 구종구였다. 엄종철이 합세하고 있었다. 그 남자의 눈에는 창날처럼 날아가는 불빛들만 들어왔다. 귀는 거의 들리지 않았다. 그 남자도 총구를 휘두르면서 방아쇠를 당겼다. 더는 저항이 없는 듯했다. 그래도 그 남자는 탄창을 다시 박아 방아쇠를 당겼다. 갑자기 앞쪽이 밝아졌다. 이쪽에서 내쏘는 불빛이었다. 구종구가 사격을 중지하고 엎드린 채 손전등을 켜서 앞으로 내던진 것이다. 베트콩의 사격을 유도하자는 것이었다. 그 남자도 엄종철도 사격을 중지했다. 안에서는 아무런 저항이 없었다. 고요했다. 손전등 불빛 속에서 먼지 입자들이 생명체들처럼 떠돌았다. 10초…, 30초…, 1분…, 3분…. 이만하면 안전하다는 뜻이었다. 하지만 셋은 한 차례 누가 먼저라고 할 것도 없이 전방을 향해 겨누고 있던 총들을 갈겼다. 총구를 휘저었다. 그리고 그 남자가 손전등을 켜 들었다. 앞을 가린 먼지 속에 사람인지 뭔지 쓰러져 있는 것들이 불빛에 잡혔다. 안에 큰 방 같은 공간이 있었다. 구종구가 윗몸을 일으키는가 싶더니, 여기저기에 끊어서 다시 한 차례 사격을 하고 나서, 앉은걸음으로 앞으로 나아갔다. 그 남자의 귀에는 쉐에쉐— 하는 라디오 잡음 같은 소리만 들렸다.

남자 셋에 여자 하나였다. 머리가 통째로 날아가고 다리가, 팔이 끊어졌거나 배나 옆구리가 터진 시체들이었다. 바닥에 피가 홍건했다. 거기에 강냉이 자루가 터지고 물통이 찢어지고, 또 다른 것들이 터지고 깨져서 그야말로 난리판 속이었다. 그때야 피비린내가 그 남자의 콧속으로 새롭게 파고들면서 속이 거북해졌다. 전과는 작대기(구식 소총) 2개뿐이었다. 수류탄은 더 없었다. 그것이 전과였다. 그것마저 없었다면 어쩔 뻔했는가. 다섯이든 열이든 베트콩들의 목숨은 벌써부터 확실한 전과로 치지도 않았다. 그저 참고사항일 뿐이었다.

구종구는 가장자리에 놓인 자루들이며 상자를 뒤졌다. 그렇게 서두르지 않았다. 그제서야 그 남자는, 그가 구태여 동굴 수색을 자원한 이유를 깨달았다. 돈이든, 돈이 될 만한 것들을 찾고 있음이었다. 그러나 다 뒤져봐도 없었다. 이제는 사체들을 뒤지기 시작했다.

그런데 자세히 보니 찢기고 끊겨 나간 사체들의 여기저기에 붕대가 감겨 있었다. 붕대도 함께 찢겨 나간 것이 영 현실 같지가 않았다. 환자들이었다. 문득 밖에서 사살된 남자가 목발을 짚고 있었다는 생각이 떠올랐다. 그 여자들도 환자였던가 해졌다. 그들의 치료소가 분명했다. 성한 사람은 챙길 것 챙겨서 이미 몸을 피한 것이다. 거기에 무슨 값나가는 것이 남아 있을까. 구종구는 허탕을 치는가 싶었는지 신경질을 냈다. 그나마 남은 베트콩들에게 자위 수단으로 쥐어주고 갔을 총 두 자루가 있어서 다행이었다. 개좆 같은 새끼들! 이것들이 완전히 빈털터리구만잉. 그는 씩씩거리면서 발에 걸리는 것이라면 이리저리 차댔다. 소리들이 동굴 속을 울렸다. 구종구가 무슨 생각이 들었던지 여자 쪽으로 갔다. 여자는 가슴과 배에 총을 맞았고 왼팔이 떨어져 나갔을 뿐 다른 시체들에 비해 그래도 성한 편이었다. 이년은 뭣헐라고 여그까지 들어와서 남자들이랑 살고 있었으까? 날이면 날마다 그거가 불이 났겠구만잉. 어…? 구종구가 갑자기 정지 동작을 취했다. 그 남자는 순간 긴장해서 손전등을 내던지면서 총을 바로잡았다. 그의 손전등 불빛 속에 길쭉한 핏덩어리가 있었다. 그가 그것을 집어 들었다. 피가 뚝뚝 떨어지고 있었다. 다섯 손가락 가운데 중지에 하얗게 빛나는 것이 있었다. 반지였다. 그가 그것을 뽑으려 했다. 그의 두 손도 피가 흥건했다.

그 남자는 제 손전등을 찾아들고 돌아섰다. 어떻게 저런 인간이 다 있어? 총 맞아서 콱 뒈져버리지도 않고…. 그 남자는 동굴을 나오면서 치미는 욕지거리를 뱉어냈다. 그런데 목이 타들어서 그도 맘대로 되지 않았다.

어? 구 병장님, 그 다리, 다친 것 아니에요? 그 팔도…. 엄종철이 놀라고 당황해했다. 그 남자가 손전등으로 길을 잡고 구종구가 노획한 소총을 두 손에 한 정씩 나눠 든 채로 뒤따랐다. 그 뒤에 엄종철이 또 손전등으로 구종구와 자신의 길을 밝히면서 그만 밖으로 나가려던 참이었다.

그 남자가 돌아서서 구종구의 몸을 불빛으로 훑었다. 왼쪽 다리의 허벅지 앞쪽과 같은 쪽 어깨가 피로 젖어서 번들거렸다. 옷에 찢긴 흔적도 있었다. 옷 색깔이 검은색이어서 그렇지, 무시할 만한 상태는 아닌 것 같았다. 야, 구종구! 거기 서봐. 수류탄 파편이 박힌 것 같은데…. 그 남자가 구종구에게 달려들어 다친 다리의 바짓가랑이를 걷어보려 했다. 구종구는 질겁을 하며 몸을 뒤로 뺐다. 괜찮아. 이거 봐, 멀쩡허단께. 무담씨 수선 피우지 말고 동굴에서 언능 나가기부터 허잔 말이여! 구종구와 그 남자는 한 계급 차이가 있는데도 진작 말을 튼 사이였다. 물론 구종구의 제의였다. 한국에 있었다면 상상할 수 없는 일이었다. 입대 시점이 비슷하다는 이유였다. 구종구가 그 남자를 두 손에 든 소총으로 밀어내기까지 했다. 셋은 말없이 앞으로 움직였다.

그 남자가 동굴 밖으로 나왔을 때 어찌나 놀랐던지 주저앉을 뻔했다. 먼저 눈으로 파고드는 햇살 때문에 저절로 눈을 감았는데 귀에 들리는 소리들이 이상했다. 부팀장니임! 하 중사니임! 하면서 울부짖는 소리였다. 위생벼엉, 위생벼엉―! 하는 팀장의 외침. 두 손으로 두 눈을 가리고 껌벅거리다가 떴다. 그때 공교롭게도 동굴에서 나온 구종구가 전과물을 든 두 손을 높이 들어 올리고 버럭 소리를 질렀다. 야아! 베트콩 니 놈 잡았다! 그도 역시 두 눈을 감고 있었을 것이다. 햇살 때문에 앞에 벌어진 그 참혹한 광경이 눈에 들어오지 않았을 것이다.

다시 생각하고 다시 생각해도 구종구의 하는 꼴에 씁쓸한 웃음이 나왔다. 어쩌면 그는 안에서 나오기 시작했을 때부터 그런 계획을 하고 있었을 것이다.

부팀장 하일성 중사가 사망했다. 가슴은 물론 등이 찢겨 날아가 버린 통에 머리와 양팔과 두 다리만 거기에 엉겨서 멋대로 나동그라져 있었다. 그 언저리는 온통 피밭이었다. 부상자도 2명이 있었다. 그 2명 가운데는 다음 달에 내려올 귀국 명령을 기다리던 5조 조장 이 하사도 있었다.

그 남자가 다급한 나머지 엉덩이를 발로 차서 구종구를 넘어뜨려 놓고, 그때 동굴에서 막 나온 엄종철의 탄띠를 잡아끌고 현장으로 갔다.

상황은 매우 단순했다. 모두들 동굴 수색 결과를 기다리고 있을 때 베트콩들이 동굴 위쪽에 나타나서, 따이한 고백! 따이한 깨꼴랑! 하고 외치면서 수류탄을 투하하고 단발 소총을 쏘아댄 뒤에 사라졌다는 것이다. 부팀장은 가까이 떨어진 수류탄을 덮쳤고 이 하사랑은 총에 맞았다는 것이었다. 동굴에서 뒷구멍으로 달아난 베트콩들의 짓이 분명했다.

팀장이 5조, 6조를 이끌고 수색에 나섰다고 했다. 현장 수습은 3조 조장 고동하 하사가 하고 있었다. 2조의 전과는 환호를 받기는 커녕 알아봐주는 사람이 아무도 없었다. 더욱이 구종구의 팔다리에 난 수류탄 파편상은 모르고들 있었다. 그는 그새에, 찢겨 흩어져 있는 부팀장의 몸뚱이를 판초 우의로 수습하고 있는 곳으로 달려들어 징징대며 울었다. 팀장이 욕심을 내더란께…. 사단장 귀국 선물을 태극무공훈장으로 하자고 위에서들 눌러댔겠제. 씨발 새끼덜…. 그 남자는 그의 부상 부위가 걱정이었다. 하는 꼴이 다행히 뼈는 다치지 않은 것 같은데, 그래도 더위에 금세 염증이 생길 것이고, 심하면 패혈증까지 갈 수도 있다고 하지 않던가 했다.

마침 위생병 박 상병이 전상자 2명의 응급처치를 마무리하는 것 같아서 달려가서 사정을 이야기했다. 위생병이 놀라서 그에게 달려들었다. 그때야 그가 정신이 난 듯, 저만치 놔두었던 노획물을 두 손에 챙겨 들고 아프다고 소리쳐댔다.

팀장은 아무런 소득이 없이 함께 간 대원들과 함께 돌아왔다. 그리고 곧 헬기 착륙 예정 지점으로 이동했다. 물론 수습한 하 중사의 사체와 부상자 2명, 거기에 다른 부상자 1명인 구종구까지였다. 부상자 3명은 들것 위에 누워 있었다. 이동한 후에야 팀장은 2조가 생각 난 모양이었다. 이번에는 구종구가 들것 위에 누운 채로 전과물을 두 손에 들어 보이면서 동굴 수색 결과를 보고하고 있었다.

11

그 남자는 연대 의무대로 구종구를 찾아갔다. 구종구의 캐비닛에서 챙긴 관물과 사물을 가져다주기 위해서였다. 그날 오전 일과가 개시되자마자 팀장이 내무반으로 와서 그 남자를 불렀다. 티엉마이이의 집에서 일어난 사건 때문이었다.

구종구 하사의 관물함을 황덕수가 정리한다. 구종구 하사가 금일 12시까지 나트랑 소재 102 후송병원으로 이송되기 전에 인계할 수 있도록 한다. 알겠는가?

예. 그런데 왜 하필 접니까? 팀장은 그 남자의 얼굴을 깎아내듯 훑었다.

그걸 질문이라고 하나? 구종구와 너는 누구보다 가까운 사이가 아니었던가? 내가 잘못 보았는가?

팀장은 연기를 잘도 하고 있었다. 이미 그 남자도 하릴없이 약속해버린 일이었다. 당연히 연기를 할 수밖에 없었다. 이제는 연극이 아니었다. 조작된 사건이 사실이 되고 또 엄연한 현실이 된 것이다. 그때 중대본부에서는 이미 그 남자를 조기 귀국 대상자로, 대대본부에 긴급명령을 상신해놓은 상태이기도 했다.

아닙니다. 지시 이행하겠습니다. 그 남자는 힘주어 대답했다. 그 사이 밖에서 과녁에 대검 던지기를 하고 있던 대원 몇이 들어와 있었다. 그래서 더욱 현실이 될 수밖에 없었다.

적이 보낸 세파의 공격을 받아, 중상을 입고 연대 의무대에서 치료를 받고 있는 전우의 관물과 사물을 정리 인계하는 임무는 영광스러운 일이다. 알겠나? 팀장이 다시 못을 박았다.

자칫 유품이 될 수도 있었던 것들을, 반납할 것은 반납 조치하고 나머지를 그 남자의 손으로 더플백에 거둬들고 가서 인계함으로써 뜨거운 전우애를 보이는 것이 임무였다. 팀장은 구종구의 캐비닛 열쇠를 그에게 넘겼다.

그 남자가 캐비닛의 문을 열었다. 윗단에 이른바 육군의 기준 피복이라고 하는 것들, 정글복과 속옷들과 양말 따위…. 그리고 아랫단에 캐논 카메라 한 대. 그 밖에는 없었다. 있을 것 같은 군표(MPC)도 1달러짜리 한 장이 어디에도 없었다.

대원들은 전투수당을 받을 때, 규정에 따라 60퍼센트 이상을 송금이나 적금해야 했고, 그 나머지는 원하는 액수를 군표로 받을 수 있었다. 받은 참전수당은 착실히 모았다. 중대 PX에서 맥주 한 깡통 사 마시는 것도 아꼈다. 하지만 사단본부에 있는 한국군 PX든 미군 PX든 들락일 처지가 아니라면, 그러니까 수색중대처럼 작전

거점으로 나와 있는 병력이라면, 설혹 군표를 좀 모아놓고 있다 해도 귀국 박스(휴대품 상자)를 꾸리기가 쉽지 않았다. 기회를 봐서 어느 한 날 트럭을 얻어 타고 나트랑 같은 도시로 나가서, 소문난 인도인 상가에 찾아가 일제나 미제 전자제품을 하나라도 사들여야 했다. 그런데 그 기회를 잡기가 하늘의 별 따기였다. 특히 장거리 정찰대 같은 전투병들은 전공을 세워서 특별 외출을 받는 길밖에 없었다. 아니면 보직이 좋은 중대의 다른 병사가 전령으로 사단본부를 오갈 때나, 외출을 나갔다 올 때 부탁하는 수밖에 없었다. 그 때문에 상당수 병사는 참전수당을 아예 100퍼센트 송금해서, 본의 아니게 조국의 외화 부족 해갈에 일조할 수가 있었다.

그런데 구종구는 이상한 일이었다. 가지고 있는 돈도 적잖을 테고 변죽도 좋아서 누구한테 부탁할 수도 있었을 텐데, 그 이유를 모를 일이었다. 캐비닛이 텅 비어 있다시피 해서였다.

그 남자는 도무지 이해가 가지 않았다. 구종구에겐 미화와 월남화가 있어야 했다. 그것도 상당한 액수여야 했다. 바로 전에 끝난 2차 사단급 작전에서 개인이 '비공식적으로 노획'한, 말하자면 슬쩍한 돈이 눈에 띄지 않은 것이다.

구종구는 참전수당을 100퍼센트 송금해 온 것 같았다. 그러고도 카메라를 한 대 살 수 있었던 것이다. 아니, 열 대도 살 수 있었을 터였다. 그러니 남은 돈이 있어야 했다. 어딘가에는….

돈에 목숨을 걸었던 구종구치고는 다 꾸린 더플백이 너무 홀쭉했다. 초라했다. 그 남자는 더플백 주둥이를 묶으려다 한숨을 푸욱 내쉬었다. 괜히 맥이 빠지는 느낌이었다. 그때 그 남자의 머릿속에 한

가지 생각이 턱 하니 걸렸다. 작전 중에 그가 챙겼던 녹각 2개, 그것도 없었다. 그것은 또 어디다 둔 것인가? 누구한테 줄 리가 없는데, 그것도 팔아서 카메라 사는 데에 보탠 것인가?

그 남자는 구종구의 침대 매트리스를 끌어 내렸다. 야전침대 위에 베니어판을 깔고 그 위에 얹어놓은 매트리스였다. 먼지만 일어났다. 아예 침대를 들어냈다. 웬 시레이션 상자들이 차곡차곡 쌓여 있었다. 그러면 그렇지. 가까이 있는 것부터 덮개를 봉한 청테이프를 벗겼다.

어? 그 남자의 입에서만 나온 소리가 아니었다. 명치를 주먹으로 맞았을 때 뱃속에서 내뱉는 짧은 비명. 그 남자는 그 순간의 느낌까지 받고 있었다.

시레이션 깡통들이 차곡차곡 쌓여 있었다. 그것들이 그 남자의 눈 속에서 국방색 물결로 일렁였다. 이건 우리가 모두 버린 것들이잖아…. 옆에서 보고 있던 엄종철 상병이 먼저 말했다. 다른 대원들이 무엇 때문인지 알 수 없다고들 했다. 출정 명령을 받으면, 보통 한 끼에 두 깡통씩을 계산해서 배낭을 꾸렸다. 큰 것 하나 작은 것 하나. 그때 크래커며 초코비스킷, 과일 칵테일 따위가 들어 있는 깡통들은 크든 작든 다 버렸다. 부속대에서 나온 것들 중에서 커피와 설탕을 뺀 소금 봉지, 분말 크림 봉지도 대부분 버렸다. 휴지며, 성냥, 껌 따위도 버릴 때가 많았다. 물론 한국에서는 구경도 못 한 것들이긴 했다. 그래도 그랬었다.

그런 것들을 모두 주워 담아 놓은 것이다. 그것도 내무사열 받을 준비라도 해놓은 듯이, 차근차근 차곡차곡 가지런히 정리해 놓았다. 녹각은 다섯 번째 상자에 들어 있었다. 거기에 어떻게 구한 것인지 몇 개의 약병들도 있었다. 당연히 귀한 것들이었다. 클로로마이신, 에리스로마이신에 니도카인…. 저거 한국에 가져가면 엄청 비싸다던데…. 이번에는 팀장이었다. 그는 욕심이 난 모양이었다. 녹각은 많이 못 받는다던데…. 팀장이 마무리했다. 그렇게 마음을 달래는 성싶었다.

그는 속으로 다행이다 했다. 팀장의 눈을 속여 녹각 밑에 있는 에스피봉투(선더리팩에서 나온 우편 봉투여서 sp봉투라고 불렀다.)를 품에 챙긴 것이다. 아무도 보지 못한 것이 분명했다. 동굴 수색을 앞두고 있을 때처럼 가슴이 두근거렸다. 그와 뛴 마지막 작전의 '비공식 노획품'인 달러화와 피아스타화가 분명했다. 일제 카메라를 사고도 꽤 큰 액수가 남았을 것이다.

왜였을까, 더플백 4개에 짐을 다 꾸리고 난 그 남자의 마음이 좀 편안해졌다. 안심이 되는 듯했다. 얼마인지는 몰라도 아등바등 애면글면한 구종구가 챙겨갈 돈이 있다는 사실이 그 남자의 마음을 그렇게 만든 것 같았다. 어쩌면 그동안 그 남자는 구종구를 미워하고 혐오하기도 했지만, 측은하게 생각하고 동정해왔던 것 같았다.

감시병이 먼저 꾸린 더플백 둘을 두 어깨에 나눠 메고, 그 남자는 버렸던 깡통들까지 담을 만큼 담은 더플백 두 개를 메고 막사를 나섰다. 이런 것들을 고향 마을에 뿌릴 심산이었던 모양이지. 우리도 버린 것들을 주워 가서 미제라고, 맛있다고…. 아니야, 팔아서 한 푼이라도 더 만들겠다는 거였겠지. 하긴 자존심이라고는 파리 대가리만큼도 없는 새끼니까. 멧돼지 좋아하네, 똥개 새끼가 좋겠다….

그 남자는 편안해졌던 마음에 부아가 끓어오르면서 몇 번씩 어깨에 멘 것을 내던져버리고 싶었다.

그 남자가 그날 그런 심사로라도 그를 찾아간 것은, 단순히 팀장의 지시 때문이었던가. 사실 그 전에는 가볼 마음이 없었던가. 그가 어찌 됐나 궁금하지도 않았던가. 작전 때면 같이 덮쳐오는 죽음을 피해 왔다. 그때마다 그는 귀찮을 정도로 그 남자를 챙겨 왔다. 그런데 그 남자는 눈이 뒤집혀서 그의 몸을 아주 못쓰게 만들어 놓은 것이었다. 이유야 어디에 있든 사실이 그랬다. 무엇 때문에⋯. 누구를 위해서⋯. 그럴 만한 가치가 있는 일이었는가. 구종구는 죽는 날까지 살아도 사는 것이 아닐 텐데.

지리산 자락에 그의 집이 있다고 했다. 피아골의 초입이라 했다. 그 남자랑 둘이 있을 때면 그가 고향 동네 이야기를 가끔 꺼냈다. 그가 그토록 돈을 찾는 이유를 설명하려 드는 듯했다. 행정구역으로는 전라북도 구례군에 속한 땅이었지만, 그냥 산속이라고 하는 것이 더 어울리는 곳이었다. 볏짚 대신에 억새로 지붕을 올리고 살 정도로, 가을걷이 때나 잠시 쌀을 구경하는 정도였다. 그리고 그것을 아껴 뒀다가 제사 때 그 쌀로 밥을 지어 올렸다. 비탈이 심한 곳에서는 감자가, 조금 완만한 곳에서는 옥수수가 났다. 거기에 수수며 조를 수확해서 한 해를 나야 했다. 봄이면 내내 등에 들러붙으려는 배를 칡뿌리와 송기로 채워야 하는 곳이었다. 그나마 사시사철 계곡수가 흐르고 있어서 마시고 씻을 물 걱정은 안 해도 되는 곳이라 했다.

그는 아랫도리에 환자복도 못 입은 채 누워 있었다. 그 남자는 아무 말도 아무 짓도 할 수 없었다. 그래서 보고만 있을 수밖에 없었다. 그는 죽은 듯이 눈을 꼭 감은 채였다. 윗입술을 들어 올리기도 힘이 들어서인 듯했다. 감시병이, 곧 돌아가서 팀장한테 보고해야 한다고 일깨웠다.

구 하사님. 알파팀 팀장님 지시로 황 병장님이 구 하사님 캐비닛에 있던 관물이랑 사물을 챙겨왔습니다. 보다 못한 감시병이 구종구의 얼굴께로 머리를 숙이고 조심스레 말을 꺼냈다. 이때 실로 놀라운 일이 일어났다. 다 죽어가는 것 같던 그가 번쩍 눈을 뜬 것이다. 그리고 잠긴 목소리를 찢어가면서 말을 내뱉었다. 뭣? 뭣이여?

그때는 그 남자도 병장으로 진급한 지 두 달이 지났을 때였다. 구종구가 그동안 세운 전공으로 하사로 특진한 지 꼭 두 달 뒤였다. 그의 파월 연장근무 명령이 떨어진 지도 그만큼 지났을 무렵이었다.

뭣이여? 내 물건을 어떤 새끼가 손을 댔다고…? 이제는 윗몸을 일으켜 세웠다. 얼굴이 잔뜩 일그러졌지만 목소리는 커졌다.

그 남자가 손으로 감시병을 옆으로 밀쳐냈다. 나가 있어!

감시병이 어리둥절해하더니, 그 남자가 다시 오만상을 쓰면서 짜증을 내자 슬며시 밖으로 나갔다. 그 남자는 그의 반응에 어처구니가 없었다. 돈의 힘이라고 생각하니 기가 막혔다. 그래도 할 일을 해야 했다. 할 말도 해야 했다. 갑자기 그의 귀를 손으로 잡아서 찢어져라 앞으로 당겼다. 거기에 입을 갖다 댔다. 녹각이랑은 더플백 속에 다 담았다. 시레이션 쓰레기까지도. 그리고 이거…. 그 남자가 가슴에 숨겨 왔던 에스피봉투를 꺼내 구종구의 손에 쥐여주었다. 여깄다. 잘 먹고 잘살아라! 그 남자는 조금이나마 사과할 마음은커녕 울화가 치밀었다.

그는 먼저 봉투를 열어 내용물을 슬쩍 확인하더니 베개 속에 쑤셔넣고 나서, 병상 옆에까지 끌어다 놓은 더플백들의 주둥이를 하나하나 열어보기까지 했다. 그런 뒤에야 비로소 안심이 되는지 다시 병상에 누웠다. 그리고 눈을 감았다.

그 남자는 애써 마음을 달랬다. 그래도 그가 죽지 않았으니, 그 남자가 그를 죽이지 않았으니 다행이란 생각을 하자고 했다. 그는 눈을 감은 채로 숨을 몰아쉬고 있었다. 그 남자는 그만 돌아섰다. 그 남자의 가슴속에 금세 다시 부아가 차오르려고 했다. 티엉마이한테 그런 짓을 하다니….

이때 느닷없이 구종구가 소리쳤다. 순진헌 새끼! 니가 알어? 티엉마이 그년이 어떤 년인지. 개 같은 년! 순진헌 여고생? 착헌 소녀? 니가 그년을 두고 그렇게 자랑했지잉? …흥! 우리가 잘 보호해줘야 헌다고, 자유 우방의 국민을 지키는 것도 우리의 의무라고. 의무 좋아허네! 그렁께 너 같은 먹물 먹은 새끼들이 문제랑께. 그저 지 기분에 젖어서, 어쩌고저쩌고 주뎅이를 떠벌려대는 꼴이란…. 이 새끼야, 언능 꺼져! 언능 내 눈앞에서 없어지란 말이여. 먹물 먹은 새끼라고 해서 뭐 좀 배울 것이 있는가 했던 내가 미친놈이었당께. 어이구!

이 자식이 정말 내 손에 죽고 싶어 환장했구만! 그 남자는 그에게 달려들어 목을 조르기라도 하고 싶었다. 식식거리는 그 남자를 언제 돌아와 있었던지 감시병이 뒤에서 허리를 감아 끌었다.

　그러니까 그때 그런 것이 그와 마지막 만남이었다. 결국 그렇게 헤어지게 된 것이다.

　그래도 월남전쟁 덕에 우리 장거리 정찰대 덕에 이만큼 사람대 접을 받음시로 살게 됐은께 감사헌다. 너한테는 유감이 없다. 원한도 없다. 그런께 대학에 돌아가거던 공부 열심히 해서 훌륭한 사람이 되아라. 내가 이 편지를 쓰는 이유는 그 모든 것이 내 잘못이었은께 니가 마음 편허게 살았으면 헌다는 말을 하기 위해서다. 진심이다. 아 참! 너하고 펜팔헌 여고생 정미연이 하고는 잘 되아가고 있겠지? 그 때문에 내가 얼마나 부러웠는지 모른다. 내 진심으로 두 사람이 잘되기를 빈다.

　추신: 나는 102 후송병원에서 3개월 치료를 받고 귀국헌 뒤에 곧 제대했다. 그리고 국가 원호처에서 1급 전상자로 분류되어 평생 동안을 5급 공무원 월급 정도에 해당하는 돈을 달마다 받게 되었다. 사람들은 남의 속도 모르고 잘되았다고들 헌다. 그때마다 내 맘이 요상허다. 좌우지간에 다 니 덕이다. 고맙다는 말은 안 나와도, 시상 일이란 것이 도통 알 수 없다는 말을 믿게 되았다. 니 덕에 잘 살았다. 월남에서 오갈 디 없는 니를 내가 알파팀으로 끌고 간 것이, 다 그래서 그럴라고 그랬던 것 같더라.

　　　　　　　　　　　서기 1968년 8월 8일 너에 옛 전우 씀.

그 남자가 '월남 병장'으로 화천에서 남은 군 생활을 끝내갈 무렵, 제대 휴가를 받아 음성의 집에 갔을 때였다. 구종구가 보낸 편지가 미리 와서 기다리고 있었다. 주소를 어찌 알았을까? 그 남자가 편지를 받고 보낼 때 옆에서 주소를 봐둔 모양이었다.

그 남자는 적이 당황했다. 이건 또 무슨 짓인가 했다. 나는 네 주소를 알고 있다. 물론 니가 월남에서 한 짓을 다 잘 기억하고 있다. 그러니 언제든지 맘만 먹으면 무슨 짓이든 할 수 있다, 하는 위협인가 했다. 저절로 그런 추리가 됐다. 목덜미에 소름이 돋는 듯했다.

편지를 또 읽었다. 그한테 갖고 있던 막연한 부채감이 선명한 두려움으로 변해가고 있었다. 가슴속이 요동치는 통에 자칫 터질 것 같았다. 마음 편히 살았으면 한다고? 진심이라고? 개자식! 널 어찌 믿어?

그는 편지를 구겨서 던져버렸다. 그러나 곧 주워다가 펼쳤다. 아 참, 너하고 펜팔헌 여고생…. 그러면 정미연의 주소도 알고 있을 터였다. 이제야 가슴속에 차오른 두려움의 정체를 알 것 같았다. 정미연이 위험에 처하게 될 수도 있었다. 고등학교 3학년생이던 정미연은 이제 대학 1학년생이었고, 그 남자가 좋아하는 여자였다. 그 남자는 휴가를 받아 집으로 오기에 앞서 서울로 가서 정미연을 만났었다. 귀대하는 길에 다시 만나자는 약속까지 해놓은 터였다. 두려움이 안개처럼 주위를 에워싸고 있었다.

부랴부랴 서울로 가서 정미연을 불러냈다. 정미연에게 구종구의 인상을 몇 차례 설명하면서 단속을 하고 또 단속을 했다. 그는 나쁜 놈이었고, 흉칙한 놈이었다. 이유는 월남전에서 사람을 많이 죽여 돌아버린 놈이라는 것이었다. 두 눈이 그 남자 자신보다 열 배는 더 벌게서 정말 핏물이 새 나오나 할 정도니까 금세 알아볼 수 있을 거라고도 했다. 그 남자 자신도 아직껏 부대 밖에 나올 때면 선글라스를 끼는 실정이었다. 부대 주변의 막걸릿집 여자들도 무섭다, 소름 끼친다 해서였다. 정미연이 자기를 유치원생 취급한다면서 짜증을 낼 정도였다. 그 남자는 그럴 수밖에 없었다. 그에게 죽는 날까지 당해야 할 고통이 있다면, 그 남자에게는 그때까지 감당해야 할 두려움이 있었다. 맞은 놈은 두 다리를 뻗고 잠을 자지만, 때린 놈은 두 다리를 움츠리고 자야 한다고 하지 않던가.

사실은 그래서 좀 여유가 생기자 돈을 보내기 시작했었다. 그를 돕자는 마음이 전부가 아니었다. 그리고 5년 동안은 연말마다 반드시 심부름센터에 그에 대한 신상 조사를 의뢰했다. 그 뒤에도 2, 3년에 한 차례씩 대여섯 번을 의뢰했다. 그동안 왜 단 한 차례도 만날 생각을 하지 못했던 것일까. 구종구도 마찬가지였다. 계속 돈을 받아먹으면서도 만나자는 말은커녕 고맙다는 편지 한번 없었다. 병원까지 가는 동안 그 남자의 머릿속에는 새삼스레 이런저런 의문들이 떠다녔다.

"저것 봐. 나는 저 새가 제일 좋아."

그는 휠체어를 탄 채 병동 밖으로 나와 햇살 속에 있었다. 그새 상태가 그만큼 나빠진 것 같았다. 그 남자는 무심코 그의 손가락이 가리키는 곳으로 눈길을 보냈다. 어린 망고 열매만 한 진갈색 새들이었다. 벚나무들 사이를 휘익휘익 떼로 날다가 가지들에 잠깐잠깐

128

내려앉곤 했다. 마치 누가 벗나무 가지들 속에 들어앉아서 새들을 불러들였다가 내보내곤 하는 것 같았다. 그때마다 새들은 이제 한껏 푸르름을 펼쳐가는 이파리들에다, 주둥이에 물고 있던 울음소리를 찌르르르 찌르르르 쏟아내곤 했다.

"찌르레기 떼여. 내 귀에는 새소리가 꼭 밥 안칠라고 바가지에 쌀 씻는 소리 같이 들린단께."

하긴 지리산 자락에서 낳고 자란 인간이니까…. 계절이 변하는 데 따라서 텃새들에 철새들이 더했다가 빠지고, 또 더했다가 빠지는 변화. 거기에 더불어 변하는 바람과 햇살과 구름. 천둥이 울고 비가 내리는가 하면 눈발이 날리기도 하고…. 그런 속에서 산 인간이 그곳에서는 왜 그랬을까. 같이 뛴 장거리 정찰에서 그가 네 차례 첨병조장을 했다. 그는 휘파람새 울음소리를 신호로 사용했다. 완수신호보다 모든 대원에게 일시에 정확하게 전달할 수 있어서 좋았다. 밤에는 부엉이 울음소리도 냈다.

"여그, 괜찮냐? 커피 같은 거 마시고 싶으면 저 안에 가서 빼 오든가…."

그의 휠체어는 벗나무 그늘이 반쯤 덮고 있는 벤치 곁에 서 있었다. 그 남자는 햇살 속에 앉았다. 6월 중순이어서 햇볕이 좀 따가웠다. 지난봄에는 유난히 차갑고 비가 내리는 날이 많았었다. 그 남자는 머리를 저었다.

"여전허구만잉, 그 버릇…. 인마! 그러겠다는 것이여, 안 그러겠다는 것이여? 쯧쯧쯧…, 고슴도치 같은 새끼야!"

"하나는 좋고, 하나는 싫다는 거야. 이 멍청한 멧돼지 같은…!"

그도 그 남자도 웃었다. 낮은 목소리가 그런 웃음소리에 어울려 한동안 주위에서 떠도는 것 같았다. 실로 오랜만에 서로 별명을 함부로 불렀기 때문인 듯했다.

"이 자리는 좋고, 커피는 안 좋다고…."

"그래애! 알겠구만…. 지금 월남은 한창 우기겠구만잉."

그가 다시 웃음을 터뜨렸다. 그 남자도 따라 웃었다. 나, 그때…, 너 아니었으면 여러 번 죽었을 거야…. 살아오면서 가끔 그런 생각이 들더라. 그 남자가 속으로 말했다. 어디선가 들었던 말이 머리에 떠올랐다. 암 환자는 뜻밖에 잘 버텨내다가, 갈 때가 되면 갑자기 꺾인다고 했다. 그때가 삶의 끝이 바로 눈앞에 보이는 시간이라고 했던 것 같았다. 그 남자는 머리를 끄덕였다가 가로저었다가 했다. 안 돼! 설마….

그 남자가 그렇게 저었다가 끄덕였다가 하고 있으면 그가 다가왔었다. 그가 선택해 주었다. 첨병조에도 그가 끌고 들어갔었다. 자원해서 전사하는 길이라며 누구나 피하는 자리였다. 수용할 것인가, 거부할 것인가. 그 남자가 머리를 저어도 되는 일이었다. 팀장의 바람이었지 명령은 아니었으니까. 그 남자가 망설이고 있을 때였다. 황덕수가 말입니다, 진작부터 내가 첨병조장으로 뛰게 되면 같이 뛰고 싶다고 말했단께요. 구종구가 나섰다. 그래! 너희 두 놈들은 언제나 붙어 다녔으니까 손발이 척척 맞을 거야. 거기다 엄종철을 붙이겠다고? 좋아! 구 병장 말대로 한다. 내가 생각해도 환상적이야! 팀장의 결론이었다. 새끼야, 걱정 말어! 콩들이 깔아놓은 부비트랩이든 박아놓은 독침이든 다 찾아서 제거헐 것이고, 재수 없이 걸린다면 다 내 발에 걸릴 것이고, 콩들의 저격병 총구도 내 가슴을 조준헐 텐께. 알겠어? 시방 내 경험이 말해 주고 있은께. 앞에서 벌어지고 있는 상황도 모르고 뒤에서 쫓아댕기는 것보다는, 앞에 서는 것이 쪼끔 고달파도 살 확률이 훨씬 높은께, 걱정 잡어 매부러. 첨병이 자원해서 저승 가는 길이라고? 그렇다면 좋든 궂든 월남전에 온 것은 자원해서 저승 가는 길이 아니단가? 둘 다 자원해서 저승 가는 길이여. 안 그러냐? 사람이 죽을라믄 접시물에도 코 박고 죽는 것인디…. 벼엉신들이 그것을 모른단께. 그때의 경험이 제대로 가르쳐주었던 것일까. 그나 그 남자나 적어도 겉으로는 멀쩡하게 살아 돌아왔으니까.

"그런디 제수씨가 세상 뜬 지가 3년 됐담시로, 어째서 재혼 안 했냐? 누가 상 준다디야? 그만 재혼해야 쓰는 것 아니여?"

그 남자는 이제 일어설 때가 됐다고 생각했다. 다시 또 오지, 했다. 3개월에서 6개월이라고 했으니까. 머릿속에서 올챙이 떼처럼 몰려다니던 의문들이 제풀에 하나씩 사라져가고 있었다.

"또 올께. 잘 지내."

"니 마누라가 나한테 별것을 다 묻드란께. 니가 나한테 물어보라고 했담시로. 알아도 될 것 같은 일만 대답해주었단께. 또 오겠다고 했는디, 걱정이여. …잘 가그라. 바쁠 텐께. …니 마누라를 실지로 만나본께 누구와 닮은 데가 많은 것 같드라. 옛날에 사진으로 봤을 때는 그런 생각을 못 했는디."

찌르레기 떼는 여전히 벚나무들 사이로 몰려다니면서 쌀 씻는 소리 같은 울음소리를 쏟아내고 있었다.

그 남자는 차를 놔두고 걸었다. 주차장에서 기다리고 있는 운전기사와 승용차를 잊어버린 채였다.

닮은 데가 있다고? 정미연하고 티엉마이하고…. 그 남자는 그가 한 말의 뜻을 알 것 같았다. 머리를 끄덕였다. 물론 마음은 동의하고 싶지 않았다. 정미연과 티엉마이. 두 사람의 생김새는 눈부터가 달랐다. 그런데 어디가? 여기서 아내가 됐지만 제 손으로 차를 운전해서 강물 속으로 들어가버린 여자와, 거기서 그 엄청난 일을 당한 뒤에 지금은 어찌 됐는지도 모르는 여자. …티엉마이 그 여자도 죽었을까? 그래서 닮았다는 것인가.

그날의 이른 아침에 그 남자와 그는 티엉마이를 처음 만났다. 1박짜리 매복을 끝내고 부대로 철수하는 길이라면, 벌써부터 사납게 파고드는 햇살도 그저 싱그러웠다. 빈손이라 해도 상관이 없었다. 산자락을 완전히 벗어났다는 것은 죽음이 쳐놓은 차일 속에서 빠져나왔다는 것이다. 그리고 밤새 오락가락하는 빗속에서 살아나온 것이다.

새벽부터는 비가 개기도 했다. 개울을 건넜고 마을 앞의 사잇길을 지났다. 벌써 수색중대의 망루 초소가 11시 방향에 보였다. 알파팀은 사방 2킬로미터의 3중 철망을 두르고 7개의 망루 초소를 운영하고 있는 수색중대 기지 안에 있지만, 동쪽의 영문 가까이에 따로 자리 잡고 있었다. 별동대라 하면 이해가 빠를 것이었다. 베트콩의 전략 전술이 바뀐 데 따른 수색 정찰 임무를 원활히 수행하기 위해서라고 했다. 팀을 구성할 때 모든 중대원을 대상으로 정예 병사들을 선발했다고도 했다. 어째서 보충병인 그 남자가 거기에 끼었는지는 그때까지 알 수 없는 일이었다. 운동이라면 군에 입대하기 전까지 중학교 때 유도장에 고작 일 년 동안 들락인 것이 전부인 그 남자였다.

이제 큰길이었다. 경계를 완전히 풀어도 되는 지역이었다. 5백 미터쯤 3시 방향으로 오르막길을 가다 보면 고갯마루 왼쪽에 중대의 영문이 있었다.

대원들이 일렬로 오르막길을 뛰어가기 시작했다. 이때 고갯마루에 오토바이를 탄 사람들이 나타났다. 그 남자는 이거 또 일이 벌어지겠구나 했다. 야아, 월남년들 주물럭탕 회식이다아! 앞에서 누군가가 외쳤다. 총을 들지 않은 나머지 한 손을 들어 올려서, 여자를 주무르는 시늉을 하고 있었다. 곧 일렬종대의 대열이 멋대로 산개해서 이른바 항고 따까리 대형을 이루었다. 저것들 봐라, 저! 우리가 자기 나라 지켜줘서 고맙다고 달려오잖냐? 총으로 달려오는 오토바이들을 조준하기도 했다. 그 남자는 무리에서 뒤로 빠졌다. 오토바이들이 저만큼 멈춰섰다. 여자가 넷 남자가 다섯이었다. 그들은 닌호아 읍내로 출근하는 길이었다. 먼저 총의 개머리판을 휘둘러 남자들을 겁주고 나서, 여자들에게 둘씩 셋씩 덤벼들었다. 남자들은 얼굴이 하얗게 질려서 오토바이 위에서 꼼짝도 하지 못했다. 여자들은 한결같이 이를 앙다문 채, 하는 대로 몸뚱이를 내맡기고만 있었다. 완력과 폭력을 어설프게 피하려 들었다가는 더욱 거칠어진다는 것을 알고 있음이었다. 소리를 질러도 자극을 받아 더 사나워질 것이다. 자칫 옷이 찢기고 몸을 다치기 십상이었다. 한두 번

당한 것이 아니었던 것이다. 얼굴들만 허옇게 퍼렇게 죽어갔다. 팀장도 부팀장도 걸음을 늦춘 채로 모른 척하고 있었다. 혹시 어디서 앙갚음이라도 해올까 봐서인지, 긴장해서 사방을 두리번거렸다. 병사들을 대신해서 경계를 서고 있는 꼴이었다. 결코 말리려 들지 않았다.

자전거를 탄 사람들은 그다음에 왔다. 앞에서 당하는 것을 번연히 보면서도 왔다. 학교로 가든 직장으로 가든 닌호아 읍내로 나갈 수 있는 길의 목이었던 것이다.

하얀 아오자이를 입은 열여덟 살 먹은, 여자고등학교 3학년생 티엉마이. 그녀도 그 속에 있었다. 검고 큰 눈을 가만히 바라보고 있자면 그 속에 뛰어들어 헤엄치고 싶은 충동이 일게 했다. 그 눈빛 때문이었을까. 그 남자가 그녀에게 다가갔다. '월남년들 주물럭탕 회식'에 한몫 끼자는 것이 결코 아니었다. 하얀 아오자이 뒷자락을 날리면서 달려오는 그녀를 손대서는 안 된다는 생각이 앞섰다. 순간 그녀를 보호해야 한다는 책임감 같은 것이 갑작스럽게 그 남자의 등을 떠밀었던 것이다. 소총을 대원들을 향해 겨누고 있었으니까. …손대지 마! 이 여자에게 손대지 마! 그 남자가 소리쳤고, 앞쪽에서 싫증이 난 대원들이 몰려들었다. 처음에 그들은 그 남자가 장난을 치는가 했던 모양이었다. 아랑곳하지 않고 덤벼들었다. 비켜, 안 비키면 쏘겠어! 그 남자의 오른손 검지가 벌써 방아쇠울에 들어가 있었다. 마침 구종구가 나서지 않았더라면 공포를 쏘아 위협했을지도 모르는 일이었다. 느그덜 뒤지고 싶어? 언능 비켜, 이 새끼들아! 개머리판으로 그녀에게 달려들려던 세 명의 옆구리며 가슴팍

134

을 밀어내면서 소리친 것이다. 고! 고우! 디! 디이…! 그 틈을 놓치지 않고 그 남자가 그녀에게, 여자들에게 외쳤다. 영어에 월남어였다. 그동안 몇 개 외워둔 단어를 그때 써먹고 있었다. 발음도 뜻도 자신이 없었지만.

3일 뒤인 9월 4일 오후에 그녀가 면회를 신청했다. 우기의 끝자락이었다. 전쟁터에서는 날짜와 시간만 기억하면 되는 법이어서 무슨 요일인지 몰랐는데, 나중에 그녀가 그날이 일요일이었다고 말해주었다.

그 남자는 부대 귀환 후의 휴식일이어서 내무반에서 빈둥거리고 있었다. 중대본부에서 서무계가 막사로 온 것은 오후 2시가 다 됐을 때였다. 그때는 그 남자도 손목에 시계를 차고 있어서 시간을 기억했다. 부대에 현지 민간인과 면회할 수 있는 제도가 있었던 것은 아닐 것이다. 거점부대인 데다 수색중대여서 그런 일이 허락됐던가 보았다. 그리고 그 남자는 장거리 정찰대 소속이어서 다른 중대원들에 비해 영문 출입이 자유로운 편이기도 했다.

앉든 서든 둘이서 만나 이야기할 만한 자리가 따로 있을 수 없었다. 지하 벙커 위에 허리 높이쯤으로 떠 있는 듯한 위병소의 그늘 속에 그녀가 서 있었다. 그 남자도 그 속으로 들어갔다. 그녀는 잠시 멈칫거리더니 살풋이 웃었다. 며칠 전 아침과 다르게 정글복 차림에 철모를 쓴 그 남자가 낯선 모양이었다. 베트콩 옷이라고들 하는 월남인들의 검정색 노동복을 입고 머리에 벙거지까지 썼던 모습을 기억하고 있을 터였다. 그때야 문득 그녀가 자신의 소속과 이름을 어찌 알았을까 하는 의문이 들었다.

차오 꼬 만조이. 그 남자가 외워둔 월남어로 인사를 했다. 차오
옹 만조이. 그녀가 한 인사말도 그 남자가 뜻을 알 수 있었다. 그다
음부터가 문제였다. 와이 꼬 라이라이 히어? 그가 영어를 섞어 왜
여기에 왔느냐는 뜻으로 물었다. 한낮의 위병소 건물이 만들고 있
는 그늘이 퍽이나 인색해서 그는 허리를 잔뜩 굽히고도 모자라 오
금을 적당히 접어야 했다. 깜온 웅, 깜온 웅! 쓰리 데이즈 어고, 아
침. 그녀는 월남어, 영어, 한국어를 섞었다. 3일 전의 아침에 있었
던 일에 감사하기 위해서 왔다는 것 같았다. 영어로만 말해도 알아
들을 텐데. 그녀가 그러는 이유를 알고 있었다. 착하고 기특하게 여
겨졌다. 그 남자와 대원들의 차림으로 소속은 쉽게 알았을 터, 그런
데 이름을 어찌 알았을까? 위병소에 와서 묻고 또 물었겠지. 키가
큰 편은 아니고 보통, 마른 편이고 눈이 크고⋯. 거기까지 짐작이
되었다. 거기다 그날 아침에 있었던 일을 말했겠지.

그녀가 그때껏 손에 들고 있던 작은 종이봉투를 그 남자에게 내
밀었다. '꾸아'라고 했다. 그 남자가 못 알아듣자 이번에는 프리젠트
라고 했다. 신원 확인이 안 된 현지인이 주는 물건은 위험한 것이었
다. 그 남자는 깜온, 깜온!만 연발했다. 그렇지만 그녀가 있는 자리
에서 열어보는 수밖에 없었다. 봉투 주둥이를 열고 안을 살짝 들여
다보았다. 작은 편지봉투가 또 안에 들어 있었다. 거기에 작지만 볼
록한 것이 들어 있었다. 리리 룩시, 리리 룩시. 가서 보라는 뜻인 것
같았다. 얼핏 보인 작은 것은 무엇인가? 그녀의 실없어 보이는 웃음
이 수줍음 때문이라는 것을 알면서도 그 남자는 손을 넣어 그것을
꺼냈다. 불상이었다. 뜨엉펏⋯, 부다, 부다. 그녀가 읊조렸다. 그 남

자의 입이 떡 벌어졌다. 참으로 뜻밖이었다. 그녀는 그새 영문의 기둥에 기대 세워놓은 자전거로 가 있었다. 수줍음을 견딜 수 없어 하는 것 같았다. 대추알만 한 크기의 청동제였다. 작은 봉투는 편지이리라. 그 남자는 햇살 속으로 쫓아 나갔다. 그러나 더는 어찌할 수가 없었다.

그녀가 탄 자전거는 내리막길을 잘도 달려가고 있었다. 어디까지인들 내처 달려갈 기세였다. 그 남자는 그녀가, 두 다리로 발판을 돌려 굴리는 자전거가 불상만 해졌을 때까지 그 자리에 서 있었다. 눈 속이 아릿했다.

사실 그 남자는 그녀 앞에 있으면서도 자꾸만 외면했었다. 그사이에 더욱 붉어진 눈이 마음에 걸려서 그녀를 바로 보지 못한 까닭이었다.

그녀의 말대로 들어가서 보기 위해 내무반을 향해 사나운 햇살 속을 힘껏 뛰었다. 내무반으로 돌아온 그 남자는 편지를 펼쳤다. 글자로 쓴 것이 아니라 그림을 그린 것이었다. 한 장을 둘로 나눠서 아래에 한 장면씩 그린 것이었다.

불상 앞에서 무릎을 꿇고 앉아서 두 손을 앞으로 모으고 있는 여자의 옆모습과, 배에 잔뜩 타고 있는 군인들을 향해 손을 흔들고 서 있는 여자의 뒷모습이었다. 물론 여자는 아오자이 차림이었다. 맨 밑에는 그녀의 글씨로 '티엉마이로부터'라고 써놓았다. 티엉마이로부터….

그 남자는 나직이 글씨를 읽고 나서, 소리 없이 웃었다. 귀엽다는 생각이 들어서였다. 아까는 그래도 이 나라 저 나라 말들을 섞어 썼는데, 이제는 아예 그림을 그리다니…. 지혜로운 소녀였다. 또한 최선의 방법이었다. 그녀의 영어 실력이 어느 정도인지는 몰라도, 그녀는 분명히 한국군의 영어 실력을 배려했으리라…. 매우 일방적이긴 했어도, 영어 통역이 가능할 것이라 여겨서 팀원으로 뽑았다는 자신의 실력도 외국인을 만나면 선뜻 앞으로 나설 수가 없었다.

또한 그녀가 꽤 마음을 썼구나 해졌다. 이 나라의 국교가 불교여서, 집마다 집 안 구석에 불단이 있다지만, 산골의 여고생이 그런 불상을 갖기가 쉽지 않았을 것 아닌가 해서였다.

구종구는 몹시 화를 냈다. 일부러 그가 없을 때 꽁까이를 만나러 갔다고 우겨댔다. 그는 공교롭게도 그때 화장실에서 볼일을 보러 갔다 왔다고 했다. 어떤 놈은 복이 너무 많아서 동티 날 것 같어. 부모 잘 만나 먹물 먹었지. 거그다가 고국에는 고3짜리 파릇파릇 야들야들헌 영계 애인이 생겼제. 또 월남에는 거 뭣이더라…, 그래그래 현지처까지 두게 되았은게. 나 같은 놈은 샤워장 가서 오형제 신세 지는 통에, 새끼덜이 아부지 아부지 허고 불러쌓는디 말이여, 어떤 놈은 고국에서던 월남에서던 여보 여보 허게 생겼구만잉. 황덕수 병장님은 베트콩 총에는 맞어 죽지 않겠지만, 복이 터져서 죽겠다야. 구종구가 그를 놀렸다. 아무리 불공평헌 것이 시상이라고 허지만, 먼 남쪽 섬의 나라 전쟁터에서도 먹티를 못 면허는구만. 오메, 불쌍헌 것…. 참말로 안되았구만잉. 퍽이나 부러운 눈치였다.

12

그 남자는 지하철 명동역에서 내린 뒤에 삭도회사까지 심한 오르막길을 걸어서 갔다. 오래전에 KBS가 있던 자리의 건너편께였다. 거기서 케이블카를 타고 꼭대기 가까이에 있는 승강장까지 올라갔다. …남산 위의 저 소나무 철갑을 두른 듯, 바람서리 불변함은 우리 기상일세…. 애국가 2절의 가사. 그리고 하기식. 옛일이었다. 깃대의 끝에서 떨어지듯 내려오는 태극 깃발. 부동자세로 거수경례를 하는 대원들. 작전 종료로 귀환하는 길…. 왜 그렇게 눈물이 났을까. 죽거나, 다쳐가면서 죽이고 또 죽이려 눈이 시뻘겋게 되는 줄도 모르고 정글을 뛰던 뒤 끝이어서, 그 상실감과 결핍감이 마치 상처투성이의 짐승이 된 듯했을 것이다. 그래서 그때 정미연과 왔을까? 그 시절에 서울에서는 그래도 분위기 있는 곳이라서였을까…?

정미연과 손을 잡고 서서 손가락으로 가리켜가며 보았던 풍경이 그려졌다. 남대문이 먼저 눈에 들어왔고, 위로 올라가면 시청, 그리고 소방서 망루가 우뚝했었다. 거기서 어찌 서울에서 일어나는 불을 다 감시할 수 있었을까. 키 작은 집들….

이제는 마치 잘못 그린 그림을 지워버리고 그 위에 새 그림을 그려놓은 듯했다. 아니, 처음부터 그런 그림이 그 자리에 있었던 것 같았다. 그 남자는 자신의 옛일도 저렇게 할 수 있었으면 했다.

그때 처음으로 와본 뒤에는 다시 오지 못했었다. 대학을 졸업하기 전인 12월에 벌써 직장에 나갔다. 덤벙거리다가 그해를 넘기고 보니 금세 5월이었다. 그사이 월급 봉투를 몇 차례나 받았던가.

오늘보다는 이른 때였다. 아카시아꽃, 말간 향기가 바람을 타고 휘휘 몸에 감겼었다.

대학 2학년짜리 정미연과 함께 왔던 때였다. 이제 제 앞가림을 하고 부모님께도 자식 노릇을 하고 있다는 생각에 다른 일에도 자신감이 넘쳐났던가 보았다. 대학은 결혼한 뒤에도 다닐 수 있는 것, 얼마든지 그럴 수 있는 것이란 말부터 그녀에게 꺼냈다. 고작 18K 실반지 하나를 두 손에 받쳐 든 채 왼쪽 무릎을 꿇고, 이른바 낭만적인 청혼을 했다. 케이블카 안이었고, 남편이 갓난애를 안은 젊은 부부가 보고 있었다. 살짝 놀란 얼굴로 두 어깨를 으쓱해 보인 그녀의 두 눈에 눈물이 글썽했다. 그녀가 조심스럽게 왼손을 내밀었다. 그 남자는 떨리는 손으로 그녀의 무명지에 반지를 끼워주었다. 그리고 벌떡 일어선 그 남자가 정미연을 안았다. 사랑해…. 고마워요! 사랑해요, 덕수 아저씨…. 두 사람을 바라보고 있던 젊은 부부가 박수를 쳤다. 그 남자는 속으로 얼마든지 저 부부 정도는 살 수 있다고 뇌었다. 그 남자가 그때는 그만큼 삶을 만만하게 생각한 탓이었다.

그 전의 어느 때부터였는지, 그때부터였는지 그 남자의 두 눈에 불그스름하게 남아 있던 기운이 말끔히 사라져버렸다. 그 남자 자신은 선글라스를 벗은 것으로도 직장 생활에 문제가 없어서 무심히 지냈는데, 정미연이 먼저 알아본 것이다.

바로 그 자리에서였다. 황덕수의 청혼을 받아들인 정미연. 그리고 감격해서 그녀를 안은 그 남자. 그때 그녀와 그 남자가 처음으로 눈을 맞춘 셈이었다. 서로의 눈에 빨려 들어가는 것처럼 도도하고 뜨겁게 눈을 맞출 때 그녀가 알아본 것이다. 맑아졌어요! 덕수 아저씨 두 눈이…. 소년의 눈처럼 생생해졌어요. 그녀가 놀라고 기뻐서 소리쳤다.

그녀가 그 남자의 품에서 빠져나가더니 가방에서 콤팩트를 꺼냈다. 그리고 그것을 펼쳐서 거울을 그 남자 눈앞에 들이밀었다. 보세요, 봐요…! 그녀가 소리쳤다.

사실이었다. 실제였다. 그 남자는 자칫 그 자리에서 펄쩍펄쩍 뛸 뻔했다. 귀국한 지 17개월이 지났을 때였다. 그 남자가 정미연이 다니는 대학의 교문 밖에서 기다렸다가 두 사람이 처음 만났을 때 빨간 눈 때문에 당황했던 일들을 서로 즐겁게 이야기할 수 있을 만큼은 가까워져 있었다.

내려올 때는 일부러 길게 이어진 계단길을 이용했다. 거기서 숭례문 쪽으로 방향을 틀었다. 정미연은 그 남자의 왼손을 잡았다 놓았다, 왼팔을 감았다 풀었다 했다. 깡총거리며 그 남자의 앞으로 갔다 뒤로 갔다, 왼쪽으로 한 바퀴 돌았다가 오른쪽으로 한 바퀴 돌았다가 했다.

　도서관에서 넘어오는 길과 합쳐져 숭례문 쪽으로 급하게 흘러내린 내리막길, 그 길의 오른쪽에 철학관이 있었다. 그랬다. 그녀는 그때부터 속으로는 불안해하고 있었던 모양이었다. 좋아서 어쩔 줄 몰라 하면서도 한편으로는 속에서 불안감이 일렁이고 있었던 것이다. 장난으로 보는데 어때. 설혹 나쁘다고 해도 장난이니까. 미신이니까, 신경 쓸 일은 아니지. 덕수 아저씨 그치? 그 남자는 그때 분명히 머리를 끄덕였다. 속으로는 아닐 수도 있다 했으면서. 두고두고 꺼림칙해할 수도 있다고 생각하면서였다.

　궁합을 보았다. 남자한테 나무가 두 개 들었어. 물이 필요하다 이거지. 여자한테 쇠가 둘이야. 세다 이거지. 쇠에서는 나무가 살 수 없어. 사주쟁이는 여기까지가 진심이었다. 다음부터는 말을 바꿔나갔다. 가만있어 봐라…, 남자한테 흙이 하나, 물이 하나 있고, 여자한테 불이 하나 물이 하나 있으니…. 가만있어 봐라. 여자의 물과 남자의 물을 합하면 물이 두 개가 되는구면, 불은 저절로 꺼지고 쇠를 다스릴 수 있어. 거기다 흙이 있으니 됐네, 잘 살겠어! 결혼하면 잘 살겠다 이 말이야! 아주 좋은 건 아니지만 좋아! 괜찮아. 부부 생활이란 게 문짝의 돌쩌귀처럼 딱 들어맞아 밤낮으로 돌아간다고 해도 문제가 있는 법이야. 궁합 잘 맞는다는 남녀가 결혼해서 살다 보면, 왕왕 남자는 남자대로 여자는 여자대로 놀아난다든지, 남자가 여자나 밝히고 평생 놀고먹으려 든다니까. 여자가 고생이 많다는 말이지. 두 사람처럼 조금 안 맞은 듯, 조금 소리가 나는 듯해야 부자 되고 자손 번성하고 장수해. 내 말 무슨 말인지 알겠지? 두 사람이 부부의 연을 맺으면 잘 산다는 말이야. 알겠지? 그럼 애는 몇이나…? 이때 정미연이 수줍게 물었다. 아마 그 남자가 독자라서 신경이 쓰였던 것 같았다. 둘… 셋…, 아니 다섯이구먼! 자손 번성하겠어. 염려하지 마! 어머! 우리는 셋 낳을 거예요. 덕수 아저씨, 그죠? 사주쟁이는 영악하고, 정미연은 지혜롭고, 그 남자는 의뭉스러웠다. 사실 따지고 보면 그 남자는 독자가 아니었으니까. 그 말을 듣자고 천 원을 냈다. 그때 그 남자는, 좋다는 말만 정미연의 귓속으로 들어가기를 바랐다.

그런데 살다 보니 그때 그자가 도대체 무슨 말을 하고 있었던 것인지, 해질 때가 있었다. 그 자리서 귓등으로 흘려보냈던 말들이 새록새록 살아나곤 했다. 그만큼의 돈을 냈으면 정신 차려서 모든 말을 잘 듣고 가슴에 깊이 새겼어야 했다. 그 돈이 돼지고기 한 근 반 값이었다.

그 남자가 집에 들어오기 전에 또 우렁각시가 다녀갔다. 이번에는 향기로 보아 쑥국이었다. 식탁보를 걷어내자 상추 겉절이가 있었다. 당연히 아내의 솜씨가 아니면 할 수 없는 것들이었다. 상추 겉절이는 특별했다. 다른 집들은 다들 그런 식으로 해 먹지 않아서, 달리 말할 것이 손톱 끝만큼도 없었다. 잎이 제대로 피지 않은 때에 뜯어낸 상추여야 했다. 다 자란 상추의 속 것이 아니다. 수탉의 깃털처럼 폭이 좁고 길쭉한 것이, 부러졌으면 부러졌지 젖혀지지 않을 정도로 탄탄해야 했다. 양념장은 다른 집들과 같은 재료들을 썼지만 단지 참기름을 쓰지 않고 통깨만 넣어 만들어야 했다. 특히 겉절이는 미리 만들어 놓을 수가 없는 것이었다. 그래서 간과 시간이 중요했다. 간을 조금 강하다 싶게 해야 맛이 나는데, 만일 그대로 시간이 10분쯤이라도 지나게 되면 숨이 팍 죽으면서 짠맛에 혀가 아려서 먹을 수가 없게 되었다. 우렁각시가 그 맛을 냈다면 갑자기 들어온 그 남자를 피할 시간이 거의 없어야 했다. 그런데 집 안의 어디에서도 찾지 못했다. 아파트 동의 7층이라서 어찌해 볼 수가 없었을 텐데 그랬다.

가스레인지 위의 불판에 앉아 있는 작은 냄비. 손을 가까이 가져가자 아직 온기가 덤빌 정도였다. 불을 끈 지 얼마 되지 않았음이었다. 뚜껑을 살짝 열어 보았다. 생각보다 쑥 냄새가 셌다. 때가 지난 쑥의 잎들만 썼음이었다. 냉동쑥을 쓰지 않았다는 뜻이었다. 좀 더 많이 치대서 쑥 향기를 살리려고 된장을 평소보다 줄이고 진간장을 더해 간을 맞췄을 것이다.

식기의 시울 밑까지만 밥을 담고, 대접의 시울에서 한 손톱 내려가는 데까지만 국을 퍼 담아서 식탁에 놓은 뒤, 자리에 앉았다. 상보를 들어내고 눈으로 찬들의 맛을 본 뒤에, 숟가락을 집어 들었다. 마음이 급했다. 손을 씻은 것도 옷을 갈아입는 일도 잊고 있었다.

먼저 쑥국 한 숟가락으로 입과 목을 축여서, 그 맛과 향으로 식사의 시작을 몸과 마음에 알렸다.

정미연과 결혼해서, 그 남자가 이렇게 차분히 식사해본 것이 몇 차례나 됐을까. 그 허겁지겁하고 적당적당히 하는 식사였는데도, 솜씨는 지금도 생생했다.

누구일까? 귀신도 사람이 먹을 수 있는 음식을 할 수 있더란 말인가. 그렇다면 아내는 지난 3년 동안 그 남자를 시험했던 것인가. 이제 와서 갑자기 나타나 우렁각시 노릇까지 하는 이유는, 그 남자가 그 시험을 이겨냈기 때문이라는 것인가.

오랜만에 거실의 소파에 앉아서 텔레비전을 켰다. 이리저리 채널을 돌리다 보니 EBS였다. 앙코르와트 기행이었다.

남산을 다시 가보는 것이 뭐가 그리 어려웠던가. 남산 꼭대기에 전망대가 새로 섰고 때때로 레이저 쇼를 했다. 전망대의 회전 식당에 가면 그런 쇼도 보고, 여의도쯤의 한강 둔치에서 쏘아 올리는 수백 발의 폭죽들이 터져서 수를 놓는 밤하늘도 볼 수 있다고 했다. 아내는 몇 차례나 그 소식을 알려주었지만, 그때마다 그 남자에게 꼭꼭 무슨 일이 있었다. 그 가운데 몇 번은 뒤로 미루거나 취소해도 되는 일이었다. 그래서 한두 번이라도 아내의 말을 따랐어도 됐다는 것이다. 그토록 쫀쫀하고 빡빡하게 굴지 않았어도 됐다는 말이다.

지난 세월이, 더욱이 정미연의 위문편지가 우연히 그 남자의 몫으로 돌아왔을 때부터 청혼하기까지의 세월이 거북했던 것 같았다. 그 세월을 되돌아보기가 두렵기도 했던 것 같았다. 그래서 캄보디아의 프놈펜 출장길에 아내를 동반했고, 앙코르와트 관광까지 했던 것 같았다. 거기서 아내는 이왕이면 베트남까지 가봤으면 했다. 국경 하나를 넘으면 되는 일이었다. 옛 월남이었던 남쪽을 가보자는 말은 하지 않았다. 물론 닌호아니 뭐니 하는 지역을 들먹인 적도 없었다. 어디든 같이 가보고 싶다고 했다. 그런데도 그는 거기서 발길을 돌렸다.

아내는 그 남자가 전쟁터에서 찍어온 사진들을 보려 들지 않았다. 그 남자가 원하는 바였다. 혹시나 아내가 보자고 할까 봐서 걱정했더랬다. 그래서 잘됐다 하고 산 것이다. 하지만 나중에는 그 이유가 아내한테 있었다고 억지를 부렸다. 또 핑곗거리로 삼아 윽박질렀다. 공교롭게도 아내가 그냥 물러서지 않았다. 북쪽의 할롱베이라도 한번 구경하고 싶다고 했다. 그 남자는 어쩔 수 없었다. 그일로 계속 실랑이하기가 싫었다. 팍팍 지쳐가는 느낌이었다. 그래서 그 땅에 가면 내가 돌아버릴 것 같다고 했다. 그 말에 비로소 아내는 마음을 접었다. 사실은 프놈펜 출장에서 그 남자가 제 마음을 시험해 볼 양이었다. 가까이 갔을 때 마음속에 어떤 반응이 일어나는가. 그런데 마침내 그런 상태가 되고 말았다. 정말 돌아버릴 것같았다.

그 남자는 소파에 앉은 채로 잠이 들었다. 오른쪽 허리께를 조심스럽게 다독이는 느낌이었다. 누군가 했다. 요즘 일이 고단하신가 봅니다. 방에 들어가서 주무셔야죠, 감기 걸리면 어쩌시려고. 그 남자는 누가 어깨를 만지는 것을 싫어했다. 그런 그를 잘 아는 사람이었다. 그 남자는 일어서서 방으로 들어갔다.

오늘 저녁도 고마웠어. 까탈스러운 내 입맛이 이 세상에 위대한 요리사 한 명을 탄생시킨 거지. 그 남자는 미안했다는 말을 그런 식으로 한 것이다.

흐흐홍홍… 차라리 당신이 이렇게 해봐라, 저렇게 해봐라. 이런 걸 더 넣어봐라, 그것을 빼봐라… 이런 잔소리라도 했더라면… 코

웃음을 웃은 아내가 한숨에 섞어 말했다. 당신이랑 마주 앉을 때면 나는 당신의 얼굴에 나타나는 표정을 읽었습니다. 무엇을 좋아하는지 무엇이 불만인지… 그렇게 혼자 연구해서 익힌 솜씨였지요. 그런데, 탄생시켰다니요? 나, 참! 그걸 당신 공으로 돌리시다니요. 하긴 지금 생각해보면 당신 입맛 덕에, 당신이라도 병 없이 살았던 것 같아요. 결혼 첫해에 열무 물김치 때문에 생긴 일은 다시 생각해도 재미있습니다. 그 때문에 우리 집 반찬에서 설탕이 완전히 빠졌잖아요. 그래도 나는 당뇨를 앓았지만….

그래, 그랬었던가? 핫핫 핫하하…, 핫핫 핫핫핫하하….

아내도 유쾌하게 웃었다. 후훗 훗훗 훗훗후…. 언제 부부가 함께 이렇게 웃어보았던가 해졌다.

사람이 죽었다고 해서 다 나쁜 것은 아니네요.

사람이 죽었다고 해서 다 나쁜 것이 아니다? 당신이 죽었는데 나쁜 일이 아니다? 그 남자는 따지듯이 했다.

후후 훗훗후후…. 죽고 나니 이럴 때도 있지 않습니까? 아내가 웃어넘겼다. 하지만 저녁 준비는 내가 한 거 아닙니다. 당신이 그동안 살림 도우미도 없이 혼자 꾸려왔고, 현관문 전자자물쇠 열림번호를 흘린 기억도 없는 것 같고…. 참으로 갑갑하시겠습니다.

놀리지 마, 이 사람아! 문제는 열림번호가 아니야. 손맛이 문제란 말이지. 당신이 아무리 아니라고 해도, 당신일 수밖에 없는 손맛 말이야.

그건 좋을 대로 편할 대로 생각하세요. 언젠가는 알게 될 테니까. 아내가 천장을 한 번 쳐다보고 나서 소리 없이 웃었다. 콧등에 일어난 잔물결이 미간으로 밀려 올라가서 파문이 졌다. 천장 가운데는 집을 수리할 때 아내가 청계천 조명상가에 가서 직접 골라 산 등이 있었다.

아내는 여름에 담가 먹는 열무 물김치의 국물이 달곰한 것을 좋아했다. 이미 20여 년 동안 친정에서 길든 입맛이 있고 익혀온 손맛이 있을 터였다. 당연히 그렇게 담글 수밖에 없었다. 그러나 그 남자는 한 번을 먹어보더니 다시는 젓가락을 가져갈 기색도 보이지 않았다.

그다음에 담근 김치는 그 남자가 잘 먹었다. 그다음, 그다음에 담근 것도 그랬다. 그런데 그다음에 또 담근 열무김치를 상에 올렸을 때 젓가락질을 하던 그 남자는 머리를 끄덕였다. 잔뜩 술에 취해 들어와서 자고 난 아침이었다. 그녀는 김치가 이제 비로소 정말 입맛에 맞아서 그러는 줄 알았다. 그래서 그녀도 덩달아 머리를 끄덕였다. 다시 새로 담근 열무김치를 상에 올렸다. 그 남자는 전날 밤에도 만취해서 집에 들어왔었다. 한 젓가락 집어다가 입에 문 그 남자가 오만상을 썼다.

당신 입맛을 길들여보려고 네 차례에 걸쳐 그때마다 조금씩 조금씩 더 설탕을 넣어왔는데 그때 딱 걸렸습니다. 그 뒤로는 내 입맛 완전 포기하고 당신 입맛에 맞췄습니다. 그 뒤로는 단 한 차례도 당신 입맛을 거슬리지 않았습니다. 당신도 대단하지만, 나도 참 대단하지요? 아내가 마음 뿌듯해했다.

물론이요. 우리 젊은 시절의 우스갯소리로 하면, 개구리 운동장이지. 물론(물논)은 개구리 운동장이니까. 핫핫핫하…. 당신은 한번

정하면 꼭 지키는 사람이지. 우리가 결혼할 수 있었던 것도 당신의 그런 마음이 없었다면 불가능했어. 특히나 결혼생활을 유지할 수 있었던 것은 오로지 당신의 마음 덕분이었어요. 지금 생각하면 당신의 그런 마음이 도리어 원망스럽기도 하지만….

뭐예요? 당신은 지금 나와 부부로 지낸 걸 후회한단 말씀을 하고 계십니까?

아니, 아니요. 당신한테 미안해서 한 말이지. 당신이 자살 기도까지 한 덕에 우리가 결혼할 수 있었는데, 과녁도 못 맞히는 화살만 날려대는 남자였으니 하는 말이야. 핫핫핫….

우리끼린데, 말은 솔직히 하십시다. 당신은 맞히기는커녕 화살을 날리지도 못하는 남자였습니다. 후후훗, 당신 자신을 아직도 모르십니까? 그 남자는 아내가 놀리는데도 불쾌하지 않았다. 마음이 야릇했다. 아내가 말을 이었다. 천성적으로 여자 싫어하는 남자도 있고, 남자 싫어하는 여자도 있다는 것입니다. 귀신 돼보니까 알겠습디다. 우리 역사에 남아 있는 열녀문들 중에는 평생 수절한 진짜 열녀문도 있고 뒷구멍으로 호박씨 깐 가짜 열녀문도 있습니다. 이건 누구나 아는 사실이고요. 그런데 진짜 열녀문들 중에도 정말 남자가 싫어서 되레 산뜻하게 수절한 열녀문이 반이라는 것입니다. 그렇지 않다면 이 세상에 성 클리닉 병원이 왜 그렇게 많고, 또 손님 중에 여자가 왜 그렇게 많겠습니까? 성 클리닉 병원 냈다가 망했다는 의사 있다는 말 들어보셨습니까? 훗훗훗…. 결론은 우리가 천생연분이었다는 겁니다. 자살 기도까지 해서 당신과 결혼한 것이 얼마나 잘했던 일인지요. 서로가 상대를 절묘하게 택한 것입니다. 나는 귀신이 돼서도 그 일을 자랑스럽게 생각하고 지낸답니다. 우리 친정 부모님을 간 떨어지게 한 것은 죄송스럽지만요.

그 남자는 머리를 끄덕였다가 가로저었다가 했다. 아내는 그걸 유심히 보고 있었다. 사실 그때마다 그렇다는 것인지 아니라는 것인지 그 남자 자신도 확실하지 않았다. 말로 대답해 보세요. 내가 열무 물김치 담갔을 때처럼 답답하게 굴지 말라는 말입니다. 하고 싶은 말은 하세요. 그런 사람이 사업은 어떻게 하시는지? 김하나가 없었다면….

글쎄, 잘 모르겠군. 당신 말뜻은 알겠어. 당신이 왜 그런 말을 하는지도 알 것 같은데…, 지금 확실한 것은 당신 말이 맞다는 거야.

좋습니다. 그 대신에 앞으로는 내 앞에서 옛날의 나를 칭찬하지 마세요. 내가 마치 남자가 그리워서 몸이 꼬이는데도 송곳으로 허벅지를 찔러가면서 기꺼이 참고 산 여자처럼 말이죠. 나…, 맹세코 다른 남자한테 속으로 입맛 다시면서 겉으로는 내숭 떠는 그런 여자 아니었습니다.

아내는 그만 돌아갈 시간이 됐다고 했다. 아, 참! 내가 구종구 씨 찾아갔단 이야기 안 했군요. 티엉마이 씨 이야기 잠깐 들었어요. 그런데 많이 난처해하더라고요. 처음에는 나를 엄청 반가워했는데…. 그래도 틈나는 대로 찾아다니면서 노력해봐야죠, 뭐. 그분 생전에 다 못 듣는다 해도 걱정할 거 없겠네요. 이미 귀신 될 날 받아 놓은 사람이니까, 귀신 된 뒤에 만나서 들어도 되지 않겠습니까? 그럼, 안녕! 잘 주무세요. 당신 얼굴이 요즘 많이 좋아졌습니다. 환상에 빠져서 살기 때문인지….

13

 구종구는 휠체어를 탄 채로 찌르레기 울음소리가 쏟아져 내리는 벚나무 밑에 나와 있었다. 그 남자가 커피 컵과 오렌지 주스 컵을 한 손에 하나씩 들고 가까이 가자 왼쪽 눈을 찡그리듯 감은 채 웃었다.

 …짜식들! 느그덜이 뭘 알아? 정글을 길 때는 말이여, 나뭇잎 하나 떨어져 있는 것만 보고도, 풀잎 하나 꺾어진 것만 보고도 콩들이 있는지 없는지, 어디쯤 몇 마리나 있는지 단박에 알어사 써. 그래야 몸뚱이가 총알 안 묵고 대가리 그대로 들고 고국에서 기다리시는 부모님 전에 돌아갈 수 있다는 말이여. 알겠어, 짜식들아? 후참들이 보충될 때면 앞에 떡하니 버티고 서서 으스대던 건강한 그의 모습이 문득 그 남자의 눈앞을 스쳤다. 목소리도 들렸다. 그가 오렌지 주스 컵을 받았다.

"야, 고슴도치. 오늘은 어째 신수가 훤해 보인다야. 뭔 좋은 일이라도 있는 것이여? 새로 여자라도 생긴 것이냐고. 정미연 씨, 니 마누라 말이여, 니 걱정 때문에 귀신으로도 지 수명대로 다 못 살겠다고 허던디." 그가 얼굴의 표정을 풀면서 짓궂게 굴었다. "나조차도 인자는 니 걱정이 슬슬 된단께 그러네….".

"야, 멧돼지. 걱정 잡아매 불드라고. 구종구 니가 시방 내 걱정 허게 생겼냐? 여그는 전쟁터가 아닌디. 알겠냐?"

그 남자가 한 손으로 그의 귀를 잡아당기더니, 허리를 굽혀 입을 갖다 대고 그의 말씨를 흉내 냈다. 시레이션 껌을 질근질근 씹어대듯 말했다. 그가 허리를 들썩이면서 웃었다. 그의 과장된 몸짓에 맞춰 그 남자도 굽혔던 허리를 뒤로 펴면서 함께 웃어주었다. 찌르레기들이 놀라서 잠시 울음을 그치는 듯했다.

"그런디 말이여, 인자 참말로 내가 죽을 날이 잽힌 것 같다야. 어저께 밤 꿈에, 거 뭣이냐? 사단 몇 호 작전이었더라? 그 우기가 한참 지났는데도 징상스럽게 비가 계속 내렸는디 말이여…. 우리 알파팀이 꿈속에서 그 작전을 다시 한번 그대로 뛰고 있더란께. 지금도 생생허다야. 아무리 꿈이라고 해도…. 나 참, 던적스러워서. 그동안 회개헐 만큼 했다고 생각했는디, 아닌갑이여."

그의 그런 목소리는 처음이었다. 비감이라는 감정에도 입자가 있는 것인가, 안개 입자들로 흠쑥 젖어 있는 옷처럼 그의 목소리가 촉촉했다. 어딘가로 가기는 가야 하는데 그 어디가 어딘지 몰라서, 헤매고 또 헤매다가 지치고 또 지쳐 주저앉아 있는 사람 같았다.

"걱정 마! 설혹 죽는다 해도 너는 행운아야. 저승에 가면 벌써부터 사귀어 놓은 내 마누라 정미연 귀신이 있잖아? 니가 예쁘다고 한 내 마누라 말이야. 그리고 혹시나 죽었다면 티엉마이 귀신도 와 있을 것이고…. 아무튼 멧돼지 구 하사 니 새끼는 행운아야."

그는 자신이 금방 무슨 말을 했는가 하고 놀랐다. 아무리 구종구의 기분이 처져 있다고 해도 거기다 정미연의 이름을 갖다 대다니….

그런데 그 남자가 정미연에다 티엉마이까지 들이대는데도 그는 반응이 없었다. 티엉마이가 정말로 죽었다는 것인가….

그 남자는 휠체어 뒤로 가서 그를 가만히 안았다. 왠지 저절로 그렇게 되었다. 그에게, 너는 죽지 않아, 하고 말할 수는 없었다. 살아서 고향에 돌아갈 수 있어, 하고 말할 수는 더더구나 없었다. 그렇다고 내 입에서 그런 말이…, 이 멧돼지 새끼한테 정미연과 사귀라는 말을 하다니. 그 남자는 제 입을 짓찧고 싶었다. 아무리 사정이 그렇더라도 안 될 일이었다.

둑 산의 웅남 계곡과 웅라 산의 로홈 계곡에서 사단급 작전을, 12월 초부터 무려 20박 21일간의 계획으로 벌이고 있었다. 알파팀은 웅남 계곡 동쪽에 붙었다. 05시에 출정할 때도 비가 내리고 있었는데, 그 비가 첫 5일간 내내 그치지 않았다. 그리고 그치는가 했다. 진작에 우기가 끝났으니까. 그런데 기가 막히게 꼭 5일간 뜸을 들인 뒤에 다시 내렸다. 지독한 비였다.

다시 비가 내리기 시작해서, 그러니까 작전 개시 20일째였다.

이번처럼 작전 종료일을 기다린 적이 없었던 같았다. 바짓가랑이에 쏠린 양쪽 허벅지 안쪽에서 피가 배어났다. 그래도 이건 약과였다. 발은 더 심각했다. 발바닥이 불어나고 또 불어나다 못해 갈라지고 벗겨져서 사정이 말이 아니었다. 통증이 정수리까지 뻗쳤다. 그래도 기동 중에는 느끼지 못했다. 어둠에 갇혀 돗자리를 깔았을 때도, 옷은 입은 채로 빗물을 짜낼 수 있어도 정글화는 어떻게 할 방법이 없었다. 재주껏 견디는 수밖에는…. 어젯밤이었다.

겨우 엄종철이 초번 경계를 서는 것을 보면서야 판초 텐트 안에서 정글화를 벗어볼 수가 있었다. 양말을 벗는데 꼭 껍질을 벗겨내는 것처럼 아팠다. 이를 사리물고 신음을 삼켜야 했다. 도대체 어찌됐나 해서, 조심스레 손전등을 켜보았다. 두 발은 사람의 발이 아니었다. 이러다가 작전이 끝났을 때는 절단해야 할 것 같았다. 끔찍했다. 만일 어머니가 이런 꼴을 보신다면…. 참으로 엉뚱한 생각이 들었다. 코끝이 매큼해지면서 두 눈이 아릿해졌다. 야, 엄종철! 너 인마 경계 잘 서! 애먼 소리를 질렀다. 왜, 왜요? 하는 엄종철의 말을 못 들은 척하면서 이를 사리물었다. 그리고 배낭을 풀어서 비닐봉지에 담아 온 붕대와 과산화수소수 다이아진 가루 따위와 마른 양말 한 켤레를 꺼냈다. 그것들로 신속하게 두 발을 단속하는 수밖에 없었다.

그 남자는 문득 내무반의 캐비닛 윗단에 놓아둔 불상을 생각했다. 그리고 그림으로 그린 티엉마이의 편지를 생각했다. 기도한다, 무사히 돌아가도록…. 그런 뜻이었다. 그 뜻을 새삼 새겼다.

그사이에 5일마다 세 차례의 헬기 보급을 받았다. 장거리 정찰대는 20일째 아무런 전과를 올리지 못한 채였다. 한 차례 상황이 벌어진 적도 없었다. 그렇지 않아도 벌건 눈들인데, 거기에 불까지 켜고 베트콩을 찾았지만 어떻게 된 일인지 흔적조차 찾지 못했다. 이제는 서로의 눈을 마주 보지 않으려 했다. 눈빛이 거북하기도 했지만, 왜인지 무엇을 잘못하고 있는 느낌 때문이었다.

수색중대의 형편이 무전으로 날아들었다. 이동 중인 적 사살 3명에 작대기(구식 소총) 하나였다. 그것도 오늘 새벽에 올린 전과였다. 그런데 손실은 사망 2명에 부상 3명이었다. 어떻든 중대 소속이면서, 독립된 형태로 운용되는 장거리 정찰대까지 전과가 없고 보면, 중대장의 입장이 얼마나 죽을 맛인지 보지 않아도 뻔했다. 어제 석식 직후에는 팀장에게 무전으로 사정을 해왔다. 소리치거나 다그치는 것이 아니었다. 그래 봤자 아무리 찾아도 없는 베트콩을 어떻게 하란 말인가.

올해 들어서 대규모 작전을 벌이고 나면 그 결과에 실망이 컸다. 두 차례가 다 그랬다. 베트콩이 씨가 말라간다는 말도 있었지만, 그 남자가 보기에는 그것이 아니었다. 변명에 불과했다. 한국군 부대 안에서 일하는 현지인이 수백 명이었다. 당장에 수색중대에도 열 명 가까이가 됐다.

그들의 신원조회에서 문제가 없다 해서 채용했겠지만, 그걸 어떻게 믿겠는가. 월남은 도시든 농촌이든 밤이 되면 베트콩들의 세상이었다. 따로 세금도 거둬 간다는 게 그 증거였다. '통일 헌금'이라는 명목이었는데, 영수증까지 끊어 준다고 했다.

더욱이 현지인들이 밖에서 거친 일만 하는 것이 아니었다. 사무실의 정보에 접근하기 쉬운 자리에서도 일했다. 계급이 높은 지휘관의 비서나 참모부에서 행정 보조원으로도 일하고 있었다. 특히 온갖 계획서와 보고서를 만지는 타자수도 많았다. 근무처에서 퇴근한 그들이 어디 가서 누구랑 어떤 일을 하는지는 한국군 부대에서 누구도 관심이 없었다.

만일에 사단 전체의 전과가 미미할 때는 작전 기간이 연장될 수도 있었다. 그래서 5일 전의 세 번째 보급이 마지막이었다고 할 수도 없었다.

아무튼, 그날은 연대장이 헬기로 보낸 깜짝 특별식까지 아침으로 받아먹은 터였다. 그때껏 허탕이고 보니, 특식을 받아먹고 전과를 올리든지 죽든지 하라는 것 같았다. 특식은 155밀리미터 포탄피로 왔다. 그동안 물도 늘 그렇게 왔다. 포탄피 한 개에 물이 3리터쯤 들어갔다. 물을 담은 뒤에 판초 우의 조각을 주둥이에 대고 잘 묶어놓으면 10미터쯤의 상공에서 떨어뜨려도 안전했다.

그때까지 총 한 방 쏘지 않았으므로 실탄은 재보급을 받을 이유가 없었다. 그런데 다른 때보다 헬기가 떨어뜨리고 간 상자 수가 더 많았다. 시레이션 상자들은 물론이요, 그보다 높이가 두 배쯤인 비레이션 상자가 3개나 있었다. 수통들을 채울 물이라면 비레이션 상자 2개면 됐다. 보급품들을 일단 안전하다 싶은 곳으로 옮겨놓았다. 이제는 경계근무 교대를 해가면서 먼저 시레이션 상자부터 뜯어 배낭에 챙기고 나서, 비레이션 상자들을 뜯었다. 포탄피들이 많았다. 그것들을 모두 꺼내서 세워놓고 내용물을 확인하고 있었다. 헬기의 날갯소리가 하늘에서 채 사라지지 않았을 때였다. 무전이

터졌다. 중대장이었다. 연대장님께서 하사하신 특별식을 실었다. 맛있게 먹고 반드시 은혜에 보답하도록 하라. 이상. 특별식은 추가된 비레이션 상자 1개였다.

아직 따끈한 쌀밥과 소고기 월남고추 볶음…. 거기에 정말로 특별식이라고 할 만한 것이, 반드시 연대장님 은혜에 보답하겠다고 각오를 다질 만한 것이 들어 있었다. 하루나(유채)처럼 잎이 날씬한 월남 배추로 담근 김치가 들어 있었던 것이다.

그때는 작전의 마지막 날이 아닐 가능성이 그만큼 높아졌다는 사실도 깜박 잊을 정도였다. 특별식을 허겁지겁 뱃속에 우겨넣고 나자 금세 모두들 죽고 싶어 하는 얼굴이었다. 특별식으로 채운 뱃속이 걱정으로 들끓고 있었다. 무슨 수로 전과를 올릴 수 있을지…. 작전 기간이 연장되면 어쩌나…. 단지 귀국 명령이 내려올 때를 1개월쯤 남겨둔 팀장만이 시간이 갈수록 달라졌다. 연대장의 은혜에 보답하기 위한 각오 때문인지 움직임에 생동감이 더해지고 있었다. 물론 자기 자신도 전과를 올려야 미래가 있었다. 부팀장이 수류탄 폭발에 날아간 작전을 까맣게 잊은 듯했다.

팀장은 정말로 제정신이 아닌 것 같았다. 기동 중에는 기도비닉이라는 기본 수칙은 꿈속에서도 지켜야 하게 되어 있는데, 그는 곧잘 짜증을 참지 못하고 소리를 지르기도 했다. 그 남자는 그때마다 간이 타는 느낌이었다. 저 씨팔놈이, 저 개새끼가, 하는 욕지거리이 저절로 입에서 튀어나오곤 했다. 그 남자도 2개월 반만 지나면 귀국 명령이 날 터였다. 그렇다면 피차에 조심할 일이 좀 많은가. 떨어지는 빗방울 하나라도 조심해야 할 판이었다. 야, 참말로 미치겠다. 콩 새끼들은 다 어디로 숨어부렀냐? 한 마리라도 잡아야 살제, 안 그러면 우리가 먼저 죽겠다야. 첨병조장인 구종구가 걸음을 멈추는가 했더니 그 남자의 이마에 대고 중얼거렸다.

그의 입에서 시커먼 추깃물이 줄줄 흘러내리는 것 같았다. 얼굴에 빗물이 흘러내리는 데다 입에서 시궁창 냄새가 쏟아져 나오는 탓이었다. 야, 구 하사야. 정신 차리고 조장 노릇 똑똑히 해! 대원들 비행기 태워 조국에 육종반납 시키지 말고, 이 개새끼야! 그 남자가 총구로 그의 가슴을 찔렀다. 군대는 어디까지나 계급인데, 구종구는 하사로 특별진급을 한 뒤에도 병장이 된 그 남자와 예전처럼 말을 트고 지냈다. 그 남자는 그럴 만한 자격이 있다는 것이 이유였다. 입대 일자가 비슷하긴 했지만, 그 남자보다 분명한 베트남 선참이었다. 그가 병장일 때 그 남자는 상등병이었고, 이제는 하사와 병장이었다.

그가 왜 그 남자에게만 파격적이라 할 수 있는 예외를 두고 있는 것인지 아무도 이해하지 못했다. 그 남자는 알파팀에서만이 아니라 수색중대 전체에서도 소중한 사람이라는 말을 구종구가 했다. 어쩌다가 그 남자가 보리밥 속의 쌀알 하나처럼 섞여 있다는 것이었다. 그러면서도 그 남자한테는, 너는 쌀밥에 섞인 돌멩이라고 놀렸다. 잘못 씹으면 이빨이 와장창 나가게 되는 단단한 돌멩이라고 했다.

알았어. 알었단께! 이 몸도 고향에 돌아가 양화점 차려야 헐 몸이여. 걱정 붙들어 매드라고. 그는 곧 그 남자와 거리를 확보한 채 관목 숲을 헤쳐 나갔다. 바로 왼쪽에 100년은 됐음 직한 야생 망고나무 한 그루가 서 있었다. 빗줄기들이 망고나무를 두드려대는 소리가 유난히 요란했다. 잠시 정지 상태로 있던 대원들이 다시 기동했다. 양화점…. 그래, 꼭 그래라. 그는 구례 읍내 읍사무소 앞에 있는 현대양화점에 '시다'로 취직한 지 다섯 달 만에 입대 영장을 받았다고 했었다. 그런 사람이 양화점을 내겠다니… 구두 짓는 기술부터 배워야 하는 것이 아닌가 했다.

그사이 옹남 계곡을 통과했다. 437고지도 넘었다. 이번에는 772고지를 넘어야 했다. 워낙 지쳐서인지 정신은 말똥말똥한데 몸이 점점 밑으로 가라앉는 것 같았다. 오금이 꺾이면서 넘어지기도 했다. 차라리 물속에서 기동하고 있다면 편할 듯싶었다. 바지를 벗어버리고 기동하는 것이 더 나을 것 같았다. 바짓가랑이가 두 다리를 감아 당겨서 허벅지 안쪽을 깎아내지는 않을 것 아닌가 했다. 벌써부터 발바닥에서 정수리까지 찌르고 드는 통증은 느낄 수 없었다. 바짓가랑이를 잘라버린 대원들도 있긴 있었다. 이놈의 추적거리는 비, 그리고 또 비….

눈앞에 갑자기 암석지대가 기다리고 있었다. 다른 고지들에서는 보지 못한 것이었다. 경사도가 60은 넘어 보였다. 주먹보다 크거나 작은 날카로운 돌들이 50미터쯤 깔려 있었다. 언저리에 채석장이라도 있나 해졌다. 우회로는 안 보였다. 20여 미터 폭을 두고 한쪽은 절개지였고 한쪽은 깎아내린 바위언덕이었다. 대원들이 완전히 노출된 상태에서 암석지대를 통과해야 했다. 유사시에 몸을 피할 곳이 없었다. 제발 베트콩들이 앞쪽이든 어디에서 기다리고 있다가 환영해 주지 않기만을 빌었다. 만일 그런 상황이 벌어진다면 아군은 전원 손실이었다. 그런데도 팀장은 돌아설 의사가 전혀 없어 보였다. 구종구와 황덕수, 엄종철은 첨병조였다. 앞장서야 했다.

경사가 심한 데다 빗물 때문에 미끄럽기까지 해서 네발로 기어가고 있었다. 그나마 돌들이 비에 젖은 덕에 밟히고 깔려도 소리를 속으로 삼켜주어서 다행이었다. 총을 꼬나들 수도 없었다. 구종구 혼자서 낮은 포복이든 철조망 통과든 재주껏 앞으로 나가면서, 총을 안았다가 끌었다가 했다. 그 남자는 그의 안전을 확인하기까지 개구리처럼 납작 엎드려서 엄호하는 수밖에 없었다. 그 다음에 그 남자와 엄종철이 움직였다. 천산갑 두 마리가 새끼 한 마리를 뒤에 달고 유유히 앞으로 지나갔다. 마치 철갑을 전신에 두른 듯한 그것들이 저만치 멀어질 때까지 그 남자의 눈길이 끌렸다.

대원들이 모두 암석지대를 통과하는 데에 한 시간이 넘게 걸렸다. 대원들 누구나 손등이며 손바닥에서, 팔꿈치에서 빗물에 섞인 핏물이 줄을 긋고 있었다. 그래도 어쩔 수가 없었다. 가랑이 속의 무릎도 무사할 수가 없었다. 이제부터는 관목지대였다. 암석지대가 능선까지 이어질 줄 알고 있었던 터여서 그래도 저마다 안도의 한숨을 내쉬었다.

숲속에 길이 나 있었다. 비에 씻겨갔어도 사람이 다닌 지 얼마나 됐는지 판단할 수 있었다. 바닥이 얼마나 평평한가, 번들거리는가, 가장자리에 자란 풀들의 상태가 어떠한가를 보면 알 수 있었다. 가장자리에 밟혀서 상처 난 풀들이 있었다. 최근까지도 사람이 지나다닌 길이었다. 그렇다면 어디엔가 베트콩들의 근거지가 있다고 봐야 했다. 암석지대를 천연의 방어벽으로 이용할 수 있었다. 어쩌면 팀장의 욕심이 일을 낼 수도 있을 것 같았다.

앞서가던 구종구가 가라앉듯 왼쪽 무릎만 세운 채 몸을 낮추는가 했는데 휘파람새가 울었다. 길게 한 번, 짧게 세 번…, 이렇게 세 차례 되풀이됐다. 정지하고 주의하란 신호였다. 그가 앉은걸음으로 조심스럽게 전진하고 있었다. 2, 3미터씩 거리 유지를 하고 있던 터라 더 벌어지면 후미에서 자칫 앞을 놓칠 수도 있었다. 따라붙었다. 다시 다급하게 휘파람새가 울었다. 정지신호였다. 이번에는 바짝 엎드렸다. 팀장이 앞으로 나왔다.

가시대나무들이 길게 군락을 이루고 있었다. 폭이 4~5미터쯤에 길이가 20미터쯤이나 됐다. 대나무가 잘되는 나라이니 그만한 야생 가시대나무밭이 없을 수 없었다. 첨병조는 그곳을 경계만 하면서 지나치지 않았다. 구종구의 잘 벼린 눈길이 그 안으로 파고들었다. 그 너머를 본 것이었다. 안에 카사바 밭이 숨어 있었다. 50평은 돼보였다. 얼핏 초여름의 해바라기밭처럼 보였다. 고구마같이 길쭉길쭉하게 생긴 카사바의 뿌리를 밥 대신에 날로 먹기도 하고, 익혀 먹기도 한다는 것이었다. 그 건너에는 작은 파인애플밭도 있었다. 밑에는 자그마한 담배밭도 보였다. 남자들이 살고 있다는 뜻이었다. 쉼 없이 추적추적 내리는 빗속에서 그것들은 한껏 싱그러웠다. 파인애플 향이 그 남자의 코끝에 감기는 듯했다. 이 판에 입에 침이 고이다니. 그 남자는 자신이 퍽이나 한심하다는 생각을 했다. 아무리 귀한 과일이라도 그렇지, 쯧쯧쯧…. 한국에서는 파인애플과 바나나가 매우 특별한 과일이었다. 그 남자도 전쟁터에 와서야 구경한 것이다.

이곳에서도 파인애플은 바나나와 달리 흔해 넘치는 과일이 아니었다. 꼭 파초처럼 생긴 바나나 나무는 한국의 시골 마을 감나무처럼 집마다 몇 그루씩 있었다. 물론 따로 농장도 있었다.

그런데 이해가 되지 않았다. 영문을 알 수 없었다. 이 정도라면 암석지대를 통과하는 동안에도 낌새를 챌 수 있었다. 아무리 천연요새라 하더라도 이토록 무방비할 수는 없었다. 어디선가 경계근무자가 눈을 번득이고 있어야 했다. 또 저 안에 베트콩들의 근거지가 있다면, 그곳에서는 특유의 냄새가 바람을 따라 퍼지기 마련이었다. 노린내가 섞인 퀴퀴함이었다. 바람이 거꾸로 불지 않는 한 1킬로미터 밖에서도 맡을 수 있다고 허풍을 떨어댈 정도였다. 그러니까 줄곧 퍼붓고 있는 이놈의 비 때문에 냄새가 지워진 것이다. 거기에 팀장의 욕심이 있어서 알파팀은 어느새 이해되지 않는 위험지대에 접근해버린 셈이었다.

지금까지의 정황으로 보아서 어쩌면 아지트가 있다 하더라도 모두 피신해버린 뒤일 수도 있었다. 제발 무슨 사정이 생겨서 한국군 부대에서 새나간 정보가 특별히 이곳까지는 닿지 않았기를 바라는 수밖에 없었다.

14

　쩌어그 쩌어것…. 구종구가 그 남자 곁으로 미끄러져 들어왔다. 그 남자의 귀에 대고 숨죽여 말했다. 그의 왼손이 10미터쯤 전방을 가리키고 있었다. 부비트랩의 인계철선이었다. 하나가 아니었다. 지그재그로 세 개나 깔려 있었다. 머리카락같이 가는 철사들을, 숨겨놓은 폭발물의 안전핀과 연결해서 발목 높이로 팽팽하게 쳐놓은 것이었다. 기동 중에 발견하기는 여간 어려웠다. 한 개도 아니고 세 개라면 누군가의 발목에 하나는 영락없이 걸릴 테고, 동시에 폭발이 일어나면서 그야말로 단체로 목숨을 날릴 판이었다. 그것들이 주간 경계근무를 대신하는 모양이었다.

　그런데 고맙게도 내리는 비가 그 가는 철사에 물방울들도 맺혀서 눈 좋은 구종구에게 딱 걸린 것이다. 마치 공중에 쳐놓은 거미줄에 내리는 이슬이 걸려서 비로소 그 존재를 드러내듯이….

지겹게 내리는 비 덕을 볼 줄이야. 아까 암석지대를 통과할 때도 돌들의 소리를 죽여서 도와준 것이다. 이런 일도 있구나 했다.

구종구가 그 남자의 등을 두드렸다. 같이 가서 처리하자는 것이었다. 사실 그들의 임무는 아니었다. 6조가 위생, 폭파, 유탄 담당이었다. 엄종철이 두 사람을 번갈아 보고 있었다. 그 남자는 망설일 수 없었다. 구종구가 앞장서서 낮은 포복으로 다가갔다. 둘은 뒤를 따랐다. 배낭은 진작에 벗어버렸고 총만 들고 있었다. 먼저 그가 인계철선 하나를 맡았다.

구종구는 먼저 철선의 끝을 찾았다. 나무에 묶여 있는 철선은 손톱깎이로 끊는 것이 최선이었다. 자신이 개발한 특별한 기술이라 했다. 그래서 그 기술로 한번 으스대보자는 수작이었다. 손톱깎이의 입에 기다리고 있는 음식을 먹이듯, 철선을 밀어넣었다. 누름쇠의 끝을 누르려는데 엄지손가락이 바르르 떨렸다. 툭! 성공이었다. 다음에는 철선을 따라 그것이 뻗어 나온 폭발물을 찾아가면 됐다. 역시 수류탄이 이어져 있었다. 거기서 다시 철선을 끊었다. 툭…! 대검을 뽑아 작은 나무를 베어 그곳에 거꾸로 꽂아서 표시했다. 끝이었다. 그런 식으로 또 한 개는 그 남자가 처리했고 또 하나는 엄종철이 처리했다. 셋은 배낭을 찾아 다시 걸머졌다. 순간 들리지 않던 빗소리가 다시 들리기 시작했다.

그다음에는 안전줄이었다. 그 남자의 머리가 확 달아오르면서 터질 것 같았다. 안쪽 가까이에 베트콩들이 떼로 있다는 증거였다. 물론 작전 정보가 닿았을 경우로 보였다. 결코 몬타나족이 아니었다. 칡넝쿨로 이은 줄을, 풀밭 속 여기저기에 대나무 도막을 박아 그물

망처럼 깔아 놓은 것이었다. 대원들이 용케 부비트랩 인계철선을 발견해서 그것을 제거하고 통과한다면, 안전줄이 발목에든 어디든 걸리게 돼 있었다. 이때 줄이 당겨지면서 어디쯤의 줄끝에 매달아 놓은 빈 깡통 같은 것들이 놀라서 비명을 지르게 돼 있었다. 이제부터는 낮은 포복으로 속도를 내야 했다. 적이 알아차릴 기회를 주지 말아야 했다. 벌써 대원들은 배낭을 진 채로 무논의 미꾸라지처럼 요리조리 안전줄을 우회해서 앞으로 나가고 있었다. 제거하는 것이 하책이었다. 피해 가는 것이 위험부담을 줄일 수 있는 상책이었다. 오르막인데도 모두가 가볍게 움직였다. 발바닥이 찢어지고 무릎과 팔꿈치가 깨졌더라도 이미 남의 일이었다. 그 남자는 구종구와 몸이 이어진 듯 뒤에 바짝 붙어서 움직이고 있었다. 귀국 명령이 내려올 날이 고작 두어 달밖에 남지 않았다는 생각도 없었다.

능선이 10미터쯤 전방에 있었다. 팀장이 대원들을 앞으로 불러 올려 옆으로 벌려놓았다. 당연히 첨병조 3명이 먼저 나란히 능선에 올라붙었다. 누가 먼저라고 할 것 없이 들었던 머리를 바닥에 처박았다. 그 남자는 흙탕 속에서 살짝 눈을 들어 앞을 살폈다. 머리를 다시 처박기 전에 잠깐 본 것들이 거짓인 것 같았다. 잘못 본 것 같기도 했다. 능선 너머 100미터쯤이었다. 거기서 안전줄이 사라져버렸다. 스무 평이나 될까 한 참대나무밭이었다. 그 속의 참대나무 한 그루를 골라잡아 안전줄을 팽팽하게 묶어 놓았을 터…. 그 대나무에 시레이션 빈 깡통들을 무슨 열매들처럼 달아놓았을 터…. 깡통들 속에 숨은 작은 돌멩이들이 바짝 긴장하고 있을 터…. 워메! 저 새끼덜…. 구종구가 앞장서서 밑으로 밀고 내려가면서 내뱉는 욕지거리에 활기가 넘쳤다. 구종구처럼 유능한 첨병조장이 있기에 얼마나 다행인가. 자칫 그 깡통들이 옆구리 차인 강아지들처럼 비명을 질러대기라도 했더라면 어쩔 뻔했는가. 그 남자도 급하게 앞으로 미끄러져 내려갔다. 착각인가. 줄기차게 쏟아지던 빗줄기들이 약간 숨을 죽이는 듯했다.

신기했다. 그 남자의 머리에, 머리에 달린 두 귀에, 마치 꺼져 있던 라디오를 다시 켠 것처럼 갑자기 사람들의 말소리가 걸렸다. 앞쪽이었다. 분명히 월남인들이었고 남녀가 시시덕거리는 소리였다. 구종구가 손가락으로 참대나무밭을 가리켰다. 그 안에 사람들이 있다는 뜻이었다. 남녀가 경계를 서고 있는가? 그런데 저렇게 떠들어대? 구종구의 손가락 끝을 따라가던 그 남자가 돌처럼 굳어졌다. 동시에 바닥에 얼굴을 묻었다. 그새 팀장이 구종구 곁으로 와서 붙어 있었다. 정보가 와서 닿지 못한 것이 분명했다.

대나무밭의 10시 방향 50미터 지점에 막사의 지붕이 마치 너럭바위처럼 깔려 있었던 것이다. 그 밑에 언덕을 의지해서 지어놓은 막사가 있음이었다. 지붕에 칡넝쿨을 올려 위장을 해놓아서, 눈이 밝지 않으면 지나칠 수도 있을 터였다. 그리고 그 앞에 서 있는 커다란 망고나무의 잎사귀들 사이에 숨어 있는 기관총좌. 걸렸다 하면 1개 중대 병력쯤은 간단히 작살낼 수 있는 요새였다. 날마다 비가 쏟아진 데다 한낮이서인지 기관총좌가 비어 있었다. 다행 중 다행이었다. 뭔가 될 것 같은 예감이었다.

구 하사가 대나무밭으로 들어가서 남녀를 제압한다. 황덕수와 엄종철은 대나무밭 입구로 이동해서 구 하사를 엄호한다. 나머지는 황덕수의 신호를 기다렸다가, 나를 따라 10시 방향의 막사 쪽으로 진입한다. 팀장의 지시가 떨어졌다. 첨병조는 개구리를 쫓는 코브라처럼 대나무숲을 목표 지점으로 기었다.

오른손에 대검을 뽑아 든 구종구가 배낭도 총도 그 남자에게 맡긴 채로 대나무숲 속으로 스며들었다.

채 5분도 지나지 않았다. 3분쯤이나 지났을까, 구종구의 휘파람 새가 울었다. 남녀를 제압하고 신호를 보내는 것이었다.

길게 길게 길게 아주 길게…. 횟휘ー, 횟휘ー, 횟휘ー, 쿄요옷. 횟위윗ー, 횟위윗ー, 횟위잇ー, 쿄요옷…. 유유하게 잘도 울었다. 그 남자가 완수신호를 보냈다. 진입 개시였다. 팀장이 허리를 바짝 꺾은 대원들을 이끌고 대나무숲을 비켜 막사 지붕 쪽으로 급하게 접근하고 있었다.

구종구가 들어갈 때와는 달리 허리를 조금 굽힌 채 대나무숲에서 나타났다. 여유 있는 모습이었다. 그는 막사 지붕 쪽으로 이동하고 있는 대원들을 곁눈질하면서, 그 남자를 향해 이마를 들썩였다. 어엉! 홋흐홋홍…. 연놈들이 말이여, 한바탕 붙을라고 말이여, 콩새끼가 콩년을 끌어안고 말이여…. 입을 쪽쪽 맞춰 쌓다가 말이여…. 콩년 응애 밑으로 손을 집어 넣을라는 참이었단께. 홋흐홋홍…. 그런디 뭔 정신이 있었겠어? 독이 바짝 오른 청사들이 달라들어 열 발구락을 다 물어대도 모를 판이제. 내가 말이여, 콩새끼의 등짝에다가 대검을 콱 박아부렀어. 나자빠지는 것을 다시 한번 가슴팍에다가 콰악…! 그것들이 뒈질라고 환장을 했제. 서라는 경계는 안 서고 뭔 놈의 연애질이여…. 그런디 말이여, 어째 오늘 대운이 터질 것 같다야. 쪼끔 있다가 내가 꼭 대붕을 잡을 것 같은 맴이 든단께. 기대하시라, 개봉 박두!

먼저 발사기에서 유탄이 날아가 터졌다. 지붕의 중앙에 한 방, 곧이어 양쪽에 한 방씩 날렸다. 잇대어 폭음이 일어나면서 먼지와 잔해들이 사방으로 날아올랐다. 그렇게 안에 있을지 모를 베트콩들을 뒤흔들어 놓았다. 그리고 대원들이 급격히 거리를 좁히면서 수류탄을 투척했다. 지붕이며 그 너머에 좌우에 수십 발이 날아가서 폭발했다. 막사의 후면이 언덕에 감춰져 있고, 전면은 눈에 보이지 않는 상황에서 파괴력이 큰 공격 무기를 쓴 것이다.

그리고 일시에 좀 더 다가들어 일제사격이었다. 그야말로 콩 볶듯이, 방아쇠를 당기는 대원들도 정신이 없을 정도로 쏘아댔다.

막사는 진작에 부서져서 뒤집혔고 빗줄기들 속으로 조각이 나고 깨진 것들이 날아올랐다. 첨병조는 막사의 후면에 집중공격을 퍼붓고 있는 대원들을 옆으로 지나쳤다. 외길로 보이는 막사의 우측을 돌아 내려가면서 끊어서 연발 사격을 하고 있었다. 대원들의 집중공격 속에서 밖으로 튀어나온 베트콩들을 잡자는 것이었다. 구종구의 생각을 좇은 것인데, 적중했다. 한 명, 또 한 명, 그리고 두세 명이 부상을 입었는지 어쩐지 앞마당으로 나오는 참이었다.

그때 그 남자는 무심코 한 명 또 한 명을 조준사격으로 나자빠지게 하거나 쓰러뜨렸다. 그러니까 버젓이 두 눈으로 보면서 죽였다. 분명히 그렇게 눈이 기억하고 머리가 인식하고 있었다. 무심코든 반사적이든 본능적이든 상관이 없었다.

물론 구종구도 엄종철도 서너 명을 쏘아서 쓰러뜨렸다.

막사에서는 어디에서도 아무런 저항이 없었다. 그래도 사격은 한 동안 계속되었다. 어차피 이럴 때 소모하라는 실탄이 아니던가. 비에 젖은 실탄을 남겨 가져가면 금세 퍼렇게 녹이 슬어서 귀찮은 일만 생겼다. 결국은 숲에 버려야 했다.

그렇게 서 있던 막사가 지워져버렸다. 이제는 비가 사력을 다하는 것처럼 거세게 내리고 있었다. 전과를 확인할 시간이었다.

깨지고 부서져서 조각조각이 날아가고 남아 있는 잔해 속에서, 찢어지고 끊겨나간 시체들이 드러났다. 아니, 잔해와 섞여 있는 시체 조각들을 추려냈다. 그러다가 그도 귀찮아서 머리만 찾아냈다. 크게 중요하지 않지만 사살자 수를 헤아리기 위해서였다. 부상자는 없었다.

그래도 막사에서 밖으로 뛰쳐나올 수 있어서 사지가 온전한 편인 시체들로, 앞마당에 누워 있는 시체들로 그 남자가 다가가고 있었다.

그때 누군가 그의 명치를 주먹으로 내질렀다. 그 남자는 숨을 쉴 수가 없었다. 새끼야, 정신차려! 여그는 전쟁터여…. 감상은 곧 죽음이란께! 구종구였다.

그는 그 남자의 허리춤을 잡아끌었다. 그러더니 막사로 내려오는 길 옆에 있는 망고나무 밑에다 밀어붙여 놓았다.

베트콩 사살자가 총 18명이었다. 여자 7명이 섞여 있었다. 그 꼴이 도무지 사람 시체라고 할 수도 없는 것도 많았다. 핏덩이로 흩어져버린 것이다. 그래서 머릿수만 셌다. 사살자 수보다 더 중요한 것은 획득한 병기였다. 박격포 1문, 소제 기관총 1정, 소제 권총 1정,

M16 소총 2정, AK 소총 2정, 단발식 소총 9정. 그 밖에도 실탄 몇천 발, 수류탄 몇십 발 따위의 엄청난 노획품들이었다. 사실 M16 소총은 미군과 한국군과 월남군에 지급된 것인데, 그들이 갖고 있었다. 수류탄도 미제가 많았다.

그 남자는 어이가 없고 공허했다. 아무 생각이 나지 않았다.

21명이나 되는 병력이 왔고, 예정된 사단 작전 기간 20일을 다 써서 올린 대단한 전과였다. 모두가 차마 사람으로서는 견딜 수 없는 고통을 견디고 견디느라 온몸이 만신창이가 됐는데도, 벌건 두 눈에 불까지 켜고 왔었다. 그랬으니 적의 아주 강한 저항이 있었어야 했다. 당연히 아군도 얼마간의 손실을 봤어야 할 것 같았다.

전투는 반드시 이겨야 했다. 그러면 좋은 일이긴 했다. 그러나 한 쪽만 아주 박살이 나버렸다는 건…. 그 남자는 두 눈으로 보면서 두 명을 사살했다. 그 남자는 머리를 저었다. 아니 끄덕였다.

팀장은 대대 상황실로 성급하게 무선을 날렸다. 너희 알파팀은 주월 한국군의 최고 영웅들이다! …나광덕 팀장! 너희 수색중대 알파팀은 대한민국 국군의 향도들이다! 수고했다. 참으로 장하다! 30분 내에 현장을 정리하고 노획물과 함께 지정한 지점으로 이동한 뒤에 헬기를 기다리라는 지시가 뒤따랐다. 곧 헬기 착륙 예정 지점인 CH 지도의 좌표가 무전으로 날아왔다. 마침내 철수였다. 부대 귀환이었다.

당연한 일인 것처럼 베트콩들의 조각 난 시체들은 그대로 버려두었다. 누구라도 흙 한 줌 뿌려줄 생각조차 없는 것 같았다. 그 위에 빗줄기들만 아귀처럼 쏟아졌다. 팀장은 마치 당장에 장군으로 특별

승진을 보장받기라도 한 것처럼 흥분했다. 이 대원 저 대원을 껴안으면서 소리소리 질러대더니, 여기저기에 소총을 난사하기도 했다. 게다가 한껏 허세까지 부렸다. 이만한 규모의 베트콩 아지트라면 어디에 술항아리가 있을 거다. 술항아리를 찾아라! 팀장이 소리쳤다. 더불어 흥분한 대원들이 조각조각 무너져 내린 막사의 잔해물을 이리저리 헤집기 시작했다. 시체 조각들이 거기에 섞여 있다가 나타났지만, 누구도 아랑곳하지 않았다.

부엌이었던 곳으로 보이는 데서 벽에 기대 놓은 둥근 나무통 세 개가 나타났다. 영락없이 오래전에 한국에서 쓰던 막걸리 통같이 생긴 것이었다. 마개를 뽑자 술이었다. 대원들이 환호성을 올렸다.

그 남자는 망고나무 밑에 두 다리를 뻗고 앉아 있었다. 울기라도 하고 싶은데 눈물이 나오지 않았다. 그저 목이 타들어서 입을 헤벌리고 있었다.

팀장부터 시작해서 통째로 돌려가며 마셨다. 경계를 서고 있는 대원들도 빠지지 않았다. 저거 저거, 럼주다. 한국에서는 짱깨들이 파는 빼갈이란께. 구종구가 히죽히죽 웃었다. 그 남자는 불안했다. 야, 고슴도치. 너는 절대로 마시지 말어! 사주경계도 제대로 안 서고 있은께. 잔적이 어디 숨었다가 막대기(소총)를 휘둘러대면 우린 다 죽은 목숨이란께. 우리 조라도 정신 차려야 쓴께. 엄종철이허고 너는 무조건 그 자리서 사주경계를 서라고. 전에 우리 부팀장도 사주경계만 철저히 했으면 안 죽었단께. 그때는 팀장이 욕심에 눈이 어두워서 당한 것이여. 그 남자는 술을 좀 마셔보기라도 할까 하던 참이었다. 엄종철은 눈치를 보고 있는 참이었고…. 그런데 구종구

171

가 그 남자의 허리춤을 다시 잡아끌어 아무도 없는 언덕 위에다 세워놓았다. 엄종철도 뭐라고 투덜거리면서도 두 사람을 따라 곁에 서서 총을 꼬나들었다.

귀국이 얼마 남지 않았다는 생각이 퍼뜩 떠올랐다. 조금 전까지도 하얗게 날아가버렸던 생각이었다. 걱정 잡아매, 새끼야! 내가 이 판에 미쳤다고 술을 마시겠어? 멧돼지 니 걱정이나 해라! 그 남자가 시치미를 뗐다.

째깐만 기다려봐…. 나는 따로 볼일이 있단께로. 아무리 전과를 태산같이 올려봐야, 우리 같은 쫄병한테 뭔 소용이 있겠냐. 뭔 말인지 알겠지? 그 남자는 구종구가 지금 노리는 것이 무엇인지 금세 알아차렸다. 모두가 흥분한 데다 술까지 마시면서 거들먹거리는 판에, 한바탕 이곳저곳을 뒤져볼 속셈이 분명했다. 쪼끔 있다가 내가 꼭 대붕을 잡을 것 같은 맴이 든단께. 기대하시라, 개봉박두…! 그가 아까 한 말이 귓가에 되살아났다. 구종구가 팀장한테 다가갔다. 그를 본 팀장이 어깨에 팔을 둘러 껴안았다. 첨병조장에 대한 칭찬이었다. 구종구가 팀장의 귀에 대고 무슨 말인가를 했다. 턱으로 대나무숲을 가리켰다. 잠시 정지 동작이 됐다가 풀린 팀장이 왼손에 든 소총을 흔들거리면서 슬금슬금 참대나무숲 쪽으로 가고 있었다. 대원들이 떠들어대는 소리에 장대비 쏟아지는 소리…. 그가 따라갔다. 대원들은 거기에 관심이 없는 듯했다.

역시 그 남자가 생각했던 대로였다. 구종구는 팀장을 뒤따라 잠깐 참대나무숲에 들어가는 것 같더니 곧 되돌아와서 그 남자의 곁에 섰다. 입가에 배시시 웃음을 배어 문 채였다. 그리고 10분쯤 지났을까. 알파팀, 알파팀!. 팀장이 대원들을 소리높여 부르고 있었다. 참대나무숲의 밖에서였다. 느긋한 몸짓과 늘쩍지근한 목소리였다. 사고가 난 것은 아니었다. 대원들이 와아 몰려가는 것을 볼 수 있었다.

그 남자는 저들이 구종구가 상황 초기에 해치웠다는 그 남녀 때문인가 했다. 그래서 가지 않았다. 그런데 좀 이상했다. 그쪽에서 누군가가 줄을 서라고 소리치는 것 같았다.

고슴도치, 너는 엄종철이랑 거그서 이탈하지 말고 경계를 서란 말이여. 그는 둘에게 다시 한번 못을 박았다. 불만스럽지만 따르자 했다. 조장은 가장 가까이 있는 상급자였다. 지금껏 그가 작전 중에 그 남자에게 한 말 가운데 틀린 말이 없었던 것이다. 더욱이 현재 상황을 판단하기에도 맞는 말이었다. 팀장이 앞장서서 팀을 엉망으로 만들고 있었다.

황 병장님…. 황 병장님 아까 조준사격한 것 맞지요? 그래서 베트콩 죽는 것 눈으로 봤지요? 그 남자는 엄종철을 홱 돌아보았다. 나는 지금 죽겠습니다. 내가 최소한 두 명은 죽였습니다. 지금까지 작전 따라다녔지만 그런 경우는 없었습니다. 황 병장님은 괜찮습니까? 그 남자가 엄종철에게 다가들어 느닷없이 조인트를 깠다. 엄종철이 악! 소리를 내뱉으며 주저앉았다. 이 자식아, 여긴 전쟁터야! 안 죽이면 내가 죽는다고…! 그 남자는 거기서 돌아섰다.

그 남자가 어떻게 그런 반응을 보였을까. 화가 불끈 솟았기 때문이었다. 꼭 후참자에게 제 속마음을 들킨 것 같아서였다. 엄종철, 너! 경계 안 설 거야? 빨랑 일어서지 못해! 정강이를 감싸안고 있던 엄종철이 일어섰다. 총을 꼬나들고 경계에 임했다. 그 남자는 속으로 자신에게 말했다. 우리가 베트콩 사살한 것이 처음이냐고? 그동안 뛴 작전이 몇 번인데…. 상황이 발발하면 총을 들입다 갈겨댔잖아. 보면서 사살한 것만 사살한 건가? 안 보고 사살한 것은 사살한 것이 아닌가….

도대체 참대나무숲에서는 무슨 일이 벌어지고 있는 것인가. 대원들이 몇 명씩 안으로 들어가는가 하면 어쩌다 한 명씩 밖으로 나왔다. 그때서야 그 남자는 비로소 아하, 했다. 그거로구나…. 구종구가 한 말이 있었다. 콩새끼가 말이여, 콩년을 끌어안고 말이여, …내가 콩새끼 등짝에다 대검을 콱 박어 부렀어. 그때 여자 베트콩을 어떻게 했다는 말은 없었다. 아니야, 아니야. 그 남자는 머리를 저었다. 어떻게, 그럴 수가 있겠는가. 저 많은 수가…. 아무리 전과에 흥분하고 저마다 독주에 정신이 알딸딸해졌다 해도, 저 많은 숫자가…. 더구나 팀장이 앞장서서…. 속이 들끓어 오르면서 입에 쓴 물이 고였다.

이때 언제 와 있었는지 구종구가 그 남자의 탄띠를 잡아 올려 우악스럽게 끌어갔다. 그 남자는 뿌리치지 못했다. 힘이 없었다. 야아, 고슴도치. 너 이리 좀 와바라잉. 열에 들뜬 목소리였다. 순간 그 남자의 눈이 번쩍 뜨였다. 그가 열어놓은 탄통 안에 돈이 가득했다. 거기에도 빗줄기들이 쏟아졌다. 그가 몸을 떨어대고 있었다. 그의 얼굴에도 빗줄기들이 내리꽂혔다. 베트남의 피아스타화가 대부분이었지만 미국의 달러화도 꽤 됐다. 이것저것 동전들도 있었다. 그들의 공금이었던 것 같았다.

그는 두 어깨에 빗겨 맨 탄입대에서 빈 탄창들을 빼내서 버렸다. 그리고 먼저 달러화를 다음에는 피아스타화를 불룩해지도록 접어 넣었다. 그러고 나니 감쪽같았다. 그 남자에게는 남은 동전들을 주었다. 그 남자는 그것을 손을 휘저어 털어냈다. 정말 재수가 없을 것 같아서였다. 겁이 나기도 했다. 그가 재미있는지 히죽히죽 웃었다.

저것들이 시방 뭣허는 줄 알겄냐? 시방 꽁까이 회식허는 것이란 께. 아까 내가 콩년을 안 죽이고 대나무에 묶어놨은께. 어쩐지 죽이기가 아깝드란께. 그의 목소리가 떨려 나왔다. 암만해도 팀장 저거 저 완전 돌아분 것 같다. 저 혼자만 조용히 끝낼 것이제. 어째서 저렇고 미쳐서 나대는지 모르겄다야. 나는 그 덕에 대붕을 잡었은 께 좋았지만 말이여…. 야, 고슴도치! 나 한번 잘 봐봐라! 아까허고 는 훨씬 달라졌을 것이여. 월남 와서 전쟁판에 돌아댕기다 본께 완전히 도통해분 것 같구만잉…. 아까 참에 내가 머시라고 허디? 내가 꼭 대붕을 잡을 것 같다고 허디, 안 허디? 그 남자는 머리를 끄덕였다. 또 가로저었다. 그때 그 남자는 그의 주도면밀함과 교활함에, 그리고 집념에 진심으로 감탄했을 것이다.

어떻든 그 작전이 황덕수 병장과 구종구 하사가 알파팀 장거리 정찰대에서 참가한 마지막 작전이었다. 첨병조에서는 엄종철 상병 이 월남 전쟁터에 혼자 남게 된 것이다.

"그때 나는 참말로 운이 좋았던 갑이어야. 지금 생각해도 그때 내가 헌 짓이 하도 아슬아슬해서 발바닥에 땀이 나는 것 같은디. …워 떻게 인간이 그런 짓들을 헐 수 있었는가 해져야. 그래서 내가 너한테 그 꼴을 당했는지도 모를 일이제…."

"그때, 니가 팀장을 죽인 셈이지."

헬기 착륙지점으로 이동하던 중에 팀장이 부비트랩에 걸려서 목숨을 잃고 말았다. 전사자가 돼버린 것이다. 두 다리가 날아가버린 너덜너덜해진 몸통 밑으로 피가 무섭게 쏟아졌다. 툭 끊어져 나간 두 다리는 저만큼 있었는데, 정글화를 신은 그대로라는 것이 참으로 엉뚱했다. 꼭 버려두고 온 베트콩 시체들 속에 있었던 듯한 모습이었다.

판초에 시체 조각들을 주워 모아야 하는데, 부팀장인 이 중사조차도 후참이어서인지 얼른 손이 가지 않는 눈치였다. 그런데 부비트랩에 당한 경우가 팀장뿐이 아니었다. 부비트랩이 하나가 아니었던 것이다. 유탄병인 전명수 상병의 시체도 함께 흩어져 있었다. 순식간에 가던 길이 피밭이 되었다. 인력 손실이 2명이었고 부상이 5명이나 된 것이다.

그 남자는 금세 후회했다. 지금은 그 일을 입에 올릴 때가 아니었다.

"그것이 아니여! 팀장이 부비트랩에 걸린 것은 참대나무숲에서 그런 짓을 했기 때문이 아니란 말이여…! 흥분해서 규정을 지키지 않았기 때문이란께. 작전지역에서 척후도 제대로 세우지 않고 앞장서서 헬기 착륙지점으로 이동하다가 당한 거였은께. 그때 우리는 대열의 맨 뒤에 있었구만. 술 취헌 대원들이 비틀거리고, 뛰어댕기고…. 난리법석도 아니었단께! 나도 너도 엄종철도 그때 살아남은 것은 같이 설쳐대지 안 했기 때문이었단께. 고슴도치, 니가 그것을 몰라서 나한테 그런 말을 허냐?"

그는 강하게 항변했다. 그 남자는 죽어가는 사람한테 어쩌자고 그런 말을 뱉었는가 하고 후회했다.

"아니여, 아니란께! 금방 내가 헌 말은 거짓말이여…. 그때 대형을 지어 이동했드라면 죽음이 내 몫이었는디 팀장이 가로챈 셈이란께. 내가 슬쩍헌 돈을, 그것도 큰돈을 갖고 있지만 않았어도, 틀림없이 팀장을 말렸을 것이여. 니 말이 맞어! 내가 팀장을 죽인 것이여…. 그건 확실허단께. 사실은 살면서 자꾸만 그 일이 생각나더란께. 참말로 첨병조가 운이 좋았던 것인가, 아니면 내가 나만, 우리 첨병조만 살자고 직무태만을 했던 것은 아닌가? 정확히 허면 직무태만이었단께."

그가 금세 말을 바꿨다.

"야, 멧돼지! 임마, 그거야 당연하지. 니가 생각했던 대로 그 돈으로 양화점을 냈다면, 그리고 거기서 번 돈으로 먹고살았다면 더더욱 그 일이 계속 따라다닐 수밖에…. 그런데 언제부터인가 나는 이렇게 생각했어. 사실 그 돈, 니가 슬쩍한 것 아니다. 주워온 것이다. 니가 개인적으로 노획한 것이었다고…. 아무도 관심이 없었잖아? 정확히는 버리고 올 것을 주워온 것이라고오."

그 남자도 사실은, 나도 그래. 그때 일들이 지금까지 따라다녀. 틀림없이 죽을 때까지 따라다닐 거야, 하고 말끝에 붙이고 싶은 심정이었다. 그런데 엉뚱한 말을 하고 있었다. 어쩌면 그 남자가 자기 자신에게 하는 말인 것도 같았다.

"그리고 팀장과 대원들이 당한 것은 너 때문만이 아니야. 내 대신이기도 했어. 첨병조에서 너와 나는 기동 때 서로 앞서거니 뒤서거니 해오지 않았는가 말이야. 거기다 서로의 간격이 2~3미터였어. 그러니까 니가 그때 첨병조로 앞장서서 가고 내가 뒤따랐다고 해도, 혼자만 살 수 없었어. 엄종철은 살았겠지만, 너와 나는 동반 사망했을 것이라고…."

그 남자는 말을 아주 돌려보려고까지 했다.

"웃기지 말드라고. 첨병조장이 그렇다고 허면 그런 것이여! 겁대가리 없이 뭔 말이 그러코롬 많냐? 알겄냐? 그러고 어디까지나 슬쩍헌 것은 슬쩍헌 것이여, 죽인 것은 죽인 것이고…. 그래서 인자 내가 죽는다고 생각헌께 차라리 맘이 편하다야."

그 남자는 문득 자신이 한심하기 짝이 없는 사람이라는 생각이 들었다. 죽을 날짜를 받아놓은 사람하고 지금 무슨 시비를 가리겠다는 건가 해서였다.

"무슨 그런 말을… 이러면 어떨까? 우리 마누라 귀신이 찾아오면, 내가 팀장 귀신 한번 찾아가서 물어봐 달라고 부탁해 볼게. 팀장한테 물어보면 알겠지. 안 그래? 오늘은 일단 유보해 두자."

"고슴도치, 너 오늘 보니깐 정말 웃기는 새끼다잉. 작전 중에 우리 총에 죽은 생명이 어디 한둘이냐? 그들도 다 저승에서 귀신으로 살 것 아니냐? 그러고 우리 대원들 중에서도 전사자들은 다 저승에 가 있을 것 아니냐? 그런께 거짓말허면 못쓴다 이 말이여. 알겄냐? 거그 가면 다 만날 것인께…."

"니 말이 맞다. 나는 옛날부터 웃기는 새끼였어. 늘 가시들을 바짝 세운 채 숨을 곳이나 찾는 고슴도치 같은 놈이었어."

"새끼, 저거 말허는 뽄세 잔 보드라고! 내가 그런 말 헌다고 금방 삐지냐? 사실 너는 나하고 종자부터가 달러서, 순정이 뭣인지 아는 놈이었단께. 사람을 진짜로 사랑헐 줄 아는 놈이었단께."

"내가 그때 니 캐비닛 정리해 갖고 연대 의무대로 찾아갈 때 차라리 그 돈을 슬쩍해버릴 걸 그랬지? 그랬다면 니가 어디다 말도 못했을 것이고, 또 살면서 그런 망상을 하지 않아도 됐을 것 아닌가 말이야."

그 남자는 팀장의 눈을 피해 돈이 든 봉투를 가슴속에 품었던 때를 생각했다. 지켜보는 대원들의 눈들을 피해야 했었다. 도둑질이라도 하는 것처럼 손을 떨었던 것이다.

"뭣? 뭣이라고? 만약에 니 새끼가 그때 내 돈을 어디다 살짝 튕겨놓고 연대 의무대로 찾아왔었다? 그랬으면 지금 너는 여그 없제. 국립묘지에 한 자리 차지허고 편허게 자빠져 있겠제. 내가 M16으로 확실하게 전사 처리 해줬을 텐께. 흐흐흐흐……."

"인마, 그만해! 그리고 이거…."

그 남자는 그의 오른손을 잡아 올렸다. 그리고 양복저고리 안주머니에서 꺼낸 물건을 손 안에 쥐여주었다.

"혹시나 하고 찾아보았더니 책장 구석에 있더라. 너한테 좀 위로가 될지 몰라서…."

그 남자는 잡고 있던 그의 손을 무릎에 내려놓고 일어섰다. 오늘도 엉뚱한 이야기만 늘어놓은 것 같았다. 그때의 티엉마이에 대해서나, 그 남자가 그에게 계속해서 보낸 돈에 대해서는 한마디도 하지 않은 것이다. 서로가 그랬다. 처음 왔을 때는 두 번 다시 오게 될까 했었는데, 이렇게 되다니 해졌다. 그것이 순전히 밤마다 찾아오는 아내 때문이던가? 그 남자는 머리를 끄덕였다가 가로저었다. 꼭 그랬던 것 같지는 않았다. 그의 안부가 걱정되는 것도 사실이었다.

건물 귀퉁이를 돌아서기 전에 그 남자가 뒤를 돌아보았다. 그 남자가 그러기를 기다리고 있었던 듯 그가 손을 들어 흔들었다. 휠체어에 앉아 있었지만 활기차 보이는 것이, 중병에 든 사람 같지가 않았다.

그 남자는 그의 손에 쥐여주고 온 것을 생각했다. 그때 티엉마이가 그 남자에게 준 대추알 크기의 그 청동 불상이었다. 버리지 않고 가져왔다는 생각이 든 것은, 오늘 아침 잠자리에서 일어났을 때였다. 서재로 들어가 책상과 책장을 한 시간 넘게 뒤진 끝에 찾았을 때는 안도의 한숨까지 나왔다.

그런데 티엉마이는 죽은 것인가? 아직껏 구종구가 그녀에 대해서는 한마디도 하지 않는 것을 보면, 추측대로이지 않을까 해졌다. 그도 티엉마이의 소식을 전혀 모르고 있는 듯싶었다는 것이다.

15

집으로 돌아가는 길이었다. 전철에서 내리자 괜히 마음이 급해졌다. 휴대전화기의 신호음이 울렸다. 그 남자는 집찰구를 지난 뒤에야 마음을 가라앉히면서 양복 안주머니에서 전화기를 꺼내 들었다. 무엇이든 왼손으로 집어서 오른손으로 넘겨 잡는 버릇 그대로였다. 게다가 긴장하면 오른손 검지가 갈고리처럼 변하면서 힘이 들어가는 현상, 자꾸만 허리가 접히는 현상 따위가 아주 오래전의 같은 시기에 생긴 것이었다. 그래서 형편이 그렇게 좋지 않던 시절에도 버스 타는 것을 꺼렸었다.

"사장님 승용차 때문입니다. 한 기사가 그만둬야 할 것 같다고 합니다. 사장님이 자기한테 불만이 있으신 것 같아서 힘들다고요. 제가 알아듣게 이야기를 해봤는데요…. 잊지 마시고 승용차 타고 다니십시오."

"알았어요. 그렇게 할게요."

그 남자는 선선히 대답했다.

"그런데 김 전무. 김 전무 음식 솜씨가 좋은 편인가요?"

김하나가 우렁각시일 리가 없다고 생각하면서도, 아내가 완강히 잡아뗐다는 생각이 났기 때문이었다.

"갑자기 왜 그런 걸 물으십니까? 늙은 처녀, 아니 낡은 처녀 수줍게시리…. 그러고 보니 누구를 위해서 요리해본 것이 까마득합니다. 오빠네 아이들이 어렸을 때는 가끔 놀러 왔었는데, 그때 뭐든 해주면 맛있다고들 했다는 기억밖에 없습니다. 이제 그 애들이 둘 모두 마흔이 다 넘었네요. 왜요? …왜 그러시는데요?"

그녀는 늘 그렇듯이 꽤나 사무적이었다. 젊었을 때만 해도 그렇지 않았던 것 같았다. 그런데 언제부턴가 목소리며 말투까지 남자인 듯해진 것이다. 거래처 사람들을 만날 때는 더욱 그런 것 같았다.

"아니, 아니요. 사무실엔 별일 없을 테고… 칠레 공장들은 어때요?"

"아람코는 반쯤, 시엠피시는 공장 셋 중 하나가 가동을 시작했답니다. 예상했던 대로 지진 여파가 3분기 말까지는 갈 것 같습니다."

"칠레가 D.H. 컴퍼니에 돈 벌어줘서 고맙기는 해요. 하지만 돈벌이하고 마음이 편한 것은 따로인 것 같아요. 남의 불행이 곧 내 행복은 아닌 것 같네요."

"저도 그렇습니다. 마음이 불편한 건 사실입니다. 그런데 말씀입니다, 사장님. 그때 저랑 같이 산 그 미니 선인장들은 잘 키우고 계십니까? 아무리 선인장이라도 아주 잊어버리면 말라 죽는데…. 요즘 같을 때는 2주에 한 번은 물을 주셔야 합니다. 꽃 필 때도 됐는데…."

그 남자는 속으로 아, 참! 선인장… 하면서 전화를 끊었다. 끝내 김하나가 우렁각시인지 묻지 못했다. 4일 전의 아침에 보았을 때는 선인장이 성성했던 것 같았다. 그런데 언제 물을 주었던 것인지는 기억에 없었다. 꽃이 필 때가 됐다니…. 맞아! 그 쥐젖처럼 솟아 있던 것들이 꽃대인지 꽃망울인지, 그럴 거야…. 그는 걸어가고 있었다. 자신도 모르게 걸음이 점점 빨라졌다. 오늘도 우렁각시가 다녀갔는지 부쩍 궁금해졌던 것이다. 어제나 그제보다 한 시간쯤 귀가 시간이 빠른 편이어서, 행여나 우렁각시를 만날 수 있지 않을까 하기도 했다.

역시 행여나에 그친 일이었다. 그런데 조리대가 깨끗이 치워져 있었다. 그 남자가 토스트 두 쪽을 굽고 달걀 프라이 두 개를 해서, 아침 겸 점심으로 먹은 흔적이 싹 지워져 있었다. 프라이팬을 닦아 치우지 않았고, 달걀 껍질도 그냥 접시에 두었던 것이다. 접시와 젓가락도 식탁에 그대로 있어야 했다. 소금통도…. 그 남자는 성격대로 자신이 치우고 나갔나 해졌다. 아니었다. 일부러 그냥 두고 나갔었다. 우렁각시가 그 흔적을 지우고 제 흔적을 남기고 간 것이었다.

대가리만 떼어낸 멸치를 프라이팬에 살짝 볶아낸 뒤, 청양고추를 얇게 엇썰어 놓는다. 양념장은 굵은 고춧가루와 참기름을 진간장에 풀어 만든다. 멸치와 청양고추를 양념장에 섞어 무친 뒤 볶은 통깨를 뿌린 멸치무침이었다. 멸치의 쫄깃하고 구수한 맛에 더해지는 풋고추의 상큼한 맛. 거기에 그 맛을 감싸고 입안 가득히 차오르는 청양고추의 알싸함과 참기름의 감기는 고소함. 통깨알들이 씹혀 터지면서 날아가는 고소함. 이런 멸치무침을 누구라서 만들겠는가. 거기다 무 소고기 맑은국이었다.

내일은 온종일 집을 지켜야 할 것 같았다. 자신이 정말 환상 속에 살고 있는가 해졌다. 아내 귀신이 그런 말을 하고 가기도 했었다.

오늘 하루도 잘 지내셨어요? 그런데 저게 뭔가요…? 우리 결혼사진 아닙니까? 와아! 저걸 어디서 찾으셨어요? 의례적인 인사말로 시작한 아내가 짐짓 놀라는 척하고 있었다. 그 남자는 그러는 아내가 밉살스러웠다. 아내답지 않았다. 아마 면구스러워서 그럴 것이리라.

귀신이 그것도 모르는가? 당신 손으로 치워버렸던 것이 아닌가? 그 남자는 좀 이죽거렸다.

생각해보니 그랬습니다. 아내는 금세 풀이 죽었다.

서재라고 하면 너무 근사한 말이었고, 책장이 있는 방이라고 해야 더 어울릴 터였다. 예전부터 가지고 있던 몇 권의 책들에다, 결혼한 뒤부터 가끔 한두 권씩 사들인 책들을 빈방에 모아둔 곳이었다. 오늘 그 남자는 거기에 있었다.

처음부터 그랬어야지. 내가 저걸 다시 저기 저 자리에 세워놓기까지 얼마나 힘이 들었는지 알기나 할까? 하긴 귀신이니까아…. 그 남자는 책상에서 마주 보이는 결혼사진을 물끄러미 바라보았다. 책장의 아래에서 네 번째 칸에 서 있는 문고판만 한 금박 입힌 나무

액자였다.

당신도 큰소리치실 일이 아닙니다. 나는 당신한테 그렇게라도 해야 했습니다.

그 남자는 머리를 끄덕였다. 만취해 들어온 날 밤이면 그 방에서 혼자 자기 시작했었다. 결혼한 지 10년이 넘어가고 있을 무렵이었다. 어느 날 보았더니 그 자리에 있던 사진 액자가 보이지 않았다.

당신이 내게 불편한 것은 결코 아니었어요. 도리어 당신이 나를 불편해할 것이라고 생각했으니까. 정확히는 내가 당신에게 소용없음이었어. 당신에게 내 존재가 그런 것이라고 치부했지.

알고 있습니다. 잘 알고 있습니다. 아내의 얼굴에 늦가을 바람이 스쳐가고 있었다. 하지만 당신이 지레 그래서는 안 될 일이었습니다. 내가 그러자고 해도 거부했어야 했다는 것입니다.

오래된 우울증이었다. 아내의 우울증은 그 전에 시작된 것이었다. 30년에 가까운 세월은 그 남자와 산 것이 아니었다. 점점 덩치가 커지는 우울증을 껴안고 산 것이다. 그러면서 날마다 서서히 그 강을 향해서 가고 있었다. 소양강을 향해서….

그 남자는 아내가 그런 줄 알면서도 할 말이 없었다. 할 말이 있을 수가 없었다. 지레 그렇게 시작된 일이 점점 심해져서 아예 딴 방을 쓰고 있었으니까. 그 지경이 되었는데도 그 남자는 어찌해 볼 도리가 없었으니까.

그런데 당신은, 당신은 그때 왜 그랬어? 그 남자는 그만 거기서 빠져나가고 싶었다. 그러기 위해서는 국면 전환이 필요했다.

내가 뭘요? 무슨 귀신도 모를 말씀을 하세요? 아내가 끌려드는 성싶었다.

내가 월남전에서 찍은 사진이라면 아예 관심도 없었잖아요. 물론 이야기도 듣기 싫어했고…. 월남에 있는 나랑 펜팔로 만난 사람이, 그때는 좋다고 그 많은 편지를 써 보낸 사람이 왜 그랬냐 말이지?

아내가 머리를 저었다. 거세게 저었다. 오른손을 들어 함께 젓기까지 했다.

안 그랬단 말인가? 안 그랬냐고?

내가 좋아한 것은 어디까지나 당신이라는 사람이었습니다. 월남전은 막연한 호기심의 대상이었고요. 아니 월남전보다는 월남이란 이국에 대한 소녀적인 감상을 갖고 있었다고 해야겠습니다. 그런 곳에 가서 세계의 자유와 평화를 지키기 위해서 머리에 도깨비뿔이 몇 개씩 솟은 베트콩들과 용감하게 싸우고 있다는 사람이 근사하게만 생각되더라고요. 낭만적으로만 생각되더라고요. 그래서 당신을 학교 교문 앞에서 처음 만났을 때, 그 빨간 눈 앞에서 대범할 수 있었으니까요. 웃기도 했을 정도로요.

그런데 막상 계속해서 만나보니, 막상 결혼을 해보니 그런 분위기가 아니었다? …그래서 그랬다? 그 남자의 말씨에 힘살이 솟는 것 같았다.

아내는 다시 머리를 저으며 두 손을 내저었다. 그러고 보니 농담이 아니네요. 당신이 그 일을 내 잘못으로 돌릴 작정인가 보내요? 그건 아니죠. 그건 아니예요!

아니예요? …뭐가 아니란 말인가?

내게 사진들을 안 보여주고 이야기를 안 해준 사람은 당신입니다. 이거 왜 이러십니까? 결혼 전에 월남전 이야기를 물으면, 대추야자 나무가 어떻고 바나나 나무가 어떻고, 더위가 어떻고 스콜과 시에스타가 어떻고만 했잖습니까? 아, 생각이 납니다. 하얀 아오자이를 입은 꽁까이는 허리가 끊어질 듯 가냘프고, 결혼한 여자들은 빈랑이라는 열매를 씹는데 찍찍 침을 뱉을 때면 피를 뱉는 것 같고, 그래서 이가 마귀처럼 시커멓고… 아, 또 있습니다. 한낮의 햇살이 어찌나 뜨겁던지 자동차 보닛 위에다 날달걀을 깨서 쏟아놓으면 금방 그대로 프라이가 된다는 말…. 또 우기에는 어찌나 비가 내리던지 나라든 사람이든 다 젖어서 푹푹 썩어나가는 것 같다는 말… 맨날 그런 이야기만 하지 않았던가 하는 말씀입니다. 사진도 그렇지요. 고작 바나나 나무 밑에서 당신 혼자 찍은 사진 달랑 몇 장에 구종구 씨랑 엄종철 씨랑 셋이 찍은 사진 한 장만 보내주었을 뿐입니다. 당신이 귀국한 뒤부터는 물론 결혼한 뒤에도 볼 기회가 없었고요. 한번은 내가 물었지요. 편지에는 가끔 대원들 이야기도 나오던데, 왜 같이 찍은 사진은 딱 한 장밖에 없느냐고 했지요. 그랬더니 당신이 뭐라고 말씀하신 줄 아십니까? 전쟁터에서 사진 찍기가 얼마나 어려운지 아느냐? 함께 모여서 사진 찍다가 포탄 떨어지면 다 죽는다. 그래서 그것밖에 찍을 수 없었다고 했습니다. 기억 안 납니까? 어렵사리 살짝살짝 찍은 거라고 했다니까요? 그때 나는 또 설혹 그 귀한 카메라가 있었다 해도, 그곳에서는 사진을 현상 인화하는 디피점 이용이 어려웠겠지 했습니다. 지금까지도 나는 당신 말씀을 믿고 있습니다. 그런데….

그 남자는 머리가 어지러웠다. 아내가 따지고들자, 마치 모난 주먹에 잇대어 이마를 쥐어박히는 느낌이었다. 두 손을 내젓고 있었지만, 그만하라는 말이 입에서 나오지 않았다.

그런데 그게 아니었다? 진실은, 그게 아니었단 말씀이죠? 그런데 나한테 거짓말을 했었다? 나를 속였다…?

계속해서 그대로 두면 그렇게 단정 짓고 말 태세였다. 그 남자는 그만 의자에서 벌떡 일어섰다. 말로 안 되니 몸으로 해야 했다. 급히 방문을 열고 거실로 나갔다. 아내가 따라 나오지 않기를 바라는 수밖에 없었다.

홍! 아직도 몸은 날쌔시구먼…. 하긴 술을 그렇게 마셔댈 때도 그랬으니까.

비웃음이었다. 아내가 날린 사나운 콧바람이 그 남자의 뒤통수를 따라 나오는 성싶었다. 방문을 닫지 않고 나온 것이 잘못이었다.

그는 거실의 소파에 엉덩이를 걸치고 있었다. 서재 안쪽으로 귀를 세우고 있었다. 조용했다. 아내가 가버린 것 같았다. 분명히 화가 나 있었는데 앞으로 어쩌면 좋은가 해졌다. 새끼고양이 피하려다가 삵과 맞닥뜨린 꼴이었다. 부부의 결혼사진 이야기를 하자고 이야기를 꺼냈다가 호되게 당하기만 한 것이다. 게다가 앞으로도 더 당할 것 같았다.

아내의 말이 맞았다. 거점부대였으니까 군부대의 여건이 사진을 촬영해 소지하기가 어렵기는 했다. 그렇다고 어찌 사진이 그것밖에 없었겠는가. 어쩌다 서너 명씩 어울려 찍은 사진도 몇 장이 되었다. 첨병조였던 구종구와 엄종철과 그 남자가 함께 찍은 사진이 그 속에 들어 있었다. 아마, 구종구가 카메라를 든 중대 서무계를 데려왔을 것이다. 자신의 파월 동기라고 소개했던 것 같았다. 그렇게 얻은 사진이었다. 나중에 보니 구종구도 카메라를 갖고 있었지만, 꼭꼭 숨겨놓고 있었으니…. 그 남자의 기억이 맞을 것이다.

그 남자는 전쟁터에서 겪은 일을 누구에게도 말하고 싶지 않았었다. 그 일을 겪은 자신만 알고 있어야 했다. 그럴 수만 있다면 잊어야 했다. 모조리 잊어버려야 했다. 그런데 핏속에 스미고 뼛속에 배어든 그 기억이 자신을 놓아주지 않았다.

그랬는데…, 그렇다면 자신이 정미연과 결혼한 것은 분명한 잘못이었다. 그 상대가 꼭 정미연이 아니었더라도 그건 그랬다. 그 기억을 머릿속에 가둬두고, 그 느낌을 가슴속에 감춰둔 사람이 아내와 성하게 살 수는 없는 일이었다. 더욱이 아내는 불행하게도 펜팔의 기억 속에 있었다.

그 남자가 그 사실을 깨닫기 시작한 것이 언제였던가. 아내가 알게 모르게 병원들을 찾아다닐 만큼 찾아다녔을 때, 그러니까 결혼해서 5년쯤 됐을 때였다.

10년쯤 지났을 때 지친 아내가 조심스럽게 아이의 입양을 제안했다. 그로서는 거절하는 것이 당연했다. 처음부터 칼로 잘라내듯이 거절해버렸다. 부부가 아이를 갖지 못하는 이유가 단순히 그 남자 자신의 산부인과적인 이유에 있다면, 아내의 제안을 받아들일 수 있었다. 자신이 먼저 말을 꺼냈을지도 몰랐다.

그 남자가 거절한 이유는, 그 전쟁터의 기억에 있었다. 그 기억이 아내를 우울증 속으로 밀어 넣었고, 끝내 강물 속으로 밀어 넣지 않앉는가. 그 남자는 자신이 없었다. 깊이 생각해볼 것도 없이 아이를 정상적으로 기를 자신이 없었다.

그때는 부모님이 다 세상을 뜬 뒤여서, 가족에 대한 부담도 별로 없었다.

당신이 퇴근길에 저기 초등학교 운동장 가에 서 있는 모습을 본 것도 그 무렵이었습니다. 가버린 줄 알았던 아내가 그 남자의 왼쪽에 앉아 있었다. 그 남자처럼 소파에 엉덩이만 걸친 채였다. 그 남자는 놀라지 않았다. 말소리가 들리기 전에 체취가 코끝에 감돌았기 때문이다. 퍽이나 익숙한 가벼운 장미향이었다.

나도 그때 당신 모습을 보았지. 건물 귀퉁이에 몸을 숨기고 있는 옆모습을 여러 차례 보았어. 그러고 보니 내가 할 말이 없구먼. 그 남자는 아내의 어깨에 팔을 둘렀다. 참으로 모처럼이었다. 후후후 이렇다니까아. 말이 안 되면 몸으로 한다니까아. 그래도 아내는 가만히 있었다. 당신이 나 같은 사람과 결혼하는 것이 아니었어. 나 같은 사람은 결혼을 하는 게 아니었단 말이지.

그럼 나는 어떡해야 했고요? 프로포즈는 당신이 했지만 결혼에 적극적인 쪽은 나였다는 것을 잊으셨습니까? 당신을 반대하시는 부모님이 보란 듯이 수면제를 모아서 먹었고요. 점점 한다는 말씀이…. 인제 와서 그런 말씀을 하시면 나는 뭐라고 해야 하느냐고요. 참, 기가 막혀서 원! 인제 와서 우리 결혼을 후회한다면 내 이승의 삶은 뭐가 되느냐고요?

뭐라고? 당신이 왜 죽었는데? 나랑 사는 것이 죽기보다 싫었다는 것 아닌가? 그런 사람이, 아니 귀신이 지금 와서 한다는 말이…. 어처구니가 없구만! 그 남자도 지지 않았다. 소총 공격에 수류탄 대응이었다.

아내가 울먹였다. 그 남자는 몸을 돌려 아내를 껴안았다. 아내의 가슴이 그의 가슴에 와서 닿았다. 아내의 숨결이 가슴을 간질였다. 아내의 아픔이 저릿하게 넘어왔다. 아내를 더 힘주어 안았다. 그런데 곧 제 가슴이 허전해졌다. 풍선이 터져 푹 꺼져버린 느낌이었다. 그만 아내가 가버린 것이다. 그 남자의 혼란스러웠던 머릿속이 그나마도 알 수 없게 뭉개져 있었다. 화가 많이 나서 가버린 아내 귀신이 걱정이었다.

아내는 이제 그 일을 그 남자의 입으로 고백해주기를 바랐던 것 같았다. 그해 5월. 부부는 아이를 갖기 위해서 다시 병원을 들락이고 있었다. 예전과 같은 검사 과정을 거쳐 둘의 몸이 최적 상태가 됐을 때, 정자와 난자를 채취해 갔다. 그리고 이제 기다리는 시간이었다. 그 시간을 아내가 더 힘들어하고 있었다.

이때 병원에서 담당 의사가 그 남자한테 전화를 건 것이다. 긴히 드릴 말씀이 있는데 시간을 낼 수 있는지 물어왔다. 아내분께는 말씀드리지 않으면 좋겠다고 덧붙였다. 그 남자는 곧 병원으로 달려갔다. 가는 사이에 이런저런 걱정을 하지 않을 수 없었다. 작년 요맘때 부부에게 했던 말이 자꾸만 떠올랐다. 두 사람의 몸이 건강하기 때문에 큰 걱정을 하지 않아도 된다 했던 것이다. 그런데 결과는 허망했었다. 뭐가 잘못된 것인가? 혹시 아내한테서 새삼스러운 문

제가 발견된 것인가? 아내에게 말하지 말라고 덧붙인 말이 마음에
걸렸다.

　담당 의사는 난감한 얼굴이었다. 그 남자와 눈을 마주하지 못했
다. 당부대로 집사람한테는 알리지 않았는데…. 그 남자가 먼저 말
을 꺼냈다. 작년의 1차 때 내가 뭘 보았는지 모르겠습니다. 그때 정
상이었는데, 지금 와서 이럴 리가 없습니다. 그런데…. 담당 의사가
말을 돌리고 있었다. 그가 말을 가로막고 나섰다. 무슨 일인데 그러
세요? 괜찮으니까 말씀해주세요! 담당 의사는 그 남자의 얼굴을 두
어 번 쳐다보고 나서 말했다. 남편분의 정자들이 정상이 아닙니다.
몇 차례 확인했지만 정상이 아니었습니다. 정자들의 꼬리가 가늘거
나 없어요, 숫자는 어지간한데요. 1차 때는 남편분의 나이도 있고
정자의 숫자도 있고 해서 정상으로 잘못 판단했던 것 같습니다….
그 남자는 아무 말도 할 수 없었다. 먼저는, 자신에 대한 말이 아닌
것 같았고, 다음으로는 이제 와서 무슨 엉뚱한 말을 하는가 했다.
이제 와서 나더러 어쩌라는 겁니까? 도대체 무얼 어쩌라는 것이냐
고요? 그 남자는 이때 화를 내지 않았다. 그저 답답할 뿐이었다.

　담당 의사한테 잘못이 있다면, 1차 때의 실수를 이제야 발견했다
는 것이다. 비정상을 정상으로 봤다고 했다. 그러나 근본적인 잘못
은 그 남자의 몸에 있었다. 설혹 수정이 된다 해도 임신이 될 확률
이 매우 낮습니다. 그러나 문제가 거기 있는 것이 아닙니다. 임신
후의 결과가 우려된다는 데 있습니다. 장애아를 출산할 확률이 높
다는 것입니다. 무역업체를 경영하신다고 들었는데, 혹시 취급 품
목이…? 펄프하고 폐지입니다. 그 남자가 얼떨떨한 상태에서 대답

했다. 그럼 독극물은 아니군요. 그런데 왜…? 그 남자는 물러설 수가 없었다. 그때는, 1차 때는 어떻게 수정란이 됐고, 아내의 몸에 이식을 했고…, 어떻게 그럴 수 있었냐고요? 담당 의사의 얼굴이 죽을 상이었다. 얼마든지 그런 말씀 하실 수 있습니다. 정말 죄송스러운 말씀이지만, 그때 실패하기를 잘했다고 생각하십시오. 만일에 성공했더라면 장애아가…. 담당 의사는 분명히 잘못을 인정하고 사과하고 있었다. 하지만 자신의 새로운 판단에 확신을 드러내고 있었다. 그 남자는 거기서 더는 어찌해볼 수가 없었다. 그래도 안간힘을 다했다. 좋아요. 다시 채취해서 한 번 더 해주세요. 다른 병원에 갈 수도 있지만 그러고 싶습니다. 그리고 그 결과를 최대한 빨리 확인해주세요. 담당 의사는 먼저 머리를 저었다. 한 번 더 해봐야지요. 그래야겠지요. 그러나 이번 결과가 너무나 확실해서….

그랬다. 다시 해보았지만 결과가 달라지지 않았다. 다른 병원에도 가볼 필요성을 느끼지 않았다. 그래서 먼저 아내를 속이기로 했다. 2차로 기울이고 있는 노력, 그 노력을 계속해 나가기로 했다. 연극은 담당 의사의 몫이었다. 그리고 그 남자는 같은 시각에 같은 병원에서 정관을 묶어버렸다. 당연히 아내는 몰랐다.

이제 귀신이 된 아내였다. 어찌 그 일을 모르겠는가. 그리고 그 남자의 그 사정을 왜 모르겠는가. 그 남자가 숨겨놓은 상처를 제 손으로 들춰내지 않겠다는 것이 아니고 무엇인가. 마치 자신이 그곳에서 독극물 속에 있다가 그 꼴이 됐다는 사실을 지금까지 묻어둔 채 살아온 것처럼….

그 남자는 심란했다. 화가 나서 울먹이다 돌아간 아내가 마음에 걸려서였다. 그러면 그때 담당 의사한테 그 말을 들었을 때, 그 남자가 어떻게 했어야 옳았단 말인가? 다시 생각해도 그보다 나은 방법은 없었다.

아내에게 알리지 않았다는 사실 때문이었다. 알려서 그 충격을 부부가 함께 나누고 대책을 함께 찾는다…. 아주 보편타당성이 있는 그따위 말은, 제 일이 아닐 때나 할 수 있는 것이었다. 본인 혼자서 몽땅 가슴에 쓸어 담고 나서, 책임을 몽땅 지면 남은 사람은 편할 것 아닌가.

그 문제를 빼고 남는 것이 단지 아이를 입양하자는 의견에 여지없이 반대해버린 그 남자의 태도였다. 아내가 화나고 서럽다고는 할 수 있었다. 귀신이 된 뒤에 알고 보니 얼마큼 이해는 간다 해도, 인정머리 없는 남편이 야속했을 것이다. 그리고 그런 문제들 앞에서 자신이 남편과 같이하지 못한 데 대한 쓸쓸함이 몰려들었을지도 몰랐다. 아니면 분해하고 애통했을까…. 귀신이 된 지금도 차마 마주 보고 묻지 못하는 것을 보면, 그 남자를 얼마간 이해하고 있는 것 같기도 했다.

그러나 지금도 그 결정이 옳았다는 생각에는 변함이 없었다. 그 전쟁이 미국의 패배로 끝난 뒤에야 알려진 사실이지만, 그 독극물의 위험성에 대해서 전쟁 중에는 한국군의 최고 지휘관까지도 모르고 있었다 했다. 속고 있었던 것이다. 흔히들 고엽제라고 하는 독극물의 명칭은 '에이전트 오렌지'였다. 당연히 미국산이었다. 오렌지 주스 깡통 하나 분량(350㎎)이면, 650만 명쯤(1965년 당시 시카고 시민의 숫자)의 생명을 쉽게 앗을 수 있을 정도로 독성이 강한 것인데…. 그때의 전쟁터에서 그래도 모기에 안 물리겠다고 하늘에서 내려오는 비말 속으로 뻘거벗고 뛰어든 병사들이 그 얼마나 용감했던가….

16

그 남자는 처음에 작정했던 대로 할 생각이었다. 집을 지키면서 우렁각시의 정체를 밝혀보자는 것이었다. 그 일이 급하다는 판단이 들어서였다.

아침에 화장실에 가는 동안에는 문을 열어놓기까지 했다. 닦고 씻고 일을 보다가는 껄껄 웃었다. 사람의 끼니를 준비하는 데에 어떻게 그만한 시간만 걸리겠는가 하는 생각 때문이었다.

토스트 두 쪽에 달걀 프라이 둘, 거기에 커피 한 잔으로 아침을 먹으면서, 머리를 끄덕였다가 가로저었다가 했다. 이게 무슨 짓인가 해서였다. 새삼 따져볼 것도 없이 아내를 그 꼴로 몰아간 사람이 바로 자신이었다. 그새 아내가 오간 이유가 그 때문이었던 것 같았다. 뒤늦게라도 그 남자에게 그런 사정을 깨닫게 해주려는 것으로 여겨졌다.

그런데 그 남자는 막상 우렁각시의 정체가 밝혀질지도 모른다는 생각이 들자, 그다음 일이 난감해졌다. 자신이 추측하고 은근히 바라온 대로 우렁각시가 아내라면 어쩔 것인가. 곧 그만두라고 할 것인가? 자신이 죽을 때까지 계속해 달라고 할 것인가? 입장이 더욱 딱해질 것이 뻔했다.

　결국 그는 제집에서 그만 철수하기로 결정했다. 회사로 나가볼까 했다. 눈에는 아직 붉은 빛이 남아 있었지만, 약간 색이 들어간 안경을 쓴다면 곤혹스러운 일은 당하지 않을 것 같았다. 요사이는 어떻게 된 풍조인지 밤에도 사람들이 선글라스를 끼고 돌아다녀서 유별나 보이지도 않을 것 같았다. 샤워부터 할 생각으로 옷을 벗을 때, 김하나가 일일보고를 한다면서 전화를 걸어왔다. 그 남자는 트레이닝 바지를 내리려다 말고 전화를 받았다.
　"어제는 신나는 날이었습니다. 캔토하고 오토름에서, 그리고 시엠에서 커미션을 입금했습니다."
　그 남자는 월말이구나 했다. 6월이 다 갔으니, 구종구의 생존 기간이 그만큼 줄어들었다는 뜻이었다. 김하나의 밝은 목소리가 별로 기쁘게 들리지 않았다.
　"캔토에서 4불 50씩 8천 톤, 아토름에서 5불씩 5천7백 톤, 시엠에서 5불씩 1천5백 톤이나 됐습니다. 그 결과 입금 총액이 7만2천 불이었습니다. 지금 달러가 약세니까, 사장님이 다른 말씀 없으시면 통화 끝나는 대로 은행에 가서 원화로 환전해 놓도록 하겠습니다. 매달 이렇게만 된다면 우리 D.H. 컴퍼니, 빌딩 올려야겠습니다."

캐나다와 미국, 그리고 칠레의 펄프 공급사들이 보낸 판매수수료를 받았다는 말이었다. 지난 한 달 동안 국내의 제지회사들에 팔아준 대가였다. 칠레에 지진이 일어난 덕을 톡톡히 본 셈이었다. 칠레산 펄프의 공급 차질로 제지회사들이 캐나다산과 미국산을 그만큼 더 확보해야 했다. 그 덕에 D.H. 컴퍼니에서는 여느 달에 비해 거의 두 배 가까운 양을 팔 수 있었다.

"그리고요, 어제 점심때 조선제지 박 사장님이 방문하셨습니다. 사전 연락 없이 오셨는데요, 사장님이 못 나오셨다는 걸 알고는 저를 억지로 끌고 가다시피 해서 밥을 사주셨습니다. 신라호텔 일식집 아리아께로 가서 칠레산 와인까지 한잔 곁들여 잘 먹었습니다. 그리고 오늘은 좀 엉뚱하긴 하지만 러시아산 펄프를 공급하겠다는 인사가 찾아온다고 해서 한번 만나볼 작정입니다."

그 남자는 전화 통화를 하는 동안 좀 답답했다. 수고했다는 인사를 한 뒤에, 회사로 나갈 테니 자세한 것은 만나서 이야기하자면서 끊을까 했다. 김하나가, 오늘도 안 나오실 겁니까? 하고 묻지만 않았어도 그러려고 했다. 오늘 어디 가시려면 꼭 승용차 이용하세요, 하는 말만 없었어도 그랬을지 몰랐다.

그 남자는 구종구를 찾아보기로 했다. 그사이에 한 달이 지나가 버렸다는 생각이 마음에 걸렸다. 지하철을 타고 가서 일원역에서 내려 병원까지 천천히 걸어갔다. 서두를 이유가 없어서였다.

그동안 운전기사에게 오해를 받기까지 하면서 승용차를 두고 지하철을 이용해온 이유가 무엇인가 했다. 혹시 그 남자 자신이 천천히, 느리게 다니면 언저리의 시간도 그렇게 갈 것으로 생각했던 것인가 했다. 저절로 머리가 끄덕여졌다. 멍청한 인간! 그 남자는 스스로 자신을 비난했다. 그러나 곧 다시 머리를 저었다. 그럴 수도 있을 것 같다는 생각이, 그렇게 되지 말라는 법이 없다는 생각이 들었다. 구종구의 병이 나을 수 없어서 죽을 날짜만 헤아리고 있다면, 시간이 천천히 흘러가면 되는 것이 아닌가 했다. 그 남자는 좀 더 천천히 걸었다. 오늘 구종구를 만나면 재미있는 이야기를 많이 해줘야겠다는 계획까지 세웠다.

구종구는 병상에서 윗몸일으키기를 하던 참이었다. 살려고 아주 용을 쓰고 있구먼! 하마터면 입 밖으로 내뱉을 뻔한 말이었다. 입안에 고인 말을 급하게 삼켜버렸다. 그 탓인지 목이 콱 멨다. 코끝도 매큼해지는 듯싶었다.

"왔냐? 뭘라고, 바쁠 텐디…."

그가 먼저 인사를 건넸다. 운동을 하면서도 자신의 오른쪽 방향에 있는 문으로 들어온 그 남자를 용케도 알아보았다. 계속 누가 찾아오지 않나 하고 기다렸던 것인지.

"좀 어떠냐? 운동하는 것 보니까 좋아지고 있는 것 같은데…."

그 남자가 입발림 소리를 했다. 그가 대답 대신에 병상에서 내려서더니 슬리퍼를 끌며 앞장섰다. 휴게실로 가고 있었다. 처음 만났을 때 갔던 곳이었다.

"내가 병실에서 들은 재밌는 이야기 하나 해주께. 정말 재밌을 것이여. …그런께 서로 길을 가던 영감허고 할멈이 우연히 만났다는 것이여. 어딘가 서로 안면이 많더라는 것이제."

구종구가 선수를 치고 나왔다. 그도 둘이서 만나면 재미있는 이야기를 해줘야겠다고 생각했던 모양이었다.

"그런데 서로가 어떻게 안 사이인지를 모르겠더라는 것이제. 당연히 고향이 어딘지, 서울에서는 어디 어디서 살았던 것인지, 또 초등학교부터 중고등학교까지 어디를 댕겼는지를 따져봤는디, 도대체가 서로 맞는 디가 없드라는 것이여. 그때 영감이 허는 말, 우리가 어쩌면 초등학교 동창인 것 같은디, 험시로 초등학교 교가를 한번 불러볼 텐게 들어보라고 했제. 그러더니 동해물과 백두산이를…, 애국가를 불렀다는 것이여. 이때 할멈이 희안허게도 박수를 침시로, 맞어, 맞어! 우리 학교 교가…, 했단께. 그래서 두 사람은 겨우 답답헌 마음을 풀고, 초등학교 동기 동창생이라는 것을 확인헌 것이여. 그러고 이다음부터가 훨썩 재밌어…. 그날 집으로 돌아간 할멈이 서방님이랑 저녁밥을 묵는 자리에서 그 이야기를 했는디, 할멈이 그 교가가 되아분 애국가를 부르기까지 했단께. 이때 서방님의 반응이 또 기가 맥혔단께. 우리 초등학교 교가도 그 노래였는디… 허더란 것이제. 이때 또 할멈의 반응, 위매! 그러면 시 사람이 다 초등학교 동창이었구만잉, 그러더라어…."

그 남자는 배를 두 손으로 틀어쥐고 웃었다. 한두 번 들은 이야기가 아닌데도 그렇게 우스웠다. 구종구도 소리 내서 웃었다. 웃음을 그친 그의 얼굴에 흐뭇한 표정이 넘쳐났다. 그 남자를 즐겁게 해줬음이었다. 그가 말을 이었다.

"누구나 사람은 늙으면 고렇고 되는 것이여. 너도 곧 고렇고 된단 말이여. 그런디 시상을 살아본께로 잊어분다는 것이 얼매나 좋은지 모르겠어야."

"맞아! 나도 너도 그렇게 될 거야. 우리도 같이 늙어서 잊을 것은 잊어버리고 그렇게 정신없는 늙은이들이 될 거라니까."

자신도 모르게 그 남자의 말끝이 올라갔다.

"허허! 그 시상에 가면 말이여, 사람이 늙어지지도 젊어지지도 않는다고 허더란께. 니 마누라 정미연이 보면 모르겠어? 그러고…, 나는 살 만큼 산 것이제. 월남에 있을 때 죽고 죽인 청춘덜을 생각해봐라. 진작 죽었어도 헐 말이 없는 목숨이어야. 안 그러냐? 말해보란께! 머리를 끄덕거리지 말고 말로 해보란께."

그 남자가 머리를 끄덕이고 있었던 모양이었다. 당황스러워서 머리를 거세게 가로저었다. 그러나 입에서 말은 나오지 않았다.

"지금까지 너한테 말헌 적이 없지만, 나는 일곱 살때부터 고아로 컸어야. 거그다 장개도 못 가서 혼자 몸뚱인디 당장 죽는다고 이 시상에 걸릴 것이 뭣이 있겠냐. 그런께 나를 불쌍허게 보지 말어. 알겄냐?"

그가 그 남자한테 말한 적이 없긴 했다. 그러나 그가 고아라는 사실은 진작부터 알고 있었다. 그에게 돈을 보내는 동안에 심부름센터에서 받아본 보고서에 있었다. 여러 번 그 사실을 확인한 셈이었다. 그 때문에 그 남자가 갖고 있었던 오래된 의문이 있었다. 새삼 그 의문이 일었다. 월남에서 목숨 걸고 돈을 찾아다닌 이유는 확실했다. 살림살이의 기반인 양화점을 낼 목적이었다. 문제는 그 다음부터였다.

"그럼 도대체 너는 무엇 때문에 그리 그악스럽게 산 것이냐? 어디다 쓰려고 돈을 밝혔던 것이냐고. 니 말대로 세상에 걸릴 것 없는 혼자 몸뚱이인데….”

“쌔애끼! 니가 어째서 지금까지 그 말을 안 물어보는가 했다. 오랫동안 니가 사람 시켜서 몇 년 동안이나 내 뒷조사했다는 것은 나도 다 알고 있었단게. 그 좁은 촌구석을 지키고 사는 내 귀에 뭔 말이라고 안 들어왔겄냐? 어떻든 말이여, 니가 돈 보낸 것이 40년은 좀 넘을 것이여. 구두 수선허고 구두 닦고 해서 번 돈도 절대로 적지 않았는디. 거그다 그 가게는 월남에서 슬쩍해온 돈으로 마련한 것인게, 그러고 내 것인게 세는 안 내도 되고, 니가 보낸 돈에 보훈연금까지 합치면 어지간헌 월급쟁이보다 낫을 것이여. 그 보훈연금은 순전히 니 덕에 받은 것이란게. 흐흐흥….”

그 남자는 얼굴이 달아오르는 느낌이었다.

“니가 시방 속이 몹시 고약헌 모양인디… 한 달 동안 똥 못 싼 놈 얼굴이여. 근디 그럴 필요 없어야. 이유야 뭣이든지, 이 세상에 어떤 사람이 그렇고 오랫동안 돈을 보내겠냐? 너같이 순진허고 너같이 답답헌 놈이나 그랬제. 결과적으로다가 니가 참말로 어려운 일을 헌 것이여. 나는 또, 그 돈을 잘 써왔은께. 보람 있게 써왔다고 자신헐 수 있구만….”

처음에 그 남자는 두려웠다. 다음에는 미안했다. 그리고 그다음에는 어찌 그 아픔을 그 분노를 덮고 살 수 있는가 해서 많이 고마웠다. 다행히 형편이 되었다. 그래서 돈을 계속해서 보낼 수 있었다.

구종구네는 한성바지가 자자일촌인 골말이라는 마을에서 살았다. 아직은 피아골이라는 이름이 생기기 전이었다. 고작 아홉 가구가 모여 살았는데 주민은 서른다섯이었다고 했다.

모두가 친척이었다. 대를 이어 종살이를 하던 구종구의 증조부가 주인집에서 무슨 일을 당한 뒤에, 달랑 권속만 끌고서 한사코 산속 깊이 들어와 살기 시작했다고 했다. 부부와 아들 둘에 딸 하나까지 그러니까 다섯이서 들어왔는데, 그만큼 불어났으니 크게 번창한 것이었다.

그사이에 임금이 둘이나 죽었고, 우리나라가 남의 나라에 넘어갔다. 그러든 어쩌든 나라에서는 그곳에 사는 사람들한테 아무런 관심이 없었다. 당연히 동네에는 별일이 없었다. 뒤따라 들어온 다른 가족까지 해서 동네 사람이 아직 열두 명일 때였다. 그런데 그때는 남의 나라에 넘어간 나라를 되찾았다고 했다. 오가던 사람들과 인연이 되어 비로소 스무 명에 달했을 때였다. 동네 사람들은 그 무렵부터 변화를 겪게 됐다. 먼저는 지서에서 나왔다는 순사라는 사람들이, 모두가 호적을 갖지 않으면 안 된다고 했다. 이어서 면에서 나왔다는 사람들이 세금이란 것을 내지 않는다면 그곳에서 쫓겨나게 된다고 위협했다. 그래서 어쩔 수 없이 호적을 갖고, 잡곡이라 하더라도 곡식 가마니를 내줘야 했다.

아직도 군대가 무엇인지까지는 모른 채로 살고 있었다. 여기까지는 그가 순전히 어른들에게 들은 이야기라고 했다.

"문제는 육이오 무렵에, 정확히는 육이오 전쟁이 끝나갈 무렵에 생겼다고 허드란께. 밤마다 빨찌산이 내려와서 훑어가더니, 경찰들이 들이닥치고 군인들이 들이닥치더라는 것이여. 마을의 집들이 불타기도 허고 사람이 끌려가기도 허고, 또 사람이 죽기도 허고…. 이

쪽저쪽에서 아주 써래질을 쳐부렀단께. 그것도 한 번이 아니여. 서너 차례를 그래분 것이여. 너는 농촌을 모른께 써래질도 모르겄제. 쟁기질을 해서 이랑이 깊은 무논을 소가 써래로 한 번 끌고 가불면 평평해져분단께. 그것도 한 번으로는 모지래서 몇 번씩 되풀이해분 것이란께."

여기서부터는 그도 기억하고 있는 것들이 많다고 했다. 구종구는 지금도 한밤중에 집에서 숫구치던 검붉은 불길이 가끔 눈앞에서 어른거린다고 했다. 그리고 어머니가 끌려가면서 고막이 찢어질 듯이 내지른 비명이, 지금도 귓바퀴를 쓸고 갈 때가 있다고 했다. 그의 아버지는 행방불명이었다. 시체도 찾을 수가 없었다.

"지리산에서 군인들의 작전이 끝났을 때, 동네에 살아남은 사람은 예순 살이 넘은 여자 노인 둘에 남자 노인 하나, 그리고 일곱 살 아래의 애기들이 여섯 명이었단께. 전부가 아홉이었는디, 거그에 내가 끼어 있었구만. 고것이 잘된 일인지 잘못된 일인지 모를 일이여. 내가 그때 죽었으면 우쭈고 되았을까?"

"우리가 이렇게 만날 수 없었겠지."

그 남자가 맹물 같은 대답을 했다.

"그렇지잉! 내가 월남 가는 일도 없었겄제. 안 갔다면 내가 그런 정신없는 짓들도 안 했을 것이고…. 그런디 말이여…, 그런디 내가 월남을 갔다 왔은께 형제들을 도울 수 있었을 것이여야. 거그다 또 같은 날에 몇씩 겹치는 동네분들 제사도 모실 수 있었고 말이여."

구종구의 비감에 젖은 목소리에 생기가 돌아오고 있었다. 그가 말을 이었다.

"전쟁이 끝났을 때 그 시 노인들이 여섯 아이들을 먹여 살려야 했단 말이여. 자기들까지 아홉 목숨이 그 사람들 손에 달려 있었던 것이제. 그런디 내가 열다섯 살이 되았을 때는 그 시 노인들마저 한 명도 살아 있지 않았단께. 내가 제일 나이가 많았은께. 이 말이 뭔 말이냐 허면, 여섯 명의 목숨이 내 손에서 왔다갔다 허게 생겨분 것이다 이 말이제."

한숨을 푸욱 내쉬는 그의 모습은 정녕코 길고 험한 고개를 막 넘어온 노인이었다.

그 남자는 그랬었구나 했다. 얼마나 힘이 들었겠는가. 전쟁터에서 그가 유독 그 남자한테만 고향 이야기를 가끔 했었다. 그런 내용은 쏙 빼놓은 채였다. 심부름센터에서도 매번 겉만 훑어온 것이다. 그가 형제처럼 친하게 지내는 사람들이 많고, 남을 돕는 데 앞장서는 것 같다는 내용만 되풀이해서 보고한 것이다.

"그런데 그 골말 사람들은 나 없을 때만 병원에 문병 오는 것이냐?"

"흐흐흐흐…. 참 급허기도 허다. 이상허냐? 아니여. 그 사람들은 시방 아무것도 몰라. 내가 아프다는 것도 모르고, 내가 입원해 있다는 것도 모르고…. 내가 어디에 몇 달 다녀온다고 했은께, 그럴 것이라고 믿고들 있을 것이란 말이여. 전에도 그런 적이 몇 번 있었은께."

"어떻게 그럴 수가 있어? 니가 니 생각만 하는 것 아니냐고? 나중에 그 사람들이 너한테 죄인 된다는 것은 생각 안 해?"

그 남자는 모처럼 그에게 바른 충고를 하는 것 같았다. 목소리에 그만큼 힘이 들어가 있었다.

"한때는 전국에 흩어져서 살었는디 인자는 나까지 여섯 중 니 식구들이 다시 돌아와서 살고 있단께. 다 늙은 내외허고 시집 장개 못 간 새끼가 둘씩이여. 초봄에 고로쇠 물 받기를 시작으로 철마다 달마다 정신들이 없이 산단께. 그런디 고렇고 바쁘게 사는 사람들을 내가 어째서 부르냐? 내 병이 달라질 것도 아닌디, 씨잘데기 없이…."

"대단하구나! 지리산 골짜기에서 대단한 인물이 나셨어…, 오죽하시것어!"

그 남자가 이죽거렸다. 전쟁터에서 그가 하사로 특진했을 때, 혼자서 씩씩거리며 설쳐대는 것이 꼭 멧돼지 같다고 해서 나광덕 팀장이 별명을 붙여주었다. 그는 그때 엄청 좋아했다. 그의 고향인 지리산에 사는 짐승들 가운데 제일 씩씩하게 사는 짐승이 멧돼지라고 했다. 그래서 마음에 쏙 든다는 것이었다.

"그 사람들은 내가 월남에서 무슨 짓을 허고 지냈는지 전혀 모른단께. 장거리 정찰대에서 뛰었던 것조차도 모른단께. 그냥 좋은 자리에 있으면서 돈을 벌어온 줄만 알고 있단 말이여. …뭣이 자랑스럽다고 그런 말을 떠벌리겄냐? 골말 사람들이 육이오 때 당헌 것을 내가 월남 가서 되풀이헌 것인디…."

맞아! 그런 셈이구먼, 국제적으로…. 그 남자는 입으로 나오려는 말을 삼켰다. 구종구가 한 일들은, 잘한 일과 잘못한 일이 분명히 구분됐다. 그러니 육이오 전쟁 중에 일곱 살짜리인 그가 살아남은 것은 분명히 잘된 일이었다.

17

　술을 마시지 않기로 한 결심을 근래에 두 번씩이나 스스로 깨버렸다.

　그 남자는 곧장 집으로 가지 않았다. 아파트 앞에 있는 생맥줏집으로 갔다. 몸이 밑바닥으로 꺼질 것처럼 피곤했다. 머리도 추를 단 듯 무거웠다. 그러나 곧장 밖으로 나왔다. 혹시 아내가 보고 있다면 실망할 것이란 생각이 들어서였다. 아내는 그 남자가 술을 일 년에 한 차례만 마시게 된 것을 칭찬했었다.

　하지만 결국 슈퍼마켓 앞을 그냥 지나치지 못하고 안으로 들어가서 소주 두 병을 사 들고 나왔다. 발걸음을 옮길 때면 시커먼 비닐봉지 속에서 소주병끼리 부딪치는 소리가 청량하게 울렸다. 그 사이에 우렁각시가 왔다 갔는가 하는 의문이 머릿속에서 깃털처럼 떠다녔다.

현관으로 들어서자마자 구수한 냄새가 콧속으로 파고들었다. 반사적으로 그 남자는 주방 쪽의 식탁을 건너다보았다. 눈으로 확인을 해야 안심이 됐던 것이다. 와락 반갑기도 하고 고맙기도 한 마음이 솟았다.

여전히 몸이 피곤했다. 마치 그 남자 자신도 구종구와 똑같은 삶을 살아온 것 같았다. 그 남자는 주방으로 가 식기건조대에서 커피잔 하나를 들고 와서 식탁 앞에 앉았다. 그런 뒤 식탁의 상보를 걷어냈다. 다른 때와 달리 서둘러지지 않았다. 커피잔을 앞에 놓고 소주를 그득하게 따랐다. 그렇게 우렁각시가 장만해놓은 반찬을 안주 삼아 소주를 마시기 시작했다.

오늘 하루는 매우 피곤하셨던 것 같습니다. 아내는 술을 마신다고 그 남자를 비난하지 않았다.

알면서 그래. 그 남자가 퉁명스럽게 대꾸했다. 아내의 얼굴을 바라보지도 않았다. 그 남자가 이렇게 피곤한 것이 구종구를 만났기 때문이고, 또 그를 만나게 된 것이 아내 때문이라는 생각이 들었다. 커피잔의 술을 단숨에 마셔버렸다. 가지나물이 부드러웠다. 파 향이 콧속을 시원하게 했다. 다시 소주를 따랐다.

이거 왜 이러십니까? 핑계가 참 좋습니다. 잘되면 내 덕이요, 잘못되면 마누라 탓이라… 그런 뜻이지요? 아내는 그 남자의 속마음을 환히 읽고 있었다. 그런데 오늘 구종구 씨 만난 일을 잘못이라 할 수 없지요. 옛 전우, 옛 친구의 몰랐던 면을 알게 됐으니 많이 혼란스러워졌을 뿐입니다. 또 괴로워하는 모습을 보고 나서, 당신도 괴로워졌을 뿐입니다. 그 덕에 당신 마음에 슬었던 녹이 투둑 투두둑 떨어져 나가는 느낌이 안 드셨던가요? 아내가 이죽거렸다. 저는 시방 기분이 참 좋습니다. 요즘 세상에서 참으로 귀한, 사람의 양심이란 것을 봤기 때문입니다.

나는 지금까지 살면서 충분한 대가를 치렀다고! 그런데 앞으로도 얼마나 더 치러야 하느냐 말이야….

그 문제는 당신보다 내가 더 잘 안다고 해야겠습니다. 기왕에 몇십 년을 나랑 함께 치러온 대가였습니다. 이제라도 당신은 그 고통 속에서 빠져나와야 합니다. 그만 제 얼굴을 보십시오. 나를 푸대접하지 마세요. 괜히 성질부리지 마세요. 예전에 그만큼 하셨는데도 아직 부족하십니까? 내가 3년 만에 당신한테 와서 부산을 떨어대는 이유를 생각해보세요. 죽을 때까지 그 꼴로 살 겁니까? 쯧쯧쯧….

그 남자는 아내한테 다시 알밤을 몇 대 얻어맞은 느낌이었다. 아내한테 이럴 일이 아니었다. 아내가 무슨 죈가. 아내는 아직까지 그가 술 마시는 것도 탓하지 않고 있었다. 봐주는가 보았다.

그 남자가 아내의 얼굴을 보았을 때, 얼굴에서 웃음이 넘쳤다. 그런 얼굴은 오랜만이었다.

오늘은 종일 피아노 연습을 했습니다. 하도 오래 안 쳐서 손가락들이 생각의 반도 따라주지 않았지만, 그래도 참 재미있었습니다. 쇼팽의 녹턴을 네 곡이나 쳤는걸요. 작품 37, 48, 55, 62번을 악보도 없이 쳤는데, 다 치고 나서 눈을 떠봤더니, 글쎄 귀신이 백 명도 넘게 모여 있었습니다. 얼마나 놀랐는지…. 처음엔 내가 큰 죄라도 짓다가 들킨 것처럼 당황했다니까요. 모두들 환호하며 박수를 쳤어요. 나를 에워싸면서 말입니다. 나는 큰 무대에서 연주회라도 하고 난 피아니스트처럼 기분이 좋아졌습니다. 거기서 나는 그들과 약속했어요. 나는 그들의 합동 생일 선물로 매달 말에 한 시간씩 연주하고, 그들은 나를 위해 내 생일에 특별 무대를 마련해주기로요. 귀신이 된 게 얼마나 다행인지, 귀신이 된 것이 얼마나 좋은지….

그 남자는 아내의 두 눈에 눈물이 글썽하게 차오르는 것을 보았다. 그 남자의 가슴 저 밑바닥에서 칼바람이 이는 것 같았다. 아내가 그런 바람을 안고 살았던가 해졌다. 이 앞에 속이 많이 상해서 돌아간 일은 잊은 것인가. 언제 하든 사과는 할 작정이었디. 아내가 먼저 그 이야기를 꺼낼 것 같지는 않았다. 그만큼 충격이 컸던 것 같았다.

대학교 2학년도 마치지 못한 채로 가방을 싸 들고 나와서 그 남자와 결혼식을 올렸다. 지금은 장례식장으로 변한 그 희망예식장에서였다. 아내는 음악대학 기악과에서 피아노를 전공하고 있었지만 특별한 재능을 보인 적이 없었다고, 그 남자에게 말해 왔었다. 그 사실이 학기말마다 나오는 성적표에 잘 기록되어 있다고도 했었다. 신문사나 방송국이 주최하는 유수한 콩쿠르에는 참가 신청조차 해본 적이 없다고 했다. 그래서 결혼한 그 학기를 겨우 마친 그녀가 학교에 퇴학을 자청하다시피 했던 거였다. 기혼자는 영구 휴학을 강제당하는 여자대학에서, 제 입으로 결혼생활이 이렇더라 저렇더라 하고 떠들고 다녔다니까. 아내가 대학을 포기하면서 그 남자에게 했던 말을 아직도 기억하고 있었다. 돈 들여 별로 하고 싶지 않은 공부를 왜 합니까? 내 꿈은 덕수 아저씨와 결혼하는 것이었나 봐요….

흐흐흥…. 죽기 전에는 정신 못 차릴 사람이란 말이, 바로 당신 같은 사람을 두고 한 말이었구먼! 죽어 귀신이 된 뒤에야 피아노 치는 것이 그토록 갑자기 좋아졌단 말이요? 기가 막혀 숨이 넘어가겠구먼, 이거!

맞아요, 맞습니다. 당신 말씀이 맞습니다. 그런데 당신… 당신이 신혼 초에 타다 준 한 달 월급 3만 몇천 원…, 그 돈에서 음성 시댁에 보내고, 주택부금 넣고 나면, 임금님 같은 당신의 입맛 맞추기에도 급급했습니다. 나 혼자 동네 시장 갔다가 순대집 앞에 쪼그리고 앉아서 한 접시 사 먹고 올 수도 없었다고요. 당신 모르게 동네 피아노학원에 나가 하루에 네 시간씩 보조 선생님 하면서 한 달에 6천 원씩 받았다고요. 지금 당신의 태도를 보니, 내가 귀신인데도 기가 막혀 숨이 넘어가겠습니다. 홋흐흐흥… 홋홋 홋홋 홋흐 흐흥…. 그때 내가 한 말을 지금까지 믿고 계셨다니, 당신은 오랜 세월 참으로 순진하셨습니다. 그래서 월남에서 몸과 마음이 만신창이가 돼서 돌아왔겠지요. 살아 돌아왔지만 살아 돌아온 것이 아니었겠지요. 이왕 말이 나왔으니 당신한테 한번 물어봅시다. 당신이 언제 내 대학 성적표 한 번이나 보자 한 적이 있었나요? 결혼한 뒤로 아니, 둘이 살기 시작한 뒤로 술에 취해 들어온 날이 반이었잖아요. 술 안 마신 날은 전날 마신 술 때문에 괴로워서 비실거리고. 사무실을 낸 뒤에는 더하셨지요? 황덕수와 김하나의 이름을 따서 지은, 그 D.H. 컴퍼니 말입니다. 2년 동안은 생활비도 제대로 들어놓지 못한 달도 많았습니다. 술 마신 날은 더욱 늘어났고요. …왜 말씀이 없으십니까? 기가 막혀 돌아가시기라도 하신 겁니까?

그 남자는 진짜로 콱 죽어버리고 싶었다. 왜 그런 일들을 그때 모르고 있었는가. 여태까지도 모르고 살았던 것인가. 이제 생각해보니, 모르고 있었던 것이 아니었다. 아예 모르겠다고 눈감고 살았고, 어쩌다 알게 된 일조차 곧 눈감아 버린 것이다. 그래서 자신에게 유리한 쪽으로만 기억하고 있었다. 이때껏 귀신 앞에서 술래잡기를 한 격이었다.

하지만 이제는 다 잊으십시오. 당신한테 지난 일은 이미 잊었어야 하는 일입니다. 내가 새삼 피아노 친 이야기를 한 것은 당신을 약 올리거나 반성하게 만들자는 뜻이 전혀 없었습니다. 내가 귀신으로 행복하게 살고 있으니, 당신도 내 걱정 하지 말고 잘 살라는 뜻입니다. 옛일일랑 다 잊어버리고요…. 오로지 그런 뜻이었습니다. 그리고 부탁할 말이 있습니다. 지금 당신한테는 성질부릴 상대가 없습니다. 유일한 상대였던 내가 없어져 버렸으니. 당신을 돌볼 사람은 당신밖에 없다는 뜻입니다. 명심하셔야 합니다.

그 남자는 커피잔을, 아니 술잔을 입으로 가져가려다가 말았다.

어머! 시간이 벌써 이렇게 됐네. 오늘은 그 얘기 하러 온 것이 아니었는데…. 이걸 어쩌나? 사실은 어제저녁에 저승의 지역장님한테 주의를 받았거든요. 내가 겁 없이 인간을 너무 자주 만난다는 것이었습니다. 있잖아요, 판도라 상자…. 사람은 미래를 몰라야 하는 겁니다. 그래야 사람이니까요. 그런데 귀신이 인간을 자주 만나면, 저승의 특급기밀인 사람의 미래를 누설하는 사고를 치게 돼 있다고 하더군요. 나도 수긍했습니다. 특히나 중병에 걸린 인간은 아예 만나지 않는 것이 좋다고 하더군요. 동정심 때문에 사고 칠 가능성이 그만큼 높아지니까요. 인간에게 미래를 이야기해준다든지 하는 특급기밀 누설죄는 외출금지 처분입니다.

그 남자는 무거운 한숨을 내쉬면서, 그럼 앞으로 어떻게 할 거냐고 눈빛으로 물었다.

주의할 테니 3일간만 시간을 달라고 했습니다. 그랬더니 꼭 자정 전에 돌아온다는 약속을 하라고 해서 순순히 따랐습니다. 사실 이제 당신이 해상도 했겠다, 내가 당신 앞에서 얼쩡거려야 할 이유가 없습니다. 요즈음 인심에 부모도 아닌 마누라가 남편한테 3년 해상제를 받았으면 과분한 일입니다. 모두들 부모상도 1년으로 끝내지 않습니까. 물론 자식이 없어서 나나 당신이나 제삿밥도 못 얻어먹을 처지라서 그런 줄 알고 있습니다. 당신 정성이 지극했어요…. 이제 자정까지는 1시간 25분밖에 남아 있지 않았다.

내가 할 수 있는 일이 그 일밖에 없었어. 그런데 뭐요? 당신이 오늘 하려고 했던 말이…. 설마, 내가 불능이 아니, 부전이 된 이유를 기어이 내 입을 통해 듣겠다는 것은 아니었겠지? 그 남자는 볼 부은 소리를 했다. 하지만 곧 자신이 정작으로 해야 할 말은 그것이 아니라며 후회했다. 앞으로 3일간만 외출할 수 있다면, 이제 아내가 그 남자를 찾아올 수 있는 밤이 세 번뿐이라는 뜻인데…. 그러고만 있지 말고 얼른 말해봐요! 시간 없다면서…. 그 남자는 다시 볼 부은 소리로 아내를 재촉했다. 한 말도 하고 싶은 말도 이게 아닌데 하면서였다. 마땅한 말이 떠오르지 않아서인지 자꾸 딴소리가 나왔다.

그 의문이야 구종구 씨한테 듣기로 했잖습니까. 아내의 목소리는 아주 차분했다. 사실 그 남자는 아내에게 당장 사과하고 싶었다. 그런데 정작으로 아내가 하고 싶은 말이 따로 있었다고 해서 기다리는 중이었다.

당신 어머니, 그러니까 내 시어머님에 대한 이야깁니다. 순간 그 남자의 얼굴이 굳어졌다.

당신이 어찌 그 일을? …귀신, 귀신이라서 다 알겠지만…. 그 남자는 허방다리에 굴러떨어져 정신을 놓고 있다가, 겨우 기어올라서 얼뜬 얼굴로 여기가 어딘가요? 하고 묻는 사람 같았다. …그 일에 대해서는 알 것 다 알고 있어요. 구태여 시간 아깝게 여기서 내게 이야기할 것이 없단 말이요! 그 남자가 소리쳤다. 허방다리의 벽을 붙들고 기어오르려고 안간힘을 쓰는 꼴이었다.

아닙니다. 당신이 죽을 때까지도 모르고 지낼 뻔한 이야기가 있습니다. 그런데 당신이 느닷없이 나한테 하는 태도가 공손해졌다는 것을 아십니까? 어머니 이야기를 한다니까 그런 건가요? 기분이 괜찮습니다. 하나도 이상하지 않습니다. 진작에 좀 그러시지요. 앞으로, 앞으로라고 해봤자 남은 시간이 얼마 되지도 않지만, 남은 시간만이라도 나를 그런 태도로 대해 주시면 좋겠는데요, 흐흐흐흠…. 아내가 수줍게 웃었다.

세계지도에서 보면 손바닥만 하다고도 할 수 없는 나라. 그 나라의 남녘, 그 남녘에서도 서부의 유일한 암산 자락에 그 남자의 탯자리가 있었다. 어머니가 아직 세 돌이 되지 않은 그 남자를 데리고 방물장수를 따라나섰다가, 그곳에서 한사코 멀리멀리 떠나 살게 된 곳이 충청북도 음성이었다. 그런데 그 남자는 그 사실을 스무 살의 그날까지 손톱만큼도 알 수 없었다. 더욱이 그녀는 귀신이 될 때까지 남편의 탯자리가 당연히 음성인 줄로만 알고 살았다.

그녀가 남편에 대해서 비로소 안 사실은 그뿐만이 아니었다. 남편의 진짜 성이 황씨가 아닌 김씨라는 것이었다. 이런 고약한 일이…! 그녀가 이승에서 몇십 년 동안 같이 살았던 사람이 누구였던가 해졌다. 그 남자는 엉뚱한 사람이었던 것 같았다. 김덕수는 전쟁터에서 죽었고, 황덕수가 그 남자의 얼굴로 돌아와서 그녀와 결혼해 살았던 것 같았다.

18

그 남자가 어머니의 손을 잡고 가서 그 사내아이를 처음이자 마지막으로 본 것이, 다섯 살 때의 크리스마스이브로 기억하고 있었다. 그 남자보다 두 살 더 먹었다는 사내아이였다. 장소는 음성 읍내에 있는 천주교회의 사제관이었다. 그리고 오전 미사가 시작된 지 얼마 되지 않았을 때였다.

어머니가 사제관의 유리문을 옆으로 밀어서 열었다. 드르르륵…. 어머니가 먼저 들어가면서 그 남자의 잡은 손을 당겼다. 수녀와 함께 의자에 앉아 있던 그 아이가 고개를 옆으로 돌려 두 사람을 돌아보았다. 순간 어머니는 꼭 쥐고 있던 그 남자의 손을 놔버렸다. 그 남자는 그 기억이 오랫동안 선명했다. 제 손이 버려진 듯한, 그로해서 이제는 자신이 소용없어진 듯한 절망감이 엄습했기 때문이었다. 처음에 그 아이는 멀뚱한 얼굴이었다.

왜, …모르겠니? 잊어버렸어? 네 엄마야! …수녀가 사내아이 앞으로 몸을 낮추더니 오른손으로 어머니를 가리켰다. 그 남자는 그때, 우리 엄니가 아닌 '네 엄마'가 저 아이를 가슴에 안는구나 했다. 용오야ㅡ! 엄니이ㅡ! 아이가 울음을 터뜨렸다. 곧 엄마와 그 아이가 한 덩이가 되어, 엉엉 소리 내어 울었다.

미사가 끝났다면서, 그만 집으로 돌아가야 한다는 수녀의 재촉에 못 이겨서 사제관을 나선 어머니는, 집으로 가는 길이 퍽이나 더뎠다. 어머니의 신발 속에 돌조각이라도 들어간 것인지 발걸음이 힘들었다. 그 남자의 손이 어디 있는지, 그 남자가 어디 있는지조차 잊고 가는 듯했다. 그러던 어머니가 무극천 위에 걸린 다리를 다 건넜을 때, 걸음을 멈추는가 싶더니 둘레둘레했다. 뒤따라가는 그 남자가 그때야 생각이 난 듯했다. 갑자기 돌아서더니 그 남자의 왼쪽 어깨를 우악스럽게 붙들었다. 그 남자는 놀라기도 하고 아프기도 해서 비명이 터지려는 것을 겨우 참고 있었다.

집에 들어가서 아부지한테 그 말 하면 절대로 안 되는 거여! 오늘 엄니가 사제관에서 사내 애기를 만났다는 말 말이여. 사제관에도 성당에도 아주 안 간거. 알겠어? 혹간 말했다가는, 아부지가 너도 나도 집에서 쫓아낼 거여. 너도 나도 집에서 쫓겨나면 어디로 갈 것이여? 명심혀! 말허면 절대로 안 되는거! 그 남자는 어깨가 아픈 것도 잊고 세차게 머리를 끄덕였다. 집에서 쫓겨나는 것은 죽는 것보다 무서웠다. 쫓겨나면 밥을 굶어야 했다. 깡통을 들고 밥을 얻어먹으러 돌아다니든지…. 어머니는 세 번이나 다짐을 받은 뒤에야 잡고 있던 어깨를 놔줬다. 그리고 아침에 집을 나설 때처럼 그 남자의 손을 잡고 집을 향해 갔다.

어머니가 재혼했고, 그 재혼 상대가 아버지였고, 그때까지 아버지는 가난하고 나이 많은 총각이었다. 그렇게 맺은 부부 사이에서 그 남자가 태어났다. 어머니의 전남편은 병으로 돌아가셨다. 이런 등등의 말을 그 남자에게 해준 사람은 어머니가 아닌 아버지였다. 그러니까 그 말이 거짓이었다…? 꾸며댄 말이었다…?

그 남자가 베트남으로 떠나기 전에 받은 2박 3일간의 특별휴가. 휴가 기간의 마지막 날 밤에 부자가 술상을 가운데 두고 안방에 앉아 있었다. '어머니가 같은' 그 사내아이가 미국으로 입양됐다는 말을 거기에 덧붙인 사람은 어머니였다. 어머니는 그 남자 곁에 바짝 붙어 앉아 있었다. 성당 사람들한테서 말을 전해 들었다는 것이다. 그 자리서 어머니는 용오, 그 아이 때문에 오랫동안 그 남자한테 갖고 있던 마음의 빚을 늦게라도 털어내는 성싶었다. 만일에 그 남자가 전쟁터에서 죽기라도 한다면, 그 때문에 얼마나 고통스러울 것인가. 어머니의 세례명은 마리아였다. 아버지와 어머니가 그런 말들을 하기 위해서 어렵게 자리까지 만든 것은, 그 남자에게 무사히 돌아오겠다는 결심을 단단히 다지게 하려는 것이었다. 너 하나만 보고 살아온 가엾은 아버지와 어머니를 기억하라는 것이었다. 아버지는 말을 할 때마다 목에 걸리는지 크음, 크음 하며 가다듬곤 했다. 아버지 핏줄은 아니지만 그 사내아이, 용오마저 이제는 한국에 살지도 않는다…. 이것이 어머니의 입장이었을 것이다. 그렇다면 이런 말 등등은…? 설마 꾸며대지는 않았겠지.

어머니가 재혼한 것이 뭐가 문제인가. 데려온 자식을 새 남편과 함께 잘 기르면서 살지 않았는가. 재혼한 남편과 자식 낳고 죽을 때까지 살았으면 그만이 아니던가. 그래서 그 남자가 어머니를 생각할 때면 늘 소슬한 느낌부터 들었던 것인가. 그리고 그 남성 사중창단이 부른 노래가 들리는 듯했다. 헤어지기 서업서업하여 망서얼이는 나아에게 군바이 하며 내미이는 소온…. 길가의 전파사 스피커에서 나오곤 하던 그 노랫소리.

그런데 이제 다시 아내 귀신한테 듣자니, 그때의 남녘에 있던 그 집에는 다섯 살, 세 살짜리인 아들 둘이 있었다 했다. 그 가운데 큰아이는 조상에 제삿밥을 바칠 핏줄이니 그 집에 남겨두고, 작은아이만을 데리고 그곳을 떴다는 것이었다. 정확히는, 뜰 수밖에 없었던 것이라 했다.

전쟁이 났을 때, 당신네는 동네 앞으로 지나가는 한길에서 가까운 집에 살고 있었습니다. 아내가 그의 얼굴을 똑바로 바라보면서 입을 열었다. 그 남자는, 아마 피아노 건반 위에 두 손을 띄워놓은 채 한 차례 심호흡을 한 뒤에 악보를 바라보는 아내의 눈빛이 저럴 거라고 생각했다. 북쪽에서 내려온 군인들이 국군이 밀려 나간 자리에 벌여놓은 그들만의 세상에서, 당신네 집을 근거지로 삼았지요. 다섯 살과 세 살짜리 사내아이들이 딸린 여인은 그 속에서 만신창이가 될 수밖에 없었습니다. 어디로 달아날 데도 없었지만, 남편이 국군으로 전쟁터에 나갔으니 그들에게 고삐를 잡힌 짐승이나 다르지 않았습니다. 그런데 막상 그해의 한여름이 지나고 그들이 북으로 내뺐을 때, 이제 그 여인은 거기서 살 수가 없었습니다.

그들이 그 지경에 빠진 당신네를 못 본 체하면서, 우리는 무사하니 다행이다 다행이다 했던 동네 사람들. 그 여인이 있어서 동네 안의 다른 여인들이 다치지 않아 고맙다고까지 생각했던 사람들이었습니다. 그러던 사람들이 이제는 한마음으로 손가락질을 해댔기 때문이었습니다. 그 집에 열 손가락이 썩어 문드러져가는, 무슨 몹쓸 병에 걸린 사람이라도 살고 있는 것 같았습니다. 그냥 두면 온 동네 사람들이 전염될까 보아서 그런 것 같았습니다. 날이 가면서 집에다 돌멩이를 던져대는 사람도, 오물을 퍼부은 사람도, 여인에게 우물물도 못 길어가도록 당당하게 가로막는 사람들까지 있었습니다.

그때 여인의 남편이, 즉 당신의 생부가 전쟁터에서 죽지 않고 돌아온 것은 다행일까요, 불행일까요? 생부의 태도가 동네 사람들과 다르지 않았다는 것은 당신과 그 여인, 즉 당신과 당신 어머니에게는 분명한 불행이었습니다. 그리고 살아 돌아왔으나 그런 고통 속에 내던져진 당신의 생부 역시도 불행이었습니다. 결국 그 여인은 자식 둘 중에서 작은아이를 데리고 그 집을 떠났습니다. 방물장수를 따라 소문이 닿지 않을 만한 거리에 있는 음성까지 멀리 갔던 것입니다. 큰아들을 두고 떠난 것은 그래도 그 집안의 대가 끊기지 않게 하겠다는, 그렇게 하는 것이 남편에 대한 마지막 도리라는 생각 때문이었습니다.

당신 어머니는 음성에 살면서도 그 집의 일을 잊지 못했습니다. 큰아들이 그 등살에 어찌 사나 해서였지요. 성당에 나가기 시작한 것도 그 때문이었어요. 전국에 가장 확실한 연결망을 갖고 있는 곳이 성당이었으니까요. 비교적 비밀도 잘 지켜지는 곳이었습니다.

성당은 당신 어머니의 바람을 저버리지 않았고요. 당신의 생부가 3년을 넘기지 못하고 술에 취해 읍내 장터에서 동사했다는 소식을 전해준 것도, 관련 단체에 손을 써서 당신의 용오라는 형을 미국의 어느 가정에 입양시킨 것도 다 성당 사람들이었습니다. 아시겠습니까? 황덕수 씨 아니, 김덕수 씨···. 아내가 급히 자리를 털고 일어서는가 했는데, 금세 눈에 보이지 않았다.

흥! 멋대로 와서 사람을 들쑤셔 놓고 멋대로 가버리는군···. 꿈속이어서 그런지 뜻밖에 마음이 담담했다. 자신의 성이 황가든 김가든 이제 와서 무슨 상관인가 했다. 사람의 외모와 본성이 그대로라면 황가가 김가로 바뀌든 김가가 황가로 바뀌든 달라질 것이 없었다.

어머니가 그런 사람이었다는 것도 그에게는 그다지 중요한 일이 아니었다. 단지 어머니가 그런 고난을 당했고, 신산한 삶을 혼자 삭이며 살아냈다는 사실이 그를 아프게 짓눌러왔다. 하지만 그냥 아픔일 뿐이었다. 이미 대신할 수도 나눌 수도 없게 된 마당에, 그의 아픔이 어머니에게 무슨 위로가 되겠는가. 그래서 그 남자가 어머니를 생각할 때마다 그토록 스산한 느낌이 들었던 모양이었다. 결코 처음 본 것이 아닌데도 처음 본 것으로 간주된, 그 용오라는 사내아이의 '네 엄마'가 잠시 됐던 어머니의 마음 때문만이 아니었다. 그런 작은 일 때문에 나타나곤 하던 증상이 아니었던 것이다.

새벽녘에 아내가 다시 왔다. 이 시간에 왔다니···? 놀란 그 남자가 자리에서 벌떡 일어나 앉았다. 보안 때문에 전화로 말할 수 없어 몰래 나왔습니다. 곧 들통났겠지만 어쩔 수 없었어요. 아내는 헉헉 숨을 몰아쉬었다. 달려와서 그런 줄 알았더니 다른 이유가 있었던 모양이었다.

저승에서 이승으로 전화가 된단 말이오? 그 남자는 호기심부터 해결하러 들었다.

쯧쯧쯧⋯. 귀신들이 뭘 못하겠습니까? 아직도 세상사가 인간들의 뜻대로 잘되지 않는 이유를 모르시는군요. 귀신들을 무시하고 인간들이 멋대로 까부니까 그런 거에요. 아내의 목소리가 좀 깔깔했다.

알았소. 알았으니 무슨 용무인지 어서 말해 봐요. 급한 일이 있는 것 같은데⋯.

구종구 씨가 사흘 뒤 오후 6시 32분에 이승을 떠납니다. 당신한테, 보낼 준비 하시라고 말씀드리는 겁니다. 두 분 사이에는 정리할 일이 좀 있지 않습니까? 이 정보는 당신만 알고 계셔야 합니다. 특급비밀이 본인에게 누설되면 내가 어떤 처벌을 받는지 아시죠? 그럼, 나는 이만 돌아갑니다. 휙! 불어온 바람에 촛불이 꺼지듯 아내가 사라졌다. 그 자리에서 거친 바람이 일었다.

그 남자는 시간부터 확인했다. 6시 3분이었다. 앞으로 59시간 29분이 남아 있었다. 멧돼지가, 구종구가 죽는다고⋯. 그 남자는 부스스 일어섰다. 그러나 무엇 때문에 일어났는지를 잊어버렸다. 멍하니 서 있는데, 구종구 씨가 사흘 뒤 오후 6시 32분에⋯, 아내의 말소리가 울렸다. 아, 참! 그 남자는 화장실로 가서 급하게 몸을 씻은 뒤에 옷을 챙겨 입었다. 구종구를 그냥 보낼 수는 없었다. 무슨 말이든 무슨 일이든 해야 할 것 같았다. 할 말을 다한 것도 같았고 많이 남아 있는 것도 같았다.

운전기사가 나와 있을 시간이 아니었다. 전화기로 들었던 김하나의 말소리가 왼쪽 귓바퀴에서 곰실거렸다. 승용차를 이용하시라. 약국에라도 다녀오시라. 미니 선인장에 물을 주시라. 대충 이렇게 정리되는 말이었다. 그런데 어젯밤까지도 미니 선인장을 까맣게 잊어버린 채였다. 초저녁부터 아내가 와 있었기 때문이었다.

그 남자는 우선 미니 선인장 화분들에 퍼붓듯이 물을 준 뒤에 집을 나섰다. 모르는 새에 꽃망울들이 저절로 부풀어서 속색깔을 내비치고 있었다. 내일 모레쯤, 구종구가 이 세상을 하직할 때쯤에 툭툭툭 한껏 터질 것 같았다. 그 남자를 많이 닮았다 하던 것들이었다. 하긴 고슴도치나 가시선인장이나….

19

　그 남자가 병원에 도착했을 때는 아침 식사 시간이었다. 그가 무얼 먹기는 먹는 것인가 하면서 병실로 갔더니 그의 병상이 비어 있었다. 그가 운동 나갔다고, 20층에 있는 재활치료실로 가보라고, 그 남자가 묻기도 전에 옆 병상의 환자가 가르쳐주었다. 그 남자는 손목시계를 보았다. 7시 17분. 미치인 놈! 곧 저승길 떠날 놈이, 운동은 무슨…. 지금 유서를 쓰고 있어도 시원찮을 일인데. 그 남자는 재활치료실로 가는 동안 그래도 설마설마했다.

　설마가 아니었다. 그는 휠체어를 옆에 버려둔 채, 키 작은 평행봉 같은 기구의 가운데 들어서서 끙끙거리고 있었다. 두 손으로 양쪽의 봉을 붙들고서 기운이 떨어져가는 두 다리로 걷기 연습을 하고 있는가 보았다. 그곳에는 구종구 혼자 있었다. 그는 그 남자가 가까이 다가가도 몰랐다.

"오래 살겠네. 석 달이 아니라 30년도 살겠구나."

"죽기 전에 다시 한번 두 다리로 걸어볼 작정이란께. 두 다리에서 힘이 쏙 빠져분께로 내가 꼭 사람 같지 않다는 생각이 들더란께."

그의 얼굴이 온통 땀투성이였다. 환자복의 등도 넓게 땀에 젖어 있었다. 저래서는 안 되는 일인데…. 기가 막혔다. 저걸 어쩌면 좋은가. 그 남자의 입에서 저절로 헛웃음이 허허허…, 새 나왔다. 그런데 곧 뒤통수가 저릿했다. 언저리를 돌아보았다. 옆에 꼭 아내가 와 있는 것 같아서였다.

"왜 갑자기, 오늘 아침에 그런 생각이?"

"새벽에 누가 나한테 전화를 걸었는디 죽으면 안 된다고, 절대로 죽으면 안 된다고 울어 쌓더란께. 그래서 더 살아봐야 쓰겠다는 생각이 들었던 것이여. 니가 비웃어도 어쩔 수 없는 일…."

"새벽에 누가? 누가 전화를 걸었는데? 누가 울어 쌓더라는 것인데? 니 고향 동네 골말 사람들도 니가 여기 있는지 모른다면서? 누가 너한테 전화를…."

그 남자가 말을 가로막고 따졌다.

"있어, 그런 사람. 니가 그런 것까지 다 알아야 쓰겠냐?"

그는 그냥 밀어붙이려 들었다.

"그래! 알아야 쓰겠어. 꼭 알아야겠다고."

그 남자는 지지 않으려 했다. 그에게 전화할 사람이 누가 있는가. 그 남자의 아내는 아니었다. 죽지 말라고 울어댈 사이가 아니었다. 그럴 사정도 아니었다. 골말이 아닌 양화점이 있다는 그곳의 누구 한 사람? 그래 그곳에 서로 터놓고 살아온 사람이 있을 수 있겠지…. 그도 아니면 베트남의 티엉마이인가? 아니지… 그 나라가 통일한 뒤에는 10년도 넘게 서로 연락도 할 수 없었을 텐데…. 전화는 더욱 아닐 거고. 가능한 일이 아니었다. 그녀가 살아 있기는 하단 말인가? 그 남자의 머릿속에서 의문이 꼬리를 물고 일어났다.

"알았어. 알았단께에! 조금만 기다려. 너도 다 알게 될 텐께."

그 남자는 더는 묻지 않았다. 그의 태도가 매우 완강했다.

"…그런디 이렇고 일찍 뭔 일이여? 밤새 내가 죽기라도 했는가 해서? 지난번에 불상 받고 감동 묵었는디…. 그것이 그때 부대 영문 앞에서 티엉마이한테 받은 것인디 말이여. 니가 자랑 허벌나게 했은께. 내가 참말로 부러워했던 것 아니냐고. 그 소중한 것을 어째서 나한테 줬으까 허고 많이 생각했단께. 인자 죽을 몸인께, 너 먹고 떨어져라 허고 준 것이겠지잉? 에라! 이 나쁜 새끼야. 너, 혹시 월남에서 살아 돌아온 것이 그 불상 덕인지 알고 있는 거 아니여? 웃기고 자빠졌네. 그것은 순전히 이 구 하사 덕이여…. 이 구 하사 아니었으면 너 여러 번 죽었단께."

그는 입으로만 그 남자를 비난했을 뿐, 얼굴에는 장난기를 가득 담고 있었다.

"그래, 고맙다. 니 말이 백번 맞는 말이다. 그러니까 이제 그만 병실로 가자. 아니, 나랑 어디 가서 목욕이나 할까? 아니, 그것은 안 되지…. 너, 지금 목욕해야겠는데 말이야?"

그 남자가 허둥댔다. 죽기 전에 그를 씻겨야 한다고, 그럴 거면 목욕탕에 가야 한다고, 그런데 목욕탕에 가면 벌거벗어야 할 것이고, 사람들이 그의 아랫도리 상태를 보게 될 것이 아닌가…. 속으로 그런 생각을 더듬고 있다가 무심코 한 말이었다.

"너, 생각 한번 잘했다. 나는 암시랑토 안 해. 환자들이 말허는 것 들어본께 이 앞에 바로 대중사우나가 있다고 허던디, 시설도 괜찮다고 허더란께. 거그 가자! 시방 가자."

뜻밖이었다. 그는 마치 오랫동안 기다리고 있었던 것처럼 반겼다. 무슨 예감을 한 것인가. 이제 어쩌면 좋은가…. 그 남자는 일단 키 작은 평행봉에서 휠체어로 옮겨앉는 그를 부축했다. 그가 서둘러서였다. 그러나 그다음부터가 난감했다.

"뭣 허고 있어? 언능 가지 않고 뭣 허고 있냐고? 너 혹시 빈말헌 것이여? 근디 다시 생각해본께 아니여? 나 같은 놈이랑 같이 가면 우세시로울 것 같어서? 너…, 시방 본께, 니 새끼는 그때나 지금이나 하나도 안 변했다. 뜨물에 뭣 담근 것같이 미적지근한 그 성질허고는…. 야, 이 새끼야! 목욕탕에 온 놈덜이 다 남의 물건만 들여다 본다디? 쯧쯧쯧쯧…."

그 남자는 휠체어 뒤로 가면서 속으로 말을 짓씹었다. 너도 안 변한 건 마찬가지여, 이 자식아! 곧 뒈질 자식아! 익모초라도 잘근잘근 씹고 있는 것처럼 그 남자의 입안에 쓴 물이 고이는 성싶었다.

작전명령은 보통 10시간 전에 팀에 하달됐다. 선참 축에 들면서는, 먼저 확실하게 군장을 꾸려 놓은 뒤에 PX로 몰려가서 맥주를 홀짝거렸다. 그런 뒤 침상에 누웠다. 침상에 누워 있다가 무엇을 잊었다는 듯이 하나둘씩 자다 말고 일어났다. 말없이 샤워장으로 가서 몸을 씻었다. 입을 꾹 다물고 한사코 깨끗이 씻었다. 부정한 기운을 씻어내야 살아올 수 있다는 의례였다. 죽은 뒤에 미군이 운영하는 캄란 베이에 있는 한국군 장의소로 가서 남의 손에 목욕하지 말자는 것이었다. 전사자의 찢어진 곳은 꿰매고, 끊어진 곳은 잇고, 터진 곳을 막은 뒤에 깨끗이 씻겨, 나트랑에 있는 100 군수사령부의 화장장으로 보내진다고 했다. 거기서 휘발유불 속에 들어가 있다가 유골이 돼서 나오면 오동나무 상자 속에 담긴다. 그런 다음에 특수 화물로 보잉기에 실어…. 대부분이 생전에 한 번도 타보지 못한, 아니 한 번도 구경조차 못 한 보잉 707 비행기를 타고 귀국하는, 그런 호사만은 절대 누리지 않겠다는 대원들의 간절한 의지였다.

그가 말한 대중 사우나는 지하 1층에 있었다. 그 남자가 당연하다는 듯이 그를 업고자 등을 들이대자, 그가 두 손으로 밀어내 버렸다. 허리만 잘 부축해 주면 걸을 수 있겠다고 했다. 아까 운동했던 효과가 금세 나타난 것인지. 그 남자는 그의 말대로 했다.

탈의실 가운데 놓인 평상 위에 그를 앉혀놓은 뒤, 그 남자는 욕실 입구로 달려가서 수건을 챙겨왔다. 그의 앞부터 가려야 한다는 생각에서였다. 먼저 그에게 수건 하나를 나눠주자 그가 알았다는 듯 빙긋이 웃었다. 그 남자가 급하게 옷을 벗어 옷장에 넣고 자물쇠를 잠갔다. 그러고 나서 그를 도와주려 했다.

그러나 이미 그는 벌거숭이였다. 벗은 옷들을 두 무릎 위에 두 손으로 가지런히 모아 들고 얌전히 앉아 있었다. 아니 그렇게 다리 사이를 가리고 있는 것으로 보였다. 가져다준 수건은 옆에 버려둔 채였다. 그 남자가 옷을 받아들었다. 그는 두 다리를 꼬거나 손으로 가리지 않았다.

그 남자는 미리 외면하려 들었다. 그것이 그에 대한 배려라고 생각했다. 지금도 거기서 피가 솟구치던 광경이 선명했다. 그런데 왜 이러는가…, 얼굴이 화끈거렸다. 불 곁에 있는 것처럼 몸이 뜨거워졌다. 그런데 결국은 눈길이 저절로 그의 다리 사이로 끌려갔다.

때로는 궁금하기도 했었다. 화장실에서 소변을 볼 때, 특히 아내와 되지도 않는 일을 하자고 용을 써댄 뒤에, 그의 거기가 어떻게 됐을지 궁금했다. 그때마다 그의 짐을 챙겨서 의무실로 찾아갔을 때 보았던, 하얀 붕대에 감겨 있던 하복부가 떠올랐다.

제 손으로 잘라버렸지만, 사실이 아니었기를, 제발 그러지 않았기를…, 그래서 실제로는 그대로이기를…. 그랬다. 그런 말이 되지 않는 바람도 갖고 있긴 했었다.

눈에 들어온 실체는 없었다. 희끗한 거웃 속에, 성긴 거웃 속에 그의 그것은 없었다. 깨끗하게 제거돼 있었다. 가리고 어쩌고 할 것도 없었다. 그것이 그 남자가 그에게 저지른 일의 참혹한 결과였다.

"뭣을 넋 놓고 보는 것이여? 언능 탕에 들어가야제."

그는 태연했다. 태도도 말씨도 그랬다. 그 남자의 눈에는 그렇게 보였다. 그 남자는 급하게 그의 옷장을 열고 들고 있던 옷가지를 털어내듯 속에 던져 넣었다. 자물쇠를 잠그는 단순한 일이 여간 힘이 드는 게 아니었다. 손이 떨렸다.

그는 여느 욕객처럼, 단지 다리가 좀 불편해서 부축받는 욕객처럼 탕으로 들어갔다. 그 남자는 그의 허리에 팔을 감아 그를 부축하고, 그는 그 남자의 목에 팔을 걸어 몸을 의지하고 있었다.

"야, 황덕수! 시방 너 혼자 내 것에 신경 쓰고 있다는 거 알어? 제발 신경 잔 *끄란께*…!"

그가 그 남자의 목에 걸고 있는 팔에 힘을 넣어 조르듯이 하면서 소리 죽여 말했다. 그 남자가 저도 모르게 그의 앞을 잇대어 힐끔거렸던 모양이었다.

"없으면 없는 대로 한사코 당당해야 써. 지레 주눅 들어 살면 모르던 사람들까지 알아보고 시피보는 것이여. 아는 사람은 더 시피보고…. 내가 살아본께 그러더란 말이여."

그가 당부하듯 말하고 나서 팔에 들어간 힘을 뺐다.

탕에는 욕객이 10여 명 있었지만 탕 속에 들어가 있거나 샤워를 하거나 면도를 하거나 사우나 도크를 들락이거나 했다.

좌식 샤워기 앞에 의자를 찾아 앉혀놓자 그는 알아서 몸을 씻었다.

"시상은 그런 것이더라. 모두가 지 잇속 챙기기에 바뻐서 남의 일에는 관심이 없더라. 남이야 앞으로 걷든 뒤로 걷든 한 번 쳐다보지도 않는단께. 지 잇속에 보탬이 됨사 도둑놈한테도 선생님이요 나 같은 사람한테도 어르신이제. 내가 본께 그것이 사람들끼리만 그러는 것도 아니더라고. 나라들끼리도 그러드란께…. 안 그런가? 내 말이 틀린 것이여?"

그가 중얼중얼했다. 꼭 그 남자에게 들으라고 하는 말 같지는 않았다. 자기 자신한테 말하고 있는 성싶었다.

사우나 도크에 들어갈 때도 당연히 그 남자는 그를 부축했다. 그와 긴 의자에 나란히 앉았다. 둘 모두 말이 없었다. 먼저 들어와 있는 사람이 하나 있어서였다. 거기서는 그가 두 손을 앞에 모았다. 그 남자도 따라 했다. 지극히 자연스러웠다. 먼저 들어와 있던 사람이 일어서더니 밖으로 나갔다.

"느그 부부한테 애기 없는 것, 그것이 니 불능 때문이람시로? 아니, 부전 때문이람시로? 내가 느그 마누라한테 물어봤단께."

그가 기다렸다는 듯이 말했다. 그 남자는 잠시 숨을 쉬지 못했다. 이 여자가 돌았나? 어떻게 그런 일까지…. 도대체 무슨 생각으로.

"어쩌냐? 내 것 보고 난께 씨원허냐? 있어도 못 쓰는 놈이나, 없어서 못 쓰는 놈이나, 쌔임 쌔임이여. 그래서 세상은 공평허다고 허는지 모르겄어."

"짜아식이! 물어볼 걸 물어봤어야지. 그래서 인마, 고소하냐? 아니 통쾌하냐?"

그 남자가 말을 내질렀다.

"그래, 임마! 깨소금 맛이여. 아니 코코넛 맛이여. 씨원허단께. 니 것도 내 손으로 잘라불면 어쩌까 했는디, 그 말을 듣고 난께 무담씨 헛수고헐 뻔했더란께. 자르나 마난디…. 하마터면 헛수고헐 뻔했제."

그가 이죽이죽 그를 놀렸다.

"이러려고 기어이 목욕 가자고 했던 거냐? 치사하게 복수하려고! 이제 좋아서 저승 갈 때 아주 춤을 추면서 가겠구나. 저승 가서도 기분이 좋아 잔치라도 하겠다고! 그놈의 마누라가 귀신이라서 어떻게 할 수도 없고, 이거 미치겠구먼…."

진심이 아니었다. 그 남자는 일부러 찍는 소리를 했다. 그리고 짐짓 아내를 원망하는 듯했다.

"그런디, 알고 보면 너는 나보다 낫단께. 나보다 훨씬 낫단께! 무
담씨 빚진 것처럼 괴로워허지 말더라고. 너는 나한테 다 청산헌 것
이란께. 내가 너 없을 때 그런 짓 허지 않고, 또 내가 너한테그런 일
당허지 않고 단순히 돈만 슬쩍해갖고 왔드라면, 그 돈으로 나 잘났
다 허고 뻔뻔허게 살았을 텐디…. 나, 구종구. 시방까지 사는 동안
너를 원망허는 세월보다 너헌테 감사허는 세월이 훨씬 많았어야….
절대로 니가 잊지 않고 수십 년 동안 달마다 보내준 돈 때문만이 아
니여. 보훈연금까지 받게 해줬은께 또 얼마나 고맙냐? 이 말은 진심
이여. 하늘이 두 쪼각이 나도 진심이여. 그런께 니가 믿어줘야 쓰겄
어…. 내 말은 말이여, 인자 니가 나한테 불편했던 마음 훌훌 털어
불고 잘 살란 말이여. 주제넘은 말이지만, 불능이든 부전이든 재혼
도 했으면 좋겠고…, 알것냐?"

말을 마친 그가 일어서려 했다. 아마 그 남자가 다른 말을 더 할
까 봐서 그러는 것 같았다. 황급히 그를 부축했다.

"나가자! 걷기 때 정글을 길 때보다 더 덥다야…."

그 남자는 다시 그를 좌식 샤워기 앞에 앉혔다. 앞쪽은 자신이 씻
을 테니 등이나 밀어주라고 그가 말했다. 그 남자는 부득부득 그의
앞쪽부터 때를 밀어나갔다.

"내가 재밌는 이야기 하나 해줄게. 아마 네가 처음 들어보는 이야
기일 거야. 죽여준다니까아. 지난번에 너한테 해주려고 준비했는
데, 네가 먼저 해버리는 통에…."

"그랬단가? 그럼 해봐. 재미 하나도 없는 이야기 해놓고 안 웃는

다고 섭섭해허면 안 된다잉…."

그가 심심해할까 봐서였다. 때가 작은 애벌레처럼 꿈틀꿈틀 밀렸다. 두 팔을 먼저 밀고, 가슴을, 두 다리를 차례로 밀어나갔다.

"어떤 영감이 어느 날 길을 가다가, 구두 할인 판매점에서 맘에 딱 드는 아주 근사한 구두 한 켤레를 발견했다는 거지. 그것을 사서 손에 들고 할멈한테 자랑하고 싶어서 곧장 집으로 달려갔어. 여보, 뭐 달라진 거 눈에 보이지 않아? 하고 거실로 들어가서 새 신발을 신은 영감이, 할멈 앞에 떡하니 버티고 서서 물었지. 아니요. 뭐가 달라졌다는 것인지…. 할멈의 반응이었어. 그러자 영감은 욕실로 들어가더니 옷을 벗어던지고 거실로 나왔어. 알몸에 구두만 신고 말이야. 그래도 달라진 게 안 보여? 영감이 따지듯이 물었어. 아니요. 도대체 달라지긴 뭐가 달라져요? 그제도, 어제도, 오늘도 아래로 축 늘어져 있고, 또 내일도 축 늘어져 있을 거잖아요? 아닌가요? 할멈이 시큰둥하게 말했지. 이때 영감이 머리를 썼어. 그것이 왜 이렇게 밑으로 처져 있는지 알아? 내가 신은 새 구두를 보기 위해서란 말이야! 영감이 소리쳤어. 그러자 할멈도 소리쳤어. 그렇다면 모자를 샀어야죠! 그랬으면 당신의 그것이 위를 쳐다볼 것 아니냐고요…."

그 남자가 재밌냐고 묻기 전에 그가 키득키득 웃었다.

"너는 이야기도 꼭 고슴도치같이 헌다잉. 나를 위로헐라고 자해까지 허는 마음이 기특허다야. 감사허다야…."

그 남자도 하릴없이 키득키득 웃었다. 어느새 그의 몸을 다 씻겼다.

"인자 때는 다 벴겠지? 언능 끝내고 나가자. 병원에서 환자 없어졌다고 난리났겄다야….”

그가 오른팔을 뒤로 돌려 그 남자의 옆구리를 철썩 때렸다. 그 남자는 서둘렀다. 마치 자신이 채찍에 맞은 말 같다는 생각을 했다. 정신이 번쩍 드는 느낌이었다.

“아까 너한테 전화로 죽으면 안 된다고, 절대로 안 된다고 울어 쌓던 사람이 있었다고 했는데…, 그 사람이 여자지? 구례 읍내에 동거인이 있었던 거 아나?”

그때 퍼뜩 그에게 묻고 싶은 말이 떠올라서 장난치듯이 물었다.

“새애끼! 당연히 여자지! 우선 거그까지만 알고 있어, 보채지 말고. 때가 되면 다 알게 될 텐께…….”

그가 조용히 말했다. 놀리듯이 말했다. 표정도 그랬다. 티엉마이가 살아 있는가? 그 남자는 부쩍 궁금해졌다.

20

그를 병실로 데려다준 뒤에, 혼자 엘리베이터를 타고 내려와서 일 층에서 내렸다.

'기분이 어때요?'

아내인 것 같았다. 옆에서 꼭 그렇게 묻는 것 같았다. 왼쪽에 분명히 아내가 느껴졌다. 그녀가 좋아하는 가벼운 장미향이 그 남자의 코끝에서 감도는 것 같기도 했다. 아내가 아니었다면, 두 사람이 같이 목욕탕에 가는 일은 결코 없었을 것이다. 꼭두새벽에 사람을 놀라게 해서 병원으로 달려오게 만든 것이 아내였다. 한낮이라서, 햇살에 눈이 부신 시간이라서 아내는 올 수 없을 것이란 생각이 들었다. 귀신이니까.

그 남자는 곧장 집으로 돌아가기로 했다. 엉덩이가 땅에 끌릴 것처럼 몸이 무거웠다. 그동안 잠을 제대로 자지 못한 탓이 컸다. 11

시가 약간 지난 시각이었다. 집으로 가 있다가 찾아온 우렁각시를 만나보고 싶었다. 아직 아침 식사를 거른 채였다. 그 시각까지는 54시간쯤이 남아 있었다.

　그 남자가 집에 있다는 사실을 귀신같이 알았는지 우렁각시는 오지 않았다. 그래서 점심을 오렌지 주스 한 컵에 식빵 한 조각으로 때우고 말았다. 그리고 잠을 잤다. 모처럼 죽음같이 깊은 잠이었다. 밤 9시가 다 됐을 때야 일어나서, 밥통에 남아 있는 밥과 냉장고의 반찬들로 혼자 먹을 저녁을 차렸다. 식탁에 앉아 숟가락으로 밥을 떠서 입에 넣고 젓가락으로 반찬을 집어 입에 넣을 때마다, 그만큼씩의 후회스러운 마음이 뱃속에 차오르는 느낌이었다. 집에 있지 말았어야 했다. 그래야 우렁각시가 다녀갔을 터였다. 욕심에 눈이 어두워 황금알을 낳는 거위의 배를 가른 꼴이었다. 이제는 아내 귀신이 기다려졌다. 식탁을 치우고 설거지까지 끝냈는데도 아내는 오지 않았다. 뭐야? 이거…. 뭐가 잘못된 거야? 이제 그 시각까지는 하루도 채 남아 있지 않았다.

　저녁 6시 35분이었다. 아내의 외출은 자정까지밖에 허락되지 않는다 했다. 그것도 내일까지라고 했다. 그런데 오지 않는다면 문제가 생긴 거였다. 정녕 새벽 외출이 들통나서 제재를 받은 것 같았다. 그 남자는 아파트 동 앞으로 내려가 서성였다. 옥외 주차장으로 차들이 들어오고 있었다. 가끔은 웃음소리가 솟구쳤다. 말소리가 두런두런 차들 사이로 돌아다녔다. 그 남자의 귓불을 스치고 지나가는 듯도 했다. 3년 전까지는 자신도 저들 사이에 있었지, 해졌다.

　구종구는 밤 9시 텔레비전 뉴스를 보다가 잠이 들고 말았다. 새벽부터 재활치료실로 내려가 땀을 흘렸고, 모처럼 사우나로 가서 온욕까지 했기 때문인 것 같았다. 게다가 끼니를 병원에서 주는 대로 배불리 먹기까지 했다.

　그만 잘 생각으로 자리에 누워서 앞쪽 벽에 높직하게 걸어 둔 텔레비전에 눈을 두고 청동 불상을 만지작거리고 있자 저절로 티엉마이 생각이 났다.

　나 같은 놈이 탐내지 않았더라면, 물론 그런 사고도 없었을 것이다. 결국 자신과 티엉마이는 몇 차례 얼굴을 본 사이로 끝났을 터. 그랬다면 황덕수와 그녀의 관계는….

　현지 소녀와 주둔 외국군 병사가 두세 달 동안 순정을 나누다가 그만 끝났을 것이 아닌가. 그런데 이 청동 불상처럼 결국은 자신한테 와 있었다.

　노! 노…. 죽으면 안 돼…! 죽으면 나 못 살아요. 아들도 있는 사람, 책임져… 책임 안 져…? 그냥 죽으면 나쁜 아빠. 와이프 있는 사람 혼자 먼저 죽어? 어떻게 해? 나쁜 남편…. 오늘 새벽에 티엉마이가 울부짖었다. 그가 살짝 떠본 것이 병통을 낸 것이다. 아무래도 자신이 오래 버틸 수 없을 것 같아서, 나 없이 혼자 잘 살 수 있냐고 물었던 것이다. 그러자 그녀가 대뜸 따지듯 물었다. 지금 어디 있느냐? 혹시 병원 아니냐? 골말로 전화했더니, 거기 베트남 간 것 아니냐 한다. 거기 어디냐? 하다가, 예감이 이상했던지 울음을 터뜨린 것이다.

그는 그렇게 티엉마이 생각, 티엉마이 걱정을 하다 잠에 빠졌다.

웬일인지 황덕수의 아내가 일찍 찾아왔다. 다른 날에는 황덕수를 만난 뒤의 자투리 시간을 활용하는가 싶게 자정이 다 된 시각에 왔다가 금세 가곤 했다.

오늘은 꼭 그 이야기를 들어야겠습니다. 그 티엉마이라는 꽁까이와 황덕수 씨, 그리고 구종구 씨는 도대체 어떻게 얽혀 있었던 겁니까? 오늘 새벽에도 티엉마이 씨가 국제전화로 구종구 씨한테 죽지 말라고 울며불며 통사정하던데…, 뭐가 어찌 된 겁니까? 그녀는 오자마자 그를 다그쳤다. 다른 때처럼 가부좌를 튼 채 공중에 떠서 누워 있는 그를 마주 보고 있었다. 그는 그녀의 목소리에서 결기 같은 것을 느꼈다. 무슨 이유에서인지 그녀가 무엇에 쫓겨 무슨 일인가를 급히 결판을 내야 할 상황인 것 같았다.

그렇지 않아도 오늘은 정미연 씨를 기다리고 있었구만이라우. 나는 오늘 황덕수허고 정말로 친허게 재밌게 지냈단께요. 사실 그녀는 낮에 두 사람이 같이 한 일들을 환히 알고 있었다. 함께 있지 않았어도 얼마든지 그럴 수 있었다.

나도 알고 있습니다. 헌데 그동안 왜 두 사람이 서로 티엉마이 씨에 대한 말씀을 안 하셨는지 도무지 이해가 안 되는군요. 지금 황덕수 씨는 티엉마이 씨가 죽었는가 하고 있습니다. 구종구 씨가 여자한테 전화받았다는 이야길 하기 전까지는 아주 단정해버릴 정도였습니다. 그런데 지금은 혹시 서로 연락을 하고 있었는가 하고 있고요.

구종구는 흐흠, 하고 목을 가다듬었다. 오늘 낮에 있었던 일을 다 알고 있다는 그녀의 말에 목 안이 텁텁해졌던 것이다. 아무리 귀신이라지만 어떻게 남탕에까지…. 그녀는 그가 투덜거리는 말을 귓등으로 흘렸다.

나는 황덕수가 부럽고 또 부러웠구만요. 내가 죽도록 갖고 싶어 해도 하나도 못 가진 것을 그 자식은 다 갖고 있었은께요. 먼저 황덕수가 대학을 댕겼다는 것이 있었고요, 다음이 부모님이 다 생존해 계신다는 것이 있었고, 또 티엉마이 같은 외국 가시내랑 가까이 지낸다는 것도 있었지라우. 그런디 그때는 황덕수가 티엉마이 같은 가시내랑 가까이 지낸다는 것이 첫째였구만이요. 다른 대원들은 팀이 전과를 올렸을 때나 팀장을 구슬려서 겨우 한 차례…, 단체로 외출 허가를 받어냈지라우. 외출해봤자 가까이는 태훅 마을 지나서 탕티 마을의 붕붕집에, 조금 멀리는 중대 영문에서 30분쯤 걸어서 연대 본부 후문 건너에 있는 붕붕집을 찾아갔구만요. 그리고 정말 운이 좋아서 중대장이 닷지 트럭이라도 한 대 내주면, 단독군장 차림으로 닌호아 시가지나 나트랑이란 성청 소재지로 나가 한국식당 같은 데를 돌아다니다 귀대하는 것이 고작이었는디, 황덕수는 바로 코앞에 있는 티엉마이를 살짝살짝 찾아갈 수 있었단께요. 그 가시내가 이쁘기도 했구만이라우. 티엉마이의 태훅 마을 집 주소를 알아봐 준 것도 나였고, 처음에 같이 찾아가 준 사람도 나였는디, 언제부턴가 이 새끼가 저 혼자서만 살짝살짝 찾아댕기더란 말이어요. 황덕수가 티엉마이를 알았을 때는 월남 중참이 됐을 땐께, 매복 나가는 길에도 귀대허는 길에도 표 나지 않게 찾아갈 수 있었은께요.

그런께 그러다 본께 그때, 대원들 중에 황덕수를 안 부러워한 사람이 없었구만이라우.

그런 세월이 서너 달가량 되었던 갑이네요. 마침내 나한테 기회가 왔단께요. 황덕수는 알파팀의 첨병조로 9박 10일 동안이나 기동 정찰을 나갔는디, 나는 그때 의무실에 누워 있었은께요. 앞서 사단급 작전에서 내가 팔과 다리에 수류탄 파편상을 입어부렀구만이라우. 첫날 아침부터 티엉마이 집을 찾아가고 싶었지만, 참고 또 참다가 점심 먹고 찾아갔구만요. 여그쯤에서 맹세코 말허지만, 처음부터 그럴 생각은 눈꼽 찌갱이만치도 없었어라우. 그 동네 뒤쪽에 있는 붕붕집에 가면 3불에 포옹 허락, 4불에 입술까지 허락, 5불에 가슴까지, 그리고 7불이면, …까지 허락이 있었은께 정이 못 참겠으면 그런 데 찾어가면 됐은께요. 내가 혼자 티엉마이를 찾아갔더니, 처음에는 조금 의아해 헙디다. 그러나 곧 반가워 험시로, 황 병장님 심부름 왔냐고 묻더란께요. 그때 내 입에서 어째 그런 거짓말이 나왔는지…. 황 병장 홈노 코리아, 티엉마이 꽁비엑? 황 병장 싸울람! 앞으로 황 병장은 못 온다. 어저께 나트랑항으로 가서 귀국선을 타부렀다. 그런디 너는 모르고 있었냐? 황 병장은 나쁜 사람이다. 어째야 쓰까잉…! 했단께요. 그때까지 알고 있는 월남말에 손발을 다 써감시로 애를 썼지라우. …처음에는 경쟁심에 장난기가 발동한 것이었구만요. 그런디 그 즉시 티엉마이가 엉엉 울어버리더란께요. 그렇게 울지만 안 했어도 그냥 잘 지내갔을지도 모르는 일이었는디…. 나는 꼬랑지를 볿힌 청사맨치로 약이 바짝 오르더란께요. 황덕수가 도대체 티엉마이를 그동안 우쭈고 주물러놨길래 저렇고까지 나온다냐? 이 씨발놈이 결혼이라도 약속했던 것인가, 했어라우. 한국에는 정미연이가 기다리는디…. 물론 두 사람이 그냥 펜팔만 허는 줄 뻔히 알았지만, 남녀 관계라는 것은 모르는 일인께요.

그렇게 내 머리가 점점 돌아불기 시작했구만이요. 그새에 황덕수가 했던 말, 내가 무담씨 괴롭힐 때마다 했던 말… 뭣이냐? 저는 티엉마이하고 순수헌 관계다, 하늘에 맹세코 참전국 군인과 주민 관계 이상이 아니다, 귀국헐 때까지 티엉마이랑 친허게 지낼 뿐이다, 라고 헌 말은 까맣게 잊어부렀구만이요. 애초부터 믿지도 않았지만요. 그래서 그때부터 살살 덤볐지라우. 어깨를 다독거렸다가 등짝을 다독거렸다가 헌께…, 내 품에 덥썩 앵게갖고 펑펑 울어 쌓더란께요. 이때 내 마음이 어쨌겠는가요? 인자는 되았구나, 했어요. 그래서 나는 더 쌔게 티엉마이를 껴안고 말했구만이라우. 또이 타이 테 황덕수. 또이 탐 팅엉마이. 걱정 홍꼬샤우. 내가 황덕수 대신 잘 돌봐줄 텐께, 내가 찾아올 텐께 걱정허지 마라…. 온몸을 다 써가면서 월남말 한국말을 갖다붙였지라우.

한 10분은 울었던 것 같구만이라우. 내가 정글복 바지 뒷주머니에서 땀, 코 묻은 군용 손수건을 꺼내 얼굴을 닦아줌시로, 앞에 했던 말들을 다시 허고 또 했어라우. 그러다가 볼딱지에다 뽀뽀를 살짝 했더니 가만히 있더란께요. 워메 환장허것는 것! 인자 자신감이 생겨갖고, 요번에는 입술에다 했지라우. 근디 티엉마이가 내 얼굴을 아주 사납게 밀어내 불더고라요…. 그때 아이고, 아닌 갑이구나! 더 해서는 안 되것구나. 이러다 일이 잘못되겄다, 허는 생각이 번쩍 들었구만이라우. 그래서 그날은 그만 돌아와 부렀어라우.

그런디 의무실로 돌아가서가 문제였단께요. 침대에서 자빠지고 엎어지고 밖에 나가 펄쩍펄쩍 뛰고 팔굽혀펴기를 허고, 대검 던지기도 해보고…. 별 지랄 염병을 다 떨었구만이요. 그런디 해도 해도 점점 티엉마이가 보고 싶어서 미치겠더란께요. 그런 마음은 난생처음이었어라우. 그래도 다음 날 점심때까지는 겨우겨우 우쭈고 참았는디, 그다음부터는 죽으면 죽었지 못 참겠드란께요.

결국은 PX로 달려가서 쪼코렛트, 비스케트, 껌 같은 것들 허고 맥주며 주스 탄산수 깡통 같은 것들을 잔뜩 사 들고 티엉마이한테 달려갔단께요. 달려갈 때도, 그냥 그 이쁜 얼굴 한번 보기만 해도 살 것 같았단께요.

헛소리하지 마세요! 이미 그때부터 당신은 인간이 아니었습니다. 아니, 전날부터 그랬습니다. 당신은 짐승이었습니다. 멧돼지? 멧돼지가 딱 맞습니다. 아니, 여우나 늑대가 더 어울리겠어요. 인간이 어쩌면 그럴 수가 있죠? 더는 참을 수 없었던지 그녀가 비난하고 나섰다.

좋구만이요! 마음대로 비난허시요. 구종구는 그녀의 말이 귀에 들어오지 않는 모양이었다. 그녀의 말을 막고 제 말을 이어갔다. 어쨌거나 내가 들고 간 봉다리 풀어놨더니, 티엉마이가 허벌나게 좋아허드만요. 황덕수가 귀국해부렀다는 내 거짓말을 진짜로 믿고 있는 것이 분명했구만이요. 과일 접시까지 내왔단께요. 거 뭐이냐? 그 도깨비방망이같이 생겼고, 구린내 나는 과일…, 두리안을 안주 삼어서 둘이 깡맥주 하나씩 마시면서 이야기를 나눴단께요. 티엉마이가 학교에 가 있어야 할 시간인데 집에 있는 이유도 그때 알았구만이라우. 벌써 한 달 전쯤에 그만뒀다는디 나는 모르고 있었지라우. 생각해본께 황덕수가 60프로는 송금하게 돼 있는 다음 달 치 전투수당을 100프로 뽑을라고 중대 서무계한테 빽을 쓴 이유를 알겄드만요. 티엉마이 학교 계속 보낼라고 그랬든 것이지라우. 티엉마이는 학교를 못 나가서 막막헌디다가, 좋아허던 황덕수가 인사도 없이 어제 귀국해버렸다고 헌께, 통 살맛이 안 났것지라우. 그때 내가 다시 나타났은께…. 그래서 맥주도 몇 깡씩 했겄다… 아, 참! 여그서 꼭 해둬야 헐 말이 또 있구만이라우. 티엉마이의 어머니가 슬그머니 자리를 피해주더란께요. 그래서 내 마음이 더 그쪽으로 기울었단께요.

두 사람을 남겨둔 채로 어머니가 일부러 자리를 피해주었다…? 지금 그렇게 말을 했지요? 그녀가 다시 나서서 확인하려 들었다. 그가 반색을 했다.

맞어라우. 꼭 그렇게 보였단께요. 나를 오해허게 맨들었단께요. 전날엔 마당 가 야자수 나무 밑으로 가 있었는디, 그날은 아예 눈에 보이지 않았단께요. 사실은 산으로 일을 보러 갔는 갑이었는디….

월남의 시골 주택 대부분이 그러지라우. 지금도 별로 안 달라졌다고 하던디…. 맨흙 바닥의 큰 방 한 칸이 그대로 집 한 채인 셈이고, 그것을 필요한 숫자만큼 광목 커튼 같은 것으로 나눠서, 그 안에다 각각 나무 평상을 들여놓고 잠자리로 사용하는 형편이고 보면, 손님이 왔을 때 당연히 부모님이 자리를 피해준단께요. 그래서 지레 오해를 했겄지라우.

개 눈에는 된장도 똥으로 보이겠지요! 그녀가 그에게 대들었다.

구종구 씨는 지금 자기 변명거리만 잔뜩 늘어놓고 있다는 것을 아시는지요? 그래서, 그래서요? 그래서 티엉마이를 겁탈했군요? 그녀는 그를 몰아붙였다.

겁탈은 무슨…. 처음에 티엉마이가 분명히 거부했는디, 나는 그것을 부끄러워서 뺀다고 생각했단께요. 저항하는 것을 부끄러워서 그런다고 생각했단께요. 그래도 공격했지라우. 나는 군인이었은께. 그래서…, 고렇고 기어이 일을 봤구만요. 그런디, 허 참…! 그가 씩씩거리며 숨가빠했다.

그녀가 말을 가로챘다. 그런디, 허 참…, 티엉마이가 정말로 저항한 것 같았다? 그래서 놀랐다? 당황했다? …이런 말씀 하려는 겁니까? 나 원 참! 여자를 겁탈했으면, 무조건 날 죽여주세요, 해야지. 무슨 변명이 그토록 주저리 주저리예요? 짐승 같은 인간! 짐승은 소리만 지를 뿐 말은 못 하는 법인데, 구종구 씨는 말하는 요사한 짐승이구먼요….

맞구만이라우. 천만 번 맞구만이라우. 그런디 그 순간에는 죄의식 같은 것은 안 들었구만이라우. 참말로 난감허기만 허드란께요. 황덕수 그 새끼가, 내가 물을 때마다 해댄 대답이 거짓말이 아니었더란 말이네요…. 황덕수한테 욕이 나오드란께요. 이 썩을 놈이 그동안 뭣을 헌 것이여! 풀방구리에 쥐 들낙거리댁기 했음시로, 붕붕도 안 허고 도대체 뭔 지랄을 헌 것이여?

그때 나의 좋은 대가리에서 번쩍 떠오른 아이디어가 있었단께요. 이렇게 이쁜 여자라면, 진짜로 마누라 삼어서 여그서 애기 낳고 살어도 되겠구나. 죽어라 고생을 해도 변변한 세 끼를 못 먹고 사는 별 볼 일 없는 내 고향에 돌아가서 뭣헐 것이냐, 허는 생각까지 했지라우. 황덕수 그 새끼가, 분명히 참전국 군인과 주민 관계 이상이 아니라고 했고 친허게 지낼 뿐이라고 강조했은께, 내가 티엉마이랑 결혼헌다고 허면, 쪼깐 섭섭해허긴 허겄지만, 그래도 잘되았다고 허지 않겄어…, 했단께요.

그런데 황덕수 씨 때문에 엉망이 돼버렸다? 순전히 그 때문이었다? 흐흐흥흥…, 헛소리하지 마세요. 지리산 골말에서 기다리고 있는 사람들은 어쩌고요오…? 과연 구종구 씨가 그 사람들을 모른다 할 수 있었을까요? 그녀가 그를 놀렸다. 아랫입술을 한껏 위로 치켜 올리고 있었다. 그러느라 미간에 잔뜩 주름이 몰렸다.

나를 너무 비난허지 마시오. 나도 다 알고 있은께. 그동안에도 마음 깊이 새겨놓고 살았은께. 전쟁터에서는 순간적인 판단이 군인들 목숨을 죽였다 살렸다 헌단 말이어요. 그때 그 상황에서는 판단이 그랬다는 것이구만요. 나도 살고 티엉마이도 살고 황덕수도 사는 방법이었단께요. 그 순간에는 골말 형제들을 생각허지 못헌 것이 사실이고요…. 사고를 쳤은께 수습은 해야 쓰겄고, 나는 티엉마이가 좋았고….

육이오 때 생각은 안 했단 말인가요? 티엉마이가 당한 것처럼 일가친척들이 똑같이 당했다는 것을 생각했어야죠! 기가 막히네요. 어떻게 인간의 탈을 쓰고….

그런디 그날 황덕수가 부대에 귀환해부렀단께요. 알파팀이 작전 초반에 그만 포기하고 귀환해불지 누가 알았겠는가요? 일이 꼬여도 그렇고 염병 지랄같이 꼬여불랍디어!

일이 안 꼬였으면 잘도 됐겠네요. 지금 구종구 씨가 한 말은 순전히 아전인수 격의 억지입니다. 이래도 저래도 말이 안 되는 일이었다고요.

알고 있구만요. 그럼 여그서 그만 허깨라우? 말을 허라고 허라고 헐 때는 언제고… 나도 참말로 이런 말 허기 싫었단께요! 나는 그 기억을 되새김질허고 잡지 않았단 말이어요! 그가 화를 냈다. 얼굴빛이 창백해졌다.

행여나 두 눈이 붉게 변하는가 싶어 그녀는 지레 섬뜩했다. 아니, 아닙니다. 죄송해요! 내가 흥분했습니다. 그녀가 얼른 사과했다. 그가 포옥 한숨을 내쉬었다. 그녀도 그랬다. 다그치며 따질 줄만 알았지 사정을 헤아려 동정할 줄은 몰랐다.

내가 티엉마이헌테, 우리 결혼허자! 내가 내일이라도 당장 현지 제대 신청헐 텐께. 여그서 너랑 살 것이여, 나를 믿어…. 어쩌고 험시로, 티엉마이가 반의반도 못 알아듣는 말을 온몸을 다 써감시로 두 번째로 덤벼들었는디, 거그서 그만 사단이 난 것이구만요. 일이 꼬일라고 다른 때는 상상도 헐 수 없는 일이 알파팀에 일어났던 것이지라우. 나중에 알았는디, 9박 10일 예정으로 기동정찰을 나간 알파팀이, 그만 1박 2일 만에 부대로 돌아와부렀은께요. 뭔 일이냐 허면, 먼저 2박 3일을 지시받은 지역으로 나가서 매복허게 되어 있었는디, 거그서 베트콩들의 기습을 받아서 왕창 깨져부렀단께요. 초장에 그렇고 되아부렀는디 어쩔 것이요? 돌아와야제…. 그래서 황덕수가 그때 티엉마이 집을 찾어갈 수 있었던 것이지라우. 아무것도 모른 채로 말이어요. 그런디 와 본께로 눈앞에서 그런 일이 벌

어지고 있었은께…. 눈깔이 뒤집힌 황덕수가 그런 사단을 낸 것이
고요. …대검을 뽑아 들고 먼저 내 뒤쪽에서 왼쪽 허벅지를 찌르고
그도 모질라서 내가 뒤로 나동그라지자 그때 내 그것을… 그녀가
그의 말을 손짓으로 막았다. 싹둑 잘라부렀구만요, 피가 샤워기에
서 물 쏟아지댁기 허는디…. 막는데도 그가 말을 참지 못하고 마저
했다.

그 충격 속에서 여태도 헤어나지 못하는 황덕수 씨, 그 사람이 참
으로 안타깝습니다. 가엾은 사람…! 쯧쯧쯧쯧…. 구종구 씨. 그녀
가 그를 불렀다. 오늘 아침나절에 구종구 씨와 황덕수 씨가 목욕탕
에서 화해 비슷하게 하신 것 같던데요, 누구보다 내가 황덕수 씨를
잘 아는데요, 이 일에 대해서는 처음부터 끝까지 오해하고 있습니
다. 아마, 죽을 때까지도 자기식으로 새기고 살 겁니다. 두 사람이
모두 나쁜 놈이고 죽일 놈입니다. 이때껏 자기 둘이서 저지른 옛일
을 큰 죄로 여기고 살아왔으면서도, 그 두려움 속에 살면서도 막상
서로가 원망하거나 사과하는 말을 한마디도 제대로 못 한 것입니
다. 그런데 지금 구종구 씨의 말을 들어보니 두 사람이 서로를 깊이
이해하고 있다는 생각이 들었습니다. 그렇게 아시고 편안히 잘 가
십시오…. 그녀가 인사를 했다. 그는 알지 못했다. 잘 가십시오, 였
다는 것을, 마지막 인사였다는 것을….

그녀가 손으로 그의 오른쪽 어깨를 두어 차례 가볍게 두드려주었
다. 그의 그 팔에서 늘 저릿한 기운이 떠나지 않았었다. 살아오면서
특히 전쟁터에서 그 팔로 많은 죄를 지었기 때문이라고 여기고 있
었다. 그런데 그 팔이 거짓말처럼 시원해졌다.

21

그는 아직 골말에 소식을 알리지 않고 있었다. 처음부터는 아니었지만 정미연한테도 조언을 구한 일이었다. 게다가 자신이 월남에 다녀오겠다, 예전처럼 두세 달가량 걸릴 것 같다, 소식 자주 못 하더라도 걱정하지 말아라, 하고 골말 사람들에게 당부해 놓은 터였다.

티엉마이의 존재를 골말에서도 알고 있었다. 그가 전쟁터에서 만나 서로 결혼을 약속할 만큼 사랑했었는데, 전상을 입은 탓에 갑자기 귀국함으로써 헤어질 수밖에 없었던 사이로, 그러나 의리의 사나이인 그가 기어이 찾아가서 현지 결혼한 사이로 알고 있었다.

그는 2주일에 한 번쯤 골말로 안부 문자를 보내고 있었다. 물론 발신지는 베트남으로 해왔다. 티엉마이랑도 전화든 문자든 골말에 있을 때처럼 주고받고 있었다. 당연히 자신의 병원 치료비도, 입원

할 때 관리부에 예치해놓은 돈에서 때를 지켜서 직접 정산해왔다.

정미연은 구종구가 조언을 구했을 때, 지혜로운 일 처리라고 했었다. 그 사람들이 나중에 섭섭해하더라도 몇 달씩 신경쓰게 해서는 안 된다는 생각이었다. 어디 신경만 쓰겠는가. 할 일을 젖혀두고 덤벼들지 않겠는가. 그는 이미 입원할 때 작성하여 제출한 서류에 보호자 연락처로 골말의 최연장자를 기록해 놓았다.

그는 사실 법률상 부모 형제 일가친척이 없는 사람이어서 입원할 때 애를 먹었다. 보호자나 보증인이 반드시 있어야 한다고 담당 직원이 우겼기 때문이었다. 그때 그는 준비해 온 주민등록 등본을 제시했고, 꽤 큰 액수의 치료비 보증금을 맡김으로써 담당 직원을 설득할 수 있었다. 사망 뒤에 남은 돈은 장례비로 쓰고, 그래도 남는 돈은 보호자에게 지급하라는 본인 확인서를 써내기도 했다. 그러니까 최종 정산을 보호자와 하라는 것이었다.

병실을 나서던 그녀는 문께에서 그를 돌아보았다. 눈길이라도 한 번 더 주고 가야 발걸음이 좀 편할 것 같아서였다. 이제 이승 생활이 40여 시간 남아 있는 그에게 해줄 일이 고작 그것밖에 없어서였다. 그는 자신이 갈 때를 알고 있는 사람처럼 다 정리해놓은 상태였다. 설혹 그녀가 저승의 처벌을 받지 않는다 하더라도, 구태여 그에게 이승의 남은 시간에 대해 말해줄 필요를 느끼지 않을 정도였다.

그 남자는 전날 밤, 자정이 훨씬 지난 뒤에까지 행여나 아내가 오는가 해서, 깊은 잠을 자지 못했다. 그녀는 그 사실을 잘 알고 있으면서도 그 시간까지 구종구와 이야기를 나눴다. 그가 이승에 있는 동안에 티엉마이와 황덕수 그리고 구종구가 전쟁터에서 일으킨 사고에 대해서 꼭 알아두고 싶었기 때문이었다. 이제라도 남편을 제대로 이해하기 위해서였다. 새벽녘에서야 그 남자 앞에 아내가 모습을 드러냈다.

어젯밤엔 뭐가 그리 바빴던 거요? 오늘 저녁 때도 우렁각시가 다녀가지 않았어요. 오후에 일부러 사무실에 나가서, 김하나가 퇴근한 뒤에도 혼자 앉아 있다가, 9시가 넘어서야 집에 돌아왔는데 식탁 위에는 아무것도 없었단 말입니다. 나는 도대체 뭐가 어떻게 된 것인지 알 수가 없습니다. 혼란스럽다고요. 그녀가 보기에 그 남자는 심통을 부리는 아이였다. 우렁각시가 곧 그녀라고 믿고 있어서 더욱 그러는 것 같았다.

나한테 비로소 제대로 존대하시는 건 좋은데, 어째 갑자기 어린애가 되신 것 같습니다. 그래요. 당신이 멧돼지 아니, 구종구 씨한테 직접 들으려던 일을 알아보았지요. 그 일에 대해서 당신이 어디까지 알고 계시는지 궁금합니다. 지금까지 구종구 씨한테 괜히 죄책감만 안고 살았지 진짜 하고 싶은 말은 한마디도 못 하셨잖아요. 당신 성격에 당연한 일이긴 하지만….

내가 알고 있는 것은 그 사단이 났을 때의 상황과 그 일이 어찌 마무리됐는가예요. 어젯밤에 구종구한테 잘 들었다면 그것으로 됐군요. 그러나 그 일이 마무리된 것은 그가 나트랑의 102 후송병원으로 이송된 뒤였으니까, 그때 일은 나한테 들어야 할 거요.

한마디로 완전히 조작됐습니다. 내용이 간단하면서도 명료합니다. …그가 그 꼴이 된 것은 베트콩의 여자 세파 요원한테 당한 것으로 정리됐습니다. 그동안 구종구는 특별 진급을 할 정도로 혁혁한 전과를 올린 장거리 정찰대의 정예요원이었기 때문에 베트콩들의 특별한 지목을 받아왔다는 겁니다. 다들 수긍할 수 있는 사건 배경입니다. 기회를 엿보고 있던 세파가, 입원 치료를 받고 있던 대대 의무대를 멋대로 이탈해 민간인 여자 집에 가 있던 그를 공격했다는데, 뭘 어쩌겠어요? 그리고 나는 그 일과 아무 관계가 없는 겁니다. 대학 3학년 재학 중에 입대한 자로서, 임무가 거칠기 짝이 없는 장거리 정찰대에서 10개월을 넘겨 근무하다 보니, 1개월 전부터 기동 중의 적정 판단 착오로 말미암아, 총 2회에 걸쳐 대원들을 위험에 빠뜨린 일이 있는바, 월남 근무 부적격자로 판정하여 1개월 조기 귀국을 시키는 것으로 정리한 것이오. 흐흐흐흥…. 모르면 몰라도, 아마 중대장, 대대장이 필요한 돈 만드느라고 공팔을 많이 쳤을 겁니다. 군수물자를 많이 팔아먹었을 거라는 말이오. 귀국해서 안 일인데, 그곳에서는 짜웅으로 안 되는 일이 없었답니다. 적과 전투 중에 죽고 죽이면서 올릴 수 있는 전과까지도 돈으로 살 수 있었다더군요. 참 재밌지 않아요? 아내가 머리를 가만가만 끄덕였다.

남의 나라 전쟁터에 왜 갔겠어요? 명분은 이미 공중으로 증발해 버렸고 실리는 바닥에서 굴러다니는데, 재주껏 주워왔겠지요. 영악한 사람은 많이, 순진한 사람은 참전수당이라도…. 거기서 아군한테 피해를 입히지 않는 한 죄인이 될 이유가 없었다는 것이네요.

물론 그 전에 연대장실에서 사단 헌병대와 보안대와 거래하고, 월남군 정보부대에도 손을 썼겠지요. 그런데 베트콩 협력자라는 혐의를 받고 월남군 범죄수사대에 체포됐다가 보안부대로 넘겨진 티엉마이는 내가 귀국선을 타려고 부대를 떠나는 날까지 집으로 돌아오지 못했어요. 참으로 안타까운 일이었습니다.

　그 사건을 저지른 사람은 나였지요. 사실대로 처리됐다면 군 감방에 들어가서 썩어야 했고 그 결과 인생이 엉망이 됐겠죠. 그런데도 사건 조작으로 현장에서 완전히 지워진 사람이 됐던 거예요. 아예 없었던 사람이 된 거라고…. 당연히 백번 감사하면서 없는 듯이 있다가 시키는 대로 귀국해야 했다는 것이지요. 그 남자의 목소리가 점점 열기를 띠고 있었다. 아내는 눈만 껌벅거릴 뿐 다른 반응이 없었다.

　사실 그때 그 남자는 아무도 모르는 일로 별도의 심한 속앓이를 하고 있었다. 알파팀이 9박 10일간의 매복작전에 나갔다가 왕창 깨지고 귀환하자마자, 그 남자가 대검을 허리에 꽂고 티엉마이를 찾아간 까닭이었다. 정찰 출발 전날 밤에, 내일은 매복작전에 나간다고 기밀을 누설한 그 남자, 그것을 곧장 베트콩에 첩보한 티엉마이. 그 결과로 베트콩의 역매복에 걸린 알파팀. 사망 6명에 부상 3명…. 이 일을 어째야 한단 말인가? 이제 티엉마이한테 확인할 길마저 막혀버린 상태였다.

　덤벼든다고 해서 사실이 확인된다는 보장이 있는 것은 아니었다. 목에 칼을 들이대고 위협을 해도 그녀가 입을 열지 않고, 그에 열받은 나머지 손가락을 한두 개쯤 자르면서 고문을 한다 해도 버티면 그만이었다. 사적 제재는 거기까지만 해도 문제가 생길 수 있었다. 그런데 만일 그녀가 엉뚱한 혐의를 받고 있다면?

　알파팀이 역매복에 걸렸다고 판단하는 근거는 이랬다. 첫째는 시각이었다. 밤도 아닌 초저녁에 상식을 깨고 베트콩들이 매복을 섰던 것인가? 둘째는 베트콩들의 매복 장소였다. 어떻게 알파팀이 동네 주변으로 접근할 수 있는 정확한 길목이었던가? 셋째 베트콩의 규모였다. 20명의 정예 병력을 상대해야 하는 베트콩들의 수가 고작 7명밖에 되지 않았는가? 그때는 구종구가 빠진 데다가, 팀을 호랑이와 사자로 나눈 뒤여서, 실제로 그들이 상대한 알파팀의 숫자는 10명이었지만…. 그런 의문들을 모아 보면 베트콩들은 계획에 따라 적절한 인원을 동원할 수 없었으나, 정확한 첩보를 근거로 길목을 지킬 수 있었다. 하지만 유리한 밤 시간을 고집할 수는 없었다는 것이다.

그래도 티엉마이가 억울할 수 있었다. 기밀을 꼭 그 남자만 유출시켰다고 할 수는 없었다. 부대 안에서 식당일을 하는 현지인 여자들이 있었다. 또 대원들이 습관대로 PX로 몰려가 2차 술을 마시면서 떠들어댈 때 그 주위에서는 쉽게 낌새를 알아챘을 것이다. 그보다 더 취약한 것은 그날 밤 그 시각 이후에도, 알파팀이 정찰을 개시한 시각 이후에도 부대의 영문 밖에서 현지인을 접촉한 사람이 어찌 그 남자 혼자만이었겠는가.

그렇다면 베트콩들의 역매복에 걸린 알파팀이 큰 인명 손실을 입자, 그 남자가 충격으로 제 발이 저려서 과잉 반응을 했다고 할 수도 있었다.

이때 아내가 나섰다. 아전인수도 정도껏 하세요. 거 듣기에 민망합니다. 그래서 월남군 정보부대를 찾아가서 구명 운동이라도 했다는 겁니까?

거 참! 했지, 했지요···. 팀장을 통해 월남군 정보부대 주소와 부대장 이름을 알아내서, 귀국선을 타기 전에 편지를 써서 보냈으니까요.

그 내용이야 뻔하지 않았겠어요? 티엉마이는 억울하다. 티엉마이는 이번 사건의 피해자다. 그런 사람이 월남국으로부터 다시 억울하게 피해를 입어서는 안 된다···. 뭐 이런 내용이 아니었겠어요?

어떻게 그렇게 잘 아누? 꼭 그 편지를 본 사람 같구먼···. 다행히 내가 귀국선을 탄 뒤에, 월남에서 엄종철이 발송한 편지가 음성의 집에서 휴가를 보내고 있을 때 도착했어요. 티엉마이가 크게 다친 데 없이 집으로 돌아왔다는 내용이었어요. 내가 믿고 부탁해 놓고 온 후참 팀원의 편지니까 믿을 수 있었지. ···그 뒤에도 엄종철과는 편지를 주고받았어요. 그러다 그가 귀국하면서 끊겨버렸어요. 그러나 그 뒤에 수십 년이 흘렀으니, 내가 티엉마이가 죽었는지 살았는지 알 수가 없지요. 지난번에 구종구가 나중에 알려주겠다면서 기어이 말을 흐리더라고···. 그 남자가 한숨을 푹푹 내쉬었다.

거기까지군요. 생각했던 것보다 감동이 없네요. 그런데 아무리 그곳이 전쟁터고 군인들 일이라지만, 어떻게 그런 식으로 일 처리를 한답니까? 엉망진창이었네요. 그래서 당신이 살아나긴 했지만···. 아내가 소감을 말했다.

헛헛허허, 귀신이 순진하기는···. 남의 나라에서 벌어진 전쟁판입니다. 더욱이나 세계 최고 부자 나라인 미국이 순전히 자기들의 돈을 투자해서 벌여놓은 전쟁판이었어요. 나라든 개인이든 거기에 참가한 목적이 뭐겠소? 세계 자유와 평화를 지킨다? 그건 자기들의 행동을 합리화하기 위해서 앞에 내건 플래카드예요. 미국은 미국대로 자기 나라의 이익을 위해서, 다른 나라는 다른 나라대로 제 나라의 이익을 위해서였어요. 당연히 개인은 개인대로 자기의 이익을 위해서라는 거죠. 그렇습니다. 물론 강제 차출로 파병된 상당수의 병력 중에는 많은 숫자가 그저 끝까지 죽어라 싸움만 하다가 거기서 죽거나 다치거나 성해서 돌아왔지만…. 아내는 아직도 눈을 껌벅거리고 있었다.

뒤늦게라도 내가 알게 된 대로라면, 이왕에 전쟁판에 나온 대부분의 직업군인들이 갖고 있던 목적은 세 가지였어요. 첫째, 열심히 싸워서, 부하들을 열심히 싸우게 해서 전술과 전기를 연마하는 동시에 전공을 세움으로써, 국가에서 훈장을 받고 특별 진급을 하여 자신의 장래를 밝게 한다. 둘째, 국가에서 주는 월급은 그대로 받고 미국에서 주는 참전수당을 더 받아 재물을 축적한다. 셋째, 근무 중에 기회가 포착되면 사양하지 않고 부수입을 올린다. 참전수당보다 국가 재정에 기여도가 더 높은 경우가 왕왕 있으므로, 기회 포착을 게을리해서는 안 된다. 이것이 '주월 직업군인의 삼훈'이라는 것입니다. 거기에 부칙이 있었습니다. 세 가지 목적을 달성하기 위해서는 최선을 다함으로써 애국 애족하는 한편으로, 반드시 함께 살아 돌아가 고국 땅을 밟고, 기다리는 부모 형제의 품에 안긴다, 였어요.

대단들 했네요. 지난 4천 수백 년 동안 전쟁과 전쟁, 변란과 변란 속에서 살아남은 민족답네요. 아내가 다시 소감을 말했다.

그뿐이 아니에요. 구종구는 또 여기에다 떡 하니 '자기훈'을 붙여

놓았어요. 의무사병이 직업군인의 삼훈을 지킬 경우, 국가 재정 기여도가 다섯 배, 열 배 크다는 점을 명심하고, 이행토록 최선을 경주해야 한다, 였어요. 헛허허허⋯. 지금 생각해도 웃음이 나오네. 헛헛헛⋯. 그런데 연대장, 대대장, 중대장 같은 지휘관들이 그 삼훈과 부칙을 지킬 수 없게 되는 판에 가만히 있었겠어요? 수사기관이나 정보기관의 장들은 모두 끗발 있는 직업군인들이었어요. 더욱 큰 입과 배를 가진 직업군인들이란 뜻이에요. 물론 아까도 말했지만, 특히 파병 초창기에 강제 차출로, 아무것도 모른 채 전쟁터로 끌려간 다수는, 이 말 들으면 틀림없이 모욕감을 느껴 분노할 거구만요. 그러나 분하지만 진작에 진실이 다 밝혀진 마당에 어쩔 수가 없지. 이제 와서 어쩝니까? 그때 철석같이 믿었고 믿어왔던 내용이 순전히 선전용이었다는 것을 깨닫게 된 마당에⋯. 적이 승자가 되고 미군이 패자가 된 지 벌써 언젠가? 따라서 월남 파병 한국군의 입장도 분명해진 거요. 그러면 이제 참전 명분을 어디서 찾나? 그 와중에 남은 건 국가의 이익이에요. 유형무형으로 엄청 커요. 마치 가난한 집에 소를 들인 격이에요. 그런데 그 때문에 죽은 자들은 어떡하나요?

아내가 물었다. 그래서 당신이 내게 그랬었나요? 그래서 결국에 우리 부부가 이 지경이 된 건가요? 그건 아니죠⋯? 그 남자는 대답하지 못했다. 확신할 수 없었다. 어느새 아내의 두 볼에 눈물이 줄을 그었다. 아내는 무서운 일을 겪은 뒤처럼 거푸 진저리를 치더니, 그때야 머리를 가만가만 끄덕였다.

이제 그 얘기를 할 수 있겠네요. 여지껏 당신한테 하지 못한 말을… 아무리 당신이 귀신이라도 해외에서 일어난 일까지는 알지 못했겠지만…. 설혹 알고 있는 일이 이었다 해도, 차마 당신 입으로는 말하고 나서 어쩌고저쩌고하기 싫었겠지. 하지만 나는 나대로 당신 생전에는 죽어도 당신 앞에서 입이 벌어지지 않았어요. 딱 하나 지금껏 마음에 걸려 있는 일이었는데…. 서론이 너무 구차했지요? 우리 부부가 아이 얻어보겠다고 두 번째로 병원 들락일 때….

아내가 달려들어 그 남자를 끌어안았다. 알아요! 그만 말해요. 담당 의사한테 그 소리 듣고 당신이 얼마나 힘들었을까! 아내는 몸을 떨며 울었다.

미안해! 할 말이 없어…. 그 남자도 함께 울었다.

구종구 씨 그 사람이 오죽했으면 국가보훈병원이 싫다고, 민간 병원으로 가서 죽을 작정을 했겠어요…. '군' 자만 들어가도 지긋지긋해졌대요. 방광암 발병이 전쟁터하고 관계가 있다는 판정을 받으려고 어쩔 수 없이 몇 번씩 갔는데, 거기 누워 있는 사람들이며, 치료받으러 다니는 사람들이 너무 많더래요. 멋모르고 장애자 자식 낳은 뒤에야 판정받은 사람도 많고…. 부부의 울음이 겨우 진정됐을 때 아내가 말했다. 구종구 씨한테 당신 이야기까지는 말할 수 없었어요. 도리가 아니라고 생각했어요. 말하기 싫기도 했고…. 아내가 다시 울기 시작했다.

그 남자가 그녀의 등을 다독였다. 괜한 기대를 갖게 하고 괜한 마음 고생 몸 고생을 시킨 당신이 얼마나 안쓰러웠는지 알아! 미안해요…. 그 남자도 다시 울기 시작했다.

22

이번에는 아내가 이야기를 시작했다. 구종구가 그 남자에게 직접 하지 못한 말이었다. 하지만 남편이 몹시 알고 싶어 하던 일이었다. 티엉마이에 관한 이야기였다.

그러니까 구종구가 기어이 티엉마이를 찾아내서 정말로 결혼을 했단 말이요? 죽으면 안 된다고 울어댔다는 그 전화도 티엉마이가…? 그런 몸으로? 말도 안 돼! 그 자식 그거 죽을 때가 됐다 싶으니까 그럴듯한 거짓말을 꾸며낸 게 틀림없어요. 충분히 그러고도 남을 인간이니까. 처음에 그 남자는 믿으려 들지 않았다. 하지만 속으로는 멧돼지니까, 구종구니까…, 했다. 얼마든지 그럴 수 있는 인간이었다.

그가 월남과 월맹이 합쳐져서 베트남사회주의공화국이라고 부르는 나라를 1년에 한 차례쯤 들락거리기 시작한 것은 1987년 초부터였다. 그 전해의 연말에 그 나라 정부가 '도이모이'라는 정책을 채택한 뒤, 그동안 적성국가로 지정돼 있거나 적대시해왔던 국가들에 나라를 개방한 덕이었다. 당연히 한국인은 그때껏 누구나 적성국가의 국민이었다. 따라서 그 나라를 방문하기 위해서는 출국 허가부터가 여간 까다로운 게 아니었다. 입국 비자는 태국의 방콕에 있는 그 나라의 대사관으로 가서 받아야 했다. 그래도 그는 기어이 길을 뚫었다.

그가 시작한 양화점은 브랜드 기성화 바람에 채 10년 동안도 제대로 경영하지 못했고, 그나마도 그 나라를 들락거리면서부터는 가게 문을 닫아야 했다. 그래도 할 일을 계속해서 정도껏 할 수 있는 형편은 됐다. 그 남자가 다달이 보내주는 돈에다가 이 명목 저 명목으로 국가에서 받는 돈도 있었기 때문이었다.

통일이 된 지 10년이 넘었지만, 그사이에 그 나라는 발전했다기보다 퇴락해온 듯했다. 그때는 그랬다. 그가 티엉마이를 뜻밖이다시피 쉽게 찾을 수 있었던 이유도 거기에 있었다.

티엉마이는 태혹 마을에 그대로 살고 있었다. 미리 여행사에 부탁해서 어렵사리 알아보았을 때 그 사실이 확인되었던 것이다. 그런데 그가 막상 찾아가 보니 아직 서른여섯 살밖에 되지 않았던 티엉마이는 어디를 보나 할머니였다. 나이가 잘 가늠되지 않을 정도였다. 18년 만에 그를 만난 그 할머니는, 한국군 병장 황덕수란 관등성명만을 기억하고 있을 뿐이었다. 서로의 얼굴을 한 10분쯤 마주하고 들여다본 뒤에야 겨우 기억 속에서 찾아냈다. 물론 그의 설명이 없었다면 시간이 더 걸렸을지도 몰랐다.

더욱 기막힌 일은, 순전히 티엉마이를 보러 어렵게 미수교국으로 들어간 구종구를, 티엉마이 본인이 선뜻 반기지 않는 것처럼 보였다는 것이다. 그의 얼굴에서 확인되고 되살아난 하사 구종구가 그녀한테 고약한 옛 기억을 되살려 놓았기 때문인지 몰랐다.

　그래도 그는 섭섭한 기색을 보이지 않았다. 더욱이 자신이 보고 싶어 했던 모습이 아니라고 해서 돌아설 수는 없었다.

　그때까지 그녀가 결혼한 적이 없다는 사실을 알고 있었다고 했다. 그는 그 이유가 당연히 자신한테 있다고 생각했다. 그런 생각으로 그는 그녀를 만나기 위해 그 나라를 들락거렸다. 귀국한 뒤에 몇 달 살다 보면 그녀가 몹시 궁금해지곤 해서였다.

　그러나 미국과 한편이 되어 총부리를 들이댔던 한국과, 그녀의 그 나라가 국교를 수립할 정도로 세상이 변할 때까지도 그녀의 태도는 여전했다. 하지만 그사이에 그녀는 눈에 띄게 나이에 걸맞은 젊음을 찾아가고 있었다. 물론 얼굴에도 옛 모습이 살아나고 있었다. 베트남도 해가 다르게 겉모습부터 변해가고 있었다.

　그녀의 마음을 돌려놓은 것은, 그동안 구종구 몰래 숨겨놓았던 아들이었다. 놀랍게도 5년이 다 돼가도록 그가 갈 때마다 아들을 잘도 숨겨온 것이었다.

　그녀의 그 아들이 제 어머니 몰래 호텔로 그를 찾아왔고, 그때야 비로소 그는 그녀가 그동안 왜 그토록 까칠하게 굴었는지 알 수 있었다. 그가 그녀의 아들을 데려갈까 봐 두려웠던 것이다. 그는 한눈에 그녀의 아들이 자기 아들이기도 하다는 것을 알아보았다. 이를 확신한 뒤에, 아들의 입을 통해 그 사실을 확인할 수 있었다. 아들은 단지 한국으로 가서 돈을 벌고 싶으니, 그 편의를 봐달라는 부탁을 하기 위해 그를 찾아왔다고 차갑게 선을 그었다. 아버지라고 해서 어떤 부담도 주지 않겠다는 약속을 전제한다는 조건을 내세우기까지 했다. 조금이라도 그리워서, 얼마간이라도 반가워서 찾아온 것이 아니라 했다.

당신이 구종구 씨한테 매월 송금한 돈은, 티엉마이를 찾아낸 뒤부터 모두 티엉마이네로 보냈다고 했습니다. 갈 때마다 목돈도 도와주었고요. 그 대신 아들은 티엉마이를 위해서 데려오지 않았답니다.

그런데 티엉마이 씨가 그렇게 매력적인가요? 그때 당신한테는 티엉마이가 사랑하는 사람이었던가요? 그럼 나는 뭐였던가요? 나는 그냥 펜팔로 알게 된, 아직 실물도 못지 못한 풋풋한 여고생에 불과했습니까? 맞지요? 아내의 자문자답하듯 하는 말에 남편은 머리를 끄덕였다. 맞다는 뜻입니까? 말씀으로 대답해 보세요! 그녀가 다그쳤다.

그래요, 맞아요. 그때 티엉마이는 해외로 파견된 병사들이 주둔해 있는 부대 주위의 현지 여고생이었고, 당신은 고국에 살면서 내 마음을 슬슬 사로잡아가는 여고생이었지요. 그 남자가 대답했다.

아내가 살포시 웃었다. 그리고 자리를 털고 일어섰다. 나는 구종구 씨 아들 이야기를 들으면서, 왠지 문득문득 당신의 어린 시절이 생각났답니다. 아, 참…! 구종구 씨, 그 사람, 자기 몸뚱이까지 병원에 기증해 버렸더라고요. 그녀가 지나가는 말처럼 했다. 여보! 당신의 진심이 참 고맙습니다. …그런데 내가 그렇게 말했는데도 아직 한 번도 병원에 안 갔지요? 내일은 꼭 병원에 가서 눈 치료 받으세요. 제발 말 좀 들으세요, 네? 그럼, 안녕! 오늘 밤이 마지막이었군요…. 할 말을 다 했다는 듯이, 알아볼 것은 다 알아보았다는 듯이, 할 일을 다 했다는 듯이 아내가 훅 날아가 버렸다. 환한 얼굴이었다. 다행이었다.

어어어…! 남편이 한 손을 들어 올리며 아쉬움을 나타냈지만 벌써 소용없는 일이었다. 아내가 떠난 자리에 환한 웃음이 남아 있었다. 멋대로야! 나더러 어쩌라고…. 그가 혼잣말을 했다.

그래도 좀 편해진 얼굴을 보고 가니까 마음이 괜찮네. 다행이야. 살던 집을 나선 아내도 혼잣말을 했다.

무정한 사람! 어떻게 저럴 수가 있는 건가…. 그 남자가 다시 혼잣말을 하면서 허공을 그러잡은 손을 맥없이 떨어뜨렸다.

끝내 왜 강물 속으로 차를 몰았던 것인지를 말하지 않았다. 얼버무려놓고 가버린 것이었다. 그래도 이제는 알 것 같았다. 아내는 늘 그런 식이었다. 얼핏 자신의 말투처럼 일 처리도 분명하게 하는 것처럼 보였다. 그러나 지극히 구차스러움을 싫어해서 일의 과정을 무시하곤 했다.

귀신이 된 아내는 달라졌나 했었다. 그 남자와 구종구 사이를 부지런히 오가면서 얽힌 감정을 풀어보겠다고 애를 쓴 것이었다. 기회가 다시 올 수 없었고, 자신이 아니면 할 수 없는 일이라고 판단했을 터였다. 더는 남편이 무엇엔가 짓눌려서 궁상스럽게 헉헉대면서 사는 꼴을 두고 볼 수 없었던 것이겠지. 그것이 이승에서 못다 하고 간 일로 가슴에 맺혀서 귀신으로 사는 데도 힘들었던 것인가 ….

더욱이 그녀가 그 남자 때문에 2차 피해자로 산 것이다. 그런 삶을 이겨내지 못한 것이다. 그 남자는 이를 부정할 수 없었다.

한번은 그랬었다. 결혼한 지 3, 4년쯤 됐을 때였으니까, 아직 신혼 때라고 할 수 있었다. 계절이 늦가을이었다는 사실이 머릿속에 새겨져 있었다. 그날의 아침이 생각날 때면, 맨발로 하얗게 서리가 내린 들판을 걷는 것 같았다.

그 남자는 이틀 거푸 외박을 하게 됐다. 아니 외박을 했다. 음성에서 초등학교 시절의 친구가 서울에 온 탓이었다. 자두 과수원을 하는 친구였다. 내년부터라도 농산물 시장에 직접 물건을 내볼까 해서 자두 운송 트럭을 타고 왔다가, 느닷없이 그 남자가 생각나서 연락했다는 것이었다. 초등학교 시절에 제일 친한 친구였는데, 졸업한 뒤에는 그날이 처음이었다. 모교에서 열리는 동창회에 한 번도 참석하지 않았지만, 해마다 회비는 꼬박꼬박 내온 그 남자였다.

첫날의 외박을 정리하면 이랬다. 술을 마시다 보니 자정이 되어 야간 통행금지 시간에 걸렸고, 가까운 여관을 찾아들어 둘이서 잤다. 그 시절의 젊은이들이 주로 마시던 술은 소주도 맥주도 아니고 막걸리였다. 특별한 점이 있었다면, 그날은 좀 마음먹고 맥주를 마셨다는 것이다. 이 사실을 쉰 집 걸러 한 집이나 전화를 놓고 살던 때에 아내에게 어찌 알릴 수 있었겠는가. 어쩔 수 없었으며, 더욱이 죄지은 바가 없었다. 구태여 책임과 죄를 따지려면, 나라의 잘못된

제도를 상대로 해야 했을 것이다.

　그리고 이틀째의 외박을 정리하면 이랬다. 그 친구가 음성으로 돌아가지 않았다. 친구는 이왕에 왔으니 다른 동창생도 만나 점심을 먹게 되었다. 그 뒤에 이 친구 저 친구를 더 만나다 보니 몇이서 저녁 먹는 자리가 됐고, 그 남자한테 다시 만나자 했을 것이다. 그래서 그 남자까지 여섯 명의 동창이 막걸릿집에 모였다. 특별한 점은 남자 둘에 한 명씩 술 따라주는 여자들이 끼어 앉았다는 것이다. 워낙 사람값이 헐할 때였다. 새벽이면 밤새 완행열차를 타고 각지의 농촌에서 올라온 열여섯 일곱 살 소녀들이, 서울역 광장으로 수없이 쏟아져 나왔고, 그녀들을 노리는 '늑대'들이 곳곳에서 발톱을 숨긴 채 어슬렁거렸다. 시절이 그랬다. 그래서 그런 상황이 벌어졌고, 역시 통행금지 때문에 여관으로 기어들었다. 그때야 그 남자는 자리에서 중간에 빠져나오겠다는 다짐을 하고 막걸릿집에 갔다는 기억이 났다.

　새벽에 일어난 그 남자는 골이 지끈거리는데도, 사이사이에 아내한테 미안하다는 생각이 들었다. 아내가 걱정했을 것이기 때문이었다. 또한 잠이 깼을 때야 알았는데, 옆에 친구가 아닌 여자가 자고 있었다는 사실 때문이기도 했다. 그 일이 죄도 없는 그 남자에게 부적 미안한 마음을 갖게 한 것이었다. 멀쩡했을 때도 일이 되지 않는데 잔뜩 술에 취해서 뭘 어쨌겠는가.

　급하게 택시를 잡아타고 집으로 갔다. 여전히 부엌이 딸린 방 한 칸에서 세를 살고 있었다. 아내의 태도는 의연했다. 눈이 좀 부어 보이긴 했다. 그 남자는 그런 아내의 태도에 왠지 불안했다. 부엌에서 대충 씻을 때도, 내온 밥상 앞에 혼자 앉아 밥을 먹는 동안에도 아내는 아무 말이 없었다. 아내가 그러니 그 남자도 입을 열 수가 없었다.

하복으로는 추울 겁니다. 춘추복으로 갈아입으시고…. 불과 이틀 사이에 가을이 부쩍 깊어진 듯했다. 새벽에 여관 앞에서 택시를 기다리고 서 있을 때 목에 감긴 냉기가 등골로 흘러내렸다는 기억이 살아났다.

앞으로 늦으면 꼭 전보 치세요. 내가 알아보니까 전보 치면 시내는 세 시간 안에 들어온답니다. 지금으로 치면 통금 시간 넘어도 배달되고요. 꼭 전화국에 가지 않고, 술집에 있는 전화로도 가능하답니다. 그 남자가 밖에 나가 신발을 신고 있는 동안에 아내가 안에서 한 말이었다.

앞으로 늦으면 꼭 전보 치세요…. 그 남자가 버스정류장으로 걸어가는 동안 귓가에서 그 말이 늦가을 바람을 타는 버들잎처럼 살랑거렸다. 참 이상한 사람이네. 특별한 사람이야…. 그가 그때 중얼거렸던 말이었다.

그랬다. 아내는 자기 관리에 특별히 차가운 사람이었다.

23

그 남자는 정상 출근을 했다. 사무실이 좀 낯설었다.

"어떠세요? 기분 전환이 필요하실 거란 생각으로 사무 가구들을 좀 옮겨봤습니다."

"좋군요! 나 없는 동안 수고했어요."

사실 그 남자는 좀 불편했다. 예측하지 못한 일에는 몸이 긴장했다. 작은 일이라 해도 그랬다. 앞으로 한 달쯤은 그런 기분으로 지내야 할 것 같았다. 김하나는 그걸 모르고 있음이었다.

김하나가 업무보고를 시작했다. 부산항, 평택항, 인천항에 도착해서 보세구역에 들어가 있는 물량, 사별로 통관해서 인수해 간 물량, 또 엘시(L/C)가 개설된 물량, 판매 상담 중인 물량 따위였다. 판매 수수료가 입금된 내용도 있었다. 그 남자가 자리를 지키고 있든 비워놓고 있든 상관이 없었다. 세월이 흐르듯 강물이 흐르듯 일이 막힘없이 이루어지고 있었다. 김하나의 경력에서 나온 힘이었다. 그리고 그녀가 늘 두 손으로 힘주어 움켜쥐고 있는 자존심의 힘이었다.

"이거 보십시오…."

김하나가 새로운 파일을 그 남자 앞에 펼쳐놓으면서 말했다.

"저번에 러시아 펄프 제조업체 사람들과 사무실에서 만날 약속했다는 말씀을 드렸지요?"

파일에는 코트라 직원의 명함 한 장과 그의 안내로 찾아온 러시아인 명함 두 장이 정리돼 있었다. 정기태 과장, 블라드미르 알렉스비치 이사, 유리 락티코프 부장. 그녀가 자료를 다시 펼쳤다.

"동시베리아 지역 이르쿠츠크주 브라츠크시에 그 유명한 바이칼 호수가 있답니다. 그 외곽에 안가라강과 이르쿠츠크강이 도시의 서쪽을 향해 마주 보고 흐르다가 합류하는데, 그곳에 있는 제2공장에 펄프 기계 하나를 새로 가동시켰답니다. 공장의 연간 총생산능력이 무려 소프트 72만 톤입니다. 역시 러시아인들답지요?"

"그런 설명을 듣고 있으니까, 나는 영화 「닥터 지바고」에 나온 오마 샤리프의 콧수염에 맺혀 있던 고드름이 떠오르고, 「해바라기」에 나왔던 소피아 로렌의 그 큰 눈, 그 큰 눈의 눈시울에 맺혔던 눈물방울이 생각나는군요. 허, 참! 그 회사와 인연이 닿으려나 봅니다. 헛허허허…."

"다행입니다. 저도 사장님이 긍정적으로 검토하실 것 같다고 말했거든요. 그런데 영화가 두 편 모두 전쟁영화네요. 역시 월남전 참전 경력이 중요하십니다…."

"고맙습니다. 계속합시다."

"아체베 그룹은 러시아 전체 펄프 생산량의 30%를 생산하고 있습니다. 20여 년 전부터 우리나라에 조금씩 들어오고 있었는데 품질 문제가 있었지만 이제 완전히 개선됐습니다. 국내 4개 업체에 샘플을 돌렸는데 모두 상급품 판정을 받았답니다. 블라디보스토크까지 철도 운송 후 선박 운송이 이루어지는데, CIF 부산 조건이면 운송상의 위험성이 완전히 배제되는 것이고요."

그 남자는 머리를 끄덕였다. 구종구가 언제 죽는다고 했던가…? 오늘 밤 6시 32분이었다. 그럼 앞으로 7시간 반쯤 남았는데…. 장례는 어떡하나? 혼자서 치른다…? 그건 말도 안 되는 일이었다. 골말에 가족 같은 사람들이 있다고 했다. 그 남자가 임의로 장례를 치렀다가는 나중에 큰 원망을 듣게 될 터였다. 그런데 구종구의 시신을 병원에 기증했다면 어떻게 되는 건가? 시신 없는 장례식을 치러야 하는 건가? 어디선가 두 번 치러야 한다는 말을 들은 것도 같았다. 먼저 이 일부터 알아봐야겠어. 골말에 알려야 한다고 구종구를 설득하는 일도 급했다. 무슨 말로 그를 설득할 수 있을 것인가….

구종구는 병상에서 텔레비전을 보면서, 윗몸일으키기를 하고 있었다.

"어? 그래, 맞어! 니가 찾아올 것이라고 했어. 어저께 밤늦게 정미연 씨가 다녀감시로 알려줬단게. 자기는 갑자기 바쁜 일이 생겨서 한동안은 못 올 것이라고도 했어."

구종구는 바닥으로 내려설 참이었다. 그 남자가 달려가서 부축했다. 두 사람은 휴게실로 갔다.

그 남자는 믿어지지 않았다. 아내가 뭘 잘못 알고 그런 말을 했던 것이 아닌가 해졌다. 앞서 만났을 때보다 구종구의 건강이 더 나빠 보이지 않았기 때문이다. 더 쌩쌩해졌다면 모를까….

"뭣 헐라고 왔냐? 니 마누라가 다 알어서 처리해놓고 갔는데… 나 죽으면 병원 업무과에서 월남으로, 골말로 즉시 연락해주게 되아 있어. 길이 잘 나 있은께, 연락허면 골말에서 올라오는 디 세 시간이면 되아야. 티엉마이는 어쩔 수 없는 일이고…. 임종? 누가 임종을 허든 안 허든 뭣이 달라지겠냐? 그런께 눈꼽 찌갱이만치도 걱정 허지 말드라고. 알겄냐? 내 말 알어들었냔 말이여?"

그가 명령하듯 했다. 그 남자가 의자에 궁둥이를 붙이기도 전이었다. 사실 정미연이 다 처리해준 것은 아니었다. 조언을 좀 했던 것 같았다. 그 남자를 포기시키기 위해서 그렇게 말한 것이다. 그렇게 해서 그 남자가 병원으로 안고 왔던 무거운 걱정거리들이 모두 사라져버렸다. 장례에 필요한 일들까지 그가 주도면밀하게 다 준비해놓았던 것이다.

"좋아! 둘이서 그렇게 하기로 했다는데 내가 뭘 어쩌겠냐."

그 남자가 다른 말을 더 꺼내지 못했다. 네 사망 시간을 알고 있는 나라도 와서 임종할게, 하고 그 남자가 속으로 말했을 뿐이었다.

"참 이거…. 이것은 너한테 준 것인께 니가 갖고 있어라. 그것이 좋겠다."

그가 탁자 위에 청동 불상을 올려놓았다. 그 남자는 손사래부터 쳤다.

"아니야. 그건 니 거야. 마누라한테 들었어…. 아들도 만났다면서…. 딱 한 번에 득남하다니, 역시 너는 뭣이든지 잘하는 놈이었어. 내가 인정한다. 가져! 잔말 말고 니가 갖고 가. 니 마누라 티엉마이가 예전에 준 것을 내가 보관하고 있다가 전해준 것이라고 생각해."

"애초에 니한테 주었던 것이고, 산 사람한테 필요한 것이란 말이여. 이것 갖고 있음시로 나 죽은 뒤에도 첨병조장 구종구 하사를 생각해줘…. 그러고, 며칠 뒤에 느그 집으로 내 편지 도착헐 것인께, 한번 읽어봐."

"편지는 무슨…?"

그 남자는 그에게, 지금 당장 말로 하라고 하려던 참이었다.

"째깐 피곤허다야. 그만 가서 누워야 쓰겄구만…."

갑자기 그가 휠체어 바퀴를 굴리려 했다.

그러고 보니 그새 그의 얼굴에 피로감이 급하게 몰려 있었다. 얼굴빛이 창백해진 데다 윗입술에 경련이 지나가고 있었다. 그 남자는 아직 시간이 많이 남아 있는데, 왜 이러지, 했다. 그를 부축하면서 불상을 집어 들었다. 휠체어 뒤로 가서 손잡이를 잡기 전에 불상을 그의 환자복 주머니에 살짝 넣어 주었다. 불상이 없더라도 너를 오래 생각할 거다….

병동을 나선 그 남자는 타박타박 걸었다. 승용차를 타고 왔다는 사실을 잊고 있었다. 나는 걱정 안 해도 되니께 언능 가서 니 일이나 보라고…, 손사래를 치며 몰아내듯 하던 그의 모습이 눈앞에서 어른거렸다. 니가 나보다 불쌍헌 놈이어야…. 나한테는 마누라도 있고 자식도 있은께. 그런디 너한테는 뭣이 있냐? 그가 병실로 가는 동안 앓는 소리에 섞어 그에게 한 말이었다. 순간 두 다리의 힘이 좌악 빠지면서 하마터면 주저앉을 뻔했다. 그래! 나한테는 나밖에 없다. 너보다 내가 더 불쌍한 인간이다…. 그 남자는 머리를 주억거렸다. 머리를 젓지 못했다.

　일원역이었다. 그 남자는 지하철역 승강장 의자에 앉아 있었다. 그가 다른 세상으로 가버렸다면…. 티엉마이가 그 소식을 듣게 되면…. 그 남자가 귀국해버렸다는 거짓말을 들었을 때와는 비교할 수가 없겠지. 혼자 정글 속에 버려진 것처럼 무섭고 막막하겠지. 그래도 그때와 다르겠지. 아들이 있으니까….

　그때 부대로 티엉마이가 불상을 가지고 찾아온 뒤, 그 남자가 티엉마이가 사는 집을 찾아갔었다. 당연하다는 듯 구종구가 앞장서서 여기저기 물어 찾을 수 있었다.

　어머니와 둘이서 사는 집이었다. 아버지는 전쟁터에 나갔다가 깨꼴랑(죽었다) 했다고 했다. 그녀가 그 남자와 구종구의 붉은 눈을 번갈아 보면서, 아무렇지도 않은 얼굴로 한 말이었다. 그리고 그녀가 고등학교 3학년생이라는 것, 한 시간쯤 자전거를 타야 학교로 갈 수 있다는 말도 했다. 그날은 그녀에 대해 거기까지 알고 돌아왔다. 부대로 돌아온 그 남자는 그녀의 많은 것들이 부쩍 궁금해졌다.

　그 남자와 티엉마이는 대나무 평상에 좀 거리를 두고 나란히 앉아서 이야기를 나누고 있었다. 마당 가에는 대추야자 나무 한 그루가 늦은 오후 햇살을 막고 서서 그 밑에 있는 평상에다 제법 넉넉한 그늘을 드리우고 있었다. 문에 드리워진 주렴 안에서 그녀의 어머니가 두 사람을 바라보고 있는 모습이 죽 어른거렸다. 두 번째로 혼자서 찾아갔을 때였다.

혹시 내가 불편하지 않는가? 지난번에 구 하사랑 왔다 간 뒤에, 동네 사람들한테 말을 듣지 않았는가? 그 남자의 말. …우리는 한국군을 환영한다. 한국군은 우리를 반가워하지 않는다. 무시한다. 동네 사람들 말이다. 한국군도 우리를 반가워했으면 좋겠다. 티엉마이의 말.

불상이 고마웠다는 말은 첫 번째 왔을 때 했다. 그때 그녀는, 자신을 공격한 무리를 퇴치해 준 황 병장님한테 깜온(감사)하는 마음에서 주었다고 했다. 서로가 자기 나라 글밖에 모른다고 생각해서 자신의 마음을 그림으로 그렸다는 것이었다.

결국은 둘이서 영어를 쓰고 있었다. 그 남자가 좀 낫고 그녀가 많이 떨어진다 해도, 둘이서 이야기를 이어가다 보니, 그런대로 의사소통이 이루어진다는 것을 알 수 있었다. 그런데 그 남자에게 문제가 있었다. 지독한 냄새 때문에 이야기에 집중하기가 어렵다는 것이었다. 고린내와 구린내였는데 머리가 지끈거릴 지경이었지만, 그렇다고 차마 말을 할 수가 없었다.

슬쩍 둘러보았더니 그 집의 마당 가에까지 산자락이 내려와 있었다. 그 일부를 일궈서 만든 텃밭에는 카사바 꽃들이 한창이었다. 흰색 바탕에 노란 테를 두른 길쭉길쭉한 꽃잎들이 뜨거운 햇살 속에서도 싱싱했다.

그날은 거기서 그만 돌아왔다. 냄새 때문에 다시 가질까 싶었는데, 일주일을 넘기고 다시 티엉마이네를 찾아갔다. 이번에는 PX에 가서 먹을 것과 마실 것들을 한 봉투 사든 채였다.

그녀의 아버지가 '깨꼴랑' 했다는 전쟁이 프랑스에 맞선 독립전쟁이었다는 것을 그때 알았다. 역시 혼자서 찾아갔었다. 그 남자는 월남전이 나기 전에 프랑스가 한동안 그 나라를 지배했다는 사실 정도는 알고 있었다. 그러나 100년 동안이나 된다는 사실은 모르고 있었다. 그녀가 그 이야기를 했다. 그 남자가 물었기 때문이었다. 100년 동안 중에는, 제2차대전으로 프랑스가 제 나라로 돌아가고 그 기간을 처음에는 독일이, 나중에는 일본이 끼어든 적이 있다는 것, 그리고 일본이 끼어든 기간에는 미국이 도리어 호치민군을 도왔다는 것 등을 티엉마이한테서 들었다. 그러니까 그녀가 제 나라 역사를 이야기해 준 것이다. 그때 그 남자는 생각했다. 그런 역사를 알고서 그 나라에 들어온 한국군이 얼마나 될까? 1퍼센트나 될까? 그러니까 미국이 호치민군을 도운 적이 있다는 사실을 또 프랑스군이 호치민군한테 지고 나간 자리에 미군이며 한국군이 들어갔다는 것을. 나중에 안 일이 있었다. 그때 그 밖에도 아세아에서 4개국의 비전투부대가 더 그 나라에 들어가 있었다는 것을. 월남국까지 합하면 무려 7개국이 합세해서 북쪽과 전쟁을 하고 있었던 것이다.

그녀가 이야기를 이어나갔다.

월남 사람들은 내놓고 남의 말을 하지 않습니다. 뿐만 아닙니다. 속마음도 잘 드러내지 않습니다. 100년의 프랑스 식민지 기간 중에 9년간의 독립전쟁, 그리고 1964년 여름부터 지금까지, 앞으로도 언제 끝날지도 모르는 전쟁을 하고 있는 나라입니다. …그런데 내가 보기에 지금 황 병장님은 어디가 몹시 불편한 것 같습니다. 그 남자는 큰 소리로 억지웃음을 웃었다. 어찌 그녀가 눈치채지 못했겠는가.

냄새가 나서…. 웬 냄새가 이리 심합니다. 아직 얼굴에 웃음을 깔아놓은 채, 슬그머니 방귀를 뀌듯이 말했다.

느억맘 냄새거나 똥 냄새일 겁니다. 우리는 잘 모르고 삽니다만…. 그녀의 얼굴에는 읽어낼 만한 감정이 들어 있지 않았다. 그녀가 말을 이었다. 느억맘은 생선을 삭혀서 만든 국물인데, 장류입니다. 밥상에 올려 채소도 찍어 먹고 빵도 찍어 먹습니다. 똥은 여기저기 산자락에 싸놓은 것입니다. 우리 태혹 마을에는 대소변을 보는 토일렛이 따로 있는 집이 몇 없습니다. 월남의 농촌 마을 사정이 다 그렇지요. 우리 집에도 없습니다. 말을 마친 그녀는 여전히 무감정한 얼굴이었다. 그때서야 그 남자는 구종구한테 놀림을 당했던 일이 떠올랐다. 주민들이 산자락에 싸놓은 똥을 대인지뢰라고 속였던 것이다.

우리나라의 시골도 그런 때가 있었습니다. 정말 그렇습니다. 퍽이나 가난했으니까요. 그리고 1950년에는 3년 간이나 같은 민족끼리 편을 나눠 전쟁을 하기도 했습니다. 우리나라도 월남처럼 분단국가입니다. 그녀가 치부를 드러내 보이고서도 아무렇지 않다는 얼굴인데, 혹시 부끄러워하지나 않을까 하고 그 남자가 지레 걱정하는 꼴이었다. 그래서 그 남자도 얼른 치부랍시고 이야기한 것이었다.

무슨 이유였을까? 그때부터 그 남자를 그토록 괴롭히던 냄새가 조금은 견딜 만해졌다. 어쩌면 그녀의 얼굴에서 눈을 떼지 못하고 있었기 때문인지도 몰랐다. 도톰한 입술과 약간 들린 콧날, 검게 빛나는 큰 눈, 산만한 듯하면서 짙은 눈썹…. 게다가 머리를 움직일 때면 어깨에서 물결치듯 하는 머릿결….

그렇게 그 남자와 티엉마이는 시작했었다. 무엇이 되자고 했던 것도, 무엇을 하자고 했던 것도 아니었다. 단지 그 남자가 가끔 찾아갔다. 그때마다 손에 무엇이든 챙겨 들고 있었다. PX에 들르지 못했다면 버려둔 시레이션 깡통들이라도. 그해의 9월에서 12월까지 채 열 번은 되지 않았을 것이다. 그때마다 그녀는 반겼다. 마치 집 떠나 사는 오빠가 돌아온 듯….

정미연을 편지로 만난 것은 그보다 훨씬 전이었다. 그 남자가 두 달째 그 우기를 겪어내고 있던 참이었다. 4박 5일씩 혹은 6박 7일씩 빗속을, 정글 속을 기다가 돌아오는 길에 부대의 서쪽 망루초소가 눈에 들어오면, 아 다시 살았구나 하면서 안도하곤 했었다. 마침 정미연이 그런 날의 아침나절에 편지로 찾아왔으니, 그 남자가 그때의 감정을 어찌 반가웠다는 말로 다 할 수 있을까.

중대 서무계가 장교용 우의를 머리부터 둘러쓴 채 두 팔에 안고 온 것들을 내무반 바닥에 내던지듯 하며, 월남 하늘에는 임질쟁이들만 모여 사냐? 무슨 놈의 비가 요따위로 찔끔찔끔 오냐… 젠장, 하고 투덜거렸다. 선더리팩 하나와 그 위에 올라가 있는 뚜껑이 뜯긴 시레이션 상자 하나. 정미연의 위문편지는 시레이션 빈 상자 속에서 비를 피해 그 남자에게 왔었다.

알파팀의 부팀장인 하 중사가 시레이션 상자의 뚜껑을 양쪽으로 한껏 젖힌 뒤, 그 속에서 기다리고 있는 위문편지들을 두 손으로 모아 잡아 천장으로 날렸다. 와아…! 하는 대원들의 함성 끝에 흐르는, 짧지만 길게 느껴지는 진공의 시간을 기다렸을 때, 그 남자가 높이 뻗어 올린 두 손에 사뿐히 내려앉은 편지 한 통. '월남에서 용감히 싸우시는 국군 아저씨께'였다.

이즈음에는 교실 앞 화단에 모란꽃이 한창입니다. 빨강색, 분홍색, 흰색…. 나는 그중에서 빨강색을 제일 좋아합니다. 빨강 꽃송이들을 가만히 보고 있으면 내 마음까지 물드는 것 같습니다. 그럴 때면 김영랑 시인님의 '모란이 피기까지는'이 떠오른답니다. 그 시에서 내가 특별히 좋아하는 구절을 적습니다.

…

모란이 피기까지는

나는 아직 나의 봄을 기다리고 있을 테요. 찬란한 슬픔의 봄을

월남에도 모란이 피나요? 그렇지요? 아저씨는 싸우시느라 꽃을 찾아볼 겨를도 없겠네요. 그래도 기다리세요. 찬란한 봄을…. 나도 나의 찬란한 봄을 기다리고 있을 것입니다.

엊그제 우리 집 마루에 새로 들여놓은 TV에, 베트콩을 소탕하는 용감한 국군 아저씨들의 모습이 뉴스 시간마다 나온답니다. 미안한 말씀이지만 그동안 나는 별로 관심이 없었는데, 앞으로는 열심히 보렵니다.

나는 지금 내 편지를 받게 될 국군 아저씨는 어떤 사람일까 생각한답니다. 어떻게 생겼을까도 생각한답니다. 무척 궁금하답니다. 다치지도 말고 꼭 건강한 모습으로 돌아오시라고 빌겠습니다.

삼화여자고등학교 제3학년 5반 정미연 올림.

※추신. 사실은 국어 선생님이 위문편지 써서 안 내면 학기말 평가 때 마이너스 반영한다고 해서 썼답니다. 죄송합니다.

맑고 순수한 마음이 편지에 가득했다. 어둡고 사나운 땅으로 배달된 빨강 장미꽃 한 송이였다. 이렇게 그 남자와 정미연은 시작했다. 그 남자가 1개월 조기 귀국 명령을 받았을 때까지였다. 짧은 기간에 자주 편지를 주고받았다. 보낸 편지는 열여섯 통이었고 받은 편지는 열한 통이었다. 그 남자가 훨씬 적극적으로 덤볐던 것이다.

참, 그 남자가 조기 귀국한 뒤에 도착하는 바람에 엄종철이 챙겨서 다시 보내준 것까지 하면, 열두 통이었다.

그리하여 그 남자와 그녀는 결혼했고, 39년쯤 됐을 때 그녀가 일방적으로 떠나버린 것이었다. 강물 속으로….

티엉마이가 그 남자를 부대로 면회 온 것은 편지를 아홉 통 보내고 일곱 통 받았을 때였다. 그리고 편지를 한 통 더 받은 날 구종구와 함께 그녀네로 찾아갔었다. 그것이 첫 번째였다.

그 남자와 아내는 그렇게 만나서 살다가 또 그렇게 끝난 사이인데 서로가 사랑했다고 할 수 있을까 했다. 어젯밤에 찾아온 아내가 한 말을 되새겨 보았다. 그때 당신은, 티엉마이가 사랑하는 사람이었습니까, 하고 물었다.

　으흠, 으흠! 왼쪽에서 나는 여자의 헛기침 소리에 그 남자는 좀 놀랐다. 그 남자가 돌아보자 김하나가 앉아 있었다. 그 남자는 많이 놀랐다. 마치 아내 귀신을 만난 듯했다.

　"어쩌자고 여기 이렇게 앉아 계십니까?"

　"아니, 김 전무가 어떻게 여기까지…?"

　그 남자는 주변을 돌아보았다. 그때서야 그가 지하철역에 와 있다는 사실을 깨달았다. 마침 전동차 한 대가 도착해서 문을 활짝 열어놓았다. 타는 사람이 여섯 명이나 될까 했다. 내가 왜 여기에 와 있는가, 했다. 갑자기 상태가 나빠진 구종구를 부축하고 병실로 갔던 기억이 되살아났다.

　"한 기사한테 연락이 왔습니다. 사장님이 본체만체하시고 혼자 어딘가로 가시기에 따라가 봤더니, 일원역 플랫폼으로 가서 혼자 의자에 앉아 계신다고…. 제가 한 기사한테 요즘 사장님 건강이 안 좋으시니까 늘 살펴보라고 부탁해놓았거든요. 암병동 주차장에 차 대놓고 와서 현관께에서 사장님 나올 때를 지키고 있었답니다."

　"나한테 벌써 치매가 왔나? 헛허허…."

　그 남자가 겸연쩍어했다. 요즈음 들어 지하철을 자주 이용하다 보니 어느새 그런 버릇이 몸에 붙은 모양이었다. 그 남자는 머리를 끄덕였다. 그래도 그렇지 어떻게…. 헛헛허…. 그 남자는 다시 헛웃음을 치면서 자리에서 일어섰다. 버릇이 붙을 정도는 아니었을 텐데….

24

시간이 매우 어정쩡했다. 그 남자는 승용차를 타고 집으로 가고 있었다. 아직 편찮으신 것 같은데 집으로 가서서 쉬는 것이 좋겠습니다. 김하나의 판단이었다. 일 보고를 받다 말고 외출하는 그 남자가 그녀의 눈에 성한 사람으로 보이지 않았을 터…. 그 남자도 그럴 생각이었다. 6시 32분…. 아직 일곱 시간 넘게 남아 있었다. 다시 병원으로 구종구를 찾아가기도 뭣했다. 이때 문득 남은 시간이 좀 빨리 갔으면 했다. 그리고는 금세 맨발로 거꾸로 선 못이라도 밟은 것처럼 펄쩍 뛰었다. 자신이 지금 구종구더러 한시바삐 죽어라 하는 것과 무엇이 다른가 해서였다.

사람의 생각이란 것이 하기에 따라서 결과가 영 엉망이 될 수 있다는 데에 그 남자는 새삼 놀랐다.

그 남자는 가는 길에 아파트 단지에 있는 홈플러스에 들러 중판

사진을 넣을 만한 액자 하나를 샀다. 거기에 어제 새벽에 미리 찾아 두었던 사진을 넣어, 그 남자 부부의 사진 액자 옆에 세워둘 작정이었다.

현관 출입문을 열었을 때 그 남자는 깜짝 놀랐다. 코를 벌름거리면서 허리를 굽혀 거실을 살폈다. 우렁각시가 왔다 간 것이다.

그 남자는 급히 구두를 벗고 마루로 올라갔다. 구두 한 짝이 발끝을 물고 따라 올라왔다. 사 온 액자를 식탁 위에 올려놓았는지 어쨌는지…. 식탁보를 걷어내자마자 선 채로 젓가락을 들고 허겁지겁 반찬을 이것저것 집어 먹었다. 아침부터 굶었다는 생각이 들었다.

식기에 밥을 퍼담은 뒤 비로소 식탁에 앉았다. 상보를 들어내자 곰취나물 무침과 무채, 그리고 굴비구이였다. 곰취나물은 된장 무침을 해야 하고, 무생채에는 쪽파를 굵직굵직 썰어 넣어야 했다. 그리고 굴비구이였다. 그 남자는 큰 굴비를 좋아하지 않았다. 보기는 좋지만 먹는 재미가 없었다. 좀 간이 세다 싶은 중간 크기 정도가 딱 좋았다. 그대로였다. 기가 막혔다.

그 남자가 불쌍해서 아내가 살짝 왔다 간 것인가 해졌다. 그런데 아내는 그때 분명히 마지막이라고 했다. 그러면 김하나인가…. 아직 굴비에 온기가 있었다. 그녀에게 그럴 만한 시간이 있었을까? 그 남자는 숟가락으로 듬뿍듬뿍 떠서 밥을 먹었다. 여보, 우렁각시는…?

어젯밤에 아내가 떠나버린 뒤에야, 그 남자가 무심코 한 말이었다. 순간 얼굴이 뜨끈하게 달아올랐다. 아내를 영영 다시 만날 수 없을지 모르는데도 그런 것이나 묻다니…. 인간이 어떻게 이토록 한심할 수가 있담. 진짜로 아내가 우렁각시였던가? 이제는 확인할 길이 없었다. 자기 없이는 확인할 수 없는 일을 두고 그냥 가버린 아내…. 그 남자는 금세 다시 우렁각시 생각에 빠졌다.

문득 마음에 짚이는 것이 있었다. 첫날 먹었던 상추 겉절이에서 식초 맛이 연하게 씹혔다는 느낌이 입안에 감돌았다. 조금 전에 집어 먹은 무채 맛도 그랬다.

아내는 겉절이며 무침에 식초를 쓰지 않았다. 그렇다면 누구인가. 김하나…. 그녀가 식초를 좋아했다. 심지어 중국음식점에서 자장면이나 짬뽕을 먹을 때도 식초를 몇 방울씩 떨어뜨렸다는 기억이 떠올랐다. 그 남자에 대해서 그녀가 모르는 것이 뭐가 있나? 어쩌면 요사이, 밤마다 그에게 아내가 찾아오곤 했다는 것까지도 다 알고 있을 것 같았다. 그 긴 세월 동안, 특히 혼자 산 3년 동안 자신이 무심코 한 말이 얼마나 많을까? 사무실에서, 술집 밥집에서, 또 길거리에서…. 그 남자는 새로 세워놓은 액자 속의 사진을 찬찬히 바라보았다.

구종구가 가운데, 그 남자가 오른쪽에, 엄종철이 왼쪽에서 서로 어깨동무를 하고 찍은 것이었다. 제대로 말하자면 구종구가 두 사람을 두 팔에 끼고 찍은 것과 다르지 않았다. 철모에 정글복, 슬리퍼 차림이었다. 책장 구석의 봉투 속에 처박혀 있던 것이었다. 몇 차례 이사를 하는 동안에도 버리지 않은 것이 다행이었다.

사진의 배경으로 크리스마스트리가 서 있었다. 화이트 크리스마스니 뭐니 해야 하고, 눈이 쏟아지고 쌓인 벌판을 사슴들이 끄는 썰매를 타고 달린다 어쩐다 해야 기분이 나는 날이었다. 그런데 케네

디 지프의 보닛이 프라이팬처럼 달아오르는 건기였다.

긴급 출정 명령이다! 중대 상황실에서 돌아온 팀장 박상대 중위가 작전명령을 하달했다. 말씨에 흥분한 기운이 느껴졌다. 후참자라는 표시였다.

그 남자의 손목시계가 18시 29분이었다. 구종구, 엄종철과 함께 중대 식당에서 석식을 하고 난 뒤에, 내무반으로 돌아온 지 한 시간쯤 됐을 무렵이었다. 구종구는 이미 식당에서 대대 의무대로 돌아갔다. 앞서 있었던 사단급 작전에서 팔과 다리에 입은 수류탄 파편상 때문이었다. 102 후송병원에서 제거 수술을 받은 뒤에 대대 의무대로 와서 치료를 받고 있었다. 모두들 밀러니 팔스타프니 하는 깡통 맥주들을 주위에 갖다 놓고, 나름으로 기분을 돋우면서 팀장을 기다리고 있을 때였다.

하필…! 그 남자가 먼저 불만을 입에서 깨물었다. 한숨을 크게 내쉬기도, 앓는 소리가 나기도 했다. 크리스마스이브였다. 거기다 구종구가 옆에 없었다. 그가 없는 알파팀은 처음이었다. 구종구는 육군병원에 입원하라는 의견을 무시하고 대대 의무대에서 치료를 받고 있었다. 본인은 근무연장까지 해놓은 마당에, 본국 이송을 피하고자 고집을 부린 것이겠지만, 중대장과 대대장은 소리 없는 환영이었다. 전과 때문일 터였다. 그가 헤어지기 전에 했던 말이 맞았다. 출정 명령이 떨어질 것 같다. 팀장이 상황실에 갔다면서. 오늘 밤에 술 너무 많이 마시지 마러라잉….

조용! 군인한테는 명령과 복종밖에 없다. 불평하지 마라…! 우리는 지금 세계 평화와 자유를 위해서 외국의 전쟁터에 와 있다. 더욱이 한국군의 명예를 양어깨에 걸머진 알파팀이다···. 역시 후참다운 사설이었다. 저런 소리는 너무 들어서 귀에 박혔던 못이 헐거워져서 저절로 빠져버릴 정도였다. 파티는, 전과를 크게 올리고 귀환한 다음에 열면 훨씬 즐겁지 않겠는가? 기간은 9박 10일이다. 부대 영문 기준 서쪽 방향 20킬로미터 상거한 650고지를 시작으로 총 4개 고지를 기동정찰한다.

이번 출정의 특징은, 제1차 목표 지점인 650고지의 골짜기 하부에 있는 불영사라는 불교 사원과, 그 부근에 있는 티엔투라는 70가구쯤 사는 마을의 진출입로 두 곳을 정해서 2박 3일간 돗자리를 깐다는 점이다. 따라서 현지 도착 즉시 알파팀을 호랑이와 사자로 나눠서 팀장과 부팀장이 지휘할 것인바, 무전기 등 이에 필요한 장비를 철저히 챙겨야 한다. 보다 구체적인 내용은 출발 30분 전에 하달할 것인바, 그동안 부팀장 이신명 중사와 함께 철저히 준비해주기 바란다. 이상!

기쁜 소식을 전한다. 부팀장이 나섰다. 크리스마스 날 출정인 점을 배려해서 중대장님과 대대장님의 특별 선물이 있으셨다. 충분히 즐기고 출정해서 큰 전과로 보답하자! 이상!

환호가 올랐다. 언제 불평을 하고 섭섭해했는가 싶었다. 선물은 J&B 위스키 세 병이었다. 부팀장이 나서서 술병들의 뚜껑을 따서 플라스틱 개인 컵에 위스키를 돌렸다. 팀원 가운데 후참급이라서 그러는 것 같았다. 보충일 기준으로 팀장은 21일, 부팀장은 46일 된 후참이었다.

출정 시간은 전과 동일이다. 05시. 누구도 그 전에 해야 할 일과, 그 뒤에 있을지 모를 일에 대해서는 걱정하는 기색이 없었다. 죽어도 떨어지지 않을 것처럼 어깨동무를 하고 몸들을 흐느적흐느적 크리스마스트리를 돌면서 소리쳐 군가를 불렀다. 더플백을 화분 삼아서 옮겨 심은 키가 천장에 닿는 종려나무. 가지들의 줄기에 수류탄과 바나나 몇 개를 매달고, 이파리들에는 구급낭에서 나온 솜 조각들을 올려놓은 크리스마스트리였다.

박상대 팀장은 조용히 빠져나갔다. 작전이 끝나고 헬기장으로 이동하다가 부비트랩에 걸려서 전사한 나광덕 팀장의 자리를 메운 그였다. 그동안 1박 2일짜리 매복을 두 차례 참가한 것이 전부였다. 지금 그 마음이 어떨지 짐작이 갔다. 전투를 생각하면 더없이 불안할 것이고 전과를 생각하면 설레기도 할 것이다.

그 남자는 부팀장한테 살짝 허락을 받은 뒤에 엄종철한테도 말하지 않은 채로 내무반을 빠져나왔다. 출정 전에 티엉마이를 보려는 것이었다. 약속은 없었지만, 크리스마스이브여서 준비한 것이 있었다. 그 남자가 티엉마이를 만나서 이야기를 나눈 것도 그날 밤이 마지막이었다. 정미연이 보낸 크리스마스 카드를 벌써 3일 전에 받아 본 터였다.

그는 영문을 나서면서, 바지 주머니 속을 더듬어 에스피봉투를 확인했다. 티엉마이에게 줄 선물이었다. 구종구의 부상 때 함께 부상당한 2명이 102 후송병원으로 이송된 뒤 보충된 대원들 가운데, 혼자서 손재주 자랑을 하고 다니는 일병이 있었다. 돌아다니면서 고장 난 데를 찾아서 척척 고치고, 멀쩡한 물건들도 더욱 편리하게 손을 봤다. 입대 전에 교도관을 하면서 재소자들한테서 익힌 솜씨라 했다. 그에게 뭐든 하나 만들어 달라고 부탁한 것이다.

칫솔 대를 깎아서 만든 고리 두 개를, 낙하산 줄에서 찢어낸 여섯 가닥을 꼬아낸 끈에다가 꿰어놓았더니 제법 근사한 목걸이가 됐다. 고리에 광택을 입혀 놓으니 반짝이는 반지가 됐고, 끈은 섬세한 입체감이 살아나서 고급스러워 보이기까지 했다.

약속이 있었던 것처럼 티엉마이는 그 시각까지 흰 아오자이를 차려입은 채 기다리고 있었고, 그 남자는 선물부터 주었다. 목에 걸어주기까지 했다. 술을 한잔 마셨기 때문이었을 것이다. 게다가 바빴다. 늦어도 20분 안에 돌아오겠다고 영문의 선임하사와 부팀장한테 약속했던 것이다. 지레 아쉬움이 그 남자를 흔들어댔다. 말이 술술 입에서 나오는 대로 떠들어댔다. 티엉마이에게 출정 사실을 시작으로, 티엔투 마을… 불교 사원… 불영사… 어쩌고 하면서 질질 흘렸을 것이다.

그 남자가 내무반으로 돌아왔을 때, 부팀장 이 중사가 후참 두 명의 개인 장비를 함께 챙기고 있었다. 거기에 엄종철이 남아서 돕고 있었다. 다른 대원들은 개인 장비를 챙기고 배낭까지 다 꾸려놓은 뒤에 샤워장으로 몰려갔다고 했다. 그 남자의 장비들도 모두 침대 위에 나와 있었다.

황 병장님이 안 보여서요, 배낭만 꾸리시면 될 겁니다. 구 하사님이 없으니… 엄종철이 구종구가 없어서 불안해하고 있었다. 고맙다! 나는 알아서 할 테니까, 후참들 데리고 샤워장으로 가. 그 남자는 침대들의 머리맡을 따라 가지런히 놓여 있는 장비며 배낭들을 둘러보면서 흔연히 말했다. 부팀장이 셋을 데리고 내무반을 나갔다.

그 남자도 배낭부터 꾸려놓은 뒤에 팬티 바람으로 침대에 누웠다. 내무반에는 혼자뿐이었다. 사실 그도 불안했다. 출정에 구종구가 빠진 것은 처음이었다. 그래서 이번에는 팀원이 20명이었다. 더욱이 비어 있는 첨병조장 자리가 자신의 몫이라는 것을 알고 있었다. 팀장과 부팀장이 중참도 아닌 후참들인 데다 그런 대원이 두 명 더 있었다.

다음날 04시 30분에 팀장이 구체적인 작전계획을 설명했다. 제1차 작전에 대해 설명하겠다. 티엔투 마을의 우측방에 위치한 650 고지 계곡의 하부에 불영사라는 불교 사원이 있다. 거기서 내일 11시와 13시 사이에, 전 주지 스님의 추모제가 열린다. 주지는 생전에 반정부운동의 골수분자였는데, 뒤로는 베트콩들을 지원해온 것으로 알려져 있다. 따라서 베트콩들이 추모제에 참석할 목적으로 불영사에 나타날 가능성이 매우 높다. 베트콩들에게는 재를 낮에 지낸다는 것이 문제다. 그렇다고 포기하지 않는다.

따라서 전날 밤, 즉 오늘 밤이나 내일 밤에 나타나서 재에는 참가하지 않고 참배만 할 것으로 판단된다. 또 내일 낮의 제시간에 나타나서 우리의 허점을 찌를 수도 있다.

우리의 목적은 사원과 마을의 양방향 진출입로 인접지점 두 곳을 선정해서 2박 3일 동안 바둑판을 깔고 베트콩들을 잡는 것이다. 입수된 정보에 의한 정밀 매복이다. 여기까지가 제1차 작전이다. 제1

차 작전 종료 후 나머지 6박 7일의 작전이 이어진다. 그 내용은 그때그때 설명한다. 이상! 대원들의 질문은 없었다.

캄캄한 트럭 속이었다. 예정 지점까지 120킬로미터, 50킬로미터는 트럭으로, 나머지 70킬로미터는 도보 기동을 할 계획이라고 했다. 출발한 지 40분쯤 됐을까, 곧 목적지에 도착하지 싶었을 때 답답함을 견딜 수 없을 것 같던 그 남자가 엄종철 귀에 대고 말했다. 아무래도 느낌이 안 좋다. 긴급 출정은 뭐고 제1차 작전은 또 뭐냐? 왜 안 하던 짓을 하냐고! 지금까지 '긴급'이라고 등급이 있는 출정도, 기간을 구분한 출정도 없었다. 일단 정글에 붙든 매복에 들어가든, 이유 달지 말고 내가 하는 대로 같이해! 그 남자가 엄종철에게 못을 박았다.

귀국 명령이 다음 달 하순경에 내려오면 그다음 달 중순에는 배를 탈 수 있었다. 그러면 티엉마이가 부대 영문으로 찾아와서 주고 간 그림 편지에 담긴 기원이 이루어지는 것이다. 몸 성히 귀국하는 일이었다. 문득 캐비닛 속의 불상이 머리에 떠올랐다. 그런데 그 순간 지난밤 부대를 이탈해서 티엉마이를 만난 일이 마음에 턱 걸렸다. 출정 전에 여자를 만나면 부정 탄다는 말이 있었다. 그 자리에서 괜히 이 말 저 말을 떠들어댔다는 생각이 들기도 했다. 아무튼 이번 출정은 찝찝했다. 구종구가 없어서 더욱 그런 것 같았다. 트럭에서 내린 알파팀은 계획대로 도보 기동을 이어갔다.

알파팀이 목표 지점에 다 왔다는 느낌이 들었다. 20명을 맨 앞에서 끌어가던 그 남자가 속도를 늦추었다. 왼팔을 높이 들어 옆으로 벌린 채로 가만가만 날갯짓을 했다. 17시 53분이었다.

통과해온 숲이 끝나는 지점부터, 수확을 끝낸 논들이 있고 그 너머로 멀리 동네의 집들이 보였다. 티엔투 마을이었다. 산자락에 아늑하게 들어앉아 있었다. 이때 동종 치는 소리가 부드럽고 은은하게 밀려오기 시작했다. 정지 신호를 보냈다. 팀장이 앞으로 나왔다.

동종 소리가 알려주는 곳을 눈으로 좇자 마을의 우측방 3시 방향에 당우들의 지붕이 얼핏얼핏 보였다. 불영사였다. 설명대로라면 하단 자락을 마을과 사원에 내주고 우뚝하게 솟은 봉우리가 650고지였다.

팀장이 부팀장과 조장들을 불러 모았다. 먼저 사원과 동네의 진출입로를 육안으로 추정한 뒤에 팀을 호랑이와 사자로 10명씩 나눠서 조장들에게 확인시켰다. 첨병조와 2조, 3조로 구성된 호랑이는 사찰 진출입로 쪽이었다. 거기까지 이동하는 데 첨병조가 있어야 한다는 이유였다.

호랑이는 부팀장 지휘로 곧 출발했다. 팀장의 지시대로라면 어두워지기 전에 사찰의 진출입로 가까이에 닿아서 지형지물을 살핀 뒤에 매복 지점을 정해야 했다.

얼핏 이의를 달 수 없는 지시 같았다. 그 남자는 아무 말도 없이 앞장선 부팀장 뒤를 따라갔다. 엄종철도 그랬다. 대원들의 태도가 작전 중에 기동하는 것이 아니라 시골 사람들이 오일장에 가는 것 같았다. 긴장한 부팀장이 무작정 앞에서 끌고 가기 때문이었다.

해 지기 전에 목적지에 닿아 매복 지점을 정하려면 시간이 없었다. 들판을 가로질러야 할 판이었다. 지형지물로 이용할 수 있는 것은 나직나직한 논둑밖에 없었다. 완전한 은폐는 불가능했다. 그런데도 부팀장은 그 길밖에 없다고 판단한 듯했다. 그가 숲을 벗어날 시점에서 팀원들을 돌아보았다. 모두들 들판 건너의 세 시 방향에 보이는 나무까지 논둑에 바짝 붙어서 신속하게 이동한다. 내가 앞장선다!

그러더니 숲에서 나서려 했다. 그 남자가 뒤에서 부팀장의 팔을 붙들었다. 안 됩니다. 주민들의 눈에 띄면 끝장입니다. 금방 베트콩 귀에 들어갑니다. 현지인은 믿을 놈 하나도 없어요. 먼저 가매복 선다 생각하고, 시간에 걸리더라도 숲속으로 돌아가야 합니다.

야, 황 병장! 팀장님이 그걸 몰라서 그런 지시를 했겠어? 어두워지면 어쩔 건데? 플래시 켤 거야? 베트콩들한테 우리 여깄소! 잡아 잡숴주세요, 할 거냐고…? 임마! 팀장님이 중위 계급장 나이롱뽕으로 딴 것도 아닐 텐데, 선참이라고 설치지 마! …호랑이! 우리 호랑이는 즉시 들판을 건넌다.

부팀장이 그 남자를 윽박질렀다. 그 남자는 물러설 수 없었다. 그의 앞을 가로막았다. 엄종철도 옆에 서 있었다. …어둠을 왜 걱정합니까? 계급장 그거 나이롱뽕으로 땄든 어쨌든 상관없고요, 중요한 것은 우리가 살아야 합니다. 오늘이 음력 동짓달 초아흐렛날, 내가 귀빠진 날입니다. 그러니까 어두워지면 곧 반달이 뜰 거란 말입니다. 어젯밤을 생각해보세요. 하늘에 무슨 달이 떴는지. 지금은 우기도 아닙니다. 건기라 틀림이 없어요. 도리어 기동하기에 더 좋습니다. 그래도 내가 선참이라고 설칩니까? 거기다가 내일 낮에 사원에서 추모제 연다면서요? 행사 준비하려면 건물들에다 불을 밝히겠지요. 부팀장님! 그래도 당장에 들판을 건너시겠습니까? 팀장님 명령을 따르겠습니까? 그 남자 자신이 생각해도 대단한 계산이었다. 아무리 느낌이 안 좋았다 해도 따로 준비한 것은 아니었다. 부팀장이 손을 내밀어 그 남자 손을 붙잡았다. 좋다! 황덕수 병장이 판단한 대로 기동 방법을 바꾼다. 대원들은 거리를 유지하고 일렬로 움직였다. 숲속으로만 기동했다.

부팀장은 30분쯤 지났을 때 무전기로 팀장과 약속한 신호를 보냈다. 스위치를 껐다 켰다, 껐다 켰다 했다. 목적지에 무사히 도착해서 석식을 먹고 있다는 신호였다. 그러나 실제로 목적지에 도착하기까지는 60분쯤이 걸렸다. 그러니까 석식으로 시레이션을 까먹은 것은 그 도중이었다. 그 사이에 어둠이 짙게 내리는가 했는데 하늘에 상현달이 떴고, 여기저기 불을 밝힌 당우들이 문득 가까이 다가온 느낌이었다.

엎드려서 보면 길이 잘 내려다보이는 나직한 언덕 뒤에 위치를 정했다. 조 순서로 3시간씩 경계근무를 서기로 하고, 첨병조가 먼저 자리를 잡았다. 나머지는 호랑이 10명이 2박 3일 동안 지낼 간이 은폐호를 구축하기 위해서 개인의 판초를 모으는 등 준비를 시작하고 있었다.

황 병장님, 오늘이 생일이라면서요? 축하합니다! 엄종철이 그때서야 그 남자에게 말했다. 고맙다! 그 남자는 하늘에 떠 있는 달을 쳐다보았다. 3일 전에 도착한 어머니가 보내신 편지…. 그 속에 자신도 잊고 있던 생일이 있었다. 어머니의 안타까운 마음이 들어 있었다.

총소리가 들렸다. 느리고 둔탁한 것이 베트콩 쪽이었다. 곧 아군의 빠르고 날카로운 총소리가 응사했다. 수류탄 폭발음도 났다. 사자 쪽이 심상치 않았다. 상황이 벌어진 것이 분명했다. 순간 멈칫했던 대원들이 손에 든 것들을 내던지고 사주경계에 들어갔다. 총소리는 더욱 사납고 심해졌다. 끊이지가 않았다. 시간이 흐르면서 아군의 총소리가 베트콩의 총소리를 제압해 들어가는 느낌이었다.

사자, 사자…! 무슨 일인가? 부팀장이 목소리를 죽여 무전을 날렸다. 그러나 응답이 없었다. 부팀장은 계속해서 사자를 불러댔다. 좀체 응답이 없었다.

한 30분 정도 쌍방의 총소리가 이어지다가, 한 10분쯤 아군의 총소리만 간헐적으로 이어진 끝에, 사자 쪽에서 팀장의 무전이 날아들었다. 마치 죽었다가 깨어난 사람 같은 목소리…, 호랑이…, 호랑이! 귀소는 안전한가? 응답하라, 오버. 얼이 빠져나간 목소리로 간신히 부르고 있었다. 안전하다, 사자. 오버… 귀소, 어떻게 된 일인가? 오버…. 콩들의 기습을 받았다. 사상자가 많다. 파악 중이다, 오버. 콩들은 어떻게 됐는가? 호랑이가 사자 쪽으로 이동할까 한다. 오버…. 적은 전멸한 것 같다. 지금 전혀 반응이 없다. 호랑이는 움직이지 마라. 현 위치를 고수하고 경계 철저히 하라. 다시 연락할 때까지 절대로 움직이지 마라. 이상….

아침이 밝았을 때야 전황을 확인할 수 있었다. 그 결과 사자 10명 가운데서 사망이 6명, 부상이 3명이었다. 멀쩡한 사람은 팀장 1명뿐이었다. 더할 수 없이 참혹했다. 비참했다. 그리고 적 사살 7명이었다.

철수한 호랑이는, 모두가 기가 막혀서 말을 잃었다. 처참한 결과 때문만이 아니었다. 베트콩들이 어떻게 갑작스럽게 정보를 입수한 뒤에, 현지에서 긴급하게 총동원된 병력으로 역매복을 선 것으로 보였기 때문이었다. 그러니까 그들은 죽겠다고 싸우다가 팀장의 말 대로 전멸한 것이다.

철수한 호랑이는 우선 무방비 상태인 사자 지역의 경계부터 폈다. 나머지는 아군 사망자들을 수습해서 위가 트인 곳으로 옮겼다. 헬기가 착륙할 곳이었다. 지휘 능력을 상실한 팀장을 대신해서 부팀장이 현장을 맡았다.

잠시 후, 몸이 성한 팀장이 경상자 2명을 데리고, 전과물을 노획할 목적으로 모두가 시체로 누워 있는 베트콩들 쪽으로 넘어갔다. 그런데 그쪽에서 느닷없이 총소리가 쏟아졌다. 치솟는 화를 견디지 못하고 시체들에 총질을 시작한 것이다.

헬기들이 날아와서 사망자와 부상자를 태우고, 또 생존한 병력을 태우고, 병원으로 부대로 제 길을 찾아 날았다. 그러나 팀장의 눈은, 머리는 달랐다. 우연한 일이다! 티엔투 마을 주민들 중에 누군가가 알파팀 기동을 본 거다. 그래서 즉시 동원이 가능한 베트콩들이 사자 쪽으로 몰려와서 기습한 거다. 베트콩들이 사자만 집중 공격한 것은, 알파팀이 벌써 둘로 나눠졌다는 사실을, 그래서 호랑이 쪽이 사찰 쪽으로 이동했다는 사실을 몰랐기 때문이다. 그것이 바로 증거다…. 팀장 박상대 중위가 헬기 안에서 내린 결론이었다. 누가 들어도 이성적이고 논리적인 상황 분석이었고 합리적인 결론이었다.

그 남자는 머리를 젓고 있엇다. 팀장은 어떻게든 자신의 책임을 줄여서 장래를 망치지 않으려고, 신세를 망치지 않으려고 그럴듯한 시나리오를 썼지만, 자신은 그럴 수가 없었다. 작전 기밀 사전 누설이라면 앞으로 여러 명을 매우 힘들게 할 터였다. 그 결과가 아군 6명 사망에 3명 부상이라면…. 게다가 자신의 장래가 어찌 될지는 불을 보듯이 환했다. 엉망진창이 되고 말 터였다. 그 남자로서는 사실이야 어찌 됐든, 당장에 나서서 상관하고 싶지 않았다. 자신은 그토록 정의로운 사람이나 애국적인 사람이 못 되었다.

하지만 자기 자신을 용서할 수가 없었다. 그래서 아까는 자신도 모르게 목에 총구를 들이대고 앉아 있었던 것이다. 출정 전야에 술에 취한 채 무단으로 부대를 이탈해서, 신원이 확실하지 않은 현지인 여자를 만났다. 그것도 팀장의 기본적인 작전명령을 하달받은 후였다. 타이어 튜브에서 바람이 새듯이 저절로 작전 기밀이 새나가기에 딱 좋은 분위기였다. 누군가 그 정보를 갖고 적의 세포를 접촉했다면 120킬로미터쯤의 거리가 문제 될 게 있었겠는가.

부팀장 이 중사가 일부러 그 남자 옆으로 자리를 옮겨 오더니, 어깨에 팔을 둘렀다. 그리고 한 손을 눈앞으로 올려 엄지를 치켜세웠다. 어제저녁 일이 고맙다는 뜻인 것 같았다. 그 남자는 오직 티엉마이를 찾아가서 따질 생각만 하고 있었다. 쉽게 털어놓지야 않겠지만 수단과 방법을 가리지 않을 작전이었다.

그 남자는 부대에 귀환하자마자, 다시 영문을 벗어났다. 늘 칼날이 면도날처럼 벼려져 있는 대검을 허리춤에 꽂은 채였다. 그런데 구종구가 두 번째로 티엉마이네를 찾아가 있다는 사실을 알 수 없

293

었다. 대대 의무대에 있어야 할 그가 아닌가.

그래서 그 남자는 구종구에게 무슨 짓을 했던가….

구종구가 병원에서 그 남자에게 보냈다는 편지는 아직 오지 않았다. 그 인간이 편지에 썼다는 것이 도대체 무엇인가 했다. 티엉마이를 부탁한다는 것인가? 그럴 수 있었다. 그가 말하지 않더라도 안부정도는 알아볼 생각을 이미 갖고 있었다. 지금 생각으로는 그 정도일 것 같았다. 그런데 정말로 편지를 보내기는 한 것인가….

오후 3시 37분이었다. 이제 출발해야 하나…. 아직 세 시간이 남아 있었다. 병원에 닿는다 해도 그의 병실로 찾아가서 세상 뜨는 그를 어찌 볼 것인가… 무슨 말을 할 것인가…. 얼마나 난감해질 것인가….

그래도 늦는 것보다는 나을 것이란 생각이 들었다. 시내 교통상황은 종잡을 수 없는 것이니까.

아파트 주차장에서 기다리고 있던 승용차를 찾아 타고 길을 서둘렀다. 사람이 죽을 줄 알고 그 시간에 맞춰서 간다…. 새삼 기분이 야릇했다. 난감하기도 했다. 귀신 덕을 보고 있는 것인지, 귀신 탓에 곤란한 지경에 빠진 것인지….

장례는 두 번 치르게 된다고 했다. 김하나한테 부탁해서 알아본 일이었다. 한 번은 시신 없이, 한 번은 병원에서 남은 시신을 돌려받은 뒤에…. 장례 절차는 골말 사람들이 와서 결정해도 될 일인 듯싶었다.

차가 올림픽대로로 들어서서 속도를 내기 시작했다. 3시 42분이었다.

지금 구종구는 병상에서 아무것도 모르고 윗몸일으키기를 하고 있을까? 설마…. 그 누구라도, 어느 한 사람이라도 자신의 옆에 있었으면 좋았을 텐데, 이렇게 난감하지 않았을 텐데 했다. 새삼 엄종철이 있었다면 얼마나 좋을까 해졌다. 구종구라면 엄종철의 주소를 외워두고 있었을 텐데, 왜 알리지 않았는가. 애초부터 연락을 안 하고 살았던 것인가. 하긴 두 사람 사이에는 맺힌 일이 없었을 테니까…. 그도 구태여 그 땅에서 생사를 같이했던 사람들을 만나고 싶지 않았던 것인가. 끔찍스럽다고 했지. 김하나한테라도 전화를 걸어 병원으로 오라고 할까? 머리를 저었다. 아무리…. 두 사람은 겨우 전화 한 차례 통화한 사이인데, 임종을 같이하자는 말은…, 아니었다. 다시 엄종철이 있었으면 해졌다. 지금까지 병실을 들락이면서 구종구를 보았을 때, 귀국한 뒤에는 그 남자밖에는 대원들 누구하고도 서로 연락하고 어쩌고 하면서 산 것 같지 않았다. 정미연도 엄종철에 대해서는 아무런 말이 없었다. 이 나라 안에서 일어났거나 일어날 일은, 뭐든 다 알 수 있는 것처럼 굴었던 아내 귀신이었는데….

그래도 일이 이렇게 되고 보니 새삼 엄종철이 그리 아쉬웠다. 같이 있다면 얼마나 든든할까 하는 생각까지 들었다. 첨병조로서 같이 대원들을 이끌고 가면서 서로가 앞을 봐주고 뒤와 양옆을 봐줬던 사이가 아닌가.

그는 무슨 전문대학을 나와서 의족 가게에서 일한 특이한 경력을 갖고 있었다. 그래서 공일팔(018) 의무 주특기를 받아야 했는데, 일

공오(105) 박격포 주특기를 받았다는 불만을 품고 있기도 했다. 곧 그것은 장거리 정찰대같이 험한 데로 배속된 데 대한 불만이기도 했을 것이다. 나이는 그 남자와 같았는데, 군 입대도 파월도 5개월씩이 늦었다.

그해의 우기가 시작되던 6월 초에 7박 8일 예정의 정찰을 뛴 적이 있었다. 귀환한 뒤에 결원이 생긴 자리에 보충된 병력 1명이 바로 엄종철 상병이었다.

예정된 정찰 기간의 마지막 날이 밝았을 때까지 전과도 손실도 없었다. 그 탓에 모두가 맥빠진 상태로 매복지에서 10킬로미터 상거한 지점으로 기동 중이었다. 이제 그 지점에서 대기하고 있는 병력 수송 트럭 2대에 분승하여 부대의 영문을 들어서면 정찰 종료였다. 그런데 기동 중에 실로 어처구니없는 일이 생긴 것이다. 모두의 앞에서 가던 첨병조장 최 하사가 베트콩의 저격을 받아 사망한 것이다.

그 때문에 팀장이 팀을 일부 개편할 수밖에 없었는데, 구종구와 그 남자에다 엄종철이 합세해서 새로운 첨병조가 된 것이다. 보충된 후참병인 엄종철을 구종구가 기어이 끌어들인 결과였다. 그때 그 남자가 무슨 후참을 끌고 들어왔냐고_투덜거리자, 무담씨 고참이라고 설쳐대는 새끼보다는 침착한 후참자가 정글에서는 더 낫은 께 걱정 잡어 매부러, 알겠어? 였다.

정체가 시작되었다. 반포 지하차도를 200미터쯤 앞두었을 때였다. 사고가 났나? 한 기사가 중얼거렸다. 4시 21분이었다.

"저 앞에서 고속버스 터미널 쪽으로 빠질 수 있지? 그쪽으로 돌아가자. 6시까지는, 늦어도 6시까지는 병원에 도착해야 한다."

그 남자가 한 기사에게 당부했다. 아직 두 시간 넘게 남아 있긴 했다. 길이 막히지 않는다면 40분쯤 걸리는 거리였다. 더 빨리 나섰어야 했어! 서울에서 그만큼 살고도…. 이놈의 요령부득을 어쩌나. 도무지 대책이 없어…. 좀 더 마음의 여유를 갖고 좀 더 푸근하고 부드럽게 살았더라면, 나 자신에게도 너그럽게 살았더라면 부부로 함께 살던 사람도 그런 선택을 하지 않았을 것 아닌가….

그 남자만 그 길로 돌아갈 생각을 할 턱이 없었다. 차가 오른쪽 가장자리 차선으로 빠져나가는 데도 힘이 들었다. 그래도 차선을 잡아가다 우회전을 해서, 고가도로 밑의 네거리까지 간 뒤에 좌회전을 하자 그나마 좀 달릴 수가 있었다.

차는 강남대로로 접어들었다. 다시 올림픽대로를 타려던 계획을 아주 바꾼 것이다. 하지만 속도는 60킬로미터대에 있었다. 차라리 지하철로 바꿔 탈까도 생각해 봤다. 그런데 신사동에서는 지하철로 갈아타도 일원역까지 40분쯤 걸렸다. 거기서 병원의 셔틀버스로 바꿔 타면 또 15분쯤이 걸렸다. 그 남자는 벌써 여러 차례 그 시간 경험을 한 터였다. 결국은 그게 그거였다. 승용차를 타고 계속 가기로 했다. 그 남자는 시간을 계속해서 확인하는 수밖에 없었다.

그래서 그런 일이 일어났을까? 다행스럽게 강남대로의 끝까지 게으르게 가던 차가 좌회전을 해서 남부순환도로로 들어선 뒤부터 제 속도를 낼 수 있었다. 5시 19분. 아직 한 시간 이상이 남아 있었다.

정말 다행이었다. 그의 생명도 아직 그만큼은 남아 있는 셈이었다.

병원으로 들어가려면 일단 다음 네거리에서 우회전해야 했다. 그 다음에 곧 좌회전하면 병원 정문을 통과할 수 있었다. 5시 54분이었다. 임종은 할 수 있겠다 싶었다.

신호가 떨어지자마자 가장 앞에 서 있던 그 남자의 차가 튀어나가 우측으로 꺾어 도는 참이었다. 퍽! 하는 소리와 함께 차가 저만큼 밀리는가 했는데 비틀거렸다. 바뀐 신호를 무시하고 달려온 차가, 그 남자의 차를 들이받은 것이다. 왼쪽 뒷좌석이었다.

"사장님, 사장님! 괜찮으십니까?"

한 기사의 목소리였다. 그 남자는 두 팔로 감싼 머리를 앞좌석 등받이 밑으로 한껏 숙이고 있었다.

"나는 괜찮아. 한 기사도 괜찮아?"

"예, 괜찮습니다."

비로소 그 남자는 머리를 들었다. 한 기사는 벌써 차에서 내리는 참이었다. 그 남자의 정신이 좀 어리벙벙했다. 허리도 아픈 것 같았다. 저절로 이리저리 살펴졌다. 쾅, 소리가 났던 옆좌석 문짝이 좀 뒤틀린 것 같았다. 그래도 다행이었다. 자신이 앉아 있는 쪽은 아니었다.

뒤를 돌아보았다. 외제 승용차였다. 벌써 한 기사가 가서 운전석 문을 열고 있었다. 희끗 보이는 것이 에어백인 것 같았다. 그 남자는 그런 경우가 생전 처음이었다. 운전자가 많이 다쳤을까? 교통경찰관도 두 명이나 달려왔다. 어찌했는지 한 기사가 돌아와서 운전석에 앉았다.

"뒷일은 명함 주고받았습니다. …그럼 출발하겠습니다."

구종구의 죽음을 깜박하고 있었던 시간이었다.

"한 기사, 빨리빨리! 시간이 없다!"

제정신이 돌아온 그 남자가 소리쳤다. 6시 9분이었다.

차에서 내린 그 남자가 병동 안으로 달려 들어갔을 때, 마침 올라가는 엘리베이터가 있었다. 엘리베이터 안에서도 손목시계를 들여다보면서 발을 굴렀다.

그 남자가 15층 B1551호 병실로 달려갔을 때, 구종구는 자리에 없었다. 병상조차 없었다. 텅 빈 자리였다. 이 인간이 어디로 갔나? 그새에 죽었나? 아직 시간이 남아 있는데…. 6시 22분이었다.

중환자실로 갔다고 했다. 옆 병상의 여환자가 일러주었다. 갑자기 상태가 나빠졌기 때문이라고 했다. 중환자실이 어디 있는지는 몰랐다. 벌써 6시 27분이었다. 벼엉신! 이런 등신! 그는 자신을 비난했다. 이를 어쩌면 좋은가…?

앞서 일어난 일들이, 꼭 그 남자가 그동안에 혼자 부질없이 꼴값을 떨고 다닌 탓에 생긴 것만 같았다. 자동차 사고가 난 것도, 하다 못해 길이 막힌 일까지도….

25

구종구의 주검은 당장은 고향으로 돌아가지 못했다. 그 자신이 미리 서약해 놓은 대로 처리될 수밖에 없었다.

그 남자는 골말을 다녀온 다음 날에 곧장 출근했다. 억지로 병원에 입원해서라도 며칠 쉬고 싶었지만 어쩔 수가 없었다. 김하나가 새벽같이 전화를 걸어 직접 처리할 회사 일이 있다면서, 꼭 출근해야 한다고 했었다.

러시아 펄프 회사에서 온 사람들의 일정이 밤 비행기로 돌아가게 돼 있는데, 그 안에 계약하자고 한다는 것이었다. 곧장 프레지던트 호텔 1층에 있는 로비로 나와도 된다고 했다. 그 사람들이 그 호텔에서 묵고 있었다. 문제는 그 남자의 두 눈이었다. 아직도 붉은 빛이 가시지 않은 것이다. 선글라스를 낄 수밖에 없었다. 렌즈의 색깔이 옅은 선글라스를 찾아서 끼었다. 그 때문에 상대가 불쾌하다 해서 거래가 결렬된다 해도 어쩔 수 없다는 생각이었다. 하지만 김하나에게 사전에 상대에게 양해를 구해두라는 부탁을 해놓은 터였다.

그 남자는 10시 전에 호텔로 출근했다. 코트라 직원까지 세 사람이 먼저 와서 기다리고 있었다.

"우리는 사장님이 베트남 전쟁의 용병으로 출정한 사실을 이미 본국에 있을 때부터 알고 있었습니다. 한국 에이전시를 맡을 상대의 개인 신상과 신용조사가 불가피했습니다. 뒷조사한 점을 먼저 사과합니다."

이사인 블라드미르 알렉스비치가 한 말이었다. 그 남자는 놀랐다. 참으로 엉뚱하다 싶기도 했다. 또 그 남자가 선글라스를 끼고 나와서 이런 것인가 해지기도 했다.

"러시아는 월남의 호치민을 적극 도와온 나라인데, 나는 호치민을 적으로 싸운 사람입니다. 설마 이런 말 하자고 만난 건 아니겠지요?"

그 남자는 베트남전의 용병이란 말에 정면으로 반응했다. 꼭 속을 들켜버린 것 같아서였다. 내가 불편해하는 데부터 건드리는가… 하지만 사업상 만난 사람이었으므로 얼굴에는 웃음을 담고 있었다.

"물론입니다. 저분들의 신사도예요. 안 해도 되는 말을 구태여 하는 이유를 아서야죠."

김하나가 끼어들었다. 영어였다. 저들이 들으라고 하는 말이었다. 그들 가운데 영어 해득자가 있는 듯했다.

"신사도 좋아하네. 저들 나라는 제국주의가 아닌가? 왜 용병이라는 거야!"

그 남자가 한국말로 구시렁댔다.

"참 사장님도…. 미스터 알렉스비치가 사장님께 칭찬으로 하는 말입니다."

이번에는 코트라 직원이 한국말로 설명했다.

"소비에트연방 때의 일입니다. 지금의 러시아가 아닙니다. 그리고 월맹 때의 일입니다. 지금의 베트남이 아닙니다. 시간이 흘러가면 그 뒤에 역사가 남습니다. 스스로 전쟁터에 뛰어들어 역사를 만드는 사람들, 그중에서 살아남은 사람들은 매우 용감하면서 운이 좋은 사람들입니다. 우리 회사는 그 용감하고 운이 좋은 사람을 한국의 에이전시로 맞는 행운을 잡은 것입니다."

"…그렇습니까?"

그 남자는 금세 할 말이 떠오르지 않았다. 자신이 알고 있는 역사는 그랬다. 장사꾼의 역사는 오직 이해관계에 따라 쓰이는 것이었다. 그 전쟁에서도 적군의 노획 무기에는 아군에서 넘어간 것이 얼마든지 있었다. 물론 적이 노획해서 사용하던 아군 무기도 있지만, 부정 거래된 것들이 대부분이라고들 했다.

"그래서 우리 본사 사장님이 알렉스비치 이사한테 전권을 위임해주셨습니다. 오늘 D.H. 컴퍼니의 황 사장님이랑 아주 본계약을 맺고 돌아오라는 지시를 받았습니다. 황 사장님을 초청하라는 지시도 있었습니다."

유리 락티코프가 정황을 설명했다.

"…그렇습니까? 일이 그렇게 됐군요. 훗훗후후 헛허허…."

살다 보니 그놈의 전쟁판을 높게 평가해주는 경우도 있긴 있구나 했다. 이렇게…. 그 남자는 실없이 웃었다.

"저분들이 한국에서 여러 제지회사를 방문했는데 황 사장님이 의리 있다는 말, 진실하다는 말을 여기저기서 많이 들었습니다."

코트라 직원이 다시 거들었다. 유리 락티코프가 가방에서 서류를 꺼내 탁자 위에 펼쳐놓았다.

"왜 감사하다는 말씀을 안 하십니까?"

김하나가 그 남자를 돌아보면서 가만히 말했다. 그 남자는 속으로, 내가 그랬나? 왜 고맙다는 말이 안 나오지? 했다. 사실은 고마워해야 할 일이 많았다. 자신이 운영하는 회사를 파트너로 선정해준 일, 그 과정에서 참전 경력을 긍정적으로 봐준 일, 관례대로 MOU를 먼저 체결하지 않고 바로 본계약을 하자는 일, 등등이었다.

그 남자는 영어로 작성된 서류를 목독했다. 1차로 2년 기간에 월간 3천 톤 물량, 수수료 5%였다. 그 밖의 조건들도 대체로 만족스러웠다. 블라드미르 알렉스비치와 그 남자가 차례로 서명했다. 김하나가 서류 한 부를 챙겼다. 끝내 그 남자는 감사하다는 말을 하지 못했다. 대신에 알았다는 말을 몇 차례 했다.

다섯 사람이 그렇게 일을 마쳤을 때였다. 그 남자의 왼쪽 가슴에서 피아노 곡이 울려 퍼졌다. 쇼팽의 야상곡이었다. 근간에 그 남자의 심경에 변화가 일어났던 것이 분명했다. 그 전까지는 차이콥스키 교향곡 1번이었다. '윈터 데이드림'…. 얼어붙었던 땅에 봄비가 내린다면 이런 느낌일까. 로비에서 복도로 나서던 그 남자가 휴대전화기를 귀에 댄 채 뒤를 돌아보았다. 이어서 몸을 돌렸으나 멈칫거렸다.

김하나의 눈길이 그 남자의 눈길을 좇아갔다. 양복 차림에 머리가 반백인 사내 한 사람이 의자에 앉은 채로 손을 들어 보였다. 아마 사내는 거기서 그 남자의 일이 끝나기를 기다리고 있었던 듯했다. 사내가 일어섰다. 그 남자가 귀에서 전화기를 떼며 황급히 다가갔다.

김하나는 처음에 두 사람이 주고받은 말을 듣지 못했다. 서로 끌어안는 것을 보았을 뿐이다. 그때 그녀는 사내가 짧고 낮게 토하는 비명을 들었던 것 같았다. 두 사람은 금세 몸을 뗐지만 마주 보고 서 있었다. 앉아야 할 줄을 모르는 것 같았다. 그녀가 조심스레 다가갔다.

"황 병장님이 뭐냐? 황덕수라고 불러. 엄종철, 너하고는 나이도 같을걸? 자, 우선 앉자."

꿈에서 깬 듯 두 사람이 마주 보고 앉았다. 엄종철…. 그는 어딘가 좀 불편한 듯했다. 왼손으로 가슴께를 누르고 있었다.

"그래! 그 외제차 운전자가 엄종철, 바로 너였단 말이지? 어쩐지 딴소리 없이 백프로 자손처리 한다는 것이 이상했다. 그런데, 너였어? 갈비뼈 세 개라… 얼굴도 턱을 좀 다쳤던 모양인데…? 아무튼 그만하기 참 다행이다. 그 몸으로 병원에서는 어떻게 벌써 나왔어? 연락했으면 내가 달려갔을 텐데…."

그 남자의 입속에서 서로 먼저 튀어나오려고 질문들이 실랑이를 벌이는 성싶었다. 그녀는 두 사람을 볼 수 있는 건너편 옆자리로 가서 비켜 앉았다. 그런데 저게 무슨 말인가? 백프로 자손처리라니,

그 외제차 운전자… 엄종철…. 그럼 한 기사가 말한 그 사람이 맞았다. 그날 네거리에서 교통사고를 낸 사람이었다. 그리고 황 병장님…. 그럼 두 사람이 군에서 같이 생활한 사이…. 이거 신기한 일인데, 신기한 일이야! 그녀가 혼잣말로 감탄했다. 그 남자가 군에서 같이 근무했던 사람을 만난 것은 구종구가 처음이었고, 엄종철이 두 번째였다. 그녀가 알기에 그 전에는 40년이 넘는 세월 동안 단 한 명도 없었다.

"내가 의삽니다. 지금은 개인 병원을 하고 있지만, 정년 전까지 대학병원 정형외과 의사였습니다. 그러니 걱정할 것 없습니다. 기억나십니까, 황 병장님? 내가 전문대학 나와서 의족 가게에서 일하다가 입대했다는 말. 그때 우리 아버지가 의족 공장을 하고 계셨거든요. 의사 콤플렉스가 있는 아버지 등쌀에 제대하고 뒤늦게 의대에 진학했습니다."

"어허! 또 황 병장님이야? 그냥 황덕수라고 부르라니까. 황 형이라고 부르든지…. 이제부터 나도 엄 형이라 부르면 되겠네. 그런데 구종구 하사 죽은 거 모르지? 그 인간이 엄 형하고는 연락 안 하고 살았을 테니까."

그녀는 어허? 했다. 구종구, 엄종철, 황덕수. 이 세 사람이 전쟁터에 같이 있었다는 뜻이었다.

"아닙니다. 그 머리 좋은 사람이 그때 내 주소를 왜 안 외웠겠어요? 외워두었다가 편지했었습니다. 그런데 내가 끊고 살았습니다. 나는 구종구 하사님을 엄청 싫어했거든요. 내 기준으로는 그때, 말이나 행동거지가 정상적인 사람이라고 할 수 없었으니까요. 다시

상종할까 무서웠어요. 그런데 사실 그때 교통사고 났을 때는 구종구 하사님을 보러 가는 길이었습니다. 마음이 급해서 사고를 낸 것이고요."

그 사내의 목소리가 착 가라앉아 있었다. 몸이 불편해서인지 죄라도 지은 기분이어서인지 머리를 숙인 채 말을 이어갔다.

"그동안 끊고 살았다면서, 어떻게 알고? 왜 하필 그때서야…?"

"6시 32분을 알고 있었습니다. 결국은 임종도 못 했지만…."

"뭐야? 엄 형이 6시 32분을 알고 있었다고? 어떻게, 어떻게 알았지? 그럼, 혹시…."

그 남자는 몹시 놀란 것 같았다. 목소리에 쇳소리가 섞였다. 머리를 저었다가 끄덕였다가 하고 있었다.

"나도 정미연 씨를 알고 있었잖아요. 황 병장님이, 아니 황 형이 월남에서 펜팔할 때…."

그 남자가 그 사내의 말을 자르고 물었다.

"그럼 뭐야? 이거 환장하겠네! 펜팔할 때 알았던 정미연이가, 내 마누라가 엄 형을 찾아가기라도 했더란 말이야?"

그 남자는 머리를 젓고 흔들기를 멈추지 않았다.

"예에! 정미연 씨가 그날 새벽 꿈에 나타났습니다. 구종구 씨를 그냥 보낼 거냐고, 전쟁터에서 가진 그 미움을 죽을 때까지 지니고 살 거냐고 했습니다. 구태여 찾아와서 하는 말이라서…. 그때 잠이 깨서 생각했습니다. 생각만 해도 징그러운 구 하사님에 대해 다시 생각하게 되더라고요. 다음날까지…."

"그러니까 그때 사고가 그냥 난 게 아니었네…. 우리 두 사람이 이렇게 만나게 되지 않았는가. 내가 급한 마음에 현장을 떴지. 구종구 임종을 해야 했거던. 가해 차량이 어떻게 됐는지 운전자가 얼마나 다쳤는지는 생각할 겨를이 없었다니까. 결과적으로는 이름을 알아보고 만나게 됐지만….”

“그때 황 형 차 기사가, 병원에 임종 보러 가야 한다면서 명함만 달라고, 나머지는 교통경찰한테 맡기자고 했을 때, 혹시 구종구한테 가는 거 아니겠지, 했다니까. 그래서 사고 서류들을 더 자세히 보기도 했고. 그러니까 사고가 나지 않았다면 못 만날 수도 있었지. 사고에 감사해야겠구먼… 허허허…”

두 사람 사이에 분위기가 풀려 가는 성싶었다. 어느새 엄종철의 말투도 편하게 바뀌어 있었다.

“이제 알겠네! 이런 기막힌 일이 있을 수 있나?”

마누라는 생전에는 이웃하고도 잘 말을 섞고 살지 않던 사람이었다. 어찌 그리 오지랖이 넓어졌던 거야! 나, 참! 정말 기가 콱 막히는구먼….

3년 전에 죽은 아내가 귀신이 돼서 해상을 한 남편을 찾아온 것이 그 때문이었단 말이지. 내가 사는 꼴이 답답하고 한심해서, 안돼 보여서…. 그냥 놔두면 도무지 대책이 없는 사람이니까. 그 어디에서도, 그 누구도 도와줄 사람이 없으니까…. 흐흐흥, 쯧쯧쯧….

“뒤늦게 골말에도 갔지. 앰뷸런스 타고…. 어떻든 잘 가라는 인사는 해야겠더라고. 오랫동안 갖고 살아온 안 좋은 인상은 털어내야, 언젠가 내가 죽을 때 편하겠더라고.”

그 남자는 거기서 엄종철을 본 기억이 없었다. 하긴 뒤늦게 갔다니까…. 또 골말에서는 시신이 없어서 상청을 차리지 않았었다.

그가 즐겨 입었던 작업복 한 벌과 자신이 지어서 오랫동안 갖고 있던 구두 한 켤레를 농장 가운데 묻고, 임시로 작은 봉분을 만들어 놓았을 뿐이었다. 나중에 병원에서 처리한 사체를 돌려받으면, 그때 가서 함께 묻을 생각이라고 했다. 골말 사람들이 먼저 그렇게라도 해야겠다면서 한 일이었다.

"뒤늦게라도 골말까지는 고집을 피워서 앰뷸런스를 타고 갔지만, 가묘까지는 가보지 못했어. 앰뷸런스 안에서만 있다 오자니 후회가 많이 들더구먼. 진작에 만나볼 것을…. 그동안 꼭 닫고 살았던 마음이 열리는 것 같고."

"허어! 그랬었구만. 엄종철을 이렇게 만나다니, 참 기가 막히는구만…!"

"세상에 기막힐 일이 어디 한둘이겠어? 정미연 씨가 당뇨 치료차 신촌에 있는 대학병원에 다닌 것쯤은 알고 계시지?"

"내가 아무리 무심한 사람이라도 아내에 대해서 그 정도도 몰랐을까 봐…. 그런데 그건 왜? 엄 형은 정형외과라면서?"

그 남자는 자신과 그 사내 사이에 무슨 기막힌 일이 또 있었을까 봐서 긴장했다.

"물론 당뇨센터하고 안과를 다니셨지. 적어도 한 달에 한 번은 꼭꼭 당 체크를 하고 망막 체크를 하고, 치료 받고…. 그런데 황 병장님은 그것까지는 몰랐을걸?"

"내가 뭘 몰라?"

그 남자가 대들어 따지듯이 했다. 왠지 화가 나는 것 같았다. 황 병장님이라고 부른 것도 몰랐다.

"정형외과에도 오셨어. 잠시였지만 내 환자이기도 했지."

"그게 뭐 어째서? 정형외과에는 왜 갔는데…?"

"왜, 화를 내는 거야? 지금 나는 황 병장님한테 미안하단 말씀을 드리려고 하는 건데. 그래서 사무실로 전화했더니 이곳으로 출근할 거라는 말을 듣고 이렇게 무리해가며 급하게 이곳에 온 건데."

"무슨? 미안한 일이 뭔데? 그렇게 무리해가면서 급하게 미안해할 일이 뭔데?"

엄종철은 말하기가 망설여지는 것 같았다.

"말해 봐! 나 화 안 났어. 내가 화낼 일이 뭐가 있어? 그래…, 내 마누라하고 뭔 일이 있었는데? 그리고 황 병장님이라고 부르지 않기로 했잖아!"

그 남자의 말씨가 얼마간 누그러졌다. 그러나 말씨 속의 노기는 여전했다.

"발바닥 상처를 방치해 놓은 탓에 피가 오염됐고, 폐혈증 위험이 높아져서 한쪽 다리를 무릎 아래까지 절단해야 했어."

"뭐라고? 아내가 한쪽 다리를 절단하게 됐다고…?"

그 남자는 숨이 잘 쉬어지지 않았다. 왜 남편한테는 일언반구도 없었던 것인가. 그 충격을 오롯이 혼자서 안고 그렇게 가겠다는 것이었는가….

"정미연 씨가 첫 번째 진료를 받고 돌아간 뒤에야, 문득 정미연이란 이름을 다시 새기며, 그 사람이 그 사람이었던가, 했지. 두 번째 왔을 때는 황덕수의 아내라는 것을 확인할 수 있었지. 내색하지는 않았지만…. 그런데 진단이 끝나고 수술 방침이 결정됐을 때, 입원 날짜까지 잡았는데 그 날짜에 환자가 나타나지 않았어. 그래서 보호자 전화번호까지 알아봤는데 망설이고만 있었어요. 알파팀과 다시 연결된다는 것이 생각만 해도 끔찍했거든….”

“그래. 잘했다, 엄종철! 나도 징그러웠다. 구종구도 제가 먼저 연락 안 했으면 게다가 죽어가고 있지 않았으면, 절대로 만나지 않을 생각이었어. 얽히기 싫었으니까. 그런데… 아무리 그랬다고 의사라는 사람이 어떻게 그럴 수가 있었냐? 나를 다시 상종하는 일이 그렇게 끔찍했냐고?”

김하나가 볼 때 그 남자가 좀 위태로웠다. 저러다 엄종철을 한 대 치기라도 할 것 같았다. 그녀는 자리에서 벌떡 일어났다.

“아니야. 이유가 뭐라고 꼭 집어 말할 수는 없어. 정미연 씨는 환자니까 보고 있었지만…. 그 시절이 싫었어. …그런데 정미연 씨가 그렇게 됐다는 것을 알았지. 나는 티브이 뉴스를 잘 안 보는 사람이라서 모르고 있었는데, 병원 당뇨센터에서 연락이 왔더라고. 환자가 그렇게 됐는데 알고 있냐고….”

“씨이발! 그게 말이 되냐?”

그 남자는 울먹이고 있었다.

“황 병장님께 그 사실을 알리기만 했더라도 그런 불상사는 막을 수 있었는데…. 정말 많이 후회했습니다. 나도 울었습니다. 씨이발! 내가 무슨 짓을 한 것인가. 정말 죄송합니다! 제발 용서하세요!”

그녀가 보기에 마치 하급자가 큰 잘못을 저지른 뒤에 상급자한테 용서를 빌고 있는 것 같았다. 그 남자가 자리에서 벌떡 일어났다. 놀란 그녀가 급히 그 남자에게 다가갔다. 그 남자가 엄종철에게 다가가 엉거주춤 껴안았다. 김하나는 멈춰 서서 적이 날숨을 쉬었다.

"그런데 말이지, 이런 걸 물어도 되는지 모르겠는데…, 엄종철 너도 구종구가 왜 죽었는지 알지?"

그 남자가 갑작스레 화제를 바꿨다. 김하나가 듣기에 그랬다. 엄종철이 대답 대신 머리를 끄덕였다. 순간 그녀는 저들이 저렇게 머리로 의사 전달을 하는 것도 전쟁터에 다녀온 후유증인가 했다.

"넌 괜찮지?"

그 남자가 비밀을 이야기하듯 목소리를 낮췄다. 엄종철이 잠시 대답을 내지 않고 있더니 한숨과 함께 머리를 저었다.

"사실은 나한테도 문제가 있어. 정자들이 기형이래. 의사가 독극물을 관리하는 데 있지 않았냐고 묻더라고…. 설혹 아이를 낳더라도 기형아 될 거래요. 옛날에 묶어버렸지."

"아! 그래서 애가 없는 거구나…. 사실은 나도 백혈구 수가 정상인보다 작아. 그래도 의사라서 그럭저럭 때워가면서 살고 있는 거야. 나…, 아직 결혼 안 했어."

"그렇지! 어디다 말도 못 하고…. 원호연금 받으면 뭣해? 사람들이 병자 취급할 거 아냐? 제대로 된 사회생활 못하는 거지. 죽은 게 낫지…."

"그렇지! 그렇지…. 누가 우릴 정상인으로 대하겠냐고…."

"씨이팔! 정말 좆같애…"

김하나는 가까이 있었던 탓에 두 사람의 이야기를 죄다 들었다. 그녀는 뒤늦게야 두 손으로 귀를 막았다. 무서웠다.

26

구종구가 보냈다는 편지는 회사로 와서 그 남자를 기다리고 있었다.

어제 호텔에서 엄종철을 만난 뒤에 집으로 돌아갔기 때문에 그 남자가 보지 못한 것이다. 그동안 회사를 나가지 못하면서 편지를 궁금해하다가, 그가 실없는 말을 했나 하던 참이었다. 지레 편지를 집으로 보낸 줄 알았던 것이 잘못이었다.

그가 알고 있었던 것은 회사 주소와 전화번호라는 사실을 깜박했던 것이다. 집 주소와 개인 휴대전화 번호 따위를 그가 알게 된다는 것이 꺼림칙했던 것 같았다.

너한테는 미안헌 일이 많다. 그런데 염치없이 티엉마이를 부탁 헌다. 너밖에 없드라. 그리고 고백헐 말이 있다. 너를 장거리 정찰

대로 오게 헌 사람이 바로 나다. 엄종철이도 마찬가지다. 중대 서
무계가 나와 파월 동기였는데, 대대 인사과에서 들었다고 허더라.
대대에 보충받은 3제대 병력 59명 중에 니가 있었는디, 고학력자
에 약골이어서 보나 마나 어디 가든 골칫덩어리라, 중대들이 서로
다 안 받겠다고 헌다는 것이여. 그 말을 들은 내가 책임지고 가르
쳐볼 텐께, 받어서 알파팀 편성헐 때 넣어주라고 했다. 많이 배운
놈들은 잘만 써먹으면 큰 도움이 된다고 했제. 솔직히 군대에서라
도 너 같은 놈이랑 큰소리치면서 같이 지내보고 싶었다. 뭣이 달
라도 다를 것이라고 생각했은께. 너는 이해가 잘 안 될지도 모르
겠구나. 그런디 니가 잘해서, 니 덕에 엄종철이도 우리 팀으로 오
게 된 것이여. 사람은 배와야 쓰는 것이드라. 그래야 사람을 죽여
도 바로 죽이고 살려도 바로 살리는 것이드란께. 귀국헌 뒤에 느
그덜 생각 많이 했어야. 끝으로 사실 나는 초등학교 문턱에만 겨
우 가본 사람인디, 졸업자로 학력을 속여서 영광스럽게 군대 간 사
람이란 것을 밝힌다.

　감사헌다. 많이 감사헌다. 나를 사람 되게 해줘서. 천당이든 극
락이든 가서도 잊지 않을 것이여. 죽기 전에 딱 한 번은 너한테 미
안허다는 말과 감사헌다는 말을 꼭 허고 싶어서 썼다.

구종구 씀

짜아식! 끝까지…. 지 주제에 천당은, 극락은 무슨,개뿔이나….
　그 남자는 편지 속의 그 표현이 재미있어서 혼잣말을 했다. 죽은
구종구를 비웃는 것이 결코 아니었다. 염치없는 자식! 티엉마이를

나한테…. 그래도 불쾌하지는 않았다. 그런데 문득 재미있어할 일이 아니란 생각이 들었다. 만일 저승에 그런 곳들이 있다면, 그야말로 구종구가 갈 만한 사람이 아닌가 해졌다. 그가 전쟁터에서 보인 행동들이 꼭 그렇게 악한 짓이던가. 더욱이 귀국해서 지금껏 어떻게 살아왔는가 해진 것이다.

그때서야 구종구가 구태여 자신에게 손편지를 보낸 이유가 무엇인지 찬찬히 생각했다. 얼마든지 휴대전화에 문자로 남겼어도 될 일 아닌가. 그 남자는 편지 끝에 추신으로 붙어 있는, 티엉마이의 집 주소와 전화번호를 보면서 생각했다.

날아가 버리고 지워져 버리면 안 되는 말이어서, 오래오래 남겨둬야 할 말이어서 그랬을 것 같았다. 그것은 티엉마이를 부탁하는 말이었을 것이다. 염치없는 말, 그리고 창피한…. 초등학교 문턱에만 겨우 가봤다는 말. 그 말은 그의 자존심이었을 것이다. 잘난 그가 차마 말로는 하기 어려웠던 말….

티엉마이를 그 남자에게 부탁한다 했다. 염치없는 일이라고 했다. 티엉마이….

그 남자도 구종구에게 차마 하지 못한 말이 있었다. 이제 편지도 보낼 수 없는데…. 지금까지도 그때 티엉마이에 대한 자신의 태도를 확실히 정리하지 못했다는 것이었다.

왜 그때 티엉마이를 두고 구종구한테 먼저 대검을 휘둘렀고 그것으로 끝을 냈는지? 옆에 말리는 사람도 없었는데….

눈앞에서 벌어지고 있는 일이 상상할 수 없는 일이기 때문이었다. 그래서 그 남자는 놀라고 당황하고 분개해서 제정신이 아니었

다? 게다가 그때 그 남자는 티엉마이가 당하고 있는 입장이란 것도
모르고 있었다. 그런데도 그랬다? 어차피 휘두른 대검이었는데…
제정신도 아니었는데…, 한 번 더 휘두르는 일은 그야말로 연결 동
작에 불과했는데….

그랬다. 그 남자가 티엉마이 집을 찾아간 것은 확실한 목적이 있
었다. 자신이 흘린 작전 기밀을 베트콩 세파에게 넘겼다는 의심을
하고 있었다. 그걸 단단히 따져 밝히자는 것이었다.

그래서 그녀에게 사실 확인을 하지 못한 상태였기 때문이라고 할
수는 있었다. 그렇다면 그녀가 월남군 정보부대로 연행됐을 때, 그
남자가 그녀의 억울함을 주장하는 편지를 써 보낸 이유는 어떻게
설명할 것인가?

이유는 이랬다. 그 시간이 지나면서 생각했을 때, 그녀가 베트콩
에게 정보를 주었을 확률은 영 퍼센트이거나 일백 퍼센트인데, 후
자라는 확신이 없었다. 더욱이 그 가능성이 매우 낮았다. 그 남자가
극히 흥분 상태에 있을 때는 일백 퍼센트였던 것이 흐르는 시간과
함께 계속 낮아졌다.

그러니까 그 남자가 그녀에게 대검을 휘두르지 않은 일은 결과를
놓고 볼 때 참으로 잘했다는 것이다. 거기다 근간에 들은 이 말 저
말까지 놓고 따져보면, 그 남자가 그때 잘못 판단한 것 같았다. 지
나치게 성급한 판단이었다는 생각이 든 것이다.

그 남자가 판단했던 대로라면, 티엉마이의 생활이 그럴 수가 없
었을 터였다. 생활이 폈어야 한다는 것이다. 아들도 생활이 어려웠
다고 했다. 그 남자가 알고 있기에 그녀는 대프랑스 항전 때 아버지

가 전사한 국가유공자였다. 거기다 만일 그녀가 그때 직접 그런 일을 하고 있었다면, 북쪽 세력에 의해 해방된 조국에서 제법 지낼 만하지 않는가. 적어도 그녀가 괜찮게 살고 있어야 했다는 것이다.

그러나 그렇지가 못했다. 그렇다면 그 남자가 진정 잘못 판단한 것인지도 몰랐다.

언젠가 티엉마이가 해준 이야기가 있었다. 놀랍게도 한국의 전래동화인 〈해와 달이 된 오누이〉와 내용이 매우 비슷했다. 옛날 어느 산골 마을에 홀어머니가 오누이와 함께 오순도순 살고 있었다. 멀리 잔칫집에 일을 거들러 간 어머니. 집에서 방문을 걸어 잠근 채 어머니를 기다리는 오누이…. 여기까지는 한국의 전래동화 그대로였다. 해가 진 뒤 떡을 한 보따리 얻어 머리에 이고 집으로 돌아가는 길에 첫째 고개를 넘어가려는데 호랑이가 나타났다. 떡 하나 주면 안 잡아먹지. 여기서부터 달라졌다. 호랑이가 아닌 프랑스군이었다. 주민들 가운데 첩자를 한 명만 알려주면 안 잡아가지, 였다.

당연히 어머니는 월남 사람이었다. 셋째 고개까지 넘는 동안 정보를 다 얻어간 뒤에 어머니를 잡아가 버린 프랑스군. 그리고 프랑스군은 오누이까지 속여서 잡아가려고 한다. 그러나 지혜롭게 잘 대처해서 하늘나라로 동아줄을 타고 올라가 해와 달이 됐다. 끝내 정보원 되기를 거절한 오누이였다. 그런 내용의 이야기였다. 그때 티엉마이는 자신의 입장과 마음 자세를 그런 식으로 그 남자에게 밝혔던가 싶었다.

그 남자는 사무실에서 선글라스를 쓴 채로 앉아 있다가 이내 벗어버렸다. 오겠다고 약속한 사람이 없기도 했지만, 답답한 것을 참기 싫어서였다.

그래도 오전에는 칠레의 아람코와 시엠비시 사장들에게, 고맙다는 말과 함께 힘내라는 격려 편지를 직접 메일로 작성해서 보냈다. 지진 피해를 복구하는 중에도 신용을 지키려고 퍽이나 애쓴 사람들이었다. 물론 당연히 김하나한테도 보내서 공유했다. 그리고 김하나와 점심을 먹으러 나간 자리에서, 자신이 구종구 때문에 사무실을 비운 때에 티 나지 않도록 애써줘서 고맙다는 인사를 잊지 않았다.

그렇게 의례적인 일을 하면서 심란해진 마음을 다잡아보자 한 것이다. 의례적인 일이라는 것들은, 얼핏 하지 않고 넘어가도 될 것 같지만 반드시 해야 하는 것 아니던가.

그 남자는 오후 세 시를 넘긴 뒤에야 사무실을 나섰다.

"집으로 가서 쉬실 겁니까?"

김하나가 한 기사한테 전화 연락을 하기 전에 그 남자에게 물었다.

"응. …아니, 아니요…. 헛헛 허허허…."

그 남자가 말끝에 황급히 멋쩍은 웃음을 달았다. 자신의 여전한 애매모호한 태도를 알아차린 까닭이었다. 그동안 정미연을 만나왔고, 구종구를 보냈고, 또 뜻밖에 엄종철을 만나는 동안에 한 가지 결심을 했다. 자신의 그런 태도를 고치겠다 한 것이다. 여태껏 문제를 앞에 두었을 때면, 머리부터 저었다가 끄덕였다가 했던 것이, 이제는 창피했다. 사람이 왜 그 모양으로 살았던가 해졌다. 뭘 그렇게 잘못했기에. 뭐가 그렇게 곤란했기에.

그 남자는 결국 옛 영등포시장 로터리에서 내린 뒤에, 승용차를 회사로 돌려보냈다. 그곳은 완전히 바뀌버린 사람 같았다. 상전벽해. 그 자리에 서서 선글라스를 벗은 채로 다시 사방을 찬찬히 돌아보았다. 흔적조차 남아 있지 않은 로터리. 지하철의 시장역. 낮시간에 멀쩡한 정신으로 본 그곳에서는 옛 기억을 찾을 수가 없는 정도였다. 차라리 밤시간에 술에 취해서 본다면 그래도 좀 기억이 났을 것 같다는 생각이 들었다. 그렇게 변해버린 것이다. '영생장례식장' 1층과 2층 사이의 가로로 된 엷은 주황색 간판. 그리고 검은색 궁체 글씨들. 그날 밤의 기억들이 생생하게 되살아났다. 그래 이제 다 끝난 것이야…. 그 남자가 중얼거렸다. 모든 것이 알 수 없이 변해버린 것이다.

변하지 않은 것은, 변하지 못한 것은 그 남자 자신뿐이었다. 정미연, 귀신이 된 지 오래인 아내가 나타나서 동분서주하다가 돌아간 이유는 무엇인가…?

그 남자는 정미연이 마지막으로 찾아왔다가 돌아가던 때를 생각했다. 티엉마이라는 월남의 여고생이, 그리고 정미연이라는 한국의 여고생이 그때 그 남자에게, 황덕수 병장에게 어떤 의미였던가를 끝으로 물었다. 그 남자는 그때의 그 느낌을 되찾아서 그대로 대답했다.

티엉마이는 해외 월남국으로 파견된 한국군 병사들이 주둔해 있던 부대 주위에 사는 주민이었고, 당신은 고국에 살면서 내 마음에 감동을 주는 여고생이었다. 이때 그녀는 부끄러운 듯 살포시 웃었다. 또 그 웃음은 무슨 의미였던가….

그 남자는 타박타박 걸었다. 길가의 전신주를 건너고 건너서. 그러다 튀어나온 보도블록에 발부리가 걸려서 하마터면 넘어질 뻔했다. 그날 밤처럼.

이때 허리를 세우고 눈을 들자, 밝은안과 병원이 보였다. 아내의 그 잔소리가 귓바퀴에서 맴을 돌았다. …제발 말 좀 들으세요, 네…! 병원에 가서 눈 치료를 받으라는 말끝에 다그침까지 있었다.

병원은 3층에 있었다. 그 남자는 아내에게 빚을 갚는 느낌으로 치료를 받기 시작했다. 예상했던 대로였다. 40여 년 전이나 지금이나 별로 달라진 것이 없었다. 열이 얼굴로, 두 눈으로 뻗쳐서 생긴 현상이다. 열기를 식혀서 안구의 혈관들을 안정시키는 방법밖에는 없다. 시력 검사까지 했다.

"심각합니다. 무슨 일을 하시든 일을 줄이셔야 눈들을 살릴 수 있습니다. 평소에는 안경을 쓰고 다니세요. 요즈음에는 근시 원시가 같이 들어가 있는 다초점 안경이 잘 나옵니다."

안구에 염증이 생길까 봐서 놔준 주사 한 대. 그리고 두 눈 부위에 해준 냉찜질이 전부였다. 그 남자 자신이 진단해보건대, 이미 오래전에 고질이 되어버린 병이었다. 그래도 병원을 나설 때는 퍽이나 마음이 가벼웠다. 정말로 아내한테 큰 빚을 갚고 난 것 같았다.

그 남자는 계속 걸어서 집 앞까지 갔다. 그러면서 아내가 왔다 간 이유를 찾으려 했다.

아파트 출입문 앞에서 전자자물쇠의 열림번호 여덟 자리를 하나하나 차례로 눌렀다. 그리고 샤프 버튼이었다. 찌르르르…! 놀란 찌르레기 소리를 내면서 철커덕 자물쇠가 풀렸다. 손잡이를 잡아 틀었다.

순간 안에서 잔뜩 기다렸다가 문을 밀치듯이 하고 밖으로 나오는 것이 있었다. 퍽이나 코에 익숙한 고등어 김치찌개 냄새였다. 매콤하면서 고소한 데다 살짝 비릿한 냄새. 거기에는 양념장을 만드는 아내만의 비방이 있어야 했다.

그럼 아내가 다시 왔다 간 것인가. 잔소리를 쏟아내고 간 그때가, 마지막이 아니었다는 말인가. 아까 그 남자가 병원에 다녀왔다는 것을 알고서 다시 온 것인가. 아직 낮시간인데….

그 남자는 허겁지겁 가스레인지 위에 앉아 있는 냄비로 달려들어 뚜껑을 열었다. 솟아오른 김이 얼굴에 뜨겁게 끼얹어졌다. 냄새가 코끝에 들어붙었다. 확실한 그 냄새였다. 냄비째 들어서 식탁으로 옮기는데 눈앞이 캄캄해졌다. 선글라스를 그대로 끼고 있던 탓이었다. 그때서야 그것을 벗었다.

상보를 들어냈다. 단출한 차림. 열무김치, 양파김치. 무채와 고구마 줄기 무침. 그리고 토하젓. 젓가락을 집어 들고 먼저 고구마 줄기 무침부터 한 자밤 집어서 입에 넣었다. 자신도 모르게 감식하는 사람같이 되었다.

그 남자는 거기서 멈칫했다. 그래도 입에 있는 것을 씹어 삼키면서 무채 쪽으로 눈을 옮겼다. 쪽파 조각들이 눈에 띄게 들어가 있는 것이 아내 솜씨라는 표시였다. 무채를 한 자밤 집어서 입에 넣었다. 여기서 그 남자는 머리를 저었다. 아내 솜씨가 아니었다.

고구마 줄기 무침과 무채에서 살짝 식초 맛이 난 것이다. 아내는 무침 반찬에 식초를 쓰지 않았다. 예전부터 이상하다고 생각해온 일이 오늘 다시 되풀이된 것이다. 그렇다고 그 남자가 싫어하는 것은 아니었다.

이때 퍼뜩 솟구치는 기억이 있었다. 오늘 낮에 점심 먹으러 김하나와 함께 간 한식당에서 있었던 일이었다. 거기서 반찬으로 고구마 줄기 무침이 나왔다.

좋아하시는 무침이 나왔네요. 그녀가 그 남자를 두고 하는 말인데도, 그녀 자신이 더 반기는 것 같았다. 그래요. 맛있겠네…. 그 남자도 반겼다. 요즘에 혼자서 밥 먹으러 오면 이 반찬이 나오길래, 오늘도 나오나 해서 이 집으로 오자 한 것인데, 정말 다행이네요. 그녀가 그 식당으로 온 이유까지 밝히고 있었다.

그 남자는 고맙다는 인사를 하면서, 젓가락을 들고 고구마 줄기 무침을 집어서 입에 넣었다. 이때 입속으로 퍼지던 맛이었다. 엷게 식초 맛이 난 것이다. 지금껏 우렁각시가 차려낸 식탁이 아내가 차려내던 식탁과 다를 단 한 가지 맛이었다. 그럼….

비로소 머리가 끄덕여졌다. 아까 그 남자가 이 궁리 저 궁리 하면서 아파트 단지 안으로 들어설 때였다. 옆으로 스쳐 가던 소형 감색 승용차 한 대가 비로소 신경 쓰였다. 그래서인가 해졌다. 김하나도 같은 차를 타고 다녔다.

아내가 왔다 간 이유를 알 것 같았다. 답답하게 사는 그 남자가 조금이라도 달라져서, 당당하게 살기 바란 것이 아니었겠는가 했다.

그 남자는 제 생각에 머리를 끄덕였다.

월남전쟁은 우리에게
무엇이었는가

월남전쟁을 다시 생각한다.

설혹 그 일이 악몽으로 되짚어진다 해도 반드시 그래야 한다.

이미 남은 흉터마저 희미해진 마당에, 어쩌자는 것이냐 하고 화를 내는 이들도 있을 것이다. 어렵사리 억지와 우격다짐 속에 묻고, 그 위에 꽃다발도 갖다 놓았는데, 어리석은 짓이라고 힐난하는 이들도 있을 것이다. 거기에 자신의 명예를 훼손하는 일이라고, 국가의 위상을 깎아내리는 일이라고, 분노하는 이들도 분명히 있을 것이다.

그렇다면, 성능이 좋은 대형 화물선을 개조한 수송선을 5박 6일 동안 타고 찾아간 '먼 남쪽'의 그 전쟁터에서, 목숨을 빼앗기고 유골함에 담긴 그들…. 비록 화물칸이지만 생전에는 꿈도 꿔보지 못한 보잉 707기를 타고 귀국한 뒤에 국립묘지에 묻혀 있는 5천여 젊은 영혼들에게 물어보자는 제안을 한다.

　지금도, '세계의 평화와 자유를 위해서', 그 나라의 전쟁판에서, 용감하게 싸우다가 죽었다는 사실이 영광스럽다고 믿고 있는지….

　아니다. 그이들이 조국을 떠날 때 머릿속에 새기고 갔던 명분은 진작에 사라져버렸다. 속임수로 만든 허상이었다.

　그 자리에는 숨겨놓았던 진실이, 위정자들의 본의가 적나라하게 드러나 있다.

　그리고 그 전쟁판에 나갔다가 육신이 망가지거나 성해서 조국으로 돌아왔다 해도, 지난 반세기 동안을 일그러지고 뒤틀린 채로, 그렇게 죽거나 늙어온 이들이 있다. 그들에게 그때의 일을 묻는다면 어떤 대답을 할까….

　월남전쟁은 한국에게, 한국인들에게 어떤 의미였는지? 특히 참전 군인들에게는 무엇이었는지? 나는 그 의미와 그 무엇을 혼자서라도 바로 정리하고 싶었다.

　사실은 전쟁이 끝난 뒤부터, 그 진실이 서서히 드러나기 시작해서, 언제부터인가는 감출 것도 감출 수도 없게 된 마당이다. 그렇게 우리의 민낯이 드러났다 해서, 부끄러워하거나 슬퍼할 것도, 더욱이 원망하고 화를 낼 것도 없다. 그 길이 우리의 입장과 처지에서 선택한 최선이었다면 더욱 그렇다.

　"역사란 현재와 과거의 끊임 없는 대화"라는 말에 공감하는 이가 비단 나뿐이 아니라고 믿는다. 진실이 가려진 역사는 죽은 역사라는 말에도 마찬가지다. 살아서 펄쩍펄쩍 뛰고 있는 현재와, 죽어서 조용히 묻혀 있는 역사가 어찌 대화할 수 있을까? 그리하여 더 나은 세상으로 나설 수 있을까?

내가 이 소설을 쓴 이유다. 한 슬거운 참전 병사를 내세웠다.

한국군의 월남전쟁 파병 기간은, 1964년 9월부터 1973년 3월까지의 8년 6개월 동안이었다. (한국군이 철수한 뒤에도 미군은 남아서 평화적인 종전 노력을 기울였지만, 1975년 4월 30일 뜻밖의 패배로 철수할 수밖에 없었다. 20년 동안 7,380억 달러(805조 원)를 들이고, 파병 연인원 54만여 명 중에서, 사망 5만 8천여 명, 부상 30만여 명의 피해를 낸 전쟁이었다.)

한국군 파병 규모는, 연인원 32만 4,864명이었으며, 소수의 직업 군인인 장교와 하사관을 뺀 나머지 다수는, 병역법에 따라 징집된 의무 근무자들이었다.

파병 형태를 보면, 초기에는 부대 단위로 파병 명령과 함께, 해당 부대 전체를 하룻밤 사이에 교육대에 입소시켜 '파병 교육'을 시킨 뒤에, 부산항 제3부두로 이동하여 병력 수송선(화물선 선창을 개조한 미군 용역선)에 태워, 월남공화국으로 보내는 식이었다. 그러나 1년 쯤 뒤부터는 상황이 점점 달라졌다. 재파월 자원자 수와 함께 파월 자원자 수가 점점 늘어난 것이다. 심지어는 세 번씩이나 파월한 이도 있었다. 그 결과 한때 그런 이들의 비중이 30퍼센트 수준을 넘어선 적도 있었다.

한국군은 1만여 회의 대규모 작전과 55만여 회의 소규모 작전을 펼쳐 4만 1천여 명의 월맹군과 베트콩 등을 사살했다. 그 과정에서 입은 한국군의 피해는, 사망 5,019명이었으며, 그중 전사는 4,601

명, 순직은 498명이었다. 부상은 1만 1,232명이었으며, 거기에 고엽제 피해자가 수만 명에 이르렀다.

월남전쟁 파병 기간의 국가 외화 수입은, 당시의 형편에 비추어 실로 큰 액수였다. 2005년 8월 26일 외교부 발표에 의하면, 한국군의 참전수당과 민간인 용역수입 10억 달러, 전쟁 특수에 따른 수입 10억 달러, 미국의 군사원조 증가분 10억 달러, 수출진흥지원금 20억 달러 등, 외화 수입 효과는 총 50억 달러에 이르렀다. 당연히 국가 경제 발전에 결정적 기여를 한 것이다. 이에 따라 국민 1인당 소득도 103달러에서 404달러로 높아졌다.

1964년은 한국군 이동외과병원 부대 140명을 월남전에 파병한 첫해였고, 한국전쟁이 휴전 상태에 들어간 지 11년째였다. 그해의 국가 외화보유액은 1억 달러를 좀 넘는 수준이었는데, 그 11년 동안 거의 변화가 없는 수준이었다. 그러던 것이 2년 뒤인 1966년에는 2억 달러 수준으로 오르더니, 3년 뒤에는 3억 달러 수준, 6년 뒤에는 6억 달러 수준이 되었고, 9년 뒤 월남전쟁에서 철수한 해인 1973년에는 8억 달러 수준까지 올라갔다.

그 과정에서 한 가지 '사건'이 있었다. 1964년의 한국군 첫 파병 인원 140명을, 국회 동의 없이 정부에서 임의로 결정해서 보냈다는 것이다. 불법이었다. 국회에서 '월남공화국에 대한 정규군 파병동의안'이, 재적의원 125명 가운데서, 가(可) 106명, 부(不) 11명, 기권 8명으로 통과된 것은 1965년 1월 26일이었다.

그런 일이 벌어진 것은, 그때 미국이나 한국이나 그만큼 다급한 입장이었기 때문이다. 미국은 '세계의 평화와 자유'를 위해 싸운다는 명분이 급했고, 한국은 경제개발에 필요한 돈이, 외화가 급했다. 그러니까 한국군의 월남전 파병은, 속되게 말해서 누이 좋고 매부 좋은 일이었다.

국회에서 행한 그 안건의 제안 설명을 보면, 당시의 나라 사정을 환히 들여다볼 수 있다. "우리 국가의 안전 보장은 60만 우리 국군에 의해서 되는 것이 아니라, 자유 세계와 미국의 신의에 의해 지켜진다는 것을 알고 파병에 동의해 주시기 바란다."였다.

북한의 안보 위협 행위가 계속됐다. 1967년 1월에는 해군 경비정 56함이 동해 휴전선 근처에서 해안포대의 피격으로 침몰했다. 1968년 1월 21일에는 김신조 등 북한 특수부대원 31명이 거침없이 청와대 앞에까지 내려오는 일이 생겼고, 그해 그달 23일에는 미 해군 정보수집함인 푸에블로호가 동해상에서 북한군에 강제 나포되는 사건이 생겼다. 그 밖의 크고 작은 위협이 휴전선에서 잇대어 일어나고 있었다.

그때도 이와 상관없이 월남의 전쟁판에서는 한국군이 '세계의 자유와 평화를 위해서' 용감히 싸우고 있었다.

월남전쟁은 과연 우리에게 무엇이었는가?

이상문

용서와 화해를
이끌어내는 이야기의 힘

이경철(문학평론가)

　이상문의 장편『붉은 눈동자』는 근래에 드물게 읽는 즐거움을 만끽하게 해주는 작품이다. 귀신이 돼 찾아온 자살한 아내가 사랑과 용서, 화해의 주제를 이끌어가게 하는 설정부터 흡인력이 있다. 한 꺼풀 한 꺼풀 과거의 기억을 벗겨가며 진실에 이르게 하는 구성이 작품에서 눈을 떼지 못하게 한다. 이야기를 재밌게 풀어가는 방식이 소설의 기본이고 덕목임을 보란 듯이 환기해주는 작품이다.

　『붉은 눈동자』는 베트남에 파병된 한 젊은이가 수색중대 병사로 최일선에서 싸운 전쟁 이야기다. 반세기가 훌쩍 넘는 전쟁을 실감나게 그리며 그 전쟁의 진실과 후유증이 적나라하게 드러난다. 그러면서 시대의 저편에 웅크리고 있는 아픈 상처를 향해 치유와 용서, 화해의 손길을 내밀고 있는 장편이다.

무엇보다『붉은 눈동자』는 인간의 예의와 자존을 다시금 생각게 한다. 일상 중 우리가 무심코 지나쳤던, 아니면 시시콜콜 말하지 않고 넘어갔던 삶과 인간의 깊은 곳을 계속해 조명하고 있다. 동서고금을 막론하고 시대가 아무리 변해도 바뀔 수 없는 휴머니즘을 극적 구성을 통해, 감동적으로 파고들고 있다.

작가 이상문은 1983년『월간문학』 신인상에 단편「탄흔(彈痕)」이 당선돼 문단에 나왔다.「탄흔」은 베트남전 실상을 그리면서도 우리 민족의 가슴에 박힌 총알 자국, 트라우마로서의 6·25와 베트남전을 연결하고 있다. "작품의 시선이 월남에만 국한하지 않고 '나'의 과거인 6·25 때 어머니의 인생을 조명함으로써 더욱 효과적이었으며 진주군과 현지의 여성 관계, 그리고 그들 사이에 태어난 아이를 부각함으로써 강한 주제를 의식하게 한다"고 심사평에서 밝히고 있다. 대학 재학 중이던 1969년 입대해서 1970년 파월, 1972년 귀국한 작가가 베트남 전장에서 써놓은 작품을 가다듬은 것. 그만큼 월남전이 실감으로 육화, 심화돼 있다. 작품의 시공(時空)은 꽁까이 집 좁은 공간과 파월 한국군들이 후다닥 매음을 끝내는 짧은 시간. 단편이란 짧은 분량에 딱 들어맞는 시공에서도 파월 장병들의 수색작전을 통해 베트남전의 실상을 드러내며, 창가(娼家) 베트남 여성의 현재와 주인공 어머니의 과거를 통해 베트남전과 6·25를 연결하고 있다.

그런「탄흔」의 연장선에 있는 작품이 1986년『한국문학』에 연재되어 3권으로 출간된 장편『황색인』이다. 1987년 단행본으로 나온

『황색인 1』은 베스트셀러 1위로 집계되며 작가의 대표적인 출세작이 됐다. 탄탄한 구성과 곳곳의 흥미 요소로 독자의 시선을 붙들며, 프랑스와 미국에 맞선 베트남의 현실과 외세에 의해 분단돼 6·25를 치르며 분단이 고착화된 상태에서 유신독재로 가는 한국의 실상을 그려나간 장편이다.

"내 소설의 상당수는 구조가 복잡하다. 전(前) 세대와 현실을 이어보겠다고 공을 들인 것일수록 더욱 그러하다. 중편에 담을 이야기를 단편에 담은 것 같고, 장편에 담을 이야기를 중편에 담은 것 같이 보인다."

1988년 첫 창작집 『살아남은 팔』을 펴내며 작가가 밝힌 말이다. 많은 이야기들을 어떻게 그 짧은 길이에 다 담았는지 의아할 정도로 이상문의 단편, 중편들은 터질 정도로 속이 꽉 차 있다. 첫 창작집에서부터 그는 분단과 독재, 민주화운동, 노사갈등, 노인 문제 등 시의적절한 소재들을 외면하지 않고 다뤄왔다.

그러면서도 이념이나 역사, 사회적 당위성으로 작품을 이끌지는 않았다. 그렇다고 자폐증적인 심리묘사나 지성적, 반성적 자세로 이끌지도 않았다. 현장의 세태가 넘치는 이야기의 힘으로 작품을 스스로 이끌어가도록 하고 있다.

"이 소설은 1954부터 1990년까지, 우리의 격동기를 살아온 사람들이, 어떻게 살면서 어떻게 기뻐하고 아파했는지, 또 사랑의 힘으로 무엇을 했는지 진솔하게 보여 줄 것이다. 그와 함께 왜 살아야 하는지, 왜 사랑해야 하는지를 아픈 모습으로 보여 줄 것이다."

1994년 5권으로 된 장편 『태극기가 바람에 휘날립니다』를 펴내며 작가가 밝힌 말이다. 이상문은 분출하는 이야기의 힘으로, 이념이 아닌 사랑으로 6·25로 뿌리 뽑히고 뿔뿔이 흩어진 민족의 삶의 실체와 진실을 그려나갔다. 민초들의 언어와 행위, 그리고 사랑을 사실적으로 그려가며 이념이나 사상에 주박당할 수 없는 인간의 본질과 그 속내를 보여줬다.

이상문은 창작집 6권에 장편소설 13편의 작품 30여 권, 거기에 르포나 콩트집까지 합치면 40권 훌쩍 넘게 펴냈다. 한 해 평균 2백 자 원고지 2천 장을 집필해오고 있다. "늙어간다는 것, 해서 결국은 죽는다는 것보다 삶이 녹슬어간다는 것이 더 두렵다"며 그 두려움을 해소하고 남에게 위안을 주는 삶을 위해 끊임없이 창작에 매진하고 있다.

지금까지 펴낸 작품들을 살펴보면 그는 우선 우리 시대의 탁월한 이야기꾼임이 드러난다. 소설의 본질이 이야기임을 온몸과 작품으로 보여주고 있는 타고난 이야기꾼이다.

"나는 독자들이 재미있으라고 소설을 쓴다. 소설의 근본이 '이야기'일진대 재미없는 소설을 어찌 소설이라 할 수 있겠는가"라고 밝혔다. 그런 그의 작품들에 한국소설가협회는 "언제부터인가 취약해지기 시작한 우리 소설의 서사성에 대한 아쉬움을 단번에 해결해주었다"며 2011년도 한국소설문학상을 시상했다.

다음으로 그의 작품은 우리 시대의 민감한 문제, 풀고 가야 할 문제를 다루면서도 리얼리즘, 현실주의 시각에 갇혀 있지 않다. 그런 시각은 시대와 세태의 토대로, 아니면 에피소드로 설정될 뿐 작품의 기둥과 속내는 아니다. 비판이나 이념으로서의 리얼리즘이 아니라 넘쳐나는 이야기의 힘과 뛰어난 구성력으로 우리 시대와 세태를 뿌리 깊고 폭넓게 그리는 넓은 의미의 세태소설로 볼 수 있다.

무엇보다 그의 작품들은 휴머니즘에 기초하고 있다. 함께 사는 사회에 대한 인간의 예의와 양심, 그리고 사랑이 이야기를 밀고 나가는 힘의 원천으로 작용하고 있다. 해서 갈등이나 분열, 비판이나 고발이 아니라 위로와 치유로 함께 어우러지는 따뜻한 사회를 지향하고 있다.

이런 이상문 소설의 덕목들이 집약된 작품이 이번『붉은 눈동자』다. 지금 이 시점에서 베트남전쟁을 다루며 그 전쟁의 진실과 후유증에 시달리는 참전자들의 노년 삶을 다루고 있다. 그러면서 현실에 다친 삶들의 화해를 사랑과 용서, 인간의 염치와 예의라는 양심으로 모색해 나가고 있다. 중층적인 구조와 특유의 터질 듯한 이야기 힘으로.

『붉은 눈동자』에는 화자(話者)이자 주인공인 황덕수와 그 상대역인 구종구, 그리고 두 사람을 중재하는 정미연이 주요 인물로 등장한다. 이야기를 재밌게 끌고 가기 위한 삼각관계 구도의 설정이다. 거기에 월남전 당시 베트남의 청순한 여고 3년생이었던 티엉마이와 참전 전우 엄종철, 그리고 주인공의 회사 동료 독신녀 김하나가 나온다.

황덕수는 펄프와 제지 관련 마케팅 에이전시 회사를 31년째 꾸려오고 있는 기업인. 대학에 다니다 날마다 시위에 나서야 하는, 시위에 참가하지 않고 도서관에서 공부하면 비겁자로 낙인찍히는 대학생활이 싫어 자원입대했다. 베트남전에도 자원해 수색중대에 배치됐다.

거기서 위문편지와 답장을 주고받은 정미연과 제대 후에 결혼하게 된다. 전쟁의 후유증으로 성(性) 부전증을 앓아 아내와의 잠자리를 가질 수 없었다. 6·25 와중에 남편을 잃고 재혼한 어머니 따라 의붓아버지 밑에서 자란 트라우마를 지닌 인물이다.

구종구는 6·25 와중에 부모는 물론 지리산 피아골 집성촌 사람들이 거의 다 죽은 고아 출신. 제화공으로 일하다가 초등학교 중퇴라는 학력을 속이고 입대해 참전했다. 베트콩들을 무참히 죽이는 악마성, 돈 되는 것은 무엇이든 챙기려 하는 탐욕성 등으로 황덕수에게 적대적 인물이 됐다. 티엉마이를 겁탈하는 현장이 목격돼 황덕수에게 대검으로 성기가 통째로 잘렸다. 그에 대한 죄책감으로 황덕수는 구종구에게 매달 적잖은 돈을 부쳐주고 있다.

정미연은 대학 재학 중 집안의 반대에도 불구하고 베트남에서 돌아와 제대한 황덕수와 결혼한다. 대학 때 전공했던 피아노를 학원에서 가르치며 가난한 신혼살림을 꾸려간다.

아이를 갖고 싶었으나 베트남전 고엽제로 인한 남편의 성부전증으로 뜻을 이루지 못한다. 그래도 별 탈 없이 가정을 잘 꾸려가던 정미연은 당뇨병과 우울증으로 3년 전 소양강 다리 위로 차를 몰아 강물 속으로 돌진해 자살하고 만다.

그런 정미연이 3년 탈상을 마치자마자 '그 남자'인 남편 황덕수 꿈속에 찾아오며 이야기는 전개된다. 귀신이 되어 남편의 꿈속에 나타난 아내 정미연은 과거 전쟁터에서의 아픈 기억을 소환해가며 소설을 이끌어간다.

그와 함께 구종구에게서 암으로 병원에 입원했는데 죽기 전에 한번 만나자는 연락이 오면서 소설은 40여 년 전 베트남 전장으로 들어간다. "육군 상병 계급으로 미국 용역선 바렛트호에서 5박 6일 동안의 뱃멀미를 견뎌낸 끝에 월남국 나트랑 항에 도착한 것이 2월 15일이었다"며 미국 용역선을 타고 역시 미국 용병으로 참전한 베트남전 실상을 전한다.

황덕수는 장거리 수색중대에 배치된다. 그 중대에서도 최전방에서는 알파팀에 소속돼 선임자인 구종구를 만난다. 구종구는 전쟁의 귀신일 정도로 용맹한 병사. 그러나 황덕수의 눈에는 전쟁광이며 추악한 인간의 전형으로 비친다.

악랄하게 살해한 베트콩들의 배낭이나 호주머니 등을 뒤져 돈이 될 만한 것은 다 챙겨가고 베트남 여성들을 자신의 욕망을 채우려 유린하는 구종구의 충혈된 눈동자에서 황덕수는 악마성을 읽어낸다.

그런 대조적인 성격의 참전군인 두 사람의 장거리 정찰대 전투를 통해 베트남전을 리얼하게 그리며 그 전장의 의미도 여러 각도에서 깊이 있게 파고든 장편소설이『붉은 눈동자』다.

작가는 '세계의 자유와 평화를 위해서' 용감히 싸운 그 베트남전은 과연 우리에게 무엇이었는가를 참전용사로서 묻고 있다. 주위에 고엽제 등의 후유증에 시달리며 늙어가고 있는 동료들을 보며 이제 그 전장과의 진정한 화해를 모색하고 있는 것이다.

"감사헌다. 많이 감사헌다. 나를 사람 되게 해줘서. 천당이든 극락이든 가서도 잊지 않을 것이여. 죽기 전에 딱 한 번은 너한테 미안허다는 말과 감사헌다는 말을 꼭 허고 싶어서 썼다."

구종구가 죽어가면서 황덕수에게 남긴 편지 한 대목이다. 그렇게 인간말종인 줄 알았던 그가 미안하고 감사한다고 썼다. 고학력에다 약골이어서 골칫거리인 황덕수를 수색중대로 데리고 와 자신 옆에 있게 한 것도 구종구였다.

그러고 보니 각가지 전투 요령과 생존 요령도 가르쳐주고 전장에서 보호해줬던 자가 구종구다. 악착같이 돈을 모은 것도 피아골 주민들을 위해서였으며 매달 보내준 돈도 티엉마이를 위해 썼다는 것이 차례차례 밝혀지며 둘은 진정한 화해를 이루기까지 작품의 구성이 짜임새 있다.

황덕수와 구종구를 내세워 베트남전의 실상과 의미를 되새기고, 귀신이 되어 매일 찾아오는 정미연을 통해서는 부부 사이의 용서와 화해를 이끌어간다. 직장에서 술만 마시고 들어와 자신과 가정에는 관심 없는 남편. 회사를 같이 차리고 같이 일하는 김하나와의 관계, 아이 갖기를 아예 포기해버린 남편에 대한 서운함 등도 다 상대방을 위한 자존과 배려에서 기인됐음이 작품의 경과에 따라 드러나게 된다.

고등학생 시절 파월 장병에게 쓴 정미연의 위문편지가 황덕수 손에 닿은 것이 인연이 돼 결혼에까지 이르렀다. 가난한 셋방살이 신혼 시절에도 남편의 고엽제 후유증으로 충혈된 눈이며 성부전으로 인해 상한 마음도 잘 이해하고 치유해주며 살아갔다.

그러나 끝내 아이를 가질 수 없는 병만은 치유할 수 없었다. 고엽제 후유증으로 정자들에 이상이 생겨 시험관 수정도 불가능하게 된 것이다. 그래 우울증을 앓다가 자살을 택한 것이다.

반려자로서의 아내와의 사별도 서러운데 거기에 자살까지 했으니 남편의 심경이야 오죽하겠는가. 그런 베트남전의 2차 피해자일 수밖에 없는 정미연이 귀신이 돼 나타나 남편을 용서하고 화해에 이른 것이다.

"아내가 왔다 간 이유를 알 것 같았다. 답답하게 사는 그 남자가 조금이라도 달라져서, 당당하게 살기 바란 것이 아니었겠는가 했다. 그 남자는 제 생각에 머리를 끄덕였다"고 작품을 맺으며 부부 사이 끊을 수 없는 연(緣)의 사랑과 갈등, 화해를 다룬 작품이『붉은 눈동자』이기도 하다.

구종구에게 몹쓸 짓을 해 평생 짊어진 부채감. 그리고 조강지처 아내를 그렇게 먼저 떠나보내 한이 된 황덕수는 결국 그런 부채감과 한으로부터 자유스러워진다. 구종구와 아내, 그리고 다른 등장인물 모두의 얽히고설킨 한을 풀어주어 해원(解冤)으로 나가고 있는 작품이다.

"나는 자신이 소승(小乘)의 즐거움 속에만 빠져들지 않도록 경계하고 사람들이 사는 궁극적인 이유가 자유에 대한 갈망에 있으며, 작가란 이를 위해 어떤 형태든 소설로써 도움을 주어야 한다는 믿음을 갖고 있다."

첫 창작집에서 밝힌 이 말처럼 이상문의 작품들은 역사의 소용돌이에서 상처 입은 사람들이 한과 억압에서 벗어나 자유로운 삶을 구가할 수 있게 해주는 휴머니즘을 지향하고 있다. 그런 휴머니즘 입장에서 한국과 베트남이 전쟁의 후유증을 해원하고 진정한 관계로 더욱 발전돼 나가기를 기원하고 있다. 그런 관점에서 보면 『붉은 눈동자』는 「탄흔」에서 『황색인』으로 이어지는 베트남전 소설의 종결편으로 볼 수도 있다.

베트남 파병 당시 우리의 1인당 국민소득은 1백 달러 정도로 세계 최빈국 수준이었다. 베트남전을 발판으로 우리나라는 경제개발에 박차를 가해 '한강의 기적'을 일궈내 오늘날 경제대국으로 성장할 수 있었던 것도 사실이다. 미국의 용병으로 참전해 결과적으로는 패한 전쟁이어서 어디서도 명분은 찾을 수 없다. 그럼에도 우리에게는 시의적절하게 경제적으로 막대한 이득을 주었던 전쟁이었음을 부인할 수 없다.

작중에서 전쟁광으로 비치는 구종구가 탐욕스레 이익을 챙기는 부분에선 당시 우리나라의 이익, 경제를 위한 파병의 실상과 속내가 묻어나기도 한다. 그와 반대인 황덕수의 전장에선 그 전쟁의 명분과 의미를 묻는 비판적 지식인의 자세가 어른거리고 있다. 그런 상반된 관점과 적대를 서로 용서하고 화해로 나가자는 작의(作意)는 진보와 보수, 민주화와 경제개발로 진영이 갈려 타협 없이 치받고 있는 지금 우리 사회에 시사하는 바가 적지 않다.

명분 없는 전쟁의 깊은 상처에도 1992년 한국과 베트남은 정식으로 수교했다. 수교 후 교역량은 폭발적으로 늘어나 베트남은 중국과 미국에 이은 3위 수출 대상국이자 아세안 국가 중 제1위 교역 대상국이 됐다. 기업들의 진출도 날로 증가해 10만여 명이 훌쩍 넘는 한국인들이 현지에서 일하며 살고 있고, 국내에도 그와 비슷한 숫자의 베트남 국적 외국인들이 거주하고 있다.

다문화 가정과 직업 현장에서 이제 베트남인은 우리 이웃이 됐다. 특히 박항서 축구 감독의 예에서 볼 수 있듯 인구 1억에 육박하는 베트남과 우리는 이제 형제국처럼 지내고 있다. 이런 시점에서 아직도 고엽제로 인한 질병 등 베트남전 후유증에 시달리고 있는 참전용사들의 처우 문제도 다시금 새롭게 떠올리게 하는 작품이 라고 할 수 있다.

황덕수와 구종구도 적대적 관계가 아니다. 독자들도 작품을 읽어 나가다 결말에 이르면 주인공인 황덕수보다 구종구의 인간미에 더 끌릴 정도로 작가는 적대자에게도 애정을 보내고 있다. 적대적 관계는 이야기를 끌고 가기 위한 갈등과 흥미를 위해 필요 불가분한 요소로 작용할 뿐이다.

작가가 노린 것은 선악 갈등이나 대결이 아니라 용서와 화해다. 그럼으로써 사회는 물론 선악이 끊임없이 갈등하게 마련인 각자의 마음도 해원하게 해주는 것이다. 이것이 표피적인 리얼리즘 계열의 작품보다 한층 더 이상문의 작품을 융숭하고 깊게 만들어가며 인간 삶에 대한 애정을 느끼게 한다. 그런 넘치는 정과 이야기 힘으로 계속 살맛 나게 하는 작품 많이 보여주시길 바란다.

붉은 눈동자

초판 1쇄 인쇄 2020년 11월 15일
초판 1쇄 발행 2020년 11월 25일

지은이 : 이상문
펴낸이 : 김향숙
펴낸곳 : 인북스

주소 : 경기 고양시 일산서구 성저로 121, 1102-102
전화 : 031) 924 7402
팩스 : 031) 924 7408
이메일: editorman@hanmail.net

ISBN 978-89-89449-77-5 03810

값 13,000원

이 도서의 국립중앙도서관 출판예정도서목록(CIP)은 서지정보유통지원시스템 홈페이지(http://seoji.nl.go.kr)와
국가자료종합목록 구축시스템(http://kolis-net.nl.go.kr)에서 이용하실 수 있습니다.(CIP제어번호 : CIP2020046721)